상인의 전쟁

1 흥상(興商)과 역모(逆謀)

상인의
전쟁 ①

흥상(興商)과 역모(逆謀)

이경식 · 김동걸 지음

알둥북

차례

흥상(興商)과 역모(逆謀)

백년부국의 꿈

그 막대한 군자금이 어디에서 나왔을까?

선조 25년 1592년 4월 14일, 왜군 선발대 19,000명이 군선 약 700척을 타고 부산포에 상륙했고, 파죽지세로 20일 만에 서울로 들어갔다. 선조는 이틀 전에 서울을 떠나 개성에서 서울 점령 소식을 들었고, 평양성에서는 평양성을 지키겠다는 약속을 헌신짝처럼 내버리고 영변으로 다시 달아났다. 서울을 떠날 때부터 이미 명령 체계는 무너졌고, 왕을 따라야 할 신하들은 각자 제 살길을 찾아서 뿔뿔이 흩어져 버리고 없었다. 심지어 가마꾼들이 도망치는 바람에 비빈들까지 비를 맞으며 밤길을 걸어야 했다.

중전을 모시는 궁비들이 함흥으로 가려고 평양성을 버리고 나설 때 백성들에게 머리채를 잡혔고, 호조판서조차도 몽둥이찜질을 당했다. 한편 평양성을 지키던 조선군은 군기와 화포를 풍월루의 연못에 처박아 버린 채 도망쳐 10만 석이나 되는 곡식은 고스란히 왜군의 군량미가 되고… 이렇게 국토가 유린당하는 와중에 선조는 죽어도 천자의 땅에서 죽겠다면서 명나라에 머리를 조아렸지만 명나라에서는 선조 일행에게 압록강을 건널 배를 내어주지 않았고, 허기진 궁녀들은 임금의 밥상을 훔치고는 뒤탈이 두려워서 도망치고…

이처럼 조선의 국가 체제는 무너진 상태였다.

이런 와중에 이순신이 아무리 장계를 올려서 화약 재료인 석유황을 보내 달라고 해 봐야 그런 게 나올 턱이 없었다. 오히려 이순신은 멀리 도망가 있는 선조를 위해서 식량을 따로 준비했고, 또 종이를 포함한 생활필수품을 직접 올려 보내야 하는 형편이었다.

그런데…

이순신이 거느리던 조선 수군에서 한 척의 배에 좌우로 대포를 12문 장착하고 전투 중에 대포 하나가 20발을 쏜다면, 대포 한 문당 화약이 최소 600량이 필요하므로 배 한 척이 한 번 전투를 할 때 필요한 화약의 최소량은 240근이다. 50척이라면 무려 12,000근이나 필요하다. 게다가 발화탄과 진천뢰, 그리고 개인화기인 소승자총통까지 계산하면 매 전투마다 대략 20,000근이 필요하다는 계산이 나온다. 이 많은 화약을 만드는 데 들어간 돈은 어디에서 나왔을까? 또 이 많은 화약 연료는 어디에서 구했을까?

의문은 또 있다.

전쟁 발발 다음 해인 1593년 2월 행주산성 전투에서 조선의 관군과 의병은 수적 열세에도 왜군 3만 병력을 상대로 싸우면서, 적으면 13만 발이고 많으면 30만 발이나 되는 화살을 쏘았다. 이때 사용된 그 많은 화살 및 화약무기는 누가 어디에서 만들었을까? 또 여기에 들어간 돈은 어디에서 나왔을까? 조선의 조정이 이 모든 것을 준비했다고 믿을 수 없다면, 누가 무슨 목적으로 이 모든 것을 준비했을까? 과연 무슨 일이 있었던 걸까?

나는 이 수수께끼를 풀기 위해 지난 7년 동안 한산도 인근의 남해 여러 섬과 강화도를 거의 주말마다 찾으며 수수께끼의 단서를 찾았다. (강화도에 간 이유는 뒤에서 설명이 된다.) 예를 들면 통영 산양마을에 전하는 전설도 그런 단서였다. 통영시의 미륵도는 이순신 장군이 당포해전을 치른 당포를 품안에 끼고 있는 섬이며, 미륵도 오른쪽 옆으로는 한산대첩의 한산도가 있다. 바로 이 지역에, 임진왜란 때 외국에서 건너 온 어떤 벼락부자가 조선에서 훔친 보물을 미처 가져가지 못하고 남해바다의 여러 섬에 숨겨 두었다는 전설이 전한다. 외국에서 온 부자라면 상인밖에 없다. 그리고 '일본'도 아니고 '명나라'도 아닌 '외국'이라면 '유구(류쿠)국(현재의 오키나와)'이 아닐까?

나는 그 유구국 상인이 이순신 장군의 〈난중일기〉에 등장하는 '변광조'나 '창녕 사람'임을 입증하는 결정적인 증거를 찾았다. 아니, 내가 찾았다기보다 그 증거가 나를 찾아왔다.

2015년 2월 14일 오후 두 시 무렵, 한산도 입정포 언덕에서 거제도 쪽 바다를 바라보다가 문득 나는 변광조의 유령을 만났고, 그의 비밀을 온전하게 알게 되었다.

띠리리 띠리리 띠리리!

휴대폰 벨이 울렸다. 모르는 사람의 번호였다.

"○○○ 교수님이시죠? 변광조라는 인물을 추적한다고 들었는데, 맞습니까?"

낯선 사람은 그렇게 말했고, 두 시간쯤 뒤에 우리는 만났다. 희끗희끗한 머리에 일흔 살은 훌쩍 넘어 보였지만 체격은 건장했다. 그 사람은 필사본으로 된 한문 서적 한 권을 내밀었다. 한눈에 봐도 수백 년 된 고서였다. 표지에는 제목도 없었다. 그저 '허자(虛子)'라는 두 글자만 덩그러니 있을 뿐이었다. 임진왜란 당시 변광조의 활동을 적은 행록, 그러니까 〈변광조행장록〉이라고 했고, 실제 저자가 허균일 가능성이 높다고 했다. 이유를 물어보니 읽어 보면 안다고만 했다.

(허균은 임진·정유의 두 전쟁 기간 및 그 이후 조선에서 일어났던 역모와 유구국 사이의 접점에 해당하는 인물이다. 광해군 10년이던 1618년 8월 18일, 허균은 사람들이 지켜보는 가운데 시장 바닥에서 공개 처형을 당했다. 사람을 시켜 밤마다 남산에 올라가서 '서쪽의 적은 벌써 압록강을 건넜으며 유구국 사람이 섬에 와서 매복하였으니, 성 안에 있는 사람은 얼른 도망가야 죽음을 면한다'고 외치도록 하였다는 게 죄목이었으니… 게다가 허균이 쓴 〈홍길동전〉에 나오는 율도국이 유구국이라는 증거도 유구국, 즉 현재의 오키나와에도 남아 있으니…)

그 사람은 그렇게만 말하고 자리에서 일어났다. 그 뒤로 나는 그 사람을 다시는 보지 못했다. 전화 연결도 되지 않았다. 없는 번호라고 했다.

나는 그 사람이 변광조의 유령이라고 생각한다. 그래서 변광조를 묘사할 때에도 이 사람을 떠올리면서 했다. 임진왜란 초기의 변광조는 내가 만난 유령보다 서른 살은 더 젊었을 것이라고 추정하면서⋯

변광조, 그는 유구국의 최고회의인 평정소(評政所) 상임대신이자 명예 국무대신이었다. 조선 이름은 변추(卞秋)였고, 유구와 일본에서는 '슈 아키다로'라는 이름으로 불렸다. 변광조라는 이름은 이순신 장군의 귀속 의병장이던 승려 영취가 붙여 주었다. 또한 필리페에서 만나던 포르투갈 상인들로부터는 '베르지테'라는 이름으로 불렸다. 하지만 그는 조선 사람이었다.

자, 이제 본격적으로 그의 이야기를 해 보자.

프롤로그

　여자는 변씨 집안의 종이었다. 나이는 열일곱 살. 어느 날 대낮에 주인 영감은 계집종을 겁탈했다. 주인은 그 뒤로도 여러 차례 계집종을 불렀고, 계집종에게 아이가 들어섰고, 주인은 투기가 심한 부인 몰래 사람을 시켜 이 계집종을 창녕 화왕산 노곡에 데려다 놓았다.

　계집종이 아득한 산고를 끝내고 본 것은 맑은 가을 하늘이었다. 계집종은 아이의 이름을 추(秋)라고 지었다. 아이는 성을 알지 못한 채 추라는 이름만 가지고 팔 년을 살았다. 그동안 주인 영감은 몇 달에 한 번씩은 노곡에 들렀고, 여자는 딸을 하나 더 나았다. 이 아이의 이름은 영이었다. 그런데 추가 아홉 살 되던 해 여자는 쓰러졌고, 금방이라도 터질 것처럼 배가 퉁퉁 부어오른 채로 며칠 밤을 고통에 떨었다. 그리고 마지막 숨을 거두기 직전에 가슴에 묻어 두었던 비밀을 털어놓았다.

"네 아버지는 합천에 사는 변계유 영감이다."

추는 이웃사람의 도움을 받아 어머니를 묻은 뒤 동생의 손을 잡고 합천 변계유의 집을 찾아갔다. 그러나 대문 앞에서 종들에게 흠씬 두들겨 맞고 내쫓겼다. 이때 선비 한 사람이 추와 여동생을 자기 집으로 데려가서 추가 몸을 추스를 때까지 며칠 재워 주고 또 길을 떠날 때에는 노자까지 조금 쥐어 주었다. 그러면서 명나라로 가라고 했다.

"그곳은 물자가 흔한 곳이니 적어도 굶어 죽지는 않을 게다. 안홍으로 가면 배가 있을 테니 그리고 가거라."

추는 그 선비의 말을 운명으로 받아들이고 명나라로 가기로 했다. 구걸과 도둑질로 허기를 면하면서 정처 없이 걸었다, 안홍이란 곳을 찾아서… 합천에서 안홍으로 가던 길의 어느 집 헛간에서 동생은 짧은 인생을 끝냈다. 온기를 나누어 주려고 그렇게 꼭 껴안고 잤지만 아홉 살 오빠의 체온만으로는 부족했던지 눈을 떴을 때 동생의 몸은 싸늘하게 식어 있었다.

어린 추에게 명나라로 가라고 했던 운명의 그 말은 추에게서 예쁘디 예쁜 동생을 앗아갔고, 대신 모질디 모진 인생을 내주었다. 안홍 포구가 멀리 보이던 지점에 섰을 때 황금색 나비 한 마리가 추 곁에 날아와 맴돌더니 포구까지 가는 동안 내내 서너 걸음 앞서서 팔랑팔랑 추를 인도했다. 그리고 포구에 다다라서는 잠시 추 곁을 맴돌다가 어디론가 날아갔다. 추는 그 나비가 동생의 혼령이 라고 믿었다.

제 1 장

조선으로 가자

1560년, 명나라는 납세제도로 일조편법을 채택했다. 일조편법이란 현물세와 부역 등의 다양한 세를 납세자의 토지 면적과 식구 수로 단일 기준을 적용하되 세금을 은으로 납부하게 한 제도였다. 요컨대 은이 화폐의 중심이었다. 명은 비단, 도자기, 차를 팔아 막대한 수익을 남기며 은을 벌어들였는데, 명의 최고 고객은 스페인 상인들이었다. 이들은 명나라의 물화를 서양 귀족에게 팔았는데, 은이 필요했던 스페인은 볼리비아 포토시에서 은광을 개발했고, 이곳에서는 은이 한 해에 210톤씩 쏟아져 나왔다. 여기에서 생산된 은은 필리핀을 거쳐 명으로 건너갔다.

그런데 이런 상황은 지속되지 않았다.

조선에서 전란이 일어나기 네 해 전인 1588년에 스페인 무적함대가 영국에 패하면서 동방무역이 쇠퇴했고, 그 결과 중국으로 유입되는 은의 양이 급격하게 줄어들었다. 그러나 명에서는 오히려 은의 수요가 급격히 늘어나고 있었다. 만주에서 누루하치가 강대 해지면서 군사비가 황실 재정의 반을 넘어섰다. 명의 경제 위기가 서서히 커지고 있었다.

— 2 —

1591년 3월, 유구(류쿠왕국, 현 오키나와).

국무대신 슈 아키다로는 불안했다.

세상이 바뀌고 있었다. 무언가 거대한 것이 몰려오고 있었다. 유구를 삼키고도 남을 거대한 파도였다. 중계무역의 호황은 급격 하게 내리막길을 달리고 있었다.

20여 년 전에 명나라가 해금정책을 완화할 때만 해도 그러려 니 했다. 하지만 최근 들어 중국 상인들이 배를 타고 직접 필리페 로, 인도로, 또 아라비아로 나가면서 유구가 누리던 중계무역의 이 득이 눈에 띄게 줄어들었다. 일본만 해도 그랬다. 오사카의 고니시 유키나가(小西行長)는 유구를 젖히고 스페인, 명나라 등과 직접 무 역을 시작했고, 큐슈의 사쓰마 번에서도 호시탐탐 유구의 상업 기 반을 빼앗으려 기회를 노리고 있었다.

게다가 도요토미 히데요시는 사신을 보내 쌀 7,000석을 조공으 로 바치라고 닦달했다.

아키다로는 담판을 하러 직접 도요토미를 찾아갔다.

"우리는 일본국과 부자(父子)의 맹약도, 형제의 연도 맺지 않았는데, 조공이라니요, 어째 그렇게 말씀하십니까?"

도요토미의 입술이 씰룩댔다. 도요토미는 용상을 본뜬 거대한 자리에 비스듬히 앉아 있었다. 전국시대를 마감하고 일본을 통일한 인물답게 매서운 눈빛은 여전히 피에 굶주린 살쾡이처럼 예리하게 번뜩였다.

"그대는 열다섯 살 때부터 해적질을 하며 세상의 끝까지 가 보았다던데…"

"어릴 때 얘기지요, 지금은 그저 상인일뿐입니다."

"그대가 유구의 모든 걸 결정한다고 들었소, 아니오?"

"무슨 말씀을요. 유구의 국왕은 쇼네이왕(상녕왕)이시지요. 조정의 평정소(유구왕국의 최고회의기구)에서도 저는 말석입니다."

도요토미는 눈꼬리를 치켜떴다.

"흠… 인도에 가 보았소?"

"예, 여러 번 다녀왔습니다."

"어떤 곳이오?"

"만물이 풍성한 곳입니다. 평야는 끝이 없지요. 일본 땅보다도 백 배나 큰 평야가 있습니다."

"명국(明國)보다 땅이 넓은가?"

"명국은 황하 장강 유역만 평원이지만 인도는 천하의 3분지 2가 평원입니다. 게다가 3모작 4모작을 합니다."

"내가 그리로 간다면 그대가 안내해 주겠는가?"

물론 그 항해는 유람이 아닌 원정이었다.

"거기까지 가는 바닷길은 멀기도 할뿐더러 변덕이 심하여 위험합니다. 게다가 대병력이 움직이기에는… 또한, 인도의 무굴제국은 부유하고 인구가 많아 군대가 무한합니다. 합하의 병력은 오랜 항해에 지쳐 전투를 치르지도 못할 겁니다."

도요토미가 입술을 비스듬하게 삐죽거리며 고개를 몇 차례 흔들어댔다. 그러고는 손짓을 해서 책사 두 명만 남기고 주변 사람을 모두 물렀다.

"이리 가까이 오시오."

아키다로를 자기 코앞으로 부른 도요토미는 실눈 속에 눈동자를 숨기고 속삭였다.

"내가 조선을 칠 것이오."

이미 조선과 명에까지 파다하게 퍼진 소문이었다. 허세일지도 모른다고 생각했었다. 유구에 군량미를 청하는 것도 유구의 상권을 빼앗으려는 수작일지 모른다고 생각했었다. 그러나 도요토미가 직접 그렇게 말하니 허세가 아님은 분명했다.

도요토미는 땅이 부족했다. 자기를 도와 일본 열도를 통일한 영주와 군신들에게 나눠 줄 자금과 봉토가 없었다. 다이묘에게 돈과 영지를 주지 못한다면 주종관계를 유지할 수 없었다. 그들이 배반할 수밖에 없다는 뜻이었다. 그랬기에 도요토미는 전쟁을 일으켜 돈과 영지를 단숨에 해결하고자 했다. 아무리 승리의 가능성이 낮다고 하더라도…

"김포와 호남에서 군량미를 확보한 뒤에 명을 칠 것이오. 명을

4백 개 주로 쪼개서 나의 다이묘(영주)들에게 봉토로 나누어 줄 생각이오. 그 후에 참파(*현재의 베트남 중부에서 남부에 걸쳐 있던 나라)와 월(越)을 치고 인도로 들어가 천하제패를 이룰 작정이오. 어찌 생각하오?"

도요토미는 아키다로를 쏘아보았다. 아키다로로서는 좋달 수도 싫달 수도 없었다. 둘 다 유구로서는 위험한 답변이 될 수 있었다.

"관백 전하, 그러한 대망을 소인 같은 장사꾼에게 물으시다니 답을 드리기 어렵습니다만, 세 가지 가운데 어느 것부터 먼저 답을 드릴까요?"

"조선부터."

"조선은 성리학을 신봉하는 사대부의 나라입니다. 그러니 무력으로 짓밟는 것은 식은 죽 먹기지요. 허나 쉽게 굴복하진 않을 것입니다. 백성이야 왕조와 상관없는 무리니 관대하게 대하기만 하면 잘 따를 것입니다만, 양반 사대부는 만만치 않을 것입니다…"

"사대부도 칼을 드는가?"

"반드시 들 것입니다. 비록 오합지졸이라 할지라도 충의와 끈기는 대단합니다. 명 또한 사대부의 나라이니 조선을 굴복시킨 후 같은 방법으로 치십시오. 대망의 관건은 절강성의 화약무기 부대와 사대부 의병군을 굴복시키는 것입니다."

"핫핫핫! 사대부? 그래 봐야 글쟁이들 아닌가? 내가 생각하기에 관건은 배인데… 그대는 세상의 끄트머리까지 바다를 종횡무진한다고 했으니 그대가 가지고 있는 조선(造船) 지식과 항해 지식을 가르쳐 줄 수 있겠소?"

"물론입니다."

도요토미는 아키다로 앞으로 바싹 다가서면서 이것저것 물어 댔다.

"노 젓는 격군이 선원 중에 얼마나 차지하오?"

"소인의 배는 범선입니다. 돛으로 가기 때문에 노 젓는 선원의 숫자는 전체 인원의 4분의 1이 안되지요."

도요토미가 옆에 있던 해군 참모 구키 요시타카에게 물었다.

"우리 군선은?"

"격군이 절반을 차지합니다."

도요토미는 고개를 절레절레 흔들고 다시 아키다로에게 물었다.

"음. 배를 가볍게 만들고 돛대를 많이 세운다면 장거리 항해가 가능할 게 아닌가?"

"그렇습니다."

"속력을 좌우하는 건 무언가?"

"범선은 바람이고 군선은 노의 개수입니다."

"배의 무게는?"

"가벼울수록 빠르지요."

"우리는 병력 수송이 주목적이니만큼 빠른 게 제일 중요하지. 그런데 그대가 타고 다니는 배는 누가 만들었소?"

"소신이 직접 제작합니다. 명의 조선소에서 기법을 배웠고 필리 페에서 서양식 배도 본적이 있습니다."

"오호! 그 기술을 가르쳐 줄 수 있겠나?"

아키다로는 속으로 빙그레 웃었다. 기다리던 제안이었다.

"물론입니다. 그 대신, 유구국에 요청했던 병력이나 군량미를 소신의 노력 봉사로 대신해도 되겠습니까?"

도요토미의 눈썹이 꿈틀거렸다.

아키다로도 도요토미의 시선을 피하지 않았다.

"내 청을 거절하겠단 말인가?"

"천만에 말씀입니다. 받는 것보다 더 주고, 더 준 것보다 더 받고… 이게 우리 같은 상인의 처세술이라서 말입니다."

도요토미도 결국 너털웃음을 지을 수밖에 없었다. 어차피 유구국에 병력이나 군량미를 기대한 것도 아니었으니까.

아키다로는 석 달 동안 머물면서 배 만드는 기술을 가르쳤다. 아라비아식 델리 삼각범선 위에 격자를 올리는 방식을 썼다. 카라크선의 돛, 즉 범선의 원리는 숨기고 가르쳐 주지 않았다. 일본에 흔한 삼나무와 리기다소나무는 가벼운 배를 만드는 목재로는 적격이었다.

마침내 일본의 조선장인(造船匠人) 쿠로다가 일본 고유의 조선 기술에 아키다로가 가르쳐 준 조선 기술을 합쳐서 이전까지 없었던 큰 규모의 배를 건조했다. 아타케부네(安宅船)와 세키부네(関船)였다. 장거리 항해가 가능하도록 무게를 가볍게 하고 속도는 빠르게 했다. 아타게부네에는 2백 명 가까이 탈 수 있었다. 배 위에 누각을 세우기도 하고, 군참선에는 짐을 많이 싣기 위해 층각을 세우기도 했다. 수십 개의 방을 격자로 짜서 배 위에 올렸다. 배의 어느 한곳에 구멍이 뚫려도 가라앉지 않도록 안전성을 높이기 위한 장치였다. 속력과 부력을 높이기 위해 뾰족 선체 바닥에 타르와 기름을 발랐다. 타르는 일본 배의 고질병이던 잦은 침몰 사고를 크게 줄였다. 나무의 팽창력으로 배의 틈을 메우는 방식 대신 타르를 사용하여 나무의 틈새를 메우는 방식을 채택했다.

도요토미는 장거리 항해와 수송이 가능한 배를 만들어야 했고, 그럴 목적으로 아키다로를 불렀고, 커다란 근심거리 하나를 해결해서 흡족했다.

— 3 —

무언가 거대한 것, 유구를 삼키고도 남을 거대한 파도는 유구가 처한 무역의 위기를 일거에 만회시킬 수 있는 절호의 기회일지도 몰랐다. 이 기대는 오랜 세월 해적으로 살아온 아키다로의 직감을 자극했다.

아키다로는 유구로 돌아오자마자 형제들을 불러 모았다. 김대남, 팽세, 김근과 김원 형제, 만리 완리 분리 삼형제, 찬과 기 형제, 무불리, 무돌, 사이온이 그의 핵심 부하들이자 형제들이었다. 막내이자 홍일점인 사이온을 제외하고는 다들 바다에 대해서는 모르는 게 없는 선원들이었다.

"딱 보니 돈 생기는 일이구먼."

나머지 형제들 가운데 큰형인 대남이 먼저 말을 내 놓았다. 8척 거구의 김대남은 힘이 장사인 데에다가 성정이 흉포해서 형제들이 아니면 그 누구의 말도 듣지 않고 마구잡이로 칼을 휘둘렀다. 성정이 흉포하기는 김근과 김원 형제도 마찬가지였지만, 쌍둥이 형제인 이 둘은 어릴 때부터 도둑질과 노략질로 살아 왔는데 적어도 이 방면에 관한 한 무리 사이에서 최고였다. 원은 왼쪽 눈 흰자위에 늘 핏발이 서 있었는데, 다른 사람들은 이것으로 꼭 닮은 두 사람을 구분했다. 사실 원은 어릴 때 꼬챙이에 왼쪽 눈이 찔려 흰자위에 붉은 반점이 박혀 있는데, 얼핏 보면 핏발처럼 보였다. 이 눈 때문에 원은 끔찍할 정도로 사납게 보였다.

"장형, 우리도 한 몫 제대로 잡겠지요?"

지략가답게 팽세는 짐작하는 바가 있는 모양이었다.

아키다로는 형제들의 표정을 하나하나 살폈다. 무불리는 호리호리한 몸매와 생기 있는 눈매와 다르게 성정은 시퍼런 검날처럼 차갑고 냉정한 칼잡이로, 스물두 살 사이온에 이어 두 번째 막내인 스물네 살 청년이었다. 조선인이었지만 왜구에게 잡혀서 일본의 어느 무사 집에 종으로 팔렸는데, 주인의 눈에 들어 검술을 배웠지만 호색녀던 무사의 부인을 검으로 베고 그 길로 도망쳐서 왜구가 되어 해적질을 했다. 그러다 아키다로 형제들의 공격을 받았다가 조선인이라는 단 한 가지 이유만으로 살아남았고 무불리는 아키다로의 동생으로 새로 태어났다. 그런데 얼음처럼 차가운 무불리였지만 자기보다 한 살 더 많은 무돌에게는 유독 살갑게 대하면서 형이라고 불렀다. 함경도 출신으로 포수의 아들인 무돌은 무불리보다는 검술 실력이 낮았지만 힘이 장사였고 활은 명사수였다. 찬과 기는 야철장 출신으로 일본과 중국 그리고 멀리 인도까지 가서 해적들로부터 철을 훔치는 데 특히 재주가 좋았고, 그러다 보니 자연이 해로를 많이 알았고 정보에 밝았으며 눈치와 임기응변이 빨랐다.

막내이자 홍일점인 사이온은 셈에 특히 밝았는데, 유구국 선대 왕인 상영왕의 다섯째 동생인 상덕로 왕자의 먼 조카뻘이었다. 상덕로 왕자가 사이온에게 상업을 가르쳐서 유구국의 기둥으로 키워 달라고 아키다로에게 특별히 부탁해서 아키다로가 휘하에 두었는데, 성정이 엽렵하고 하는 짓이 미운 데가 없어 형제들은 그를 자연스럽게 막내 동생 특히 귀여운 여동생으로 받아들였다. 게다가, 비록 호리호리한 여자의 몸이지만 5년 가까이 대남과 무불리를 비롯한 오라버니들에게 배운 검술과 권법 솜씨는 일취월장해서 웬만한 무사들이라도 사이온의 상대가 되지 못했다.

그리고 형제들 가운데 유구인은 사이온과 만리, 완리, 분리, 삼 형제뿐이었다. 이들은 모두 죽음을 함께 하기로 맹세한 사이였다.

"조선으로 가자. 드디어 우리에게 기회가 왔다."

형제들은 다들 바짝 긴장했다.

"전쟁은 곧 물자 싸움이니 우리가 그 틈새를 잡을 수 있다."

무엇보다도 화약이 많이 필요할 텐데 조선에는 화산이 없어 초석과 유황이 부족할 것이고, 돛과 천막을 만들려면 황마포목이 수만 필 필요할 것이었다. 인도, 섬라(*지금의 태국), 참파, 월, 대만, 필리페로 가서 모조리 쓸어 담아 와야 했다. 또 군량미로 엄청난 양의 쌀이 필요할 것이었다. 어림짐작으로 계산해도 이번 장사는 무조건 세 배 이상의 이윤을 남길 수 있었다.

"유구에는 가죽도 없고 활도 없으니 화약무기가 유일하게 우리의 강점이다. 군선은 계속 부서질 것이고 구리와 화약은 부족해질 것이다. 수뢰를 가능한 많이 만들어야 한다, 팽세, 너는 수뢰를 1만 개 이상 만들어야 한다."

"예, 염려 마십시오."

"왜가 전쟁을 치르면 백성이 피폐해지고 그러면 왜구가 늘어날 것이다. 죽 쒀서 개 주지 않으려면 병력을 더 확보해야 한다. 각자 최소 100명 이상씩 확보하도록 해라, 그리고 야장(冶匠)들을 최대한 모아라. 모두 데려갈 것이다."

"예!"

"배도 새로 만들어야 한다. 지금의 우리 배는 너무 작다. 큰 배 십여 척을 새로 만들어야 한다. 형제들은 무사를 키우고 물자를 확보해라. 준비가 끝나면 전쟁이 터지기 전에라도 출발할 것이다."

"예, 국무대신 나으리!"

카라크선 11척이 완성되었다. 아키는 배의 깃발에 유구를 지켜주는 지네 신의 그림을 그려 넣고 아키를 상징하는 호랑이 아가리 문양을 그려 돛에 붙였다. 꺼지지 않는 등불을 배의 선수에 달고 좌우에는 불랑기포 8문씩 합계 16문을 탑재했다. 멀리서 배가 쉽게 분별되지 않도록 배의 몸체에 바다색 안료를 발랐다. 물개 가죽과 고래 부레로 띄우는 바지선도 한 척 만들었다. 이 배는 부두가 없는 곳에 배를 정박하고 물건을 운반하는 데 필요한 다리이자 부두 기능을 했다. 배의 양 끝에는 강력한 갈고리가 연결되어 있어서 배를 육지에 고정시키는 역할도 했다. 이 장치만 있으면 아무리 얕은 바다에서도 배를 댈 수 있었다. 배의 양 옆에는 난간이 설치되어 있었다. 평시에는 눕혀서 난간으로 장치하고 배를 정박한 뒤 뭍에 내릴 때에는 계단으로 쓸 수도 있었다.

이외에도 화약, 구리, 철, 말 등을 마련했으며 이런 것들을 준비하는 데 모두 13만 량이 들었다.(*'량'은 무게 단위로 열 돈이다. 이에 비해서 '냥'은 엽전의 개수 단위이다)

그리고 얼마 뒤에 도요토미가 조선을 침공했다는 소식이 들려왔다.

— 4 —

1592년 4월 13일, 조선.

비둘기처럼 생긴 회색빛 나는 새 한마리가 대궐 안 숲에서 울었는데 그 소리가 마치 '각각화도(各各禍逃)' 또는 '각각궁통개(各各弓筒介)'라고 우는 듯하였으며 소리가 몹시 슬프고도 다급했다.

바로 그날, 일본의 조선 침략 제1 선봉장 고니시 유키나가가 대마도에서 출발한 지 열일곱 시간 만에 부산에 도착했다. 밤바다는 호수처럼 평온했고 조선은 평화롭게 잠들어 있었다. 타고 온 배 700여 척은 2진을 실어 나르기 위해 되돌아갔다.

"조선이 이렇게 허약할 줄은 몰랐습니다."

고니시의 사위이자 대마도 도주인 소 요시토시였다.

고니시는 가토보다 먼저 한성에 입성해 조선 왕을 사로잡는 게 목표였다. 그러려면 영남대로를 따라 곧장 한성으로 가야 했다.

"부산진성 안에 있는 것은 모두 불태우고 살아있는 것은 모두 죽여라!"

부산진 첨사 정발이 고니시군의 공격을 제법 버텼으나 그래봐야 서너 시간이었다. 그것도 조선군의 저항이 거칠어서가 아니라 성벽이 높았기 때문이었다. 고니시의 병사들은 닥치는 대로 칼을 휘둘렀다. 무장을 하지 않은 백성이 남녀노소 가리지 않고 무차별 살해되었다. 고니시는 천주교 신자였으나 '사람을 죽이지 말라'는 계명을 잊은 듯 했다.

고니시는 병력을 반으로 나누어 다대포에 군진도 쳤다. 다대포의 수군들은 이미 절반이 도망가고 없었고, 남아 있는 병력도 오합지졸이었다. 다대포 첨사 윤흥신이 몇 남지 않은 군대로 조총 부대 앞을 막고 설 때 고니시는 화약이 아깝다는 생각을 했다.

부하들이 바람 같이 달려가 조선 병사들을 베어내기 시작했다. 첨사 윤흥신의 목이 허공으로 날아갔고, 조선군은 하루살이처럼 흩어졌다. 조선군을 치는 일은 가래침 뱉기보다 쉬운 일이었다.

퉤, 퉤!

조선 땅에 침을 뱉은 고니시는 조선의 소와 말을 잡아 병사들을 배불리 먹였다. 승전의 술잔이 돌아가고 밤늦도록 승리의 노래가 울려 퍼졌다.

다음 날인 4월 15일. 고니시군은 동래성으로 쳐들어갔다.

동래성에는 3,500명 병력이 지키고 있다는 보고를 들었다. 제법 전투다운 전투를 해 보나 싶었다. 하지만 거의 다 도망가고 동래부사 송상현과 스물댓 명 병사들만 남아서 하찮은 무기를 들고 고니시를 기다리고 있었다.

"기개는 가상하다만, 썩 길을 비켜라!"

고니시의 말에 부사 송상현은 오히려 호기롭게 외쳤다.

"죽기는 쉬우나 길을 비켜 주기는 어렵다. 들어라, 우리가 너희들에게 잘못한 것이 없거늘 어찌 이 같은 만행을 벌인단 말이냐? 이웃나라의 도의가 이 정도밖에 되지 않는가?"

고니시는 침을 뱉었다, 퉤!

"욕지기가 나온다. 모조리 베어라!"

송상현은 병사들이 죽어가는 와중에도 계속 해서 떠들었다.

"전쟁에도 도리가 있다!"

전쟁 중에 도리를 따지다니, 송상현은 비겁하지 않았으나 무능한 지휘관이었다. 전투랄 것도 없는 전투였고, 금방 끝났다. 어쩐지 기분 나쁜 전투였다.

이 전투를 〈변광조행장록〉은 다음과 같이 기록했다.

"3,500명 병력으로 변변한 싸움도 하지 못한 채 성을 지키지 못하였으니 졸장이로다. 송상현은 죽기 직전에 '포위되어 외로운 성에 구원군은 오지 않고, 군신 간의 의리는 중하고 부자간의 은혜는 가볍다네(孤城月暈 大鎭不救, 君臣義重 父子恩輕)'라는 시를 부채에 써서 종을 시켜 자기 아버지에게 보냈다. 이 시는 송상현의 무능함을 드러내는 시임에도 불구하고 사대부들은 그의 충의를 찬양했다. 명분과 허세를 찬양하는 자들이 무능한 장수를 충신이라 부르니 가관이로다."

고니시 군대는 이틀 동안 7천 명이 넘는 조선 백성을 죽였다. 닥치는 대로 베고 불태우며 한양으로 향했다. 밀양에서는 밀양부사 박진이 500여 명의 병력으로 전투를 저항했지만 이른바 작원관 전투에서 전멸시켰다. 그 뒤에 밀양에서 하루 휴식을 취했다. 이어서 청도, 대구, 선산을 지나 북으로 올라갔다.

파죽지세로 상주에 도착했을 때 척후병에게서 적이 있다는 보고를 받았다. 행군하는 동안 조선의 병영들은 모두 비어 있었기에 이런 보고는 처음이었다. 고니시가 재차 물었다.

"조선 육군이 있더냐?"

"조선의 장수는 이일이라 하고 병력은 8백 명이라 합니다."

기가 막혔다. 부산에서 상주까지 오는 동안 처음으로 만난 조선 육군이 고작 8백 명이라니, 고작 8백 명으로 1만 9천 명 가까운 병력을 상대하려 들다니… 혹시 함정이 아닌가 싶었지만 기우였다.

고니시의 부관 고토 스미하루의 공격으로 조선군 8백 명은 순식간에 베어졌고 이일과 몇 명만 간신히 살아서 도망쳤다. 전투에 나선 조선군은 그저 굶주림에 지친 백성들이었다. 돈 몇 푼 준다기에 그 돈을 바라고 왔다가 개죽음을 맞이했으리라. 널브러진 시체들에서 피비린내가 났다. 조선이라는 나라 자체가 더 역겨웠다.

'무능한 것들 같으니라고!'

이제 조령만 넘으면 한양까지는 거칠 것이 없었다.

고니시는 가능한 빨리 조령을 넘고 싶었다. 가토 기요마사보다 먼저 한성에 깃발을 꽂아야 한다는 생각에 마음이 조급해졌다. 도요토미가 전쟁을 결심하던 초기에 고니시는 전쟁에 반대했다. 이때 도요토미에게 밉보였고, 이것을 만회하려면 반드시 가토보다 먼저 가야 했다. 제1 선봉장으로 조선 땅을 먼저 밟아놓고도 가토에게 뒤처지는 일은 절대로 있어선 안 되었다.

하지만 조령이나 추풍령에 조선의 군대가 매복해 있다면? 조선 육군이 경상도 남부를 버리고 모두 문경새재에 매복해 있다면? … 낭패였다. 그만큼 문경새재는 천혜의 요새였다.

4월 27일 오전, 고니시 부대가 조령으로 진입했다.

부대는 조령을 넘는 동안 모든 감각을 곤두세우고 긴장감을 늦추지 않았지만 조선군은 그림자도 보이지 않았다.

"어리석은 놈들! 이런 요충지를 몰라보는가? 한심하고도 한심하다."

오후에 고니시군은 충주에 도착했고, 충주성을 빼앗을 작전 계획을 세우고 있는데, 뜻밖의 정보가 들어왔다. 조선 장수 신립이 스스로 충주성을 버리고 나와 탄금대에서 진을 치고 기다린다고 했다. 기병 3천에 보병 5천으로 합이 8천이었고 조총도 대포도 없고, 매복군도 보이지 않는다고 했다.

"제 무덤을 판다더니만, 바로 그런 미련한 인간이구나. 차라리 조령에서 매복할 것이지, 쯧쯧."

신립이 탄금대 자갈 벌판에 자리 잡은 것은 기병 운용을 염두에 둔 것이었다. 조총의 위력도 알지 못한 채, 조령을 지켜야 유리하다는 김여물의 조언을 무시하고 기병이 왜군의 조총을 제압할 수 있다고 낙관했던 것이다.

하지만 고니시는 기병을 상대하는 데에는 자신이 있었다.

"기병을 3천이나 이끄느니 차라리 조총을 한 정 더 마련하겠다. 산이 많은 조선에서 기병을 운용하다니, 말들이 조총 소리에 놀라서 천지사방으로 날뛸 걸 모른단 말인가?"

보통 보병으로 기병을 이길 수 없다는 것은 전투의 변치 않는 진리였지만 왜군은 이미 조총과 장창으로 기병을 격파하는 전술을 가지고 있었다. 도요토미는 기병 없이 일본 열도를 통일했다. 3교대 사격 전술과 장창 전술로 상대 진영의 기병을 무너뜨렸다. 3교대 조총 사격조 운용은 조총 연속 발사에 걸리는 시간을 최소화하기 위한 전술이었다. 3교대로 번갈아 쏘면 1분 이상 걸리는 준비 시간을 20초 내외로 줄일 수 있었다. 고니시의 머릿속에서는 전투가 어떻게 끝날지 이미 그려졌다.

"소관이 나아가 단번에 요절내겠습니다."

성미 급한 장수 하나가 나섰다.

"잠시 기다려라. 배수진을 친다는 것은 죽기를 각오했다는 뜻, 우리가 천천히 다가갈수록 기다리는 저들이 더 초조해질 것이다. 조급함이 가장 큰 실수가 될 터, 오늘은 충주에서 쉬도록 한다."

다음 날 탄금대 앞 자갈 벌판.

조총 부대를 효과적으로 운용하려면 유인 및 기만 전술이 필요했다. 그리고 상대가 조총의 사정거리 안으로 들어오도록 하기 위한 여러 가지 공작을 계획해 두었다. 3교대 발사 방식으로 운용하는 조총부대가 열을 지어 앞으로 나아갈 때 측면에서 협공을 받으면 몰살당하기 쉽기 때문에 조선 보병이 다가오는 것을 방어할 계책도 세웠다.

고니시는 병력 대부분을 숨기고 소수의 유인부대를 앞세웠다. 유인부대는 스스로 표적이 되고자 커다란 깃발을 앞세우고 신립의 기병이 먼저 공격하기를 기다렸다. 아니나 다를까, 고니시의 보병이 앞으로 나서자 신립은 왜군을 얕보고 먼저 기병 5백으로 선공을 감행했다. 고니시의 보병이 급하게 후퇴해 목책 뒤로 도주했다. 신립의 기병도 일시 후퇴했다.

신립은 고니시의 목책이 낮을 것을 보고 고니시를 비웃었다. 하지만 거꾸로 고니시가 신립을 비웃고 있을 줄은 몰랐다.

보병들이 저지 목책과 단창으로 저항하는 체하다가 다시 후퇴했다. 신립의 기병들도 본대로 일시 후퇴했다. 두 차례의 접전 끝에 신립은 고니시의 군대가 겁을 먹고 후퇴하는 것으로 판단했다. 목책도 낮고 허술하게 보였으며, 왜군 대장 뒤 좌우로 보이는 군대는 수천에 불과했다.

신립은 일제 공격을 감행했다. 기병 3천을 모두 앞세우고 보병 5천을 뒤따르게 한 것이다. 1진 기병이 1차 저지선 목책을 넘기 위해 도움닫기를 하는 순간 목책 뒤에서 20척(6미터) 길이 장창이 일시에 돌출되며 목책이 거대한 성벽으로 변했다. 말들이 기겁을 해서 멈추려고 발버둥을 쳤다. 이와 동시에 왜군 조총 1,500발이 발사되었다. 밀려들던 기병들이 멈추지 못하고 돌진하자 장창에 찔려 무수히 쓰러졌다. 20초 뒤에 다시 조총 1,500발이 발사되었다. 잠시 뒤 또다시 1,500발이 발사되었다. 몇 차례에 걸쳐 조총 1만여 발이 발사되었다. 조선군의 기마는 총소리에 놀라 흩어지고 자빠졌으며 총알을 맞고 추풍낙엽처럼 자갈 벌판에 쓰러졌다. 병사들도 마찬가지였다. 왜군의 얼굴도 보지 못한 채 조총을 맞고 죽거나 반쯤 죽었다가 환도에 확인 사살되었다. 순식간에 3천 병력이 사라졌고, 다시 또 순식간에 조선군 8천은 모두 궤멸되었다.

신립은 참모 김여물과 함께 달래천에 몸을 던져 스스로 목숨을 끊었다. 충직하지만 미련하기만 한 자의 죽음이었다.

왕은 자기가 가장 총애하던 셋째 아들 신성군의 장인이자 조선 최고의 용장이라는 명성을 지녔던 신립이 전투에서 이겨 왜군의 예봉을 꺾어서, 신성군이 형인 광해군을 젖히고 세자 책봉의 유리한 고지에 오르길 바랐을 테지만, 그런 일석이조의 희망도 함께 사라졌다. 이 전투에서 조선이 한 가지 얻은 게 있다면, 이후 정기룡과 같은 장군이 조총으로 무장한 왜군을 상대로 기마병을 운용해서 이기는 전술을 마련해서 육지에서 연전연승할 수 있는 시금석이 되었다는 점이다.

고니시의 진군은 거침이 없었다. 한강에도 조선 수군은 한 명도 없었다. 한강을 방어해야 할 도원수 김명원은 왜군을 보자마자 관복 대신 무명저고리로 갈아입고 무지렁이인 양 변장해서 도망쳤다. 한강에 배가 없었지만 고니시 부대는 나무를 베어 뗏목을 만들어 타고 건넜다.

고니시가 한성을 점령한 것은 5월 3일이었다. 간발의 차이로 가토보다 앞섰다. 부산에 상륙한 지 18일 만이었다.

고니시는 불타 버린 경복궁의 지하 창고에서 조선 왕실의 보물도 손에 넣었다. 그중에서 특히 고니시의 혼을 뺀 것은 여섯 마리의 용이 그려진 사람 크기의 거대한 백자 항아리였다. 황홀했다. 혼이 마치 항아리로 홀려드는 듯 했다. 고니시는 백자 항아리에서 한참 동안 눈을 떼지 못했다. 그뿐만 아니라 고니시는 한성을 뒤져 값나가는 물화들을 약탈했다. 약탈은 열흘 동안 계속되었다. 엄청난 양의 서화와 고서, 불상, 도자기, 장(欌)들이 창고 안에 차곡차곡 채워졌다.

고니시는 왕실 보물 가운데에서 도요토미에게 보낼 것들을 골라 배 두 척에 실어 낙동강으로 내려 보냈다. 나머지는 소 요시토시가 대마도로 운반했다. 이것만으로도 고니시는 전쟁의 목적을 다 이룬 셈이었다.

— 5 —

이보다 보름쯤 전.

충주의 대상(大商)인 백로와 그의 아들 종매가 진주로 들어갔다. 말 세 필의 잔등에 백자 다기(白瓷茶器) 200첩을 얹어서 옥녀봉 아래 가장 큰 기방인 명월관으로 들어섰다. 명월관에 그들이 만나야 할 중간상인이 있었다.

"기다리고 있었습니다. 대도방 어른."

명월관의 주인이자 중간상인인 월희가 반갑게 맞아 주었다.

종매가 월희에게 넙죽 인사를 했다.

"안녕하셨나요 누님?"

"동생 왔어? 그새 또 더 훤칠해졌구나, 아직도 여드름을 두둑두둑 달고 다니는 걸 보니 어린아인데… 덩치는 어른이니, 호호호!"

아닌 게 아니라 종매는 스물세 살의 나이보다 훨씬 앳되어 보이는 얼굴이었다. 월희가 종매를 놀리며 깔깔 웃다가 금세 얼굴이 어두워졌다.

"헌데, 부산 쪽에 무슨 일이 생겼나 봅니다. 왜놈들이 배를 타고 건너왔다는 말을 듣기는 했는데… 그쪽 상인이 오지 않았습니다, 언제 오겠단 기별도 따로 없고."

"할 수 없지요, 그대가 대신 전해 주시오."

"그놈들이 무슨 수로 큰 바다를 그렇게 한꺼번에 건널 수 있겠나 해서요."

"모르는 말씀, 왜놈들이 조선에 들락거린 지가 오래되었소. 허! 큰일이로다. 난리가 난 게 틀림없소."

"부산과 진주는 가까우니 이곳으로도 몰려오겠지요?"

월희가 걱정스레 말했다.

"그렇겠죠, 저놈들이 전라도로 가려면 이곳 진주를 지나야 하니까요."

"큰일이로군요…"

종매가 자기 주먹으로 가슴을 탕탕 치면서 큰소리를 쳤다.

"누님, 내가 지켜드리지요. 왜놈들이 오면 모조리 요절을 내서
바다에 갖다 버릴 테니까요."

"호호호, 전쟁터에서도 죽지 않는 게 기생이니 걱정 마시게. 동
생은 어른을 따라가서 그곳을 지키기나 하게. 나는 나대로 살 길을
찾을 테니까."

백자 다기(茶器)는 주로 왜인들이 사 가는 물건이었는데 백로가
가져오는 다기는 최고급 자기로서 일본 왕실이나 귀족들에게 공급
되는 물건이었다. 월희는 금붙이와 왜인들에게서 받은 은덩어리로
값을 치러 주었다.

거래를 마친 백로 부자는 바로 길을 나서 충주로 올라갔다. 올
라가는 도중 왜군 척후병을 만나기도 하고 지방관들이 올려 보내
는 급한 파발마들도 보았다.

"아버지, 조선 군대가 왜놈들을 막을 수 있을까요?"

"턱도 없는 소리다. 나라가 타락하고 왕이 주색잡기로 세월을
보내는데 군대가 엄정하게 유지되었을까?"

"그럼 어쩌죠?"

"어쩌긴 뭘 어째 이놈아, 알아서 살 길을 찾아야지."

"나가서 싸워야지요."

"허튼 소리 마라. 왜놈들이 다스리든 조선 왕실이 다스리든 무
슨 상관이냐? 우리야 장사만 잘해서 돈만 벌면 그만인데. 괜히 헛

심 빼지 마라."

"저는 못 참아요. 왜놈들이 눈앞에서 알짱거리는 걸 두고 볼
수 있나요? 저는 의병을 조직해서 왜놈들을 몰아 낼 겁니다. 적어
도 오갑산과 앙성 근처에는 못 오게 해야지요."

"아따 이놈아, 의병을 일으키는 사람도 다 지 살길 찾자고 하는
일인데, 너도 너 살 길 찾아야지, 앵이는 어떡하고?"

"앵이요?"

종매는 앵이 이야기가 나오자 금방 입이 헤벌쭉하게 벌어졌다.
그 볼그족족하고 탱탱한 뺨이며 귀엽게 앙칼진 눈매, 참새처럼 폴
짝거리는 자태만 생각해도 저절로 싱글벙글이었다.

"에라 이놈아!"

백로가 아들의 등짝을 세게 때렸다.

부자는 그렇게 승강이를 하면서 서둘러 충주로 올라간 다음
오갑산 산중에 있는 독마을에 사기장들을 모아놓고 설득했다.

"앙성과 신니에 있는 모든 가마를 일시 폐쇄하고 피신해야 하
오. 모두 단양 석굴로 들어가야 합니다."

그동안 만들어 놓은 그릇이 13만 점에 이르고 식량도 2천 석
이상 저장해 놓았으니 일이백 명이 일 년 이상 숨어 사는 데에는
지장이 없었다.

"설마 왜놈들이 이곳까지 오것슈?"

"설마가 아니라, 다들 알다시피 내가 부산에서 오는 왜인들과
알고 지낸 지가 얼마요, 이번에 저들이 오면 맨 먼저 사기장부터
잡아간다고 했소."

"대체 우리를 왜 잡아간다는 말이오?"

"허 참 답답들 하네… 일본에는 그릇 만드는 기술이 변변찮아요. 그래서 도요토미가 기술자들과 장인들, 사기장들을 납치해 오라고 했고 도요토미의 장수들도 그릇에 눈이 멀어 사기장을 잡아갈 거라고 합디다. 어서 피해야 하오. 앙성과 상주에는 반드시 들어올 거요. 이 이야기는 우리가 거래해 온 왜인 상인에게서 직접 들은 거니까 틀림없는 말이오, 알아듣겠소들?"

백로는 사기장들을 단양 석굴 속으로 피신시키고 물화도 모두 숨겼다. 가마 90여 기는 입구를 막고 나무를 덮어 은폐했다.

— 6 —

그 사이 종매는 앵의 가마로 달려갔다. 앵의 가마는 외딴 산골짜기에 따로 떨어져 있었다. 도자기에만 푹 빠져서 사는 앵은 무엇을 하는지 눈만 뜨면 가마에 붙어 있었다.

"앵아!"

종매가 울타리 밖에서 소리쳤다.

"앵아, 서방님 오셨다!"

앵이 흙을 주무르다가 고개를 들고 얼굴을 내밀었다.

"왔어?"

"큰일났다!"

"뭐가?"

"왜놈들이 쳐들어왔어. 피해야 돼."

"왜?"

밑도 끝도 없는 말을 앵이 알아들을 리 없었다.

"왜놈들이 쳐들어왔고, 이놈들이 사기장들을 납치하려고 하고, 모두 단양 석굴로 피신하기로 결정했으니 너도 우리 아버지를 따라 가야 해."

종매는 앙성까지 오는 도중에 만났던 피난민으로부터 왜놈들이 남녀노소 가리지 않고 사람들을 얼마나 잔인하게 죽이는지 들었다. 이 이야기에다가 왜놈들이 젊은 여자를 무자비하게 겁탈하고 죽인다는 얘기까지 마구 지어내서 직접 보기라도 한 것처럼 가장 끔찍하게 묘사해서 설명했다. 뭐든 한번 하기로 하면 끝까지 고집을 꺾지 않는 앵의 성격을 잘 알기에 종매는 앵이 잔뜩 겁을 집어먹도록 이야기를 부풀렸다. 자기 가마를 굳이 이런 외딴 곳에 따로 지은 것도 그런 이상한 고집의 한 가지 예였다. 물론 그 덕분에 종매가 주변 사람들을 따로 의식하지 않고 앵의 도톰한 젖가슴과 엉덩이를 바라볼 수 있는 기회가 있어서 좋긴 했지만…

"오라버니는?"

"나는 의병을 조직할 거야, 왜놈들이 이쪽으로 들이닥치지 못하도록 막아야지."

"큰소리는… 안 무서워?"

"안 무서워, 까짓 왜놈들 뭐…"

그러면서 종매는 슬금슬금 앵에게 다가갔다.

"앵아…"

종매의 은근한 목소리와 눈빛이 무슨 뜻인지 앵도 알았다. 앵의 눈이 반짝였고, 종매를 기다리는 앵의 입술이 떨렸다. 열아홉 살과 스물세 살의 사랑이 익숙하게 흔들렸다.

앵은 고아였다. 앵의 아버지는 사기장이었는데 앵이 아홉 살 때 피를 토하는 병을 앓다가 죽었고 앵의 어머니는 그보다 두 해 먼저 역시 피를 토하는 병으로 죽었다.

"그릇은 우리 인간의 손발 같은 것이다. 그릇이 없으면 동물과 다름없다. 그러니 사람들에게 도움을 준다는 마음으로 그릇을 만들어야지 돈을 생각하고 만들면 그릇이 아니라 돌덩이가 나온다."

이것이 앵이 기억하는 아버지 불마개의 유일한 말이었다. 이상하게 아버지의 얼굴은 세월이 갈수록 희미해졌지만 아버지의 그 말은 더욱 또렷하게 늘 귓전에 맴돌았다.

앵의 아버지 불마개와는 이미 오래 전부터 알고 지내던 종매의 아버지 백로는 불마개의 사기장 솜씨를 몹시 아까워했고, 또 그와의 의리를 지키려고 고아가 된 앵을 거두어다가 키웠다. 그런데 앵은 아버지의 재능을 이어받았는지 어린 나이였음에도 불구하고 사기장 솜씨가 출중했고, 또 해가 다르게 안목이 깊어지고 또 손끝이 예리해졌다. 백로는 앵이 언젠가는 큰 장인이 될 것이라고 믿었고, 또 앵을 종매의 짝으로 진작부터 정해 두고 있었다.

종매는 서둘러 의병을 조직했다. 포수와 군역에 나가지 않고 숲 속에 숨어 있던 젊은이들이 주축이었고 2백 명 가까이 되었다. 백로가 종매에게 안겨준 두둑한 양식과 은전이 무엇보다 큰 힘이 되었다. 백로도 아들의 고집을 꺾을 수 없다는 걸 알기에 일찌감치 손을 들었다.

종매는 오갑산 주변 길목에 참호와 방어벽을 만들었다. 부족하지만 칼이나 활, 그리고 박달나무와 참나무 등으로 몽둥이도 만들어 준비했다. 한바탕 땀을 뺀 뒤에 잠시 손을 놓고 있는데 앵의 목소리가 들렸다.

"오라버니!"

앵은 칼까지 척 하니 차고 있었다.

"뭐야… 단양 석굴로 가지 왜 이리로 왔어?"

"오라버니 지켜 주려고."

앵이 칼을 빼들고 척척 휘둘러 보였다.

"그래?"

종매가 기습적으로 칼을 뻗었다. 앵이 어느새 칼을 뽑아 종매의 공격을 막고 오히려 종매의 얼굴을 향해 찔러 들어갔다.

"아, 잠깐 잠깐!"

종매도 어쩔 수 없었다. 앵의 고집을 꺾을 수는 없었다. 여태까지 단 한 번도 앵의 고집을 꺾은 적이 없었다. 대신 종매는 갑옷 하나를 가지고 왔다. 앵이 갑옷을 입고 이리저리 몸을 움직여 보았다. 갑옷은 앵의 몸에 딱 맞았다.

"철편은 담금질을 열 번 정도 한 거야. 조선도로도 못 뚫어."

"고마워, 오라버니."

"이제 오라버니 소리 그만 좀 들으면 좋겠다."

"뭐야? 왜?"

"우리 혼인하자구."

"또 그 소리?"

"전란도 일어났잖아."

"전란이 왜?"

"난 네가 언제 갑자기 없어질지 몰라서 겁이 난단 말이야."

"작년에는 흉년이 들었다고 혼인 빨리 하자더니, 싫어."

"앵아…"

"오라버니가 좋지만, 한 남자의 여자로 살기는 싫어. 남자의 종이 되어서 살기는 싫어."

"내가 평생 네 종으로 살게."

"싫어!"

앵은 그렇게 말하면서 뒤로 훌쩍 몸을 빼며 칼을 이리저리 휘두르며 갑옷이 거추장스럽지 않은지 확인했다.

"어떤 놈이든 나를 차지하려고 덤비면 모가지를 잘라 버릴 거야, 이렇게, 뎅강!"

앵의 휘두르는 칼끝이 닿는 곳에서는 작은 나뭇가지들이 우수수 떨어져 내렸다. 짐승처럼 풀쩍 솟구쳐서 허공에서 몸을 한 바쥐 빙글 돌리고는 사뿐하게 내려앉는 앵.

"오라버니도 예외가 아니야. 알았지?"

종매는 고개를 절레절레 저었다.

4월 28일, 고니시는 신립을 격파한 뒤에 마츠우라 시게노부(松浦鎭信)에게 정예 병사 70명을 주고 명령을 내렸다. 이 작전은 충주에 들어오기 전에 이미 세워져 있던 것이었다.

"이곳 충주에 1급 도공(사기장을 일본에서는 '도공'이라 부름)들만 백여 명이 있다. 오갑산 근처와 앙성면, 신니면, 살미면, 중원 미륵면에 가마가 백여 기나 있다고 한다. 오늘 밤 나가서 닥치는 대로 도공을 잡아 와라."

마츠우라는 탄금대에서 후위에 있느라 변변한 공을 세우지 못한 게 분했다. 게다가 도공을 잡아 오라니, 무사 위신에 자존심이 상하는 임무였지만, 그래도 고니시 장군이 중요한 임무이니 반드시 성공해야 한다고 몇 번이나 강조를 한 게 그나마 위안이라면 위안이었다. 하지만 아무리 그래도 사기장들을 상대해야 한다는 건 영 시시했고, 그랬기에 그저 소풍 가는 셈치고 조선 풍광이나 구경하자는 생각이 반쯤 그의 머리를 차지하고 있었다.

'젠장, 구경이라면 달이라도 밝아야지, 달도 없는 그믐에…'

조선인 길꾼을 앞세워서 말을 타고 밤길을 두어 시간 걸었을까, 앙성으로 들어가는 고갯길에 올랐을 때였다. 어딘가에서 검은 형체들이 우두두두 튀어나왔다. 습격이었다. 어둠 속에서 비명이 이어졌다. 한바탕 백병전 끝에 겨우 불을 밝히고 보니 무사들은 흔적도 없고 마츠우라의 부하들만 칼을 맞고 쓰러져 있었다. 남은 부하들은 멍하니 서로 쳐다보고 서 있었다.

"살아남은 자가 몇이냐?"

"서른 명이 채 안 됩니다."

이들의 대화가 미처 끝나기도 전에 어둠 속에서 바람을 가르는 소리들이 들렸다.

슈슈슉!

화살이었다. 남은 병사들 가운데 반이 고슴도치가 되어 죽었다.

마츠우라는 이미 죽었는지 명령을 내리는 사람도 없었다. 공포에 질린 왜군이 왔던 길로 도망을 쳤지만, 서른 걸음쯤 갔을 때 다시 화살이 쏟아졌다. 그 화살을 뚫고 달아난 왜군도 예순 걸음쯤 달아났을 때 다시 팽팽하게 잡아당긴 가로줄에 걸려서 넘어졌고, 그 위로 칼들이 번득였다. 살아남은 왜군이 숲으로 뛰어들었지만 거기에서는 칼이 번득였다. 이렇게 한 시간 가량 토끼몰이를 한 끝에 마침내 사방이 조용해졌다. 어둠 속에서 속삭이는 소리가 들렸다.

"모두 뒈졌나?"

"그런 거 같지?"

숲에서 종매와 앵을 비롯한 매복자들이 나왔다. 이들은 불을 밝혀 구덩이를 파고 그곳에 시체를 넣고 덮었다. 흔적을 남기지 않기 위해 깨끗하게 덮었다. 소나무 가지를 잘라서 바닥을 쓸어 핏자국을 감추는 종매에게 앵이 다가와서 조잘거렸다.

"오라버니는 몇 명 잡았어? 어?"

하지만 종매는 앵의 말을 들은 체도 하지 않았다. 생각할수록 앵이 괘씸했다. 한 남자의 여자로는 살기 싫다고? 그럼 몇 남자의 여자로 살겠다는 거야? 돌아오는 길에 앵이 또 말을 걸었지만 대답하지 않았다.

"삐졌어?"

앵이 종매의 옆구리를 쿡 찔렀지만 종매는 앵에게 발길질을 했다. 앵은 토끼처럼 폴짝 뛰어서 피하며 깔깔 웃었다.

"삐졌구나?"

사나이 마음을 이렇게나 헝클어뜨려 놓고 어떻게 저렇게 천진난만하게 웃을 수 있는지, 종매는 미칠 노릇이었다.

— 8 —

슈 아키다로와 그의 형제들이 유구를 비워두고 조선으로 가기 전에 해결해야 할 과제가 있었다. 유구의 안전을 확보하는 것이었다. 슈 아키다로는 미야리군도, 바탄섬, 복강도, 표도, 고도, 종산도, 하이난섬, 향항, 대만섬, 대마도 하도 등으로 사절을 보내 13개 섬 21개 파 해적과 상호불침협정을 맺었다. 그리고 목표했던 화약 제조 물량과 배 건조도 모두 끝냈다.

4월이었지만 아직 밤바람은 찼다.

대남이 아키다로에게 슬그머니 다가와서 말을 꺼냈다.

"형님, 무슨 생각 하십니까?"

"장사 잘해서 돈 벌 생각하지."

"형님, 이번에 그냥 장사만 하실 요량입니까?"

"아니면?"

"이번 기회에 아예 조선을 요절냅시다."

아키다로는 대남의 왼쪽 뺨에 길게 나 있는 흉터를 볼 때마다 마음이 아팠다. 여덟 살 때 아버지는 억울하게 죽음을 당하고 어머니와 함께 노비로 팔렸는데, 열두 살 때 어머니가 주인에게 겁탈 당하는 걸 보고 돌멩이로 주인의 머리를 찍었고, 화가 난 주인은 본때를 보인다면서 대남의 왼쪽 광대뼈에서 아랫입술까지 단검으로 찢어버렸다. 단검의 날은 뺨을 찢고 잇몸까지 찢었다. 그래도 분이 풀리지 않은 주인은 어미를 개 패듯이 팼고, 자기 씨를 받아서 태어난 네 살짜리 동생을 섬돌에 던져서 죽였다. 실성한 어머니는 시퍼렇게 깊은 소(沼)에 몸을 던져 죽었고, 대남은 어미를 묻은 그 날 밤에 주인의 단검을 훔쳐서 주인의 목을 땄다. 열두 살 나이였지만 열대여섯 살 덩치에 이미 장정 한 사람을 몫을 하던 대남으로서는 그리 힘든 일이 아니었다.

"형님이 거둬 주시지 않았다면, 지금도 조선에서 개처럼 돼지처럼 살고 있겠죠, 아니면 몽둥이찜질을 당하고 이미 거적때기 덮어 썼거나."

"장사꾼은 과거에 연연하지 않는다고 몇 번이나 얘길 했건만, 쯧쯧쯧!"

아키다로가 혀를 찼다.

"형님은 용서할 수 있습니까? 나는 조선의 모든 것들, 양반이고 선비고 닥치는 대로 베고 싶습니다."

대남이 처음 아키다로를 따라서 해적이 된 건 복수하기 위해서였다.

아키다로가 대남의 손을 잡았다. 넓적 돌멩이 같은 손이었다.

"복수심… 이런 건 우리를 약하게 할 뿐이다. 우리 목표는 우리 자신을 위해서 또 유구를 위해 돈을 버는 일이다. 조선을 편들 필요도 없고 일본을 편들 필요도 없다. 누구를 미워할 필요도 없다. 우리가 상인임을 잊지 마라."

그때 뒤에서 끼어드는 목소리.

"호호호, 오빠 진짜 약속할 수 있어요?"

"칼이 저절로 춤을 추더라는 핑계는 이제 식상한데."

팽세와 사이온이었다.

네 사람이 둘러앉았다.

"그래, 말이 나온 김에 분명히 얘기하마. 일본이 적어도 20만 병력을 동원할 것이고 조선도 결국에는 이래저래 20만 병력은 동원할 것이다. 우리는 이들을 상대로 장사를 할 것이다. 필요할 때 칼을 쓰되, 일본이나 조선의 칼끝이 우리를 겨누게 해서는 안 된다. 우리가 40만을 적으로 돌릴 수는 없으니까 말이다."

대남이 툴툴댔다.

"형님 말씀은 무조건 도망치고 숨자는 거죠. 우리 병력이라고 해봐야 목수나 야철장 같은 기술자를 제외하면 4백 명 정도밖에 안 되니까."

"팽세는?"

아키다로가 팽세를 바라보았다.

"강력한 위세를 유지해야 합니다. 비록 규모가 적은 병력이라도 도발에는 반드시 보복하여 상대로 하여금 덤비지 못하게 해야 합니다. 절대 우리를 얕보게 만들어선 안 됩니다."

늘 그랬듯이 팽세는 청산유수의 제갈량이었다.

"기습, 저격, 보복. 어떤 적이든 이 세 가지로 기세를 꺾어야 합니다. 적의 중심을 쳐서 공포심과 좌절감을 안겨 줘야 합니다. 죽음보다 두려운 게 공포심이거든요."

"그럴 일이 있으면 내가 앞장서지."

대남이 이빨을 드러내며 씩 웃었다. 팽세가 계속해서 말을 이었다.

"우리의 기본 전략은 조선을 중계무역의 기지로 이용하는 겁니다. 이번 기회에 고니시의 독점을 깨면 우리에게 많은 이문이 떨어질 겁니다."

그랬다. 명, 조선, 왜를 가로로 잇고 명, 왜, 유구, 남방제국을 세로로 이어서 열십자로 묶으면 거대한 무역로가 형성된다. 이 거대한 무역로를 지배하면 유구는 백년 부국이 되어 세상을 지배할 수 있었다. 슈 아키다로가 꿈꾸던 원대한 포부였다.

"고니시 가문이 서서히 힘을 키워 가게 두고 볼 수는 없습니다. 무역 질서를 우리가 뺏어 와야 합니다."

대남이 싱긋 웃으며 엄지손가락을 치켜세웠고, 아키다로도 흡족하게 고개를 끄덕였다.

"오라버니, 유구를 오래 비우는 만큼 이곳의 방비책을 세워 둬야 합니다."

사이온이었다.

"비록 신사협정을 맺긴 했지만, 해적들 가운데에는 분명 약속을 깨고 유구를 습격하는 자가 나올 겁니다."

유구국의 조정이 있는 중심 섬은 파도가 거세서 항구가 몇 개밖에 없었고, 게다가 암초가 많고 낙제(落)라는 해류 소용돌이가 있어서 함부로 접근할 수 없었기 때문에 뱃길을 모르면 큰 배는 드나들기 어려웠다. 또 포르투갈 사람에게서 사 온 불랑기포 25기가 해안에 배치되어 있었다. 그래도 주변 지리를 잘 아는 소규모 해적 떼에게는 이런 게 아무런 소용이 없을 수 있었다.

믿을 만한 형제 누구 하나가 더 남으면 좋겠지만, 조선에서 해야 할 일들을 생각하면 그럴 수도 없었다. 하지만 아키다로는 이미 대책을 생각해두고 있었다. 조선에 가 있는 상덕로 왕자를 귀국시켜 방위를 맡길 생각이었다. 상덕로는 조선에서 유구의 상권을 관리하고 있었다.

"형님, 이번에 얼마나 벌 생각입니까?"

"5백만 량은 벌어야지, 은전으로."

당시 쌀 한 가마 가격이 은으로 두 량 반이었고 유구 재정 규모가 한 해에 20만 량쯤이었으니 500만 량은 어마어마한 액수였다. 그때까지만 하더라도 형제들은 아키다로의 말을 그저 많이 벌자는 얘기쯤으로 여겼다. 현실에서 구경할 수 없는 금액이었다. 하지만 어쨌거나 다들 기분이 좋았다.

잔치판이 벌어졌다. 횃불이 일렁였고 찬과 기가 땅재주를 훌쩍 훌쩍 넘었고 대남이 두볼 및 무불리와 어울려 칼춤을 추었다.

— 9 —

5월 1일, 대망을 품은 유구국 상인 병단이 마침내 상녕왕과 백성들의 배웅을 받으며 조선을 향해 출발했다.

유구를 떠나 동남풍과 편서풍을 타고 동중국해를 거쳐 제주도에 도착한 것은 5월 8일이었다. 아키다로는 서귀포에서 고영남을 만나 상회관을 세우기로 합의했다. 외국인과 거래할 물화들을 주로 취급하는 시장이었다. 고영남은 제주도 사람으로 유구 상인의 오랜 거래처였다.

밤에 제주도를 출발하여 거문도에 도착한 것은 5월 10일 새벽이었다. 잠시 정세를 살피기로 하고 하선하여 마사(馬舍)와 임시 유숙을 세우고 선원들을 쉬게 했다. 거문도 항은 천혜의 요새였다. 동도와 서도 사이에 암석산이 팔처럼 에워싸고 있어서, 항구 밖에서 아무리 거친 파도가 들이쳐도 내항은 호수처럼 잔잔했다. 아키다로는 오래 전부터 그곳을 거점으로 조선과 밀무역을 했으며, 조선과 유구 사이에 오가는 사람들을 안내했었다.

찬과 기가 정탐조를 지휘했고, 흥양과 여수로 나갔던 정탐꾼이 이틀 뒤에 돌아왔는데, 경상도는 이미 왜군의 손에 들어갔고 전라 좌수영 군대가 왜의 서진을 막으려고 동쪽으로 떠났다고 했다. 너무 빠르게 진행되고 있었다. 전쟁이 빨리 끝나면 장사를 할 기회가 적어진다는 뜻이었고, 낭패였다.

"우리라도 조선군을 도와야 하는 게 아닙니까?"

팽세가 말했다.

"상황을 파악하는 게 급선무다. 어서 사량으로 가 보자."

일행을 태운 배는 전속력으로 달려 사량도 실바위 앞 잠도에 도착했다. 잠도는 무인도인 데에다가 거친 파도가 해안선을 때려 어부들이 배를 댈 수 없는 곳이었다. 또 섬에는 해송이 빽빽하게 들어차 있어 바깥에서는 섬 안이 보이지 않았다. 이 점을 이용하여 미리 은밀하게 배 댈 곳을 만들어 두고 또 섬 깊숙한 곳에 대장간도 지어 두었었다. 요컨대 이곳은 유구 상단의 또 다른 거점이었다. 아키다로는 석탄을 대장간에 하선시키고 사량도로 건너가 실바위 맞은편인 섬 북쪽 면에 상륙했다.

그리고 한 달을 계획하고 부두를 만들고, 배를 넣어둘 수 있도록 해식동굴을 넓혔으며 수백 명이 거주할 임시 유숙을 짓는 작업에 들어갔다. 벽을 세우고 흙을 바르는 일은 차차 하기로 했다.

정탐조의 보고로는 고니시의 1진과 가토의 2진, 구로다의 3진이 이미 한성과 함경도를 점령했다고 했다. 조선군은 예상보다 훨씬 더 무력했다.

사량에 온 지 엿새째 되던 날이었다.

배 두 척이 사량도로 다가오고 있었다. 조선 수군의 깃발을 달고 있었다.

"형님, 한방 먹일까요?"

대남은 아키다로가 대꾸도 하지 않자 입맛만 쩝쩝 다셨다.

이윽고 배가 닿았고, 지휘관인 듯한 사람 두 명이 배에서 내렸다.

"나는 경상 우수영의 조방장 기효근이다. 너희는 누구냐? 신분을 밝혀라."

"나는 이곳 사량의 만호 이여념인데, 너희는 대체 누구기에 나의 허락도 받지 않고 여기 들어와 있는가?"

"소생은 명나라 상인 변추라고 합니다. 이곳에 잠시 머물까 하니, 미리 허락받지 않은 점 용서하시오."

"이곳은 위험한 전쟁터다. 조선 수군의 경계선 끄트머리에 있는 곳이라 우리 눈길이 머물기 힘든 곳이니 속히 다른 곳으로 떠나라."

"하하하, 소생들은 제 목숨 하나는 지킬 줄 압니다."

"허, 참 답답한 일이로세, 귓구멍이 막혔나?"

그러자 갑자기 대남이 앞으로 나섰다.

"우리 일은 우리가 알아서 하니까 썩 꺼져라, 모가지를 잘라 버리기 전에."

대남이 긴 장검을 뽑아 바람을 가르는 소리를 내며 휘둘렀다.

"너희들이 정 고집을 부린다면 병력을 끌고 와서 강제로라도 퇴거시키겠다. 그때에는 여럿이 몸을 상할 텐데 그래도 좋으냐?"

아키다로가 차분한 목소리로 대답했다.

"우리는 이곳을 떠나지 않을 것이오. 군대를 끌고 오건 말건 알아서 하실 일이고, 한 가지 분명히 밝히자면 우리는 조선 수군과 좋은 관계를 유지하고 싶소이다. 우리는 그저 장사꾼인데 우리를 적대시할 필요는 없잖소."

"형님! 까짓것 오라고 하시지요. 모조리 죽여 버릴 테니. 오합지졸들이 와본들 어쩌겠습니까? 모조리 싹 베어 버립시다."

대남이 쩌렁쩌렁한 목소리로 소리쳤다. 기가 꺾인 장수 두 명이 귓속말로 속삭였고, 기효근이 말했다.

"우리에게 적대 행위를 하지 않겠다니 믿겠소. 사량 만호와 서로 의논하여 이곳 사량을 안전하게 방비할 수 있는 방책을 찾아보시오."

"소생을 믿어 주시니 고맙소이다."

이여넘은 대항, 금평, 사포, 동지포에 돈대를 유지하고 있었지만 병력이 너무 적어서 사량도 사실상 주민들로 구성된 민병 수비대가 지키는 셈이었다. 무기도 부족했고 병사들의 나이도 많았다. 무엇보다 섬은 가난했다. 그래서 아키다로는 섬에 도착하자마자 주민들에게 자기가 상인임을 밝히고 식량을 나누어주며 협조를 구했다. 또 돈과 곡식을 주고 사량의 어부들을 뱃길 안내인으로 고용했으니, 주민들로서는 고마울 따름이었다.

이런 사실을 확인하자 이여넘은 한결 부드러운 태도로 아키다로를 대했다. 당시에 원균 휘하의 경상우수영 병력은 초라했다. 군선은 세 척뿐이었고 수군의 숫자는 겨우 6백 명 조금 넘었다. 이

가운데서도 격군을 빼고 나면 전투병은 3백 명 남짓이니 사실상 독자적인 전투를 수행할 수 없을 정도였다. 그러니 사량은 포기한 곳이나 다름없었다. 그런데 외국의 상단이 나타나서 사량을 왜구로부터 지켜 주겠다고 하니 사량 만호로서도 고마울 따름이었다.

사량 만호 이여념은 얼마 뒤 사량을 떠나 경상 우수영의 본영이 있는 거제 가배량으로 돌아갔다.

제 2 장

전라좌수사 이순신

— 10 —

1592년 5월 13일, 거제도로 갔던 정탐꾼이 뜻밖의 보고를 했다.

전라 좌수영 군대가 5월 7일 옥포에서 왜선 쉰 척을 부수고 5월 8일에 돌아갔다는 것이었다. 아카다로는 급히 옥포로 가 보았다. 부서진 왜선의 잔해가 해안 여기저기에 처박혀 있었다. 포구 안의 민가들은 불타고 사람들은 없었다. 해안가 여기저기를 살펴보니 왜군 시체들이 바닷물에 떠밀려 와 있었고 시체를 한곳에 모아 태운 흔적도 있었다. 난파된 왜선에 올라가니 여기저기 조선 수군의 장전(*굵고 긴 화살)이 꽂혀 있었고 조란탄의 쇠구슬들도 보였다. 갑옷을 뚫은 편전에 목숨을 잃은 왜군 시신들이 퉁퉁 불은 채 배 안에 그대로 남아 있기도 했다. 부서진 왜군 함선들은 기둥이 부러지거나 옆구리가 뚫려 있었다.

조선 수군은 예상하던 것보다 강했다.

장전만 해도 그랬다. 화살의 길이가 여섯 자(*한 자는 30센티미터)이고 굵기는 엄지손가락만 했다. 이렇게 큰 화살을 날릴 수 있는 활이 조선에 있다니 놀라웠다. 이 화살의 파괴력은 왜군의 두 치(*한 치는 3센티미터) 방패를 뚫고 지나가 함선의 기둥마저 부러지게 했다. 화약의 폭발력으로 발사한 게 분명했다.

"형님, 이것 보십시오, 화살이 팔뚝보다 더 굵습니다!"

피령전이었다. 모과만한 쇠구슬도 박혀 있었다. 그 정도 쇳덩이를 날린다는 것! 조선 수군이 불랑기포에 버금가는 대포를 운용한다는 뜻이었다. 불랑기포가 아니면 천자총통이었다.

아키다로는 잠시 생각에 잠겼다.

조선의 화약은 흑색화약이라 성능이 떨어진다. 이 정도의 쇠구슬을 날릴 정도라면 화약의 량이 30량(*한 량은 약 40그램)은 되어야 한다. 조선 대포에 화약이 제법 많이 들어가는구나. 한 척의 배에 좌우로 대포를 12문 장착하고 전투 중에 대포 하나가 20발을 쏜다면, 대포 한 문당 화약이 최소 600량이 필요하므로 배 한 척이 한 번 전투를 할 때 필요한 화약의 최소량은 240근이다. 50척이라면 무려 12,000근이나 필요하다. 게다가 발화탄과 진천뢰, 그리고 개인 화기인 소승자총통까지 계산하면 매 전투마다 대략 2만 근이 필요하다는 계산이 나온다. 조선의 기술 수준으로는 도저히 감당할 수 없는 양이다.

"화약을 팔면 큰돈을 벌 수 있겠다!"

아키다로는 전라 좌수영의 수군을 좀 더 살펴보기로 했다. 이 정도의 화력을 갖춘 조선 수군이 바닷길을 막는다면 아예 장사를 하지 못할 수도 있기 때문이었다.

아키다로는 부하들에게 쇠붙이가 붙어 있는 것은 무엇이든 수거하라고 명령했다. 물에 젖은 투구, 조총, 왜군 환도, 함선에 박혀 있는 꺽쇠와 이음새, 쇠못들도 모두 빼냈다. 삽시간에 수백 점에 이르렀다. 수거 작업을 하던 중 커다란 가죽 주머니들이 바닷가로 떠밀려왔다. 안에는 화약뭉치가 들어 있었다. 조총의 심지 화약이었다. 물개 가죽에 기름을 먹여서 자루를 만들고 그 속에 조총 화약을 채운 것이었다. 가죽 자루도 모두 수거했다.

돌아오는 길에는 옥포를 나와 지세포를 지나 갈곶과 남부곶을 돌고 돌아 죽도 앞으로 가서 추봉도에 잠시 정박했다가 한산만으로 돌아 나온 뒤 두룡포(통영) 앞바다를 지나 추도를 거쳐 사량도로 돌아왔다. 해안선을 자세히 살피기 위해 가능한 한 해안선 가까이 붙어서 돌았다. 사량도 주민을 뱃길 안내인으로 쓰지 않았다면 도저히 엄두도 내지 못할 위험한 일이었다.

아키다로는 사량하도 끝에 있는 포구인 사포로 건너가서 형제들을 소집했다.

고니시 유키나가와 가토 기요마사의 육군이 파죽지세로 한양으로 올라가긴 했지만 이 두 부대는 뜻하지 않은 복병에 뒷덜미를 잡힐 것 같았다. 아키다로가 보기에는 왜군이 서해를 군수물자 보급로로 확보하지 못한다면 달리 병참 수송 방법이 없었다. 20만 대군에게 먹을 양식이 없다면 여간 곤란한 일이 아닐뿐더러, 조선 백성이 곳곳에서 의병을 조직해서 저항한다면 전쟁은 장기화할 수밖에 없었다. (물론 그것은 또 돈을 벌 기간도 그만큼 길어진다는 뜻이었다.)

전쟁이 장기화해서 군량 조달에 어려움이 오고 또 겨울이 반복되면, 대륙의 혹한을 경험해 보지 못한 왜군은 추위를 견디지 못해 남쪽으로 후퇴할 테니, 옥포에서 왜의 수군을 격파한 장수가 전략을 아는 사람이라면 분명 왜군이 서쪽으로 나아가는 걸 결사적으로 막으려고 할 터였다. 그렇다면 또 한 차례의 해전은 필연적이었다.

팽세가 작전 계획을 주지시켰다.

"찬과 기는 일본군의 동태를 조선의 정탐꾼과 간자들에게 흘려라. 주막거리에 가서 떠들기만 하면 저절로 간자들 귀에 들어갈 것이다. 여수에서 이쪽 거제까지 적을 찾아 올 정도의 장수라면 이미 남해안 일대에 정보망을 쫙 깔아 놓았을 것이다. 산꼭대기마다 망군이 있을 것이며 목동들과 포수들도 모두 정보망이라고 보면 된다."

찬과 기가 부하 스무 명을 데리고 출동했고, 아키다로와 팽세는 안흥까지 해안선과 섬들을 둘러보기로 했고, 대남을 비롯한 다른 형제들은 사량도에 남아서 전투 준비를 하기로 했다.

아키다로는 새벽같이 일어나 대남, 부돌, 무불리와 함께 남해 일대의 여러 섬을 살폈다. 혹시 해적을 만날지도 몰라 대원 백 명도 함께 데리고 나섰다. 도산, 삼산, 하일, 하이를 지나 창선도에 이르러 섬에 올라 목책을 정비한 다음 사천으로 나아갔다. 그 다음에는 남서해안 해로를 파악하기 위해 배를 몰고 가의도와 안흥까지 둘러보았다. 조선 수군을 피해 해안선에서 멀리 떨어져 돌아오다 보니 사흘 잡고 출발한 일정이 열흘이나 걸렸다. 이 과정에서 뜻하지 않게 세 번이나 전투를 벌이기도 했는데, 육지에서 떨어진 외딴 섬들에는 해적이 득실거렸다. 대부분 중국 해적이었고 왜구도 적지 않게 있었다. 왜구는 심지어 가거도와 옹도까지도 진출해 있었다.

창선도는 제법 크고 농토가 있어 비상 군량을 마련할 수가 있었다. 며칠을 묵으면서 목책과 포구를 정비했다. 아키다로는 어느 곳에 가나 항상 포구를 길게 만들어 배를 댈 수 있도록 부두를 만들어 두었다. 그래야 비상 탈출도 가능하고 정박도 쉬웠다. 창선도는 사량과 번갈아 머물 수 있는 곳이었다.

다음 날 아침 아키다로는 사천에서 뜻밖의 인물을 만났다. 구라량(*현재의 대방동)이라는 작은 포구가 있어 물을 구하려고 배를 대는데 갑자기 양쪽에서 배 두 척이 다가왔다. 조선 의병이었다. 우두머리는 머리를 빡빡 깎고 승복을 입고 있었다. 두 배에서 갈고리가 날아와 아키다로의 배를 끌어당겼다. 대남이 천둥처럼 고함을 질렀다.

"어째서 남의 배를 끌어당기는 거냐?"

그러자 승복 입은 남자가 고함을 질렀다.

"누군지 신분을 밝혀라!"

"우리는 상인이오. 물을 구하고자 할 뿐이오."

"대국 상인이냐?"

"그렇소."

"거짓말이다, 쳐라!"

두 배에서 무기를 든 사내들이 아키다로의 배로 건너오면서 칼을 휘둘렀다. 아키다로는 대남에게 죽이지는 말라고 일렀고, 소란은 오래지 않아서 끝났다. 아키다로의 형제와 부하들에게 조선 의병은 처음부터 상대가 되지 않았다. 제압되지 않은 병력은 우두머리와 우두머리를 보호하는 몇 명밖에 남지 않았다.

"계속하시겠소?"

우두머리도 더 싸울 생각이 없었다. 우선 승산이 전혀 없었고, 또 상대가 자기들을 죽일 마음이 없음을 확인했기 때문이다.

"졌소, 그만합시다…"

"의병이시오?"

"그렇소만. 당신은 누구요?"

"상인이라고 하지 않았소."

잠시 뒤, 두 사람은 구라량 포구에서 마주앉아 음식을 먹었다.

중의 이름은 영취였고, 예상대로 그들은 의병이었다. 의병들은 모두 초로의 어부로서 순박한 사람들이었고, 애국심 하나로 무기를 든 사람들이었다. 하지만 아키다로는 그 사람들이 자기 자신이 얼마나 하찮은 존재인지 알지 못한다는 사실이 안타까웠다. 아니, 한심했고 화가 났다. 그러나 영취에게는 호감이 갔다. 중이라는 신분 때문인지 몰라도 죽고 사는 것에 연연하지 않는 품이 예사롭지 않았다.

"왜군이 벌써 한성까지 차지했다니까 조선 왕의 목이 달아나는 것도 시간 문제인데 의병을 일으켜서 무엇을 하려고 합니까?"

"하하하! 우리는 우리 고을을 지키려는 거요, 왕의 목이 달아나든 말든 그거 걱정할 여유가 있겠소?"

"의병을 하실 게 아니라 저하고 장사를 하시는 게 어떻겠습니까?"

"중에게 고기를 주시려고 하오?"

영취는 한때 과거시험에 목을 매기도 했지만 어느 순간에 세상을 바라보는 눈이 바뀌어 묘향산 보현사 휴정 문하에서 도를 닦고 출가했다가, 썩 자랑스럽지 않은 일로 스스로 파계승이 되었다고 했다. 파계승도 중이라며 자기를 스님으로 부르라고 했다. 그러면서 영취는 아키다로에게 조선 이름이 없느냐고 묻고는 '광조(光祖)'라는 이름을 지어주었다. 시대를 개혁하고자 했던 백 년 전의 인물 조광조의 광조라고 했다.

"그대의 기개가 높으니 그 정도 이름은 가져야 하지 않겠소?"

— 11 —

기다리던 연락이 왔다.

돈을 구하기 위해 조바심이 나 있던 변광조에게 허은석을 찾았다는 소식이 들어온 것이었다. 허은석은 동래 왜관에서 장사를 하던 일본계 유구인으로 아키다로와는 호형호제 하는 사이였다. 허은석은 예전에 변광조와 함께 조선 자기를 팔았는데, 지금은 조선에 정착해서 조선의 보부상들과 밀접한 관계를 유지하고 있어 아키다로에게는 조선 영업망의 중요한 한 축이었다.

허은석은 진주 명월관에서 기다리고 있었다.

"오랜만일세, 아우. 부산진과 동래는 어떤가?"

"왜군이 요구하는 물건들이 많아 재미가 쏠쏠합니다."

"고니시의 소식은 들었는가?"

"한성을 접수하고 이미 평양으로 올라가고 있다 합니다."

"아, 그렇다면 한성에는 남아 있는 물화가 없겠군. 가토 기요마사는?"

"한성을 떠나 함경도로 갔답니다."

"그 자는 한성에서 허탕만 쳤구먼."

허은석은 그간의 정황을 장황하게 얘기했는데, 한 마디로 요약하면 조선의 상업망이 완전히 무너져서 쓸 만하게 복구하기까지에는 꽤 오랜 시간이 걸린다는 것이다.

"영업이 아예 불가능한가? 우리에게 필요한 건 일본과 조선 양쪽을 모두 넘나드는 영업망인데… 누가 이기든 상관없는 일이나 어느 쪽에든 휩쓸리면 곤란하고…"

"물론이지요. 다행히 우리 영업망은 거의 다 복구했습니다. 제 수하들은 모두 왜인이니 걱정하지 마십시오."

"여기 진주 상황은 어떤가?"

"진주는 동과 서의 물자가 교류되는 요충지죠. 지리산을 넘으면 남원이라 육로가 모두 연결되고 사천으로 나가면 바다가 있으니 배로 어디든 갈 수 있고요. 형님이 자리 잡기에는 딱 좋은 곳입니다."

"한양과 진주에 상회관을 둘까 하는데, 이곳에 믿을 만한 인물이 있는가?"

"이곳은 조선의 한량들이 한 번씩은 들러보고 싶어 하는 풍류의 고장이라 기생들이 한양에 버금갈 만큼 많습니다. 기생은 정탐망을 조직하는 데에 빼놓을 수 없지요. 형님이 신변 안전만 확실하게 보장해 준다면요."

"그래?"

"흐흐흐…"

허은석이 갑자기 피식피식 웃기 시작했다.

"왜?"

"형님, 장가 보내드리려고요."

"…?"

"월희라고, 이곳 명월관의 사실상 주인이 늙도 젊도 않은 기생이 있습니다. 그동안 저와 거래해 온 중개상이지요. 한번 만나 보십시오."

허은석이 조용히 문을 열고 사람을 불렀고, 잠시 뒤 눈매가 범상치 않은 기생이 들어왔다.

"월희라 하옵니다."

당차 보이고 나이도 제법 들어보였다. 용모는 빼어나지 않았지만 자태는 예사롭지 않았다. 상대를 깔보는 듯한 표정도 슬쩍슬쩍 엿보였다.

"초면에 미안하오만 올해 몇인가?"

"서른셋이옵니다."

"한창은 아닐세 그려."

그 말에 월희가 입을 삐죽이는가 싶더니 이내 살풋 웃으며 대꾸했다.

"서방님도 바닷바람을 많이 쐬어서 그런지 나이보다 스무 살은 더 들어 보입니다."

"허허!"

변광조가 누구인지 허은석이 미리 얘기를 해 둔 모양이었다. 허은석이 눈짓을 하자 월희는 내실에서 뵙겠다는 말을 하고 나갔다.

허은석의 말로는 월희가 명월관의 사실상의 주인이었다. 휘하에 기생 쉰여 명을 두고 있으며, 내실에 늙은 기생이 주인으로 있으나 중병에 걸려 몇 년 동안 문 밖으로는 출입을 않는다고 했다.

"월희는 기방만 운영하는 게 아니라 땅과 물자의 중개인 노릇도 하고 작은 연적부터 큰 장에 이르기까지 거래하지 않는 종목이 없습니다."

"허! 놀랍군."

"소생은 부산으로 다시 돌아가겠습니다. 소생의 가명을 두 가지로 지었으니 알아두십시오. 조선 이름은 허석이고, 왜식으로는 '허내은만'으로 지었습니다."

"알겠네. 또 한 가지… 내가 필요한 정보를 구하려면 아마도 이중 삼중의 간자 역할도 해야 할 것이야."

"명심하겠습니다."

변광조는 다완(茶碗) 1만 점을 건네주기로 약속하고 허은석에게서 은괴 2천 관(20만 돈)을 빌렸다. 은괴가 작게 쪼개져서 진주에 퍼지면 진주를 중심으로 해서 상업망이 형성되어 모든 일이 수월하게 풀릴 것이라고 변광조는 기대했다.

허은석이 돌아간 뒤 변광조는 내실로 들어갔다.

"왜인들이 자주 들락거리니 불안해서 견딜 수가 없습니다."

"전라도로 가는 길목이니 언젠가는 왜군이 밀려오겠지."

월희의 표정이 어두워졌다.

"아직은 시간이 있네. 그리고 왜군이 이쪽으로 진군하면 연락을 줄 테니 아이들을 데리고 지리산으로 올라가게. 마땅한 절간에 기거할 곳을 만들어 둘 테니."

월희가 배시시 웃었다.

"그럼 소첩은 무얼 드리면 되나요?"

"셈을 하게?"

"장사를 하시는 분에게 셈을 틀리게 할 수는 없잖아요."

"허허허, 고맙네."

변광조는 세 가지를 일렀다. 첫째, 명월관에 내 동생을 붙여 놓을 테니까 기방에 오는 왜의 첩자를 알아내어 알려줄 것. 둘째, 진주에 상거래가 은으로 이루어지도록 유도하는 것.

"내가 은정 1천 쪽을 줄 터이니 두고두고 쓰도록 하게. 은전으로 치면 1만 량이고 엽전으로 치면 10만 닢이니 충분할 것이네. 앞으로 모든 거래에, 물자를 사들이거나 팔 때에도 은으로 거래하도록 하게. 큰 외상을 받을 때에도 은으로 받게. 이 일은 아주 은밀하게 해야 할 걸세. 누가 은을 많이 가지고 있는지 모르게."

"알겠습니다요."

"또, 자네가 내 수하 상회가 되는 걸세. 비단과 도자기, 그리고 장(장롱)을 주로 취급하게. 장은 작게 만든 것들 중 뛰어난 물품을 사들였다가 왜인들에게 비싸게 팔도록 하게. 불상과 그림은 사들이기만 하고 팔지는 말게. 이것들은 전쟁이 끝난 뒤에 비싼 값에 팔 수 있을 걸세. 도자기는 모두 나에게 넘겨 주게. 보관이 힘들고 부서질 위험이 있으니 내가 따로 취급하겠네."

"이렇게나 많은 일을 저에게 시키시면, 셈이 틀려질 것 같은데요?"

"아직 한 가지가 남았는데?"

"호호, 뭡니까 그건?"

"나하고 혼인을 하세, 부부 일심동체라 했으니, 그래야 대사를 함께할 수 있지 않겠나."

"혼인은 인륜지대사인데 어찌 이리 쉬이 결정하겠습니까, 마는…"

"마는?"

"그리하지요."

변광조는 계산이 깊었고 월희는 눈치가 빨랐다. 변광조의 제안은 월희의 기방을 보호해 주겠으니 진주의 거점이 되어 달라는 것이고, 월희는 안전과 금전적 이득을 얻겠다는 것이다.

비록 장사 셈법에 따라서 이뤄진 혼인이었지만, 두 사람은 정한 수 한 그릇을 떠놓고 맞절을 했다. 그리고 새벽닭이 울 때까지 세 번 육체를 뜨겁게 달구며 서로에게 인연을 새겼다. 변광조는 벌거 숭이 몸으로 자기 가슴에 엎어져 잠든 월희의 엉덩이를 쓰다듬으며… 깊은 잠에 빠져들었다.

다음 날 아침, 변광조는 월희의 수양어머니 앞에 앉았다. 큰 병에 걸렸다는 소문과 다르게 눈빛이 맑았고 허리가 꼿꼿했다. 그녀가 명월관의 실제 주인이었다.

"재주가 비범하지만 사람을 많이 죽일 상이구면. 부디 그 재주를 좋은 일에 쓰게나."

"어찌 그런 말씀을 하시는지요?"

"내가 남정네 관상과 체상을 본 지가 30년이니 어지간히는 아네."

월희 말로는 수양어머니는 내산월(來山月)이라는 기명으로 한양에서 제법 이름을 날렸고 전라 좌수영의 이순신 절도사와는 젊은 시절부터 친하게 지내온 사이라고 했다. 이순신이 전라 좌수영으로 부임하자 가까이 있으려고 일부러 진주로 내려왔다고 했다. 금붙이를 내놓아서 군선을 제작하는 데 보탰다고도 했다.

변광조는 한동안 잊고 있었던 인물을 떠올렸다. 옥포 전투를 승리로 이끈 조선 수군 장수, 이순신…

— 12 —

변광조는 함안과 삼천포에 정탐조직을 만들고 찬과 기 형제에게 지휘를 맡겼다. 삼천포 각산 꼭대기에 있는 봉화대도 수리했다. 각산 봉화대에서 보면 육지와 바다 모두 사방 백오십 리는 육안으로도 관찰할 수 있었다. 창선도와 남해까지 한눈에 들어왔다.

5월 15일 왜선 일곱 척이 사천포구에 들어 왔다. 그 뒤로도 계속 왜선들이 짐을 싣고 들어왔다. 모두 스물네 척이었다. 왜군 병사들이 선진리에 돌을 나르기 시작했다. 와룡산으로 올라가 아름드리나무를 베기도 했다.

왜군이 사천에 진주한다면 변광조가 세우고 있던 계획은 뿌리부터 흔들릴 터였다.

"조선 수군을 끌어들여 싸움을 붙이고, 우리가 뒤에서 조선군 행세를 하며 왜군을 습격해야 합니다."

팽세가 작전을 제시했다. 조선 수군이 강력하다는 인상을 보여서 왜군이 감히 사천에 발을 들여놓지 못하게 하자는 것이다.

찬과 기의 정탐꾼은 왜군이 사천에 진입했다는 소문을 냈고, 이 내용이 전라 좌수영 안으로 들어갔는지 며칠 뒤 변광조는 전라 좌수영 함대가 사천으로 출동했다는 정탐보고를 받았다. 계획대로였다. 이제 사천으로 가서 이순신 함대에 쫓길 왜군을 섬멸하기만 하면 되었다. 조선에서 벌이는 최초의 전투였다.

"병력은 순차적으로 이동한다. 나와 대남이 먼저 육지로 올라가서 기다린다. 와룡산에서 용봉산으로 이동하고 새벽에 하산하면 죽천이 나온다. 죽천을 따라 상류로 올라가면 둔덕이 나온다. 그 둔덕 위로 샛길이 있는데, 그 샛길로 진입하여 선진리에서 성을 쌓고 있는 왜군을 친다. 길목에 경비병들이 있을 텐데, 찬과 기가 미리 처리해 두겠지만, 만일을 대비하여 척후병을 보낸다."

우선 육지로 나가는 게 문제였다. 왜군이 해안을 장악하고 있어서 배를 움직일 수 없었다. 하일 앞바다에 있는 토끼섬에 배를 숨기고 작은 배 경쾌선을 타고 동화 포구로 들어갔다. 대원 4백여 명이 계획대로 무사히 와룡산에 도착해서 밤이 오기를 기다렸다. 정탐꾼의 보고로는 왜군 1,800명이 선진리에서 성을 쌓고 있고 포구 안에는 왜선 스물네 척이 정박해 있다고 했다. 배에 타고 있는 병력까지 치면 왜군은 2천 명이 넘었다.

다음 날 아침 10시경, 용봉산 꼭대기에 선 변광조의 시야에 조선 수군의 선단이 나타났다. 포구까지 두 시간이면 도착할 거리였다. 왜군은 바다 쪽으로 튀어나온 둔덕에서 성을 쌓는 작업을 하느라 조선 수군의 배가 오는 줄 모르고 있었다.

정오 직전, 스물네 척의 조선 함선이 또렷하게 보였다. 처음 보는 배였다. 높고 기다란 장방형의 느린 배, 판옥선이었다. 배의 키가 커서 마치 높은 집이 움직이는 것 같았다. 조선 함선은 종렬로 이동하더니 포구 앞에서 횡렬로 늘어섰다. 이 와중에 배 몇 척은 작은 섬들 뒤에 숨었다. 조선 함선은 슬쩍슬쩍 움직이며 둥글게 조이는가 싶더니, 어느새 선진리 포구를 에워쌌다. 사천만은 수심이 얕고 갯벌이 많아 큰 배가 움직이기는 힘든 곳이었다.

선진리 둔덕은 해변에서 거의 수직으로 가팔랐다. 또한 성을 쌓는 작업을 하는 왜군들로서는 큰 나무에 가려 조선 수군이 들어오는 걸 미처 발견하지 못한 것도 잘못이었지만, 얕은 바다가 길어서 조선 군선이 들어올 수 없는 곳이라 믿었던 게 무엇보다 큰 잘못이었다.

예상치 못한 조선 군선의 등장에 왜장은 잠시 당황하는 듯 했지만 이내 사태를 낙관했다. 병사들을 해안가로 내려 보내 배에 태웠다. 그리고 조총병을 세 겹으로 세워 방패 뒤에 숨기고 조선 함대가 사정거리 안으로 들어오길 유인하며 기다렸다.

그러나 조선 함대는 더 이상 들어오지 않았다. 그러자 왜 수군의 협선이 앞으로 슬슬 나오기 시작했다. 왜 수군이 다가오자 조선 함대는 뒤로 멀찌감치 물러나더니 시야에서 사라져 버렸다. 왜군 함선이 더 이상 움직이지 않고 서 있자 이번에는 조선의 함대에서 중간 크기 배 다섯 척이 앞으로 슬슬 들어 왔다가 작은 포를 수십 발 쏘더니 곧바로 배를 돌려 도망쳤다. 그러자 왜장이 손을 번쩍 들었다. 공격 신호였다. 왜 선단이 모두 추격에 나섰다. 왜선이 사천만으로 3마장(*한 마장은 약 400미터) 가량 나왔을 때 섬 뒤에서 조선 함대가 갑자기 나타났다. 그러곤 갑자기 대포를 발사했다. 왜군들은 생전 처음 들어보는 굉음에 놀랐고, 또 대포의 파괴력에 놀랐다. 한 방씩 맞기만 하면 배에 구멍이 뻥뻥 뚫렸다. 조란탄이 날카로운 소리를 내며 사방으로 흩어졌다. 왜군의 군선은 기본적으로 수송선이었다. 또 왜 수군은 등선육박전을 기본 전술로 운용했기에, 조선 수군의 난생 처음 접하는 원거리 포격전에 혼비백산할 수밖에 없었다. 우왕좌왕하는 왜군들의 머리 위로 작은 화살들이 비 오듯 쏟아졌다. 편전이었다. 곧이어 발화탄이 떨어지고 왜의 함선들이 불타오르기 시작했다. 처절한 비명이 왜군 진영을 흔들었다. 화염에 싸인 배에서 왜군들이 바다로 뛰어들었다.

왜군 함선이 반격을 위해 진을 형성하려고 하자 이번에는 거북을 닮은 두 척의 검은 배가 왜장 탄 기함을 향해 돌진했다. 그리고 앞부분 하부의 거대한 돌기로 왜선의 옆구리를 뚫었다. 기함은 침몰하기 시작했고, 길고 거대한 화살 하나가 날아가 왜장의 목을 관통했다. 대장이 바다에 처박히자 왜군은 전의를 잃었다. 조선 수군은 기름 묻힌 솜 화살을 쏘아 불을 지르고, 도망치는 왜군의 작은 배들을 향해 소승자포를 쏘았다. 어깨에 메거나 손에 들고 쏘는 대포에서 발사된 포탄은 날아가서 수백 개의 알탄이 되었다. 왜군들이 픽픽 쓰러졌다. 조선 수군 함대에서 협선들이 퍼져 나와 섬멸전을 펼쳤다. 전투는 오래 가지 않았다. 채 한 시각이 지나지 않아서 왜의 함선 열세 척이 격파되고 왜군 수백 명이 바다에 빠져 죽거나 편전에 맞아 죽었다.

해안가에 내려와 있던 왜군 4백여 명과 배에 타고 있던 천여 명은 성 쪽을 향해 가파른 언덕길을 필사적으로 기어올랐다. 다 올라온 병사들 가운데에는 바다 쪽을 바라보며 욕을 하는 사람도 있었고 대성통곡을 하는 사람도 있었다. 다들 저승사자들이 뒤에서 기다리는 줄은 상상도 하지 못했다.

"공격!"

변광조의 명령이 떨어지자 팽세와 무불리가 뒤에서 덮쳤고, 대남은 동쪽 경사면을 줄사다리를 올려서 진입했고 근과 원은 남쪽 둔덕을 기어올랐다. 예상치 못한 습격에 왜군 병사들은 변변한 저항조차 못하고 우박처럼 목을 떨구었다.

왜병 3백여 명이 허둥지둥 도망쳤다. 독산으로 돌출된 선진리 언덕에서 벗어나는 길은 남쪽으로 내려가는 길뿐이었다. 하지만 그 길에는 이미 변광조가 지키고 있었다. 변광조는 높은 데서 아래로 미끄러지듯이 떨어지는 왜군 병사들을 짚단 베듯이 베었다. 뒤이어 대남이 달려왔고, 마지막 섬멸은 대남이 맡았다. 대남은 가장 잔인한 방법으로 왜군을 죽였다. 정강이를 자르기도 했고 허리를 잘라 몸통을 반으로 가르기도 했다. 그는 지옥에서 온 인간 도살자였다. 그에게는 전투가 재미있는 놀이였다.

변광조는 도망가는 왜병들을 끝까지 추적해서 섬멸했다. 딱 한 명만 살려서 보냈다. 대신 한 쪽 귀를 자르고 오른팔 상완부 살점을 두껍게 쓰윽 잘라낸 채로… 왜군 병사들에게 공포심을 심어주기 위해서였다. 또 왜군의 수급 서른 개를 장대에 꽂아 해안에 열을 지어 세워두었다. 육지 쪽 진입로 세 곳에도 왜군의 목을 잘라 걸었다. 왜성으로 들어가는 길도 차단했다. 성벽은 무너뜨려 밋밋한 동산으로 만들었다. 부두에는 배를 대지 못하도록 뗏목에 철골을 엮어서 띄워두었다. 왜군 시체는 모아서 태웠다.

다음 날 아침, 사량도의 지리산 망대.

팽세가 바다를 바라보며 깊은 생각에 잠겨 있다. 팽세를 바라보는 변광조의 얼굴에 슬그머니 미소가 번졌다.

'그때 해적을 만나지 않았더라면…'

언젠가 필리페로 가던 길이었다. 섬라국 부근에서 해적을 만났는데, 이때 해적을 다 죽이고 해적이 탔던 배를 가라앉혔는데, 그때 한 청년이 돛대에 묶여 있었다. 가슴에 자상을 입고 피를 흘린 채 쓰러져 있어 죽은 줄로만 알았는데, 배가 가라앉으며 물이 차오르자 차가운 바닷물 때문에 그랬던지 아니면 천명이 길어서 그랬던지 이 청년이 갑자기 정신을 차리고는 온몸을 펄떡거리며 살려 달라고 고함을 질렀다. 이때 변광조가 주변 동생들이 말릴 사이도 없이 침몰하는 배로 뛰어들어 그 청년을 구해냈다. 하마터면 청년은 말할 것도 없고 변광조까지 죽을 뻔 했다.

변광조도 그때 왜 자기가 팽세를 구해줬는지 몰랐다. 그냥 '아, 저놈은 살려야겠구나!' 하는 생각이 들었을 뿐이다. 수없이 많은 사람의 목숨을 자기 손으로 직접 끊었으면서 생면부지의 남자를, 그것도 자기 목숨을 걸어가면서까지 구한 이유는 운명이라고밖에 달리 설명할 수가 없었다. 팽세는 자기 말로 중국 명문가의 아들이라고 했는데, 고향으로 돌아가지 않고 변광조와 목숨을 같이하겠다고 했다. 생각이 깊고 기묘한 전략과 전술을 생각해 내는 걸 보면 좋은 교육을 받은 게 분명했고 명문가의 아들이란 말이 거짓말 같지 않았다. 하지만 팽세는 그 뒤로 지나간 자기 이야기는 단 한 번도 입에 올리지 않았다.

"팽세야!"

"아, 형님!"

팽세가 벌떡 일어나 변광조가 앉기를 기다렸다가 옆에 나란히 앉았다.

"아무리 생각해도 놀랍다. 그 전투 방식은 포르투갈 방식이 아니냐?"

조선 수군은 갯벌이 있는 사천의 좁은 만으로 큰 배를 끌고 들어오지 않고 왜선을 유인해 냈으며 용머리 배의 기동성을 이용해서 적의 장수를 집중 타격하며 적의 기세를 꺾었다. 충돌전을 감행하여 적에게 공포심을 주고 엄청난 화력으로 단시간에 적선을 무력화시킨 후 섬멸전을 전개하고 신속하게 전장을 떠나 적의 역공을 피했다. 느린 배를 가지고도 기동력이 뛰어났고 왜군보다 큰 위력을 가진 대포로 가장 짧은 거리까지 접근한 후에 직선 타격을 가했다. 흔들리는 배에서 장거리 포격을 한다는 것은 무의미하다. 직선 타격을 가해야 파괴력이 크다는 걸 체험적으로 알고 있었다. 무기의 약점을 최대한 보완하고 왜군의 조총과 단거리포의 위력을 무력하게 만들었다. 모두 수리적 계산을 바탕으로 함선의 동선을 정한 결과다. 장방형의 조선배는 왼쪽으로 혹은 오른쪽으로 빙글빙글 돌아 방향을 바꾸면서 좌우 각각 여덟 문, 합계 열여섯 문의 대포를 발포하면서 상대가 대응할 여유조차 주지 않았다. 거북선은 아라비아 삼각범선이 했던 충돌전을 감행했고 판옥선은 포르투갈이 역사상 처음으로 아라비아 배를 격침하고 인도양을 차지했던 포격 전술을 실행했던 것이다.

"훈련이 잘되어 있습니다. 신호 깃발을 잘 따랐으며 북소리 신호도 숙지하고 있었습니다. 바람 소리에 묻히기 쉬운 상황이었지만 수군들은 모두 그 소리를 골라서 들었습니다. 오랜 기간 훈련을 거쳐야만 가능한 일입니다."

"흠…"

"저 조선 수군이 우리를 공격하는 일이 있으면 안 되겠습니다."

"어제 전투에서 조선 수군에 우리 뜻을 전했으니, 뭐라고 반응이 올 거야."

"줄 것과 받을 것을 명확하게 하셔야지요."

"줄 것은 요구를 들어봐서 정하겠지만, 받을 것은 단 하나…"

안전항해권이었다.

"조선 수군 장군이 언제쯤 사람을 보내올까요?"

"내일 안으로."

"저는 오늘 안으로 예상합니다."

"내기할까?"

내기를 했다면 팽세가 이겼다.

그날 저녁 양지 포구의 술집에 이순신 장군 휘하의 묵술이라는 무사가 병사 몇 명을 데리고 나타났고, 무돌이 나서서 이들을 막아섰다. 묵술이 체포하겠다고 했고, 무돌은 묵술과 일 대 일 대결을 제안했고, 무돌은 묵술을 어렵지 않게 제압했다. 변광조가 달려갔을 때 상황은 여기까지 진행되어 있었다. 묵술은 당황하기도 하고 또 화가 나기도 해 얼굴이 붉으락푸르락했다.

묵술 앞으로 팽세가 나섰다.

"동생이 저지른 실례를 내가 대신 사과드리지요."

"당신들은 어디서 온 누구요?"

"우리는 유구에서 온 상인이오."

팽세는 그렇잖아도 기다리고 있었다고 했다.

"혹시 좌수사께서 필요하실지 모르니 우리의 물자 목록을 드리겠소."

팽세가 50여 종의 물품명을 기록한 두루마리를 건넸다. 이럴 줄 알고 미리 준비해 둔 것이었다. 물품의 가격은 은으로 매겨져 있었다.

"우리는 조선 수군에 해를 끼칠 생각이 손톱만큼도 없음을 좌
수사 어른께 꼭 전해 주시오."

— 13 —

6월 2일 정탐병이 좌수영으로 보고를 올렸다.

--- 당포에 왜선 34척이 정박해 있다. 이 가운데 14척이 서쪽으
로 진격할 준비를 하는 것 같다. 사량 앞바다를 지나 창선도에서
물을 구하고 전라도로 나아갈 것으로 예상된다.

다른 정보와 교차해서 살핀 결과 확실한 정보였다. 이순신은
함대를 미륵도 삼덕리 당포로 움직였다.

당포는 여수에서 미조항을 지나 동쪽으로 가는 중간 기착지
포구로 중요한 교통 요지였다. 수심도 충분히 깊어서 큰 배가 드나
들 수 있었다. 왜군이 그곳을 차지한 이유는 당포의 이러한 지리·
지형 조건 때문이었다. 그러나 적선에 포위되면 위험한 곳이었다.
포위망을 뚫고 나가기 어려워서이다. 많은 섬이 오밀조밀 붙어 있
어서 사방에서 공격당할 수 있었다. 더구나 삼덕리 당포항은 포구
안의 면적이 좁고 바로 뒤로 장군봉의 급한 경사가 있어 퇴로도

막힌 셈이었다. 바로 이런 곳에 왜선이 들어와 머물고 있다니…

이순신은 승리를 확신했다.

함대는 역풍을 이기며 두 시간을 달려 오전 10시쯤 당포 앞에 도달했다. 왜선은 큰 배 아홉 척을 포함해서 스무 척 남짓 정박해 있었다. 이 가운데 큰 배 하나는 위로 충각이 우뚝 솟아 있는데 높이가 서너 길이나 되었고, 밖으로는 붉은 휘장을 둘러쳤으며, 휘장 사면에는 '黃(황)' 자를 크게 써 놓았다. 그 안에 왜장이 있고 앞에는 붉은 비단으로 덮개를 세워 놓았는데, 조금도 겁을 내지 않았다.

이순신은 적장의 그런 심리를 이용할 생각이었다. 왜군 병사들이 배에 오를 때까지 가만히 지켜보고 기다렸다. 그리고 함선을 십여 척만 적에게 노출하고 나머지는 뒤로 멀찌감치 물려 놓았다.

"놈들이 나올 때까지 움직이지 마라!"

이순신은 적 함대가 어린진(*물고기 떼처럼 배를 뭉쳐서 진을 짠 대형)으로 돌격해서 등선 육박전을 시도할 것이라고 예상했다. 아니나 다를까 왜장이 탄 배가 중간에 서고 나머지 배 20여 척이 다닥다닥 붙어서 조선 함대 쪽으로 다가왔다. 이순신은 회심의 미소를 지었다.

"걸려들었다. 조금만 더 기다려라!"

적 함대의 어린진이 엉성하기 짝이 없어 보이는 조선 함대의 일자 진영을 향해 돌진했다. 왜병 조총수들은 벌써부터 조총을 쏘기 시작했다.

"이때다!"

깃발이 올라가고, 북소리가 울렸다. 이것을 신호로 거북선들이 어린진을 정면을 향해 돌진했고, 중간 크기의 작은 배들은 여지없이 깨졌다. 거북선이 한 차례 적진을 휘저은 다음, 다시 이순신이 탄 기함에서 새로운 깃발이 오르고, 엄청난 굉음이 포구를 뒤흔들었다. 조선 함선이 연속적으로 각 여덟 발씩 두 차례 모두 320발의 대포를 쏘았다. 모과 크기의 철환이 왜선의 옆구리를 뚫었다. 뒤이어, 장창 같은 크고 기다란 화살이 날아가 왜선의 방패를 가르고 지나갔다. 발화탄이었다. 적선 층루의 깃발에 불이 붙고 층각이 무너졌다. 왜군의 머리 위로 편전이 빗줄기처럼 날아들었다. 왜선 20여 척이 침몰되는 데까지 걸린 시간은 채 한 시간도 되지 않았다. 왜장 구루지마 후시토모는 장전에 가슴이 뚫려 바다로 처박혔다.

배에서 탈출한 왜군은 필사적으로 도망을 쳐 장군봉으로 기어 올라 갔지만, 살귀(殺鬼)들이 그들을 기다리고 있었다. 이 살귀들은 올라오는 왜군을 닥치는 대로 쳤다. 이 모습을 이순신이 멀리 기함에서 지켜보고 있었다.

"저 사람들이 맞는가, 유구국 상인이라는 사람들이?"

"그런 것 같습니다."

곁에 선 묵술이 대답했다.

장군은 미간을 찌푸렸다. 도대체 정체가 뭘까?

전투가 끝난 뒤 이순신은 상당히 먼 거리를 달려 창선도에 정박했다. 못 보던 목책들이 세워져 있었다. 목책은 견고하고 높았다. 병사들은 식사를 마치고 휴식에 들어갔다.

이순신은 묵술을 불렀다. 조카 완도 아들 분도 함께 자리를 했다.

"오늘 전투에도 그 사람들이 나타났다."

"육지로 도망치는 왜군들을 장군봉에서 나와서 공격하는 걸 저도 봤습니다."

단순한 상인이 아님은 분명했다. 묵술의 증언에 따르면, 묵술도 무술이라면 자신할 정도로 고수인데 그들 형제 가운데에서도 어린 축에 속하는 자가 묵술을 어렵지 않게 제압한 것만 봐도 그랬다. 사천에서 보았던 자들이 당포까지 따라왔다면, 왜군의 움직임을 미리 알고 있었고, 또 이 정보를 일부러 조선 수군에게 주었다는 뜻이었다.

"굳이 그렇게까지 하는 이유가 뭘까?"

"상인이니까요 뭐, 전란을 기회로 삼아서 양쪽에 군수 물자를 팔아서 돈을 벌려는 게 아닐까요?"

조카 완이 대답했다.

정말 그렇다면 한번 만나 봐야겠다, 하고 이순신은 생각했다.

며칠 뒤 이순신의 조카 완과 묵술이 사량도 사포로 찾아갔고, 변광조의 숙소로 안내되었다.

"장군께서 시급히 구해야 할 물자가 있습니다. 이걸 구해 주실 수 있습니까?"

화약 5천 근, 구리 1만 근, 주석 3천 근, 무소뿔 3백 개, 아교, 황마포 150필, 쇠톱, 도가니, 주물사, 말총, 소심줄, 고래기름…

"모두 구해다 드리겠소. 단, 저는 대가로 은을 받습니다. 은을 받아야 명과 대만, 일본에 가서 물자를 사올 수 있기 때문이오."

두 사람이 돌아간 뒤 변광조는 김원 김근 형제에게 좌수사가 요청한 물자를 가져오라고 지시했다. 그 정도 양은 잠도의 창고에도 있었지만 급할 때 자기들이 써야 했기 때문이다. 그리고 좌수사가 요청하지 않은 불랑기포 한 기도 함께 싣고 오라고 했다.

원과 근은 배 세 척을 끌고 거문도로 갔다가 하루 뒤에 돌아왔고, 팽세는 개인용 무기인 개량 총통을 변광조 앞으로 들고 왔다.

"만리에게 부탁했던 물건이 왔습니다. 필리페의 대장장이 도미네르가 총신을 만들어 보냈는데 소제가 격발 장치를 달았습니다."

소승자총통을 개량한 것이었다.

"휴대 가능한 대포로는 이것이 세계에서 제일 앞서는 물건일 겁니다. 사정거리는 다섯 마장이고 유효사거리는 한 마장입니다. 강철과 다른 금속을 합금한 것인데 철보다 강하고 질깁니다. 조선의 소승자총통이나 황자총통보다 두세 배 효율적이지요."

"오! 훌륭하다."

"기존 총통에 비해서 화약이 덜 들고 격발 시간도 반으로 줄었습니다."

"대병력과 대치 전투를 벌인다 해도 밀리지 않겠구나."

"수뢰를 소승자총통에 넣어서 발사하면 한꺼번에 수백 명을 죽일 수 있습니다. 밀집 조총부대를 한방에 박살낼 수 있습니다. 병력을 소수로 운용해도 수백 명, 수천 명을 흔들 수 있습니다. 기습할 때에도 매우 유용할 겁니다."

조선의 대포는 폭발 무기가 아니라 화약의 힘으로 쇠구슬(철환)을 강력하게 날려 물리적인 타격을 주는 방식이었다. 그러나 수뢰는 폭발의 힘으로 타격하는 새로운 무기였다. 크기는 주먹만 했으나 파괴력은 천자포의 위력을 능가했다. 철반구 속에 화약을 넣고 두 개를 붙여서 만들며, 터질 때에는 파편이 여섯 쪽으로 갈라졌다. 그 안에 작은 쇳조각이 여남은 개 들어 있어서 살상 효과가 컸다. 변광조 형제들은 수뢰를 팔매질로 던져 상대 배를 침몰시키는 데 사용해 왔다. 팔매질로 40보 정도를 날릴 수 있었는데 강뇌(강철 활)에 얹어서 쏘면 250보를 날릴 수 있었다. 불랑기포안에 넣어서 발사하면 세 마장을 날릴 수 있었다. 단점으로는 사용할 때마다 심지에 불을 붙여야 하므로 바람에 쉽게 꺼지지 않는 등불을 가지고 다녀야 했다.

6월 9일, 변광조는 당포에 정박하고 있던 이순신을 찾아갔다.

변광조는 이순신의 조카 분(芬)의 안내를 받아서 기함의 대장실로 갔고, 변광조와 함께 갔던 김근과 부하 열세 명은 배에 남아서, 혹시라도 좌수사가 장형을 체포하기라도 하면 각자 몸에 지닌 수뢰 서른 발로 좌수영군을 모조리 쓸어 버릴 작정이었다.

대장실에는 이순신이 혼자 앉아 있었다. 사십 대 후반이었지만 나이에 비해서 늙어 보였고 얼굴은 마른 편이었으며 입술이 약간 뒤집혀 있어서 복이 없어 보였다. 그러나 눈빛은 온화한 듯 하면서도 폐부를 찌르는 듯 서늘했다.

"어서 오시오."

"슈 아키다로라 하옵니다. 유구 왕국의 명예 국무대신이자 해상 상인이옵니다."

좌수사가 차를 권했다.

"염증에 좋다는 약초들을 넣고 끓인 것이라오. 맛도 있더이다."

"고맙습니다."

"냄새가 고약할 텐데 미안하오. 사천 전투에서 적의 총알이 어깨에 두 치 깊이로 박히는 바람에… 상처가 곪아 터져 진물이 흐르니 이거야 원…"

"얼마 전 당포에서 조선 수군이 승리했다고 들었습니다. 경하드립니다."

"허허… 왜적이 좁은 바다에 틀어 박혀서 나오지 않는 바람에 빈 배만 부쳤소. 헌데, 육지로 기어올라 도망치던 흉적 3백 명을 누군가의 습격해서 죽였다는 보고를 받았소. 그대가 한 일이 아니오?"

"확답을 드릴 수는 없습니다만 그 부근에서 제 아우가 갑옷과 투구 4백 벌을 획득해서 돌아온 것은 사실입니다."

"하하하!"

좌수사는 큰소리로 웃을 뿐 거기에 대해서는 더 말을 하지 않았다. 그때 분이 와서 주문한 물자들을 모두 정확하게 받았다고 보고했다. 그리고 주문하지 않았던 대포가 한 기 더 있다고 했다.

"아, 그건 불랑기포라고 하는데, 불씨를 손으로 화약선에 점화해서 발사하는 서양식 대포이고, 소생이 장군님께 선물로 드리는 것이니 받아 주십시오."

좌수사는 그 대포를 직접 봐야겠다면서 묵술에게 지시해서 대포를 가지고 오라고 했고, 잠시 뒤에 묵술과 병사 두 명이 불랑기포를 대장실로 들고 들어왔다.

"우리의 천자포보다 파괴력이 좋은가?"

"파괴력은 화약의 성능에 달려 있습니다. 포신은 청동이고 유효 사정거리가 한 마장 정도 더 깁니다."

"호오…."

"소생이 알기로는 조선의 대포는 포신에 화약을 넣고 화약막이를 막은 다음 포탄을 앞에서 밀어 넣어 발사하는 방식이나, 이 대포는 화약통에 화약이 미리 들어 있고 이미 장전되어 있는 포탄을 발사하는 방식입니다. 그러니 준비 시간이 짧지요. 신기전 방식과 유사합니다. 무엇보다도 명중률이 높지요."

좌수사는 대포를 대장실에 두라고 하고, 묵술과 분도 내보냈다.

이제 대장실에는 온전하게 두 사람뿐이었다. 좌수사가 입을 열었다.

"국제 해상 상인이라 하니 물어보고 싶은 게 많소."

"아는 데까지 말씀드리겠습니다."

"도요토미가 과연 대명(大明)을 칠 수 있겠소?"

"불가능을 넘어서는 인물이지요. 관상 또한 운명을 극복하는 상입니다. 아무튼 이 자의 속셈은 부하들에게 나눠줄 영지를 확보하는 겁니다. 명을 치고 인도로 가겠다는 소리는 전쟁의 정당성을 내세우기 위한 것뿐입니다. 허나, 선봉군이 설령 명에 당도한다 하더라도 그들이 다시 돌아올 때쯤이면 왜국의 정권이 바뀌어 있을 겁니다. 또한 선봉군도 살아서 되돌아 올 수는 없을 겁니다. 설사 왜군이 압록강을 건너고 요하를 건넌다 해도 작은 나라인 왜국이 어찌 큰 나라를 이길 수 있겠나이까?"

"음… 우리 조선은 어찌 될 것 같소?"

"거의 망하겠지요. 왕이 잡혀 죽음을 당하면 왜의 속국이 되겠고요. 고니시는 이미 평양성에 당도했을 겁니다. 한 나라의 육군이 이렇게 쉽게 무너지고 군주가 다른 나라로 도망을 치는 나라가 어떻게 온전히 보전되겠습니까? 설사 왜군이 물러간다 해도 돌아서 버린 민심이 왕을 몰아낼지도 모르지요."

변광조의 거침없는 말에 좌수사의 표정이 잠시 경직되었다.

"비록 타국의 상인이라 하나, 말을 가려서 하시오."

"왜국이 망하든 명이 망하든 조선이 망하든 소생 같은 장사꾼에게는 아무 상관이 없습니다. 그저 왕조만 바뀔 뿐이지 백성이 바뀌는 건 아니니까요. 듣기 거북할지 모르겠습니다만, 솔직히 말씀드리자면 전쟁은 우리 상인에게는 큰돈을 벌 기회입니다."

"상인에게는 옳고 그름의 기준도 없단 말이오?"

"천하에 옳고 그름이 무슨 의미가 있겠습니까? 힘이 없는 자가 정의를 입에 담은들 무슨 소용이 있겠습니까? 도요토미는 자기 권력을 유지하려고 전쟁을 일으켰고, 조선의 군주는 전쟁을 잊은 어리석은 자이기에 수치를 당하는 것 아니겠습니까? 나약한 군주 밑에서는 백성들만 죄 없이 죽어갈 뿐입니다. 어리석고 무능한 군주 때문에 수천수만이 죽지 않습니까?"

좌수사의 이마에 굵은 핏줄이 두 개가 불쑥 솟았다.

"모자라는 식견으로 좌수사 어른의 심기를 불편하게 해드려 죄송합니다."

"계속 해 보시오."

"아닙니다."

그 이야기는 그만해야 할 것 같았다. 까딱하다간 대장실에서 칼부림이 날 수도 있었다. 반응을 보려고 슬쩍 떠보았지만, 아니나 다를까 이순신은 왕에 대한 충성심으로 똘똘 뭉친 사람이었다. 일단 그 정도만 알아도 되었다.

"그보다 좌수사 어른께서 모든 전투에서 승리하시고 조선 수군을 유지한다면, 왜군은 병참선이 끊겨 군량미 조달에 어려움을 겪을 것입니다. 조선에 들어온 왜군이 20만 명인데 하루에 쌀 2천 석을 먹어치웁니다. 어디에서 그 많은 군량을 조달할 수 있겠습니까?"

"그 점은 나도 잘 알고 있소. 그렇기에 왜적이 이 전라도로 반드시 쳐들어올 것이라는 예상도 하고 있고."

"그렇습니다. 제가 보기에도 왜군은 육군과 수군 모두 전라도로 총공격을 할 것이고, 진주와 사천을 잃으면 전라도는 금방 무너지겠지요."

"으으음…"

좌수사의 입에서 신음소리가 새어나왔다.

"영감께서는 어떻게 대처하실 요량인지요?"

"우리 배가 스물다섯 척밖에 없으니 달리 뾰족한 방법이 있을까 싶지 않소."

그러나 좌수사가 무슨 전략을 어떻게 운용할지 모를 리가 없었다. 이미 그는 왜 수군의 배가 조선 배에 비해서 구조적으로 약하다는 걸 알고서 왜병이 등선육박전을 할 수 없는 거북선을 앞세워서 격파 전술을 구사하며, 조총의 유효사거리를 계산해 먼 거리에서 포격 전술을 구사하며, 또 기습 작전을 주로 구사하며, 큰 바다에서 정면 승부는 무조건 피하고 있지 않은가. 그는 그 모든 것을 다 알면서 짐짓 모른 체 하면서, 견문이 넓은 상인의 의견을 구할 뿐이었다.

"좌수사 어른께서 가장 걱정하시는 게 화약이 아닌지요?"

"허… 어떻게 아셨소?"

그랬다. 배를 추가로 만드는 일도 한 척당 120명의 목수가 필요하고 게다가 비용도 만만치 않았지만, 그보다 더 급한 건 화약이었다. 오늘 당장 변광조가 가져다준 석유황과 초석과 숯으로 화약을 만들려 해도 적어도 열흘이 걸렸다.

"내 단도직입적으로 얘기하리다, 완성품 화약을 구해 주시오."

"그러려면 명에 가서 화약 공장을 습격해서 빼앗아 와야 합니다. 제가 해적질로 잔뼈가 굵어서 불가능한 일은 아니지만, 인력과 시간이 적지 않게 드니까…"

이억기 수사(수군절도사)와 원균 수사와 합동 작전을 펼칠 경우 조선 수군은 협선을 제외하고 판옥선과 거북선만 56척이었다. 이 배에 대포가 16문씩 있고 또 승자총통이 15문씩 있으니 배 한 척당 총 31문이다. 대포 한 기당 5발을 쏜다고 가정하면 150발이며, 포탄 한 발당 화약 20량이 들어가니 필요한 화약의 양은 대략 5,000근이었다. 그런데 조선 수군이 확보하고 있던 화약은 3,000근도 되지 않았다. 좌수사가 무거운 한숨을 쉬었다. 회심의 제안을 할 순간이었다.

"우선 급하니 이번에는 완성품을 구해드리겠습니다. 최단 기간에 화약 1만 근과 구리 5천 근을 준비하겠습니다."

좌수사의 얼굴이 환하게 밝아졌다.

"그렇게 해 주겠소? 가격은?"

"은 1만 3천 량입니다. 금도 받을 것이니 가격은 괘념치 마십시오."

"오! 이리 고마울 데가!"

"또 한 가지, 소생이 염초를 빨리 만드는 법과 숯을 쓰지 않는 심지를 가르쳐 드리겠습니다. 제 부하를 보내드리지요."

"하! 이런 일이! 정말 고맙소."

"대신 부탁이 있습니다."

"상인이 주는 선물이 공짜일 리가 없겠지."

"죄송합니다."

"죄송할 거 없소, 내가 들어줄만 하면 들어주고 아니면 안 들어주면 그만이니까. 얘기해 보시오, 나에게 바라는 게 무엇이오?"

"소생의 배가 바다를 마음대로 다닐 수 있도록 허락해 주시면 더 바랄게 없습니다."

좌수사는 잠시 생각을 했다. 상인이 왜군의 끄나풀 노릇을 할 수도 있었기 때문이다. 왜군의 끄나풀이 아군의 진영을 마음대로 휘젓고 다닌다면 여간 큰 문제가 아니었다. 조선 수군의 전력이며 함선 배치 등의 온갖 정보가 고스란히 왜군 지휘부로 들어갈 것이기 때문이었다. 상인의 배에 자유 항해권을 주는 문제는 간단한 문제가 아니었다.

"왜장에게도 이렇게 협조를 구하시오?"

변광조는 좌수사가 무슨 뜻으로 그렇게 묻는지 알았다.

"왜장에게는 협조를 구할 이유가 없습니다. 강화에서 대마도까지 자유롭게 다닐 수 있으면 아무 문제가 없습니다. 대해로 나가면 소생의 배를 따라 올 군선은 없습니다."

"어찌 그런가?"

"소생의 배는 한 시각에 백 리를 달립니다."

"오! 뭣이라? 백 리? 우리 배는 빨라야 이십 리를 겨우 달리는데?"

"노를 저어서 가는 배와 바람의 힘으로 가는 배는 차원이 다릅니다. 군선은 무겁지만 소생의 배는 미키목으로 만들어서 가볍습니다. 돛대도 삼 층으로 엮어서 돛이 스물한 장입니다. 모든 바람을 활용하지요. 역풍이든 순풍이든 모두 활용합니다. 이렇게 하면 순풍과 역풍의 차이가 반으로 줄어듭니다."

"그것 참 대단한 기술이오. 우리는 쌍돛대가 전부인데… 그것도 가르쳐 줄 수 있소?"

"물론이지요. 그럼 안전 항해를 보장해 주시는 겁니까?"

좌수사가 무거운 숨을 내쉬며 변광조를 바라보았다.

"무슨 염려를 하시는지 잘 압니다. 저희는 왜군이 조선 수군을 이기고, 더 나아가 조선을 정복하는 걸 원치 않습니다. 그렇게 되면 우리 같은 상인, 특히 유구의 상인이 발붙일 곳이 없어지니까 말입니다. 그러니 저희가 왜군에 유리한 군사 정보를 제공할 까닭이 없지요."

"흠…"

"좌수사 어른께서 염려하시는 일은 절대 없을 테니 안심하셔도 됩니다."

틀린 말이 아니다 싶었다.

"알겠소, 그렇게 하리다."

"고맙습니다. 좌수사 어른!"

변광조가 앉은 자리에서 넙죽 엎드려 절을 했다.

"우수사와 경상수사에게도 말해 두겠소."

"소생의 배는 푸른색 등불을 켜 둘 것이니, 그 점도 일러 주십시오."

흥정이 끝나고 두 사람은 신의를 지키기로 맹세하고 맹세주 한 잔씩 주고받았다. 변광조는 기념품으로 술잔을 가지고 싶다고 했고, 좌수사는 조선 막사발을 두 쌍 더 주었다.

변광조가 배로 돌아가자 김근은 왜 이렇게 늦었느냐고 투덜댔다. 조금만 더 늦게 나왔으면, 수뢰로 불춤 한 판 출 뻔 했다면서.

사량도 사포의 기지로 돌아온 변광조가 동생들을 불러 모아 놓고 좌수사에게서 얻어온 다완을 내놓았다.

"이게 무언지 아느냐?"

"이도다완(井戶茶碗)이 아닙니까?"

"그렇다. 왜놈들이 명기로 떠받드는 이런 보물이 조선에는 널려 있다."

오다 노부나가는 적대 세력이던 시바타 가츠이에를 회유할 목적으로 '시바타 이도'라 불리는 이도다완을 선물하였다. 이 방법으로 오다 노부나가는 전쟁을 치르지 않고도 시바타 가츠이에의 군대를 복속시켰다. 이 사건으로 일본에서는 이도다완의 유행이 일어났고, 오다 노부나가는 뛰어난 책략가의 명성을 얻었다. 그의 이러한 책략은 그의 노비였던 도요토미 히데요시에게도 전수되었고, 이도다완의 가치는 점점 높아졌다. 이도다완을 특별히 좋아했던 도요토미 히데요시는 포상이나 동맹의 명분으로 이 찻잔을 다이묘(영주)들에게 하사했는데, 이 찻잔은 그 자체로 도요토미의 막강한 권력이었고 상대를 압박하는 수단이었다. 그런데 이런 찻사발이 조선에는 지천으로 널려 있었으니…

　　변광조는 찻잔을 손에 들고 무겁게 지시했다.

　　"사기장(砂器匠)을 찾아야 한다."

제 3 장

사기장을 잡아라

— 14 —

앵은 종매가 구해다 준 금광석과 은 광석, 그리고 구리 광석을 잘게 부수고 정제해서 광물덩어리를 만들었다. 이름을 알 수 없는 금속 덩어리도 여섯 개 있었다. 은색이지만 은도 아니고 주석도 아니면서 짙은 갈색을 띄는 금속, 겉이 반질반질한 검은 색 금속, 가볍지만 잘 깨지지 않는 금속… 종매는 쓸 데 없는 일이라고 핀잔을 줬지만, 필시 쓸 데가 있을 것이라 앵은 믿었다. 그 금속들은 모두 흙에 잘 스며들었기 때문이다.

아닌 게 아니라 앵은 정제하는 작업뿐만 아니라 안료를 연구하고 만들기 위해 철과 회회청, 녹청, 구리, 진사(辰砂) 등을 구해 색을 내보는 실험도 틈틈이 계속했다. 열을 가해 금속의 색이 어떻게 변하는지 관찰하는 것이 앵에게는 습관과 같은 것이었다. 불과 색의 조화는 도무지 짐작도 할 수 없었다. 특히 보라색 금속이 신기했다.

온도를 높이면 흙속으로 녹아들었는데 쉬이 형체를 드러내지 않았다. 불을 가하면 나타나서 흙과 함께 녹아 있는 경우가 자주 있었다.

이때까지만 하더라도 앵은 그 금속이 자기에 어떤 놀라운 일을 가져다줄지 알지 못했다. 또 이것 때문에 자기 운명이 어떻게 바뀌게 될지 알지 못했다.

— 15 —

고니시는 부장 마츠우라 시게노부에게 충주에서 사기장을 잡으러 나갔다가 돌아오지 않은 부하들을 찾으라고 일렀고, 마츠우라는 테루토모와 병력 150명을 남겨 두고 고니시를 따라 한성으로 올라갔다. 고니시는 5월 3일에 한성에 입성했고, 그의 사위 소 요시토시는 조선 왕실과 고관대작의 집을 뒤져서 서화고서와 자기 1만 여 점을 턴 다음 곧바로 배에 실어 대마도로 보냈다. 닷새 뒤 가토 기요마사가 한성에 입성했고, 바로 이날 고니시는 평양으로 출발했고, 가토는 하는 수 없이 함경도로 향했다. 3차로 한성에 입성한 스무 살의 우키타 히데이에가 한성에 총사령부를 설치했다. 우키타는 도쿠가와 히데요시의 양자 겸 사위였고, 나중에는 일본의 최고 실력자 다섯 명을 가리키는 오대로(伍大老)에 봉해질 정도로 도쿠가와의 신임이 두터운 인물이었다.

한편, 종매는 왜군이 실종된 병사를 찾으러 올 것이라 예상하고 갈터고개에 매복해서 기다렸다. 달천과 요도천을 건너고 이류와 대소 주덕을 지나면 평지를 피해 앙성으로 들어오는 길은 갈터고개뿐이었다. 북쪽에는 오갑산고개가 있고 남쪽에는 용두고개, 그리고 서쪽에는 갈터고개였다. 로은으로 들어가면 숲이 너무 우거져 길을 찾을 수 없기 때문이었다.

이런 종매를 보고 앵은, 왜군 병사를 오는 족족 잡아 죽이면 왜군은 필시 대부대를 끌고 다시 올 텐데 긁어 부스럼 만드는 거 아니냐고 걱정했다. 하지만 기왕 저질러진 일이고 피한다고 될 일이 아니라는 게 종매의 생각이었다.

며칠 뒤, 테루토모는 앞서 간 부대원들이 남긴 표식을 따라 드디어 갈터고개에 이르렀다. 왜군은 다섯 명씩 나누어 이동했다. 선발조가 갈터고개에 올라 잠시 숨을 고르며 다른 병사들이 오기를 기다렸다. 종매와 의병들은 적이 유효 거리 안으로 들어올 때까지 기다렸다. 마침내 스무 명쯤이 그 거리 안에 들어왔다.

슉! 슉! 슉!

바람소리가 들렸고, 왜병들은 무언가가 몸에 따끔하게 꽂히는 느낌이 들었다. 그뿐이었다. 그래서 대수롭지 않게 여겼다. 하지만 이들은 곧 자기 목을 쥐어뜯으며 괴로워했다. 잠시 뒤에 도착한 다른 병사들은 이들을 보고 놀라서 살펴보았지만, 그들 역시 잠시 뒤에는 마찬가지 신세가 되고 말았다. 외상은 없었다. 눈두덩이 부어 눈을 덮었고 혀와 코 속이 부어서 목구멍과 콧구멍을 막았다. 모두 질식해서 죽어가고 있었다.

부하의 3분의 1을 잃은 테루토모는 시신을 수습해서 태우고 아무 소득도 없이 밤새 달려 장호원으로 올라갔다. 동이 틀 무렵에 도착했고, 오후에 후쿠자와가 도공 서른 명을 잡아 왔다. 나이 든 사기장에게 설명하자 그 사기장은 풍독에 맞은 거라고 했다.

"산짐승을 잡는 데 쓴다고 들었는데, 동통에다 독을 묻힌 침을 넣고 입으로 불어서 쏘지요."

오래 묵은 똥물을 해독제로 쓰기도 하지만 해독이 된다 하더라도 팔이나 다리를 움직이지 못하는 병신이 되는 건 피할 수 없다고도 했다.

"오갑산과 로은리 앙성 일대에는 예전부터 동통으로 풍독을 쏘는 데 도가 튼 노인이 돌아다닌다고 했는데, 아마도 수백 명이 와도 그 사람을 이기지는 못할 거외다."

공포에 질려 테루토모와 후쿠자와는 서둘러서 철수했다. 고니시에게는 나머지 사기장들은 다 도망가고 없더라고 보고하기로 입을 맞췄다.

— 16 —

도요토미는 지난 다섯 차례 수군 전투에서 대형선 52척이 침몰되었다는 소식을 듣고 분노했다. 이순신 때문에 자기 명예가 더럽혀졌다고 생각하고, 육군으로 편제된 2만 명을 수군으로 재배치했다.

"조선 수군을 짓밟고 이순신의 목을 가져와라!"

하지만 도요토미의 상처받은 자존심이 그의 눈을 가렸다. 조선 수군이 버티는 남해안을 내버려 두고 육로로 전라도를 치라는 조언이 있었지만, 이 조언을 무시한 것이다. 물론 육십령고개나 팔량치고개를 넘어 전라도를 칠 경우 시간을 기약할 수 없다는 판단도 있었다. 그러나 왜군이 전 병력을 집중하여 전라도와 경기 김포를 쳤다면 일찌감치 승부가 났을 것이다. 그런데 도요토미는 이순신과의 싸움에 승부를 걸었고, 이 욕심 때문에 결과적으로 그의 거대한 야망은 휘청거리게 되었다. 사실 명나라를 치겠다는 명분대로 하자면, 이순신의 조선 수군을 그대로 둘 수는 없었다. 그렇게 해두고서는 명의 해안에 상륙할 수 없었고, 따라서 명 정복은 사실상 불가능한 일이 되기 때문이었다.

7월 5일, 허내은만(허은석)이 변광조에게 보낸 첩보가 묵술을 통해서 이순신에게 전달되었다. 왜의 대선단이 견내량(*거제도와 통영 사이의 바다) 입구로 집결하고 있다는 정보였다. 80여 척의 대규모 함대였다.

이틀 뒤 이순신은 여수에서 하루 종일 달려 저녁 무렵에 당포(*현재의 통영시 삼덕리)에 도착했다. 아침부터 동풍이 불어서 맞바람을 이기느라 격군들이 무척 고생했다. 병사들에게 저녁을 먹이고 식수와 군량을 준비할 때 김천손이라는 지역민이 찾아왔다. 거제도가 훤히 보이는 두룡포 뒷산에 있다가 왜선의 이동 병력을 보았는데, 거제 영등포 앞바다에서 왜선 70여 척이 출발하여 거제와 고성의 경계인 견내량의 포구(*이 포구는 지금은 매립되어 없어졌다)에 도착해서 머물고 있다는 것이었다. 변광조도 대장실에 들러서 일본 지휘부 장수들의 면면을 알려 주었다. 효고현의 다이묘로 용인 전투에서 조선 육군을 궤멸시킨 와키자카 야스히루, 미에현의 다이묘이자 일본 병선 건조 책임자인 쿠키 요시타카, 그리고 참모장으로 가토 요시아키가 있었다. 특히 가토 요시아키는 도요토미의 양아들 같은 존재였다. 그만큼 도요토미에게는 서해 진출이 절대적인 과제였다. 정명(征明)의 길목을 뚫지 못하면 전쟁의 목표가 뿌리부터 흔들릴 터였기 때문이다. 해로 보급선이 끊어진다면 평양에 주둔해 있는 육군 선발대의 생존이 위태로워지기 때문이다.

이순신은 이억기와 함께 밤이 깊도록 작전을 세우고 필요한 조치를 취했다. 미리 곳곳에 선발대 인력을 보내 두기도 했다. 승병을 포함한 의병과 일반 백성의 도움도 받았는데, 이들을 길목마다 배치해서 적의 도주로를 막는 한편, 허장성세를 보여 적의 판단을 흐리게 할 목적으로 곳곳에 허수아비를 세워 두고 불을 지를 준비를 해놓았다. 장거리 사격이 가능한 흑각궁을 마련해서 저격을 준비하고 왜 수군이 육지로 기어오르지 못하도록 화공 준비도 해 놓았다. 조선 수군의 함대는 이순신 장군 24척 이억기 25척 원균 7척, 도합 56척이었다. 협선과 정탐선, 그리고 포작선(고기잡이배) 60여 척까지 합하며 110여 척이었다.

7월 8일 아침, 이순신은 견내량을 향해 50리 물길을 전속력으로 달렸고, 오전 11시경에 한산도 앞바다에 도착했다. 정황을 살피던 중에 왜선 정탐선 두 척이 조선 함대를 발견하고 신속히 돌아가는 게 보였다.

장군은 판옥선 대부분을 무인도 뒤에 숨기고 정탐선을 보내 왜의 함선들을 정확히 조사했다. 왜는 큰 배 36척, 중간배 24척, 작은 배 13척, 합계 73척이었다. 배의 크기로 보아 왜 수군의 정예함대였다. 층루의 누각이 이층 혹은 삼층인 것으로 보아 적어도 3만 석 이상의 영지를 거느린 일본 영주들의 배였다. 그런데 사실 이 왜군 병력은 와키자카가 구키 요시타카와 가토 요시아키와 연합하라는 도요토미의 명을 어기고 독자적으로 출전한 배였다. 와키자카는 용인 전투에서 5만 병력의 조선 육군을 겨우 한 시간 만에 궤멸시킨 공을 세웠던 터라 자신감이 하늘을 찔러 이순신을 얕보고 달려온 것이었다.

그런데 왜선은 전투함이라기보다 육군을 운반하는 수송선이었다. 영주들은 과시용으로 큰 배를 만들었다. 속도를 내려면 배의 무게를 가볍게 해야 했고, 그래서 옆판을 두 치(6센티)정도로 만들었는데, 이것은 조선 배의 옆판 두께에 비하면 3분의 1밖에 되지 않았다.

등선육박전을 구사하는 왜군의 전법을 알고 있는 이순신 장군은 약세로 위장하고 유인작전을 썼다. 기만전술을 쓰기 위해 장군은 이미 간밤에 미륵도에 백성들을 동원해 신호에 맞춰 불을 지르라고 계획했고 한산도에도 그렇게 해 두었다. 그것은 연기를 보고 일본군이 그 쪽으로 도주하지 못하도록 하기 위함이었다. 장군은 배 다섯 척을 앞으로 보냈다.

"유인선은 습격하려는 듯이 돌진해 들어갔다가 왜군이 쫓아오면 급히 방향을 바꾸어 한산도 앞바다로 나와야 한다. 후퇴 시기를 절대로 놓쳐서는 안 된다."

판옥선 다섯 척이 왜군 진영 가까이 접근해서 천자총통으로 포격을 가했다. 유인 전술의 시작이었다. 조선 수군이 다섯 척뿐이라고 판단한 왜군은 급히 추격해 나왔다. 예상대로였다. 유인선은 적을 자극할 목적으로 스무 발을 더 쏘았다. 포격으로 피해를 입자 왜군의 73척 함대가 어린진(漁鱗陣)으로 밀집대형을 이룬 채 추격전에 나섰다. 적 함대가 20리(8킬로미터)를 나와 마침내 한산도 앞바다에 이르렀다.

드디어 적을 함정에 빠트렸다!

이순신이 몸소 북을 울렸다.

둥! 둥! 둥!

북과 깃발 신호로 한산도 앞바다의 작은 섬들과 돌출된 곳들 뒤에 숨어 있던 조선 수군의 함대가 일시에 나타나 학의 날개를 펼쳤다. 학익진(鶴翼陣)이었다. 적선 59척이 포위망에 완전히 갇혔고 뒤따라오던 14척은 갑자기 위협을 느끼고 도망쳤다.

두둥! 두둥! 두둥!

다시 북과 깃발 신호가 전개되었다. 사격 개시 신호였다.

천자포, 지자포, 승자총통의 포격이 천지를 뒤흔들었다. 판옥선 1척당 32발씩 1,600발이 발사되었다. 잠시 뒤 다시 1,600발이 발사되었다. 포격은 이렇게 한 시간 정도 계속되었고, 어린진(漁鱗陣)으로 뭉쳐 있던 왜군 함선의 절반이 기울고 나머지는 구멍이 뚫렸다. 왜군 병사들은 바야흐로 지옥문 입구까지 내몰렸다.

이순신은 다음 공격 명령을 내렸다.

"귀선, 돌격하라!"

거북선이 막아서는 적 함선을 무지막지한 힘으로 부수며 적의 기함을 향해 돌격했다. 거북선의 용머리에서 천자포가 발포되었고, 왜의 대장선 이층 누각이 폭삭 주저앉았다. 거북선이 전속력으로 돌진하여 대장선을 들이받자, 대장선에 구멍이 뚫렸다. 대장선이 기울기 시작했다. 중간배들이 모여들어 대장선을 엄호했고, 와키자카의 대장선은 그 틈을 이용해서 달아나려고 했다. 하지만 쉽지 않았다. 거북선이 좌우에서 대장선을 향해 총통을 발사하자 왜군 함대는 위협을 느끼며 더욱 더 밀집대형을 이루었다. 거북선이 판옥선의 총통 재장전 시간을 벌어 준 다음 외곽으로 돌아나가자, 총통의 일제 사격이 재개되었다.

"황자포와 승자총통도 모두 포격하라!"

적의 밀집 대형의 중심부를 향해 천자포의 직사포가 무수히 날아갔다. 판옥선들이 2열 횡대로 늘어서서 전후로 들락거리고 좌우로 돌면서 포격을 퍼붓는 동안 거북선 두 척이 왜선 함대 외곽을 휘젓다가 중심부로 돌격해서 적선을 격파했다. 아울러 왜군의 협선과 경쾌선이 아군의 대장선으로 접근하지 못하도록 움직이는 한편. 좌우의 측면 포격으로 적 함대가 진영을 갖추지 못하도록 방해했다. 거북선은 판옥선과 달리 정면 포격이 자유로워 학익진의 약점을 보완했다. 앞으로 진격하면서도 쏘고 측면에서도 6개의 포문에서 현자총통과 승자총통을 쏠 수 있었기 때문이다.

이순신 장군이 탄 대장선의 나각소리에 맞춰 협선들이 신속히 앞으로 나아가 불붙인 기름뭉치를 화살에 꽂아 왜선 안으로 날렸다. 협선들이 임무를 마치고 뒤로 물러서자 56척의 판옥선에서 3차 포격이 가해졌다. 한 시간 동안 600발의 포탄이 59척의 일본 함대로 쏟아 부어졌다. 가라앉는 배에서 왜군 병사들이 아우성을 쳤다. 어떤 배에서는 장수가 총통에 직통으로 맞아 몸뚱이가 찢어지자 병사들이 통곡하기도 했다. 하지만 조선 수군은 여지없이 그곳에다 다시 포격을 가했다.

와키자카의 대장선은 심각하게 포격을 당해 침몰하고 있었다. 와키자카는 총통 사격이 멈춘 틈을 타서 필사적으로 탈출을 시도했다. 이를 간파한 이순신이 저격수 깃발을 올렸다.

"왜장이 도주한다! 저격수 접근하라!"

각 함선에서 소승자총통과 별황자총통 사수들이 와키자카를 향해 일시에 포격을 가했다. 일본 수군은 육탄으로 가로막았다. 작은 배들이 부서지면서도 와키자카를 보호했다. 와키자카의 배는 높은 방패를 이중 삼중으로 세운 뒤 도주했다. 원균이 뒤를 지키고 있었으나 와키자카의 빠른 도주를 막지 못했다.

왜선 59척 가운데 28척은 완전히 침몰되었고 27척이 구멍 뚫린 채 기울고 있었다. 총통 포격이 멈추자 살아남은 왜군이 조총을 쏘면서 돌진해 왔다. 그들에게 마지막 남은 반격이었다. 소선 120척에 탄 5백여 왜병이 카누 같은 작은 배를 던져 바다로 쏟아져 나왔다. 그리고 판옥선에 갈고리를 던지고 기어올랐다. 1백여 명은 장군선을 향해 빠르게 접근했다. 조선의 협선들이 이를 가로 막으며 편전을 쏘았다. 이 근접전에서 가장 많은 사상자가 발생했다. 최대의 고비였다. 이틈을 타서 상당수 왜장들이 무사히 도주했지만, 협선에 타고 있던 왜병 1,600여 명이 왜장들 대신 한꺼번에 수장되었다.

편전은 일본 수군의 가죽 갑옷을 뚫었고 처절한 비명소리와 함께 바다로 떨어졌다. 편전은 동아라는 대나무 통속에 화살을 넣어서 쏘는 조선 수군의 대표적인 개인 화기였다. 반 마장을 날아가서도 갑옷을 뚫을 만큼 강력한 힘을 가졌다. 조총의 사정거리는 50미터 정도였지만 편전은 600미터 가까이 되기 때문에 일본의 조총보다 무서운 무기였다. 이따금씩 날아가는 8자(240센티미터) 길이의 거대한 대장군전은 왜선의 방패를 관통하고 왜병의 몸통까지 관통했다.

"불화살을 쏴라."

화려한 깃발과 비단천을 두른 일본 배에 불화살이 날아가자 삽시간에 불이 붙었다. 기름 덩어리를 함께 쏘았기 때문이다. 일본의 협선과 경쾌선도 마찬가지였다. 갑옷이 타고 살이 타고 온 배안으로 불덩이들이 바람을 받아 빠르게 옮겨 붙었다. 왜병들이 짐승같이 울부짖으며 죽어갔다. 다시 수천 발의 편전이 날아갔다. 움직이는 것들은 모두 화살을 맞고 죽어갔다. 지옥이었다. 불에 타 침몰하는 배에서 자결하는 왜병들이 속출했다. 용감한 왜병이 협선에 옮겨 타고 조총을 쏘았지만 속절없이 화살을 맞고 죽어갔다.

후미를 담당했던 원균은 왜선 14척이 도망가는 것을 막지 못했고, 침몰하는 배에서 탈출해 한산도로 기어 올라간 왜병 400명을 죽이라 했지만 왜군이 다시 돌아온다는 거짓 정보를 듣고는 다 잡은 왜병을 살려둔 채 도망쳤다.

이순신은 침몰하지 않은 왜선을 한산도로 끌고 갔다.

한산도 앞바다는 견내량에서 내려오는 조류와 앞바다에서 밀려 들어오는 바닷물이 만나 빙빙 돌면서 움직이는 바다였다. 왜구들의 시체와 반파된 배들이 조류를 따라 흐르다가 암초에 걸리거나 작은 섬들에 걸려 있었다. 미륵도에서 돌출된 곳과 판데목에는 왜군 패잔병 백여 명이 몰려 바글거리고 있었고, 한산도에서 미리 기다리고 있던 영취가 이끄는 의병들이 이들을 도륙내고 있었는데, 김대남과 근 원 형제, 그리고 무불리가 부하를 이끌고 가세해 모조리 죽였다.

— 17 —

변광조는 이순신이 만나고 싶다는 전갈을 받은 뒤에 취사병에게 빵을 5천 개 만들라고 한 다음 이것을 싣고 한산도로 들어갔다. 수군 병사들은 격렬한 전투를 치르고 무척 피곤했지만 노획품을 정리하느라 바빴고 게다가 배에서 잠을 자야 했기에 빵은 요긴한 요깃거리가 되었다.

이순신이 신기해하면서 물었다.

"이게 도대체 무슨 음식이오? 떡처럼 생겼는데 떡은 아니고…"

"빵이라고 합니다. 서양 사람이 즐겨먹는 식사입니다. 밀가루에 술을 부어서 부풀린 다음 쪄내면 되지만 옥수수가루나 쌀가루로도 만들 수 있습니다. 보리나 귀리로도 가능하지만 맛이 없고 빨리 부패합니다. 쌀가루와 밀가루가 가장 좋습니다. 이것 한 덩어리와 육포 한 조각을 뜨거운 차와 함께 먹으면 든든한 한 끼 식사가 됩니다."

"전투에 나갈 때 가지고 나가면 최고의 음식일세."

"그렇습니다. 건조시키면 열흘 가고, 매실장과 어성초, 연잎, 망곡나무 이파리로 싸면 사흘은 갑니다."

그런데 이순신이 변광조를 부른 이유는 사실 다른 데 있었다.

"어제 늦게까지 한산만과 견내량 포구 주변을 훑고 다닌다고 들었는데… 왜군 시체를 건져 목을 잘랐나?"

"비록 저희가 아무리 천한 장사치라고 하더라도 인두(人頭) 장사는 하지 않습니다."

"그렇다면?"

"왜병의 갑옷과 무기를 수거했습니다."

"그걸로 무얼 하려고?"

"환도는 좌수사 어른께 드리겠습니다. 조총과 화약과 갑옷은 소생의 선원들이 조금 나눠 가지고 나머지는 왜에게 비싸게 팔까 합니다."

"왜인들에게 판다?"

이순신의 안색이 싹 바뀌었다.

"염려 마십시오, 왜군의 갑옷은 아무 의미가 없습니다. 조총도 그러합니다. 해전에서는 조총이 무용지물에 가깝고 왜군의 갑옷 또한 조선 수군의 편전에 뚫리지 않습니까?"

"또 한 가지 내가 염려하는 것은 조총이 혹시 역도의 무리에 넘어가지나 않을까 하는 점일세."

왕은 6월 11일에 평양성을 버리고 영변을 향했으며, 왜적의 손에 죽을 수는 없다며 죽더라도 주자의 나라에서 죽겠다고 했고, 며칠 전에는 압록강이 바로 건너다 보이는 의주에 다다랐다는 보고를 들어서 알고 있었다. 게다가 더욱 참담한 사실은, 나라가 풍비박산이 나는 판에 임금이 한성을 버리고, 평양성을 지키겠다고 해놓고선 다시 평양성도 버리고, 또 이제 조선 땅을 버리고 명나라로 들어가겠다고 하고, 또 전장에서 군인들은 목숨을 걸고 적과 싸우는데 왕은 왕위를 세자에게 물려주느니 어쩌니 하고 있는 판이니, 민심이 뒤집어질 수도 있음은 당연한 이치였다.

그랬기에 변광조가 혹시라도 환도며 조총이며 갑옷 따위를 역도의 무리에게 팔아서 이문을 남기려 하는 눈치라도 보이면 당장에라도 요절을 낼 참이었다.

"그렇게나 염려하신다면 조총을 영감께 드리지요. 한산도에 두고 쓰십시오."

"그렇게 해 준다면 고마운 일이지."

이순신의 용건은 또 있었다.

왜적이 앞으로도 해로를 완전히 포기하지는 않을 터, 지금 당장 화약과 포탄이 부족한 것도 문제지만, 장기적으로 보자면 판옥선과 거북선의 수가 200척은 되어야 했다. 그리고 쇠못, 돛대, 철망, 활, 화살, 의복, 노, 철정 등도 만들어야 했다. 우선 돈이 필요했다. 돈만 있으면 한산도에 조선소뿐만 아니라 야장을 비롯해서 온갖 무기와 군수품을 제작하는 시설을 만들 수 있고, 그러면 사람들은 저절로 꼬여 들게 마련이었다. 하지만 돈이 없었다. 조정에서는 군량미 한 줌 보내준 적이 없고 유황이 없다고 누차 장계를 올렸지만 마땅한 대답이 돌아오지 않는 형편이니, 조정에 기댈 것도 없었다. 하기야 땅 끝까지 도망쳐서 끼니 걱정을 해야 하는 왕실에 무얼 더 바랄 수 있었겠느냐마는…

돈이 문제였다.

"그대는 장사꾼이지 않소."

"무슨 말씀이신지요?"

"그대가 나에게 돈을 빌려주면, 내가 크게 갚아줄 수 있소."

"무슨 말씀이신지…?"

"이 한산도 안에 배와 무기, 갑옷을 만드는 제작 시설을 차리고 싶소. 그대가 돈을 대어주면 나는 여기에다 자기를 굽는 가마를 만들어서 옻칠그릇이며 황칠그릇을 만들어 팔 수 있도록 해 주겠소. 지난번에 보니 찻사발을 무척 소중하게 여기는 듯 하던데… 그런 찻사발이 일본에서는 무척 비싸게 팔린다지오?"

변광조는 뒤통수를 한 대 얻어맞는 기분이었다.

"전란이 장기화할 수도 있다는 생각에, 한산도에 둔전을 운영할까 하는 생각도 하고 있소. 군량미도 확보하고 사람들도 모이게 만드니 일석이조란 말이지."

이순신은 단순한 무관이 아니었다. 경영자이고 전략가였다.

"말씀 잘 알아들었습니다. 소생이 가지고 있는 돈이 변변찮고 그릇이 작아서 즉답을 드리지는 못하겠습니다."

"하하하, 그러시오. 잘 생각하시고 공도 아예 이 두룡포에 정착하시는 게 어떻소?"

비록 이순신이 우스갯소리처럼 그렇게 말했지만, 변광조는 이순신이 자기가 가지고 있는 자산을 이용하는 한편, 자칫 우환거리가 될 수도 있는 외국 상인 집단을 자기가 통제할 수 있는 범위 안에 두고자 한다는 걸 알 수 있었다.

'이순신…, 이 사람은 법술(法術)을 아는 사람이다!'

— 18 —

두룡포에 아예 들어오라는 이순신의 제안을 전하자 형제들은 다들 미간을 잔뜩 찌푸리며 생각에 잠겼다.

"이순신의 약점은 뭘까?"

변광조가 좌중을 둘러보았다. 아무도 말이 없자 사이온이 나섰다.

"제가 말씀을 드려볼까요?"

좌중의 눈이 사이온에게 집중되었다.

"병력이 적고 백병전 능력이 떨어지죠. 어떻게 해도 우리가 이겨요. 장기적으로는 이순신이 군수품이 고갈되고 병력 충원도 어려울 걸요? 백성들도 수탈당할 만큼 당했는데, 아직도 남아 있는 게 있을까요?"

사이온의 말을 팽세가 받았다.

"맞습니다. 전라도의 남부 5관(*순천, 보성 낙안 광양, 장흥)에서 필요한 군수를 조달하니 이것도 곧 한계에 이를 겁니다."

"내 말이…."

"하나 더 있습니다."

팽세가 계속 말을 이었다.

"왕입니다. 이순신은 왕명을 따릅니다. 왕명이라면 거절하지 못합니다."

"그렇군… 그렇다면 거꾸로, 왕이 명령만 내리면 언제든 우리를 칠 수도 있다는 말이지."

"우리에게 불리한 왕의 명령을 우리가 미리 나서서 가로막으면 이순신이 우리를 칠 가능성은 없지요. 전란으로 황폐하게 된 백성의 삶을 윤택하게 만들어 준다면, 왕도 우리를 내치지 못할 겁니다."

"지금 당장에는 고니시와 척을 질 경우 일본 상인들과의 거래에 차질이 빚어지니만큼 그렇게 할 수 없으니, 조선을 돕더라도 고니시 모르게…"

"그렇습니다. 이순신과 의병은 우리에게 불리한 요인이 아닙니다. 만일 왜가 조선을 삼킨다면 고니시가 하삼도(*경상도 전라도 충청도)의 영주가 될 터인데 그리되면 우리는 고니시의 하수업자가 될 수밖에 없지만, 우리가 고니시 대신 조선의 상권을 완전히 차지할 수도 있습니다. 만일 우리가 이순신과 손을 잡는다면 조선의 바다를 손쉽게 차지할 수 있습니다. 이순신의 제안을 받아서 한산도에 군수품 제작소를 세우고 밀접한 관계로 협조할 수도 있습니다. 이순신이 왜의 야심을 꺾으면 왜는 전라도를 먹지 못하고 결국 조선에서 물러갈 수밖에 없습니다. 그렇게 전란이 끝나고 나면 조선의 대외 상권은 누가 가지겠습니까?"

"그런데 만일 조선 왕이 우리 물화를 뺏으려 하거나 우리를 치려고 한다면?"

"결국… 상업이 용이한 나라로 만들려면 왕과 사대부의 생각을 바꾸어야 한다는 말입니다."

팽세가 덧붙였다.

그러나 왕과 사대부들은 명분과 명예에 목숨을 거는 터라 쉽지 않은 일이었다.

"모조리 처죽이자구요. 까짓것!"

대남이 퉁방울 눈알을 부라리며 탁자를 탕탕 치면서 으르렁거렸다.

변광조가 한참 동안 말없이 생각에 잠겼다가 입을 열었다.

"일단 현재로는 이순신과 보조를 맞추자, 서해를 장악할 때까지. 그와 적대관계에 서서 해로를 잃으면 외해를 타고 돌아다녀야 하는데, 이 경우에는 부담이 너무 크다. 이순신을 어떻게 활용할 것인지는 좀 더 시간을 두고 생각해 보자."

변광조는 이순신의 제안을 받아들이고, 야철 분야를 훤하게 꿰뚫고 있는 찬과 기를 전라 좌수사 휘하의 의병장으로 만든 다음, 이들이 부하를 이끌고 한산도에 주둔하면서 물자 제작에 힘쓰도록 했다.

"너희들은 조선인으로 행세하고, 이름도 다르게 써라."

그래서 찬은 이봉수로 이름을 지었고, 기는 길호업으로 이름을 지었다.

"두룡포에 임시 유숙을 헐고 그 자리에 견고한 성을 크게 짓는다. 은전을 풀어서 인부들을 모아라."

이순신으로서는 한산도 안에 자리를 잡는 이들이 양날의 검처럼 껄끄러웠지만, 처음부터 예상했던 어려움이었고 또 어쩔 수 없는 일이었다. 창동에 군량창고가, 진터에 말 훈련장과 육전대 상륙장, 야소에 커다란 대장간이 세워졌다. (창동이니 진터니 야소니 하는 이곳 지명은 그런 시설이 들어선 뒤에 붙여졌다.)

— 19 —

변광조는 그동안 정탐망을 가동해서 기다리던 정보를 드디어 알아냈다. 고니시가 조선 왕실에서 훔친 보물을 빼돌리려 어딘가로 보냈다는 정보였다. 변광조는 보물의 이동 경로를 점쳐 보며, 가능성이 높은 지역을 몇 군데 찍어서 동생들을 보냈다.

대남을 태운 배는 바람보다 빠르게 달려 예성강 입구에 도착했다. 대남과 부하들은 작은 배 세 척에 옮겨 타고 상륙했다.

"나타날 때가 되었는데…"

정탐은 틀리지 않았다. 왜인 무리는 모두 서른 명쯤 되었다. 이들은 개성의 왜군 진지에서 빠져나오는 등짐장수들이었고, 수레도 두 대나 있었다. 대남과 부하들은 이들을 모두 죽였다. 그러고는 빼앗은 물화를 배를 대어둔 강가로 옮기고, 작은 배들로 몇 차례 왕복을 해서 본 배로 옮겨 싣고 남으로 서해 바닷길을 훑고 내려왔다. 오면서도 그냥 내려오지 않았다. 포구마다 들러서 왜인들의 거동을 정탐했으며, 등짐을 지고 밤길을 달리는 왜인은 모조리 베고 물건을 뺏었다. 대남은 땅에 떨어진 왜인의 머리를 밟고 기분 좋게 웃었다.

한편 충주에 올라간 찬과 기 형제는 내륙을 훑으며 내려왔다.

봄에 피는 함박꽃과 가을에 피는 국화가 동시에 피어 온산을 덮고 있었다. 산이 거대한 꽃처럼 보였다. 어릴 때 보았던, 달빛 아래 빛나던 배꽃처럼 웅장했다. 아름드리 배나무에는 하얀 꽃이 피어 달을 맞았고 부엉이가 꽃 속에 숨어서 울었다.

형제는 시퍼런 검을 소매에 숨기고 꽃산을 가로지르며 또 벌판을 달리며 왜인을 찾았다. 멀리 상자를 둘러맨 사람 서너 명이 보였다. 왜인들이었다. 왜인들이 둘러맸던 물건들은 잠깐 사이에 주인이 바뀌었다. 부하들이 짐을 챙기기도 전에 형제는 휭하게 다시 다른 곳으로 달려갔다. 하필이면 형제들 가운데 가장 발이 빠른 이 두 사람을 따라다니게 된 부하들은 운이 나쁜 셈이었다.

두 사람은 문경새재를 넘어 남으로 내려갔다. 왜인들이 도주하고 있었다. 계속 남으로 내려가 금오산을 끼고 관호리까지 가자 낙동강이 가로막았다. 그런데 선착장이 시끌벅적했다. 조선 사람들이 보였고 왜군 병사 여남은 명이 고함을 지르며 이들을 윽박지르고 있었다. 왜군이 조선인을 납치해 가는 정황임이 분명했다. 이들은 뗏목을 타고 강을 건너려 했다. 대나무를 엮고 여섯 개의 가죽 주머니를 단 뗏목이었다. 가죽 주머니에 공기를 채우자 뗏목이 떴다. 두 사람은 쏜살같이 달려 나가며 칼을 뽑아 휘둘렀다. 왜군 병사 여섯 명의 목숨은 순식간에 떨어졌다.

잡혀가던 사람들은 사기장이었고, 모두 다섯 가족이었다. 왜놈들이 아이들을 인질로 잡고 있으며, 왜놈들이 아이들을 데리고 뒤따라 올 것이라고 했다. 서너 시간이 지나자 왜군 병사가 아이들을 데리고 왔다. 찬과 기는 왜군 병사를 처치했고, 이들을 진주로 데리고 갔다.

가던 길에 말을 타고 올라가던 갓 쓴 양반을 만났다. 이 남자는 찬과 기 일행을 보고는 다짜고짜 반말을 했다.

"너희들은 누구인데 어디로 가느냐?"

"우리는 사기장들인데 왜놈들에게 납치되었다가 이 사람들이 구해 준 덕분에 도망쳐 가는 길입니다."

"나는 의금부 종사관 이종각이다. 만일 의병을 보거든 평안도 순안으로 집결하라 일러라."

이종각이라는 이 남자, 자기와 대화를 나눈 찬과 기가 자기 운명을 결정하게 될 집단의 핵심 인물들임을 알지 못했다. 안다고 한들 운명을 피할 수 있었을까마는…

비슷한 시각에 원과 근 형제는 밀양강 둔덕 위에서 굽이쳐 돌아가는 물길을 지켜보고 있었다. 상류에서 내려오는 수상한 배를 기다렸으나 왜인이 탄 것 같은 수상한 배는 보이지 않았다. 며칠 동안 앉아 있자니 좀이 쑤실 지경이었다. 아무래도 헛짚은 것 같았다.

변광조 역시 같은 생각을 하고 있었다. 고니시가 위험한 육로를 택하지 않았을 수도 있다는 생각… 궁궐에서 빼돌린 보물을 어선으로 위장한 배에 실어서 한강을 타고 서해로 나가 조선 수군의 눈이 미치지 않는 먼 바다를 타고 대마도로 갔을 수도 있었다. 대마도주가 고니시의 사위 소 요시토시임을 왜 깜빡 잊었을까?

불길한 예상은 점점 현실로 굳어졌고, 이제 보물을 뺏으려면 대마도로 직접 가야 했다.

원과 근이 고개를 숙였지만, 따지고 보면 두 사람 잘못은 아니었다.

"그래도, 우리가 책임지겠습니다."

"우리가 다녀오겠습니다."

원과 근은 어릴 때부터 도둑질로 잔뼈를 키웠던 터라 잠입 탈취에 비상한 재능을 가지고 있었다. 해적들의 근거지에 몰래 숨어 들어 가서 물품을 털어 내는 일은 거의 언제나 이 두 사람 몫이었다. 하지만 이번에는 잔챙이 해적을 상대하는 일이 아니었고, 걸려 있는 물화도 시시한 물건이 아니었다. 조선 왕실이 창고 깊숙한 데

숨겨 두었던 조선 최고의 보물이었다.

"만일 일이 잘못되면, 그동안 고니시와 쌓아 두었던 신뢰는 모두 무너진다. 고니시 가문과 우리는 원수가 된다."

"성공하든가 죽든가 하겠습니다."

일기 좋은 날을 골라서 배를 띄웠다. 여덟 개의 돛을 단 상선이었다. 은정 100개, 그리고 쇠뇌와 편전, 수뢰를 넉넉하게 준비했다. 배는 마산 쪽으로 나아간 다음 곧장 남으로 내려갔다. 대마상도 서쪽 150리 지점에 배를 세우고 기다렸다. 바를타가 종산도에서 하루 전에 출발했다면 그곳에서 만날 수 있으리라는 계산이었다.

바를타는 해적이자 상인으로 종산도의 주인이었다. 인구 3천 명의 종산도는 지난 해 태풍으로 큰 피해를 입었다. 대가만 넉넉하게 준다면 뭐든 지원을 아끼지 않을 것이라고 믿었기에 바를타의 도움을 받고자 했던 것이다. 닻을 내리고 두 시간쯤 기다리자 큰 배 두 척이 수평선에 모습을 드러냈다. 미리 약속한 대로 돛대에 붉은 천을 달고 있는 걸 보니 바를타가 분명했다.

근과 원이 바를타의 배로 건너갔다. 두 사람을 맞이한 바를타는 다짜고짜 허리를 굽혔다.

"용서해 주시오!"

"그게 무슨 말이오?"

"한 달 전에 조도에 상륙해서 곡식을 뺏었습니다. 이 일을 슈아키다로 공이 알게 되면 어찌될까 걱정이 이만저만이 아닙니다. 사람들이 굶어 죽어 가고 있어 어쩔 수 없었습니다."

"사람을 상하게 했소?"

우물쭈물하는 걸 보니 그랬던 것 같다.

"우리도 사람이 상했습니다. 그리고 이 일 때문에 불미도에서 종산도를 치러 들어온 일이 있어 전투가 벌어졌고, 이 과정에 여럿이 다쳤는데, 불미도 미우리 가문의 막내가 죽었습니다. 용서해 주시오!"

미우리 가문의 막내는 원과 근 형제도 잘 알았다. '형님! 형님!' 하면서 잘 따르던 붙임성 좋은 청년이었다. 원의 손이 곧바로 칼을 잡았다. 원의 왼쪽 눈 흰자위에 시뻘겋게 선 핏발이 더욱 붉어졌다. 근이 손을 뻗어 원을 막았다.

바를타가 바닥에 엎드렸다.

"용서해 주시오. 이번 일로 지난 허물을 씻을까 합니다."

근도 생각 같아서는 원과 함께 칼을 빼들고 바를타를 토막 내고 싶었지만, 그렇게 할 수 없었다. 바를타와 종산도 사람들로서는 극단까지 갈 준비가 이미 되어 있는 사람들이었다. 더는 잃을 것도 없는 형편이었으니 뒷일을 생각할 것도 없었다. 만일 근이 칼을 뽑는다면 원과 근을 죽이고 두 사람이 데리고 온 부하들도 모두 죽일 참이었다. 이렇게 되면 조선 왕실의 보물을 빼돌리는 일은 아예 물거품이 되고 만다. 한 순간의 감정으로 대사를 그르칠 수는 없었다.

근은 칼을 뽑아든 원을 밀어내고 앞으로 나서면서 말했다.

"원수와 은혜는 돌고 도는 것."

이번 일을 돕는 대가로 바를타에게 은정 100개를 주기로 한 약속을 다시 한 번 확인했고, 세 사람은 머리를 맞대고 작전을 짰다.

바를타는 대마도 땅에 발을 들여놓지 않겠다고 했다. 만일 나중에 문제가 생기더라도 빠져나갈 구실이 필요하다는 것이었고, 대신 부하 100명을 원과 근에게 붙여 주기로 했다. 바를타는 대마상도 가미항 서북쪽 십 리 지점에서 닻을 내리고 기다리고, 원과 근이 가미에 들어가 소 요시토시의 저택에 잠입해서 보물을 훔쳐 낸 다음 남동풍을 타고 올라가서 만나고, 여기에서 헤어져 바를타는 서쪽으로 2백 리를 간 다음에 남으로 내려가고 원과 근은 북으로 올라가기로 했다.

날이 어두워지길 기다려 근과 원은 대마도로 접근했다.

저택에는 창고 건물 열세 개가 줄지어 서 있었다. 주인이 오래 집을 비운 탓인지 경비 태세는 허술했다. 근이 순식간에 보초 둘을 덮친 뒤 담을 넘어가 대문을 조용히 열었다. 창고를 지키던 경비대도 해치웠다.

근과 원은 조선에서 가지고 온 궤짝들을 빠르게 운반했다. 나무궤짝이 132개였고 철궤짝이 67개였다. 모두 배에 싣고 실었다. 횃불을 든 무리가 바닷가로 몰려와서 조총을 마구 쏴댔지만 배는 이미 사정거리를 벗어난 뒤였다.

얼마 뒤 두 사람은 바를타에게 선원들을 넘겨주고 은정 100개도 건넸다. 바를타는 흡족한 목소리로 인사를 건넸다.

"슈 아끼다로님께 불미도 일은 불가피했다고 전해 주시오."

근과 원은 돛을 모두 펼쳐 전속력으로 달려 마산 서쪽 150리 지점까지 올라온 뒤 마중 나온 대남과 함께 무사히 사량도로 돌아왔다.

궤짝에는 인삼과 도자기, 서화, 조선 왕실의 집기들이 가득 들어 있었다. 모두 2천 점도 넘었다. 고려시대 서화들이 특히 많았다. 외부 충격을 완벽하게 흡수하도록 한 궤짝의 포장 기법은 한눈에 봐도 고니시 휘하 상인들의 솜씨였다.

변광조가 축배의 잔을 들었다.

"우리가 가는 길에 불운은 없다! 갈 길은 멀지만 한 명도 죽지 않고 살아남자."

변광조가 먼저 술을 마셨고, 나머지 형제들도 일시에 잔을 비웠다.

지난 여덟 달이 눈 깜박할 사이에 지나갔다. 하지만 앞으로 나아갈 길이 얼마나 험할지는 아무도 몰랐다.

* * *

변광조는 고니시에게서 빼앗은 물화를 사량도 지리산 중턱 자연 동굴에 차곡차곡 채우고 입구를 봉했다.

— 20 —

고니시 유키나가는 안개가 가득한 들판에 서 있었다. 꿈 같기도 했고 현실 같기도 했다. 바람에 묻어오는 대동강의 물 냄새가 비릿했다. 도요토미의 닦달은 불같았다. 가슴이 답답했다.

새벽에 눈을 뜨니 대마도주이자 사위이며 원정군 부관인 소 요시토시가 어둠 속에서 무릎을 꿇고 앉아 있었다. 그 자세로 깨어나길 줄곧 기다렸던 모양이다. 불길한 예감이 고니시 뇌리를 스쳤다.

"웬일이냐?"

"대마도의 창고가 털려 조선에서 실어간 보물을 강탈당했습니다, 죽여 주십시오!"

고니시는 한동안 입을 뗄 수가 없었다. 제 값을 다 받지 못한다 하더라도 족히 은 1백만 량은 될 물화를 강탈당하다니… 낙동강에서 잃어버리고, 벌써 두 번째였다.

"대체 어느 놈이냐?"

"워낙 갑작스럽게 당한 일이라서…"

고니시는 사위에게 목침을 던졌고, 사위의 이마에서 피가 흘렀다. 고니시는 분노로 몸을 떨었다.

"잡아서 가죽을 벗겨 죽이고 말겠다!"

가토일 수도 있었다. 한성 입성과 평양성 입성에 뒤처져서 전리품이라고 해 봐야 껍데기밖에 챙기지 못했으니 앙심을 품고 그랬을 수도 있었다. 물론 중국이나 남중국해의 해적들이 벌인 소행일 수도 있었다.

고니시는 이런 사실을 시마즈 요시히로(島津義弘)에게 알리고 도움을 청했고, 시마즈는 육촌 동생 시마즈 사카모토를 불러 들였다. 동생 시마즈는 이미 3백 명이 넘는 무사를 이끌고 조선에 들어와 있었다.

"사카모토, 고니시 장군이 물화를 탈취당했다. 그걸 찾아라."

"고니시 장군이라면 대마도주더러 직접 찾으라고 하지 왜 저에게…?"

"두 가지 이유가 있다. 그들에게는 현재 한도 밖의 병력이 없다."

"그렇다 하더라도 굳이 소제가 나서야 하는 이유는?"

"탈취당한 물화의 총 규모를 밝히지는 않았지만, 아무래도 엄청난 양일 것 같다. 일본 최고의 상인인 고니시가 그렇게 펄펄 뛸 정도면 은 1백만 량 가치는 있을 것 같은데…"

"우리에게 떨어지는 몫은 어떻게 됩니까?"

"3할이다."

3할이면 30만 량, 어마어마한 양이었다.

"현재 있는 3백 명에 150명을 더 추가하겠습니다."

시마즈 요시히로는 동생에게 또 다른 당부도 했다.

"도공을 붙잡아 오는 임무도 계속해야 한다. 가족도 함께 데려가야 조선으로 돌아갈 마음을 접을 것이야."

"잘 알고 있습니다."

사카모토는 이미 4백 명이 넘는 사기장 가족을 일본으로 납치해 갔다.

한편, 소 요시토시는 가솔인 오쿠 오도리와 요시라를 불렀다. 오쿠는 준수한 용모의 이십 대 중반 청년이었고, 요시라는 닳고 닳은 교활함을 순박한 웃음으로 위장하는 능력이 탁월한 사십 대 중년이었다.

"너희는 범인을 찾아 이 수치를 반드시 죽음으로 되갚아야 한다, 알겠나?"

"분부 명심하겠습니다."

"그리고 오쿠."

"하이!"

"앞으로 너는 철저히 조선인 행세를 하면서 조선인과 부지런히 사귀어라. 나중에 우리 대마도의 운명을 가를 중요한 일을 하게 될지도 모를 터."

"하이!"

"그리고 요시라, 네가 하는 모든 일은 나 이외에 누구에게도 알리지 마라, 고니시 장군에게도. 그리고 우리 대마도는 일본뿐만 아니라 조선에도 기대서 살아가야 하는 만큼, 조선 조정과 노골적으로 척이 지도록 해서는 안 된다."

"잘 알겠습니다, 도주님!"

오쿠와 요시라가 머리를 조아렸다.

제 4 장

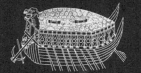

상로(商路)를 찾아서

— 21 —

1592년 7월 23일 잠도.

팽세는 잠도의 대장간에서 기와 찬 형제가 스페인 상인 도미네르가 가르쳐 준 합금 비율에 맞춰서 만들어낸 강철을 소재로 장포의 총신을 만들고 있다. 대롱을 만드는 작업도 막바지였다. 총신 구멍에 고운 모래를 넣고 나무를 끼운 다음 돌려서 표면을 다듬는다. 변광조가 어느 틈에 와서 이런 모습을 지켜보고 있었다. 팽세는 변광조가 지켜보고 있음을 알고는 일손을 놓았다. 무언가 상의할 일이 있다는 뜻이다.

"조선 전역에 안전한 이동로와 물화 유통 경로를 마련하는 작업을 본격적으로 해야 한다."

"아무리 적게 잡아도 한 달은 잡아야 합니다."

곳곳에 비밀 창고를 만들어 뒤야 하고 또 수송 인력을 확보해

뒤야 했다. 장거리 이동은 주로 배를 이용하면 되지만, 수레가 다닐 수 있는 대로도 필요했다.

"그런데 말이다, 조선이 이토록 무력할 줄은 몰랐다. 왜군의 무기래야 장창과 조총이 전부인데 편전과 뇌 같은 훌륭한 무기를 가지고도 패퇴했다는 건…"

변광조가 고개를 절레절레 흔들었다.

"형님은 아직도 조선에 애정이 있습니까?"

그런 게 있을 리 없다고 생각했지만, 팽세가 그렇게 묻는 걸 봐서는 그것도 아닌 모양이었다. 팽세가 확실하게 못을 박았다.

"조선이 어떻게 되든 무슨 상관입니까? 우리는 돈만 벌면 됩니다. 누가 죽든 망하든 상관없습니다."

유구에서 조선 진출을 준비하면서 변광조가 했던 말이다.

변광조가 헛헛하게 웃었다.

"그렇지?"

며칠 뒤, 각자 해야 할 일이 빈틈없이 분배되었고 다들 떠날 채비를 갖추었다.

형제들은 술잔을 높이 들어 성공을 다짐했다.

팽세는 먼저 충청도로 올라갔다. 그의 목표는 가마와 사기장들의 숫자와 위치를 파악하는 것이었다. 대남이 큰 배 한 척을 끌고 안흥을 거쳐 강화도까지 가는 먼 길을 나섰고, 김근과 김원, 그리고 찬과 기는 부하를 쉰 명씩 나누어 받고 조선의 기존 상인들을 접촉하러 나섰다. 필요하면 무력을 써야 했기에 부하들이 필요했다.

변광조는 무불리와 무돌, 그리고 사이온과 함께 사량도를 떠나 진주로 가서, 형제들은 정혜사에 있으라고 하고 혼자 명월관으로 갔다. 정혜사는 진주에서 세석산정으로 올라가는 길목에 있는 제법 큰 절이었다. 주지와 서너 명의 제자가 절을 지키고 있었는데 난리가 난 뒤로 산적이 빈번이 들자 중들은 어딘가로 가고 비어 있었다. 변광조는 절로 올라가는 통로와 일대를 차단하고 부하들의 유숙으로 이용하고 있었다. 그곳은 또 명월관 식구들의 피난 장소이기도 했다.

명월관에서 변광조는 월희와 오랜만에 만난 회포를 풀기 바쁘게 궁금하던 일부터 물었다.

여럿 있긴 한데, 그중에 세력이 제일 큰 자는 용수라 했다.

"패거리가 백 명이 넘고 이 진주와 남원, 사천의 곳곳에 숨어 있다고 합니다."

"근거지가 어디라던가?"

"지리산 꼭대기 장터목 밑이라 합니다."

"그 자가 어째서 유명해졌는가?"

"장터목 시장을 지배하고 중국에서 술 벼루 먹 책자 등을 구해와서 양반들에게 비싸게 판다고 합니다."

진주와 산청 보부상들의 장터인 장터목은 산꼭대기 장터라 시야가 멀리까지 확보되어 외부 침입을 쉽게 발견할 수 있는 곳이라고 했다. 게다가 근처의 토굴이나 동굴 속에 숨어 있으면 찾기 힘들 것이라고 했다.

용수 외에 의병을 하다가 크게 실망하여 산 속으로 들어간 인물이 둘 있는데, 산청의 윤팽로라는 사람과 남원의 양대박이라는 사람이었다. 의병을 한다면 상인은 아니지만, 그래도 발이 넓은 사람들이니 도움이 되리라 생각했다. 용수와 윤팽로, 양대박, 이 세 사람이 진주에서 남원 운봉, 그리고 여기 지리산을 지배하는 인물이니만큼, 이들만 제압해서 수하로 거느린다면 손쉽게 유용한 통로를 확보할 수 있었다.

변광조는 세석산정에서 남원까지 이어지는 통로 가운데 외통수의 길목에 자리를 잡고, 열 명 남짓한 부하만 공개적인 장소에 천막을 치고 있게 하고 나머지는 보이지 않는 곳에 숨겼다.

아침부터 저녁까지 꼬박 기다렸으나 약초꾼이나 포수들만 이따금씩 보일 뿐이었다. 어둠이 깔리자 천막 앞에 모닥불을 피우고 보초를 세웠다. 이윽고 자정 무렵에 한 사나이가 천막 앞에 나타났다. 어두워서 잘 보이지는 않았지만 수십 명이 막사 주변의 어둠 속에 몸을 숨긴 걸 알 수 있었다. 무돌과 부불리가 이 남자를 맞았다.

"이 밤중에 누구시오?"

"그냥 지나가던 길인데, 뭣들 하시나 싶어서."

변광조가 천막에서 나와 남자를 바라보았다. 키와 덩치가 크고 얼굴이 유난히 크며 또 얼굴에 수염이 많은 삼십 대 남자였다. 두 눈동자에 불길이 일렁거리는 게 한눈에 봐도 범상치 않은 인물이었다. 변광조가 자리를 권하며 물었다.

"차 한 잔 드시겠소?"

"고맙지요."

모닥불 위에서 끓고 있던 차를 두 잔을 부어서 한 잔은 자기 앞에 한 잔은 남자 앞에 놓았다.

"낮에도 무서운 산인데 어찌 한 밤중에 길을 나섰는지?"

"나는 본시 이 고장 사람이라 지리산을 눈감고도 오르내립니다. 헌데 못 보던 분이 어찌하여 길목을 막고 계시는지 내가 더 궁금합니다."

"사람을 찾느라고요."

"어떤 사람을 찾지요?"

"용수라는 분이오, 혹 들어본 적 있소이까?"

변광조가 남자를 뚫어지듯 바라보았고, 남자 역시 그 시선을 정면으로 받았다.

"그 사람을 왜 찾으시오?"

"친구로 삼으려고요."

"내가 듣기로는 용수라는 사람은 산적 떼의 우두머리라던데… 천한 노비 출생이라 사람을 함부로 대하고 닥치는 대로 죽인다 하더이다."

"나는 장사꾼인데, 그 사람과 손을 잡고 큰일을 맡기려고 합니다."

"그들이 무턱대고 당신을 죽인다면 모든 게 허황된 일이 아니겠소?"

"손을 잡고 함께 잘해 보자는데 왜 나를 죽이겠소?"

"당신… 노비 추쇄꾼 아니오?"

"상인이오."

"거짓말!"

갑자기 남자는 얼굴을 험악하게 일그러뜨리며 찻잔을 집어던지며 일어났고, 그 순간 나무 뒤에 숨었던 남자들이 모습을 드러내며 변광조와 무불리 및 무돌을 에워쌌다. 적어도 스물대여섯 명은 되었다.

"죽여라!"

남자가 공격 명령을 내리자 사방에서 죽창이 밀고 들어왔다. 그러나 시골의 무지렁이 산적 떼가 해적질로 잔뼈가 굵은 변광조와 그의 형제들 상대가 될 리 없었다. 변광조는 찻잔을 내려놓지 않고서도, 그리고 찻잔의 차를 조금도 흘리지 않고서도 이들의 공격을 피했고, 무돌과 무불리는 그들이 휘두르든 죽창을 빼앗아 빙빙 돌리며 앞에 나서던 남자 서너 명의 머리통을 내리쳤다. 예상 밖의 기세에 남자들은 주춤했다.

"노비 추쇄꾼이 아니라고 했잖소. 어떻소? 계속 더 해 보겠소?"

그제야 변광조와 마주보고 찻잔을 들었던 남자가 앞으로 나서더니 무릎을 꿇었다.

"내가 용수요. 내 부하들은 장사꾼이지 칼을 쓰는 산적이 아니오. 죽이지 마시오."

변광조가 너털웃음을 터트렸다.

"하하핫! 반갑소, 용수 형제, 일어나시오."

오해는 금방 풀렸다. 그리고 변광조는 용수를 형제라고 부르고 싶은 이유도 설명했다. 한 배를 타자고 했다.

"저 같은 천한 놈이 어떻게…"

"무슨 말을! 조선 팔도의 길을 다 알고 있다고 들었는데, 바로 그게 내가 얻고자 하는 재주요."

변광조가 차를 가득 부어 용수에게 건넸다.

"뭐 사실… 길이라면 안 가본 데가 없지요. 보부상이야 길을 모르면 바로 죽음이니까요. 우리는 생업이 없어서 장사로 나섰으나 곳곳에 도적 떼가 가로막고 있어서 거래가 바늘구멍만큼 어렵지요. 그동안 중국에서 술이나 벼루 책자 몇 점 정도 운반하는 게 고작이니까요."

장터목과 세석산정 사이에 서북쪽으로 난 샛길을 따라 들어가니 산채 입구가 나왔다. 절벽 옆을 깎아 굴을 뚫고 그 틈에 버팀목을 박아서 만든 잔도가 그 입구였다. 잔도를 지나니 커다란 자연 동굴이 나타났다. 동굴 안에는 오랜 거주의 흔적이 많았다. 동굴 입구에는 암자처럼 지어진 집이 서너 채 걸려 있었다. 돌을 깎아 만든 벽돌과 철심을 박아 기둥을 세우고 그 위에 가벼운 전조기와를 얹어 지붕을 덮은 구조였다. 멀리서 보면 그저 작은 암자일 뿐이었다.

"이곳은 우리들 최후의 피난처이지요. 우리 식구 마흔여덟 명은 이곳에서 십오 년째 살고 있습니다. 산 아래 처자식들이 있지요. 우리 식구들은 모두 노비의 자식입니다, 도망 노비지요."

변광조는 용수가 안내한 깊숙한 방안으로 들어갔다. 제법 큰 방으로, 중국에서 들여온 물건들이 쌓여 있었다.

"저희가 거래하는 물품입니다."

술, 벼루, 비단, 책자, 옥으로 만든 물품들, 대리석, 약재, 서화가 가득 쌓여 있었다. 도자기는 없었다. 아무래도 부서지기 쉬운 물건이기 때문이고, 또 워낙 비싸서 위험 부담이 크기 때문이라고 했다.

용수는 변광조가 가깝게 지낼 만한 상인들을 한 명씩 설명하면서 특히 세 사람을 강조했다.

"여수의 금도끼와 사천의 쇠파리, 그리고 순천의 박영감을 받아들이면 남부 일대는 대략 통로가 확보될 겁니다. 이 사람들은 다들 자기 영역을 확고하게 지키고 있습니다. 그런데 금도끼와 박영감은 쉽지 않을 것 같은데… 돈도 꽤나 많이 가지고 있거든요."

"상인이라면 그 정도의 기개는 있어야지."

"박영감은 뒷배가 상당하다 들었습니다."

"지방관들과 손잡고 있다는 말인가?"

"그렇습니다."

"음, 그렇다면 장사치가 아니라 모리배가 아닌가?"

"아닙니다. 박영감은 장사가 뭔지 아는 사람입니다. 관리들에게 뇌물을 주는 건 일을 성사시키기 위함일 뿐, 박영감은 그들의 하수인은 아닙니다. 상선이 군선을 이길 수 없으니 통행세를 낼 수밖에 없지요."

"그렇다면 윤팽로와 양대박은?"

"둘 다 의병장으로 의병을 6천 명이나 모아서 전라관찰사 이광 휘하로 들어갔다가, 용인에서 와키자카라는 왜장에게 모조리 죽음을 당한 뒤에는 산에 들어가 세상과 담 쌓고 산다고 들었습니다."

그래도 만나려면 만날 수는 있다고 했다.

용수는 또 구례의 담비, 충주의 백로, 천안의 흑표, 대구의 달호 얘기도 했다.

변광조는 부하들을 보내 윤팽로와 양대박을 데리고 왔다. 두 사람은 몰락한 양반이었고 전란이 일어나자 벼슬을 받을 목적으로 의병장으로 나섰으나 모든 것이 허사로 돌아가자 헛된 욕심을 버린 상태였다.

"두 분은 조선 왕조에서 벼슬을 얻어서 뭘 해 보겠다는 생각은 아예 하지도 마시오. 차라리 나와 함께 상업으로 돈을 벌어, 그 돈으로 조선을 바꾸는 게 훨씬 빠를 것이오."

두 사람은 기꺼이 그렇게 하겠다고 했다.

윤팽로는 지리산 남쪽을 책임지는 유통장이 되었고 양대박은 지리산 북쪽을 책임지는 유통장이 되었다. 이렇게 해서 남원에서 안흥, 그리고 진주에서 목포까지 잇는 유통로가 완성되었고, 나중에 두 사람은 팽세에게 지시를 받아 일본과 명으로 나가는 항구로 물자를 나르는 일을 맡아서 수행했다.

팽세는 지역 주민을 훈련시켜 인력을 계속 보충했다. 하지만 이탈하는 자는 반드시 추적하여 가혹하게 응징했다. 한 사람당 한 달에 은 한 량, 쌀 여섯 말, 소금 한 되씩 주어 대우하자 이탈자가 없어졌다. 당시에 쌀 한 가마니의 가격은 은 두 량 반 정도였다.

변광조는 용수, 윤팽로, 양대박에게 각각 은전 1천 냥을 주고 이문을 2할 이상 남기라고 했다.

"이 돈으로 충청도, 전라도 북부 일대에 자기, 도기, 서화를 사 모아 오시오."

장사의 원리는 작은 돈을 풀어 큰돈을 만드는 것이라고 변광조는 믿었다. 그리고 이렇게 하기에 가장 좋은 기회가 도자기에 있다고 생각했다. 전쟁이 끝나면 조선의 도자기가 세상을 바꿀 것이라고 보았다. 조선의 그릇, 고급 미술품, 그리고 서예품에 혼이 빠진 왜인들이 그것을 사려고 줄을 설 터였다. 지금 사두면 나중에 가격은 열 배로 뛸 것이라고 보았다. 그러니 도기장, 사기장은 중요한 밑천이었다. 전라도에만 가마가 일흔 군데나 있다고 했으니, 조선의 도기장, 사기장들을 잘 지켜야 했다. 그랬기에 도기장과 사기장은 보는 족족 데리고 와야 한다고 일렀다.

상업은 돈과 유통로, 이 두 가지가 핵심이다. 이 두 가지가 안전하지 못하면 물물교환 시대로 돌아간다. 변광조는 용수가 진주에서 운봉 천안까지 잇는 상로를 장악하고 그 유통을 유지해 주길 바랐다. 그래야 의주에서 또는 한양에서 물품을 싣고 부산으로 어렵지 않게 운반할 수 있을 것이다. 그가 강조한 돈 특히 은전을 사용해야 신용이 성립하고 거래가 성립한다는 것. 그가 진주에 뿌린 돈은 은전 1만 량이었는데, 이 돈 가운데 상당수 규모의 돈이 부산과 동래까지 흘러들어 갔다. 다시 그 은전으로 왜인은 진주의 월희에게서 서화를 사 가지고 돌아갔다. 돈의 기능은 바로 이런 것이었다.

"용수 아우가 순천에서 하동, 하동에서 진주, 진주에서 남원, 남원에서 천안과 대전 이런 쪽으로 은전이 퍼져 나가게 하여 고급 제품을 유통시킨다면 우리의 힘이 강대해진단 말이지. 돈만 가지면 무엇이든 살 수 있게 된다. 앞으로 더 나아가서 평택, 인천, 강화의 상업망까지 접수하면 우리 돈이 조선 팔도를 지배할 것이다. 이 은전으로 서화, 가구장, 도자기 중에서 고급품에다가 투자를 하면 더 좋은 고급품이 우리 손으로 자연히 들어오게 되지. 이것을 창고에 넣어 두었다가 좋은 시기에 되팔면 이익이 몇 배로 높아질 게야…"

변광조는 용수에게 진주에서 전라도 북부와 충청도 남부를 책임지는 일을 맡겼다. 용수는 진주에서 가장 가까운 위치에 있으니 변광조로서는 최후의 보루인 셈이었다.

"용수 아우, 이제부터는 우리가 직접 장인과 도공을 찾아 나설 필요는 없을 걸세. 운봉 시장에 나가 기다리면 고급품이 모여 들걸세. 이것이 돈의 힘이지."

변광조는 천안으로 향하기 전에 운봉 현청에 들어갔다. 그리고 거기에서 현감에게 무슨 말을 했는지 알 수 없지만, 얼마 뒤 용수의 신분이 양인으로 바뀌었고, 용수의 부하도 대부분 용수의 친척으로 호적이 만들어졌다. 이런 일련의 일을 겪은 뒤에 용수는 변광조가 조선에서 가장 무서운 사람이라고 믿었다.

근과 원은 사천으로 가서 쇠파리 일파를 찾아냈다. 쇠파리는 원래 막쇠라는 이름을 가지고 있었지만 사람들은 보통 그를 쇠파리라고 불렀다. 근과 원은 쇠파리에게 변광조가 보낸 편지를 내밀었다. 그러자 쇠파리는 그 편지를 휙 집어던졌다.

"글 못 읽으니까 말로 해."

쇠파리가 다짜고짜 반말로 지껄이자 근과 원은 가타부타 말도 없이 칼을 뽑아 쇠파리 옆에 서 있던 부하 세 명을 그 자리에서 죽여 버렸다. 부하들의 피로 목욕을 한 쇠파리는 무릎을 꿇었다. 다른 부하들까지 처죽일 기세여서 근이 꺼낸 또 다른 문서에 지장을 찍고 변광조 상단의 한 조직이 될 수밖에 없었다.

근과 원은 막쇠를 데리고 올라가는 길에 산청에서 다람쥐를 굴복시키고 구례에서 담비를 설득하여 합류시켰다. 순천으로 들어가서는 박영감을 찾았다. 박영감은 꽤 큰 상회를 운영하고 있었다. 전란이 이어지는 와중에도 전라도의 상권은 유지되고 있었다. 순천은 전라좌수영의 기반인 만큼 전라도의 물산이 모이는 곳이었다. 순천 부사 권준이 상인들을 통해 군량과 철정 따위 군수품을 수집하고 있었다. 박영감은 순천 감영의 군수품 조달 과정에서도 큰 역할을 하고 있었다.

원이 변광조의 제안서와 용수의 편지를 건네주었다. 박영감은 편지를 몇 번이나 보고 또 보았다.

"내가 거절한다면 어찌할 생각인가?"

"지금 이 자리에서 어른을 죽일 것이오."

"용수가 힘도 한번 쓰지 못하고 당신들에게 굴복했단 말이오? 용수는 2백 명이 넘는 병력을 거느리는 의병장인데도?"

"우리 장형께서 말하길, 동의하면 천안으로 모셔오고 동의하지 않으면 목을 치라 하셨소."

"나에게 딸린 식구들은?"

"어른께서 동의하시면 모두 우리 식구가 되고, 그렇지 않으면…"

원은 누런 이빨을 드러내며 씨익 웃었다.

박영감은 이미 선택의 여지가 없음을 알았다. 무지막지한 이 칼잡이가 당장이라도 칼을 빼서 휘두를 것 같은 동작을 하는 게 벌써 몇 번째였다. 자제력이 없어도 너무 없어 보였다. 박영감은 노비 하나가 단칼에 목이 떨어지는 광경을 본 뒤라 이들이 하자는 대로 천안으로 가서 변광조를 만나는 것 외에는 다른 방법이 없었다. 아닌 게 아니라 '김원'이라고 자기 이름을 밝힌 도살자의 눈에서는 섬뜩한 살기가 터져 나왔다. 왼쪽 눈 흰자위에 선 시뻘건 핏발은 두 번 다시 보기 싫을 정도로 소름이 끼쳤다.

대남은 외연도와 춘화대 마릉포구를 거쳐 안흥에 들러 포구 부두를 만들고 포구 주변에 목성을 쌓았다. 인근 주민을 사서 언덕 위에도 성을 쌓았다. 목성 전망대에서 보면 사방 30리가 훤하게 보였다. 이 전망대는 바닷길을 놓고 전투가 일어날 때를 대비한 설비였다. 가의도에서 천수를 만나 서해 해로를 확보했다. 천수는 변광조와는 오래 전부터 상거래를 했던 사이로 가의도에 주로 머물렀으나 '천 개의 손'이라는 이름만큼이나 안흥 일대에서는 모르는 사람이 없는 해상이었다. 안흥 항로는 조선에서 명으로 가는 최단 거리 길이었다. 태안 앞바다는 조류가 빠르고 암초가 많아 좌초 사고가 잦았지만 지름길이라 배가 많이 다녔다. 대남은 남쪽에서 강화도로 올라오는 위협 세력을 막을 대비책으로 가의도에 대포를 설치하여 세웠다. 천수에게는 따로 불랑기포 다섯 기를 건넸다.

"천수 형님은 주문 물화를 한 달에 한 번씩 운반해야 한다고 장형이 지시를 하셨소."

변광조는 천수에게 명에 가서 안산 철광에서 나오는 정철과 푸순에서 나오는 석탄을 사오라는 지시를 내렸다. 석탄은 강화도와 사량 잠도로 운반해서 대장간과 가마에서 쓸 요량이었다.

대남은 온양(아산)에 잠시 정박하여 물을 긷고 점심을 먹었다. 그런데 얕고 넓은 갯벌이 멀리 펼쳐져 있는 게 인상적이었다. 수상 부두를 세우면 안성맞춤이겠다 싶었다.

평택 포구에 배를 댄 뒤에는 우길을 찾아갔다.

바닷가에 제법 큰 건물 10여 채가 잇따라 붙어 있었고, 그 뒤로 '우길상회관'이라는 간판이 걸려 있는 커다란 기와집이 있었다. 측백나무 울타리 안에 높은 담장을 두른 제법 장중한 모습으로 솟은 집은 바다와 포구가 한눈에 내려다보이는 언덕바지에 있었고, 집 뒤로는 넓은 토지가 펼쳐져 있었다. 대남이 집으로 들어서자 피부가 뽀얀 소년이 다가왔다.

"어찌 오셨습니까?"

"우길 대도방을 뵈러 왔다."

"약속이 있었습니까?"

"아니다. 나의 장형은 변광조이고, 상덕로 어른의 소개를 받고 왔다고 전해라."

잠시 후 소년이 돌아왔다.

"안으로 드시라 합니다."

대남이 중간 대문을 열고 안으로 들어서자 장정 스물댓 명이 각자 작은 방안에 앉아 서류를 정리하고 있었다.

"이리로 오시오. 내가 우길이오."

반백의 장년 장부가 독방에 앉아 서철을 살피고 있었다.

"김대남이라 합니다. 저의 장형이 보낸 편지가 있습니다. 읽어 보시고 가부를 밝혀 주셨으면 합니다."

"상덕로 대인과는 어떤 관계요?"

"저희는 유구국의 상인입니다."

"허, 그렇소?"

우길이 편지를 펼쳐 찬찬히 읽었다. 다 읽고는 고개를 두어 차례 끄덕였다.

"장형이라는 분이 훌륭한 감각을 가진 분 같소. 이 내용대로라면 거절할 이유는 없소. 사실은 나도 바닷길이 막히지 않나 걱정하던 차니까."

"말 두 마리가 끄는 수레가 다닐 수 있는 대로와 바닷길을 이을 겁니다."

"대단한 안목이오."

"왜군을 막을 방도는 있습니까?"

"아직 여기까지는 왜구가 오지 않았지만 조만간 이리로 몰려들 것이라 보오."

"이 고을은 누가 방비하고 있습니까?"

"아무도…"

"그럼?"

"바람 앞의 등불 신세지요. 회계 장부를 서둘러 정리한 다음 피난을 갈 작정이었소. 지금까지는 나의 선원들이 의병을 조직해서 왜군의 길만 간신히 끊어 놓고 있지만, 왜놈들의 조총을 당할 재간이 있어야지. 당신들이 안전한 항로를 확보해 준다면서 나야 고마울 따름이지요."

변광조가 제시한 조건은 간단했다. 해로를 안전하게 보장하는 대신 자기 유통망에 합류할 것, 자기가 제공하는 은전을 거래 화폐로 쓸 것, 자기(瓷器)를 수집하고 사기장을 데려올 것, 이 세 가지였다. 우길이 엄지손가락에 인주를 묻혀 변광조가 보낸 제안서에 동의 날인을 했다.

"이 편지에 보니 근심거리가 있으면 동생분에게 부탁하라고 했는데…"

"혹 그런 게 있으면 말씀하십시오."

우길은 반신반의하면서도 밑져야 본전이니 마다할 건 아니었다.

"골치 아픈 일이 하나 있긴 한데… 예전에 수하에 있던 자가 배반하고 나가서는 육지의 도적떼 쉰 명과 바닷가에서 어슬렁거리는 놈팽이들을 모아 해적을 조직해서 나를 협박하고 있다오. 이미 배한 척에다 쌀 서른 가마를 빼앗겼으니 기가 찰 노릇이지요."

"소생이 가는 길에 모조리 베고 가겠습니다."

"허허… 그래 주시겠나? 그렇다면 두목만 베고 나머지는 내게 보내주시게. 노 젓는 일꾼이 부족하니."

말은 그렇게 했지만 별 기대는 하지 않는 것 같았다.

"말을 해 놓고 보니 괜히 했다 싶네, 안 들은 셈 치고 그냥 가시게, 상덕로 어른께 안부 전해 주시고, 상황이 다급해지면 가차도나 동검도로 건너 갈 것이라는 말도."

대남은 우길의 집을 나서면서 부하 두 명을 남기고 수뢰 2백 개를 내주었다. 왜군의 1천 병력은 거뜬히 처치할 수 있는 양이었다.

"왜군의 진입만 막으면 된다. 안전이 확보되면 안흥으로 가서 목성과 석성을 완성해라."

대남은 그렇게 지시를 하고 배를 타고 바다로 나가 일부러 배를 멈추고 있었다. 아나나 다를까 해적이 나타났다. 배 네 척에 백 명쯤 되는 무리였다. 그들을 대남이 일부러 유인하는 줄고 모르고 다가와 갈고리를 던졌다. 대남과 부하들은 그들이 배에 거의 다 올라올 때까지 기다렸다가 몽둥이찜질을 했다. 두목의 목을 베서 바닷가에 걸어두고, 나머지는 초죽음을 만든 다음 목숨만 붙여 놓았다. 나중에 연락을 받고 바닷가로 달려온 우길은 효수된 해적 두목의 목과 몽둥이찜질로 초죽음이 된 해적들을 보고는 얼굴이 새파랗게 질렸다.

대남은 지체한 만큼 서둘러 제물포 위 한강 초입에 있는 대곳으로 올라갔다. 상덕로 왕자가 부두에 나와 맞아 주었다. 상덕로 왕자는 유구국 상씨 왕조의 중흥자인 김환의 후손으로 선대 유구

왕인 상영왕의 다섯 번째 동생이자 상장대신이었다. 유구국은 상장대신이라는 직위를 두어 외교적인 필요가 있을 때마다 조선, 명, 왜, 월에 파견했다. 이들은 주로 왕자나 왕실의 외척 가운데 임명되었는데, 중계무역으로 생존해 온 유구로서는 대외 무역에 사활을 걸 수밖에 없었고, 따라서 이들은 상권 개척과 확장을 통해서 본국의 경제에 기여했다.

"왕자님 그간 별고 없으셨습니까?"

"국무대신 겸 평정소 상임 고문께서는 어찌 지내고 계신가?"

"상로(商路) 개척에 열중이십니다. 진주에서 출발하여 동서남북으로 관통하는 열십자 모양의 상로를 열 것입니다. 명과 유구와 왜, 명과 조선과 왜와 유구로 잇는 십자로와 연결 짓는 작업이지요."

"과연 유구 제일의 상장이시다. 내 조카도 잘 있겠지?"

상덕로가 말한 조카는 사이온이었다.

"예, 영특하고 기품이 있어서 비록 나이는 어리지만 어떤 때에는 저 아이가 스물두 살이 맞나 싶기도 하고, 또 칼을 휘두르고 부하들을 다스리는 걸 보면 저 아이가 과연 계집아이가 맞나 싶은 생각이 들 때도 있습니다."

"허허 참… 자네들이 잘 보살펴 주게, 우리 유구국의 기둥이 될 인재니까 말일세."

"장형도 늘 그렇게 당부를 합니다. 그런데 왕자님께서는 중국과의 상로는 유지하고 계신지요?"

"나의 상권은 안전하게 유지하고 있네. 최근에 명나라 해안에서 해적 출몰이 잦지만 아직은 괜찮네."

"위험 인자는 없으신지요. 온 김에 제가 처리해드리겠습니다."

"강화에 새로 부임한 현감이 무지한 자라서 통상적인 관례를 무시하고 있네. 그 자에게 뇌물을 댄 박창이라는 놈이 나의 배를 가끔씩 습격한다네. 경덕진에서 오는 도자기 배를 노리는 것 같아서 걱정이네. 중국 남부의 치안도 걱정이고, 이곳의 무질서도 걱정이네."

"왕돌이 아닌지요? 착오가 있는 거 같습니다."

"왕돌을 그 박창이라는 놈이 배반해서 죽였다더군."

"어차피 강화도는 저희 장형이 접수할 땅이니 제가 올라가서 모조리 베겠습니다. 그리고 신변의 위협이 생기면 강화도로 오십시오."

"내 걱정은 말게. 나도 이곳 대곶과 저기 보이는 동검도 안에 토굴을 파서 비상대피로를 만들어 두었네. 내가 이곳에 없으면 그리로 오게."

"중국 측 거래상은 누구입니까?"

"한 달에 한 번씩 오는데 최근에는 오지 않았네. 아마도 명나라 남부 지방 치안이 불안한 모양인데… 해적들이 날뛰면 움직일 수 없겠지. 슈 아키다로 공의 친구이기도 하지만 필리페의 스페인 상인 산체스와 로드리게스도 바닷길이 끊겼는지 본 적이 이미 두 해가 지났네."

상덕로 왕자도 진즉 귀국해서 국방에 힘써 달라는 요청을 변광조에게서 받았음에도 불구하고 강화도 지역을 거점으로 하는 새로운 상권 중심지 건설에 문제가 있어서 여태까지 귀국을 미루고 있었다. 왕자는 유구국의 상권 중심지를 강화도로 이전하여 통합하고자 했다. 또 강화도를 중심으로 한 계획, 더 나아가 조선을 무역 기지로 만들겠다는 변광조의 계획에 적극 찬동하고 있었다. 그래서 왕자는 은전 만 량을 변광조에게 선물로 주기까지 했다.

"저의 장형은, 왕자님께서 여기 일은 모두 저희에게 맡기시고 속히 귀국하셔서 유구 국방에 힘쓰셔야 한다고 아뢰라 하였습니다."

"허허… 귀국하기로 약속했던 날짜가 이렇게나 미뤄졌으니, 이제 더는 미룰 수 없겠구나."

상덕로는 대곳의 모든 시설과 부하들을 대남에게 인계했고, 대남은 인수 절차를 모두 마친 뒤 곧장 강화도로 갔다. 그리고 포구 열세 곳을 뒤져 박창을 찾아냈다. 오후 한 나절과 저녁 먹고 자정 무렵까지 꼬박 열두 시간 동안 박창을 무자비하게 조졌다. 이렇게 해서 박창이 그동안 저질렀던 온갖 악행과 비리를 낱낱이 캐낸 다음에 목을 치고, 잠깐 눈을 붙인 뒤 날이 밝자마자 강화 현청으로 쳐들어갔다.

"나는 상덕로 대인의 집사인데, 현감은 어인 일로 상덕로 대인의 무역선에 해코지를 한 자를 숨겼소이까?"

"소이까? 네 이놈! 여기가 어디라고 감히 강짜를 부리느냐!"

현감이 호통을 쳤지만 대남은 오히려 현감의 상투를 틀어쥐었다.

"네가 박창과 짜고 상덕로 대인의 무역선에 시비를 걸었겠다?

그러고도 살아남을 줄 알았더냐?"

"이놈이 감히! 크억…"

현감은 하던 말을 마저 끝내지 못하고 죽었다. 대남이 현감의 상투를 잡고 입 안으로 칼을 쑤셔 넣었기 때문이다. 피를 보고 흥분한 대남은 현청의 관원과 경비병 대여섯 명을 죽였다. 그것도 모두 팔다리를 잘라 고통 속에 죽게 하는 잔인한 방법으로.

대남에게는 관리에 대한 오래된 분노가 있었다. 어린 시절에 겪었던 일 때문이었다. 대남의 아버지를 죽이고 대남을 어머니와 함께 노비로 판 원수가 고을의 현감이었고, 그때부터 고을 현감이라면 말만 들어도 피가 거꾸로 솟았다.

박창의 일당은 대략 마흔 명이었다. 대남은 이들을 모두 잡아 주민이 보는 앞에서 잔혹하게 죽였다. 또 교동으로 건너가 해적들을 잡아 마저 처치하고 해주에 상륙해서는 상덕로가 지명한 해적 일당을 찾아내 모조리 죽였다. 경기수사는 보고를 받고 관군을 동원했지만 관군의 수는 겨우 쉰 명 남짓이었는데, 김대남이 만들어 놓은 즐비한 시체 무더기를 보고는 기겁하고 달아났다.

대남은 해주에서 강화 본도로 돌아와서도 칼을 휘둘렀다. 무자비하고 잔인했다. 자기 앞에 무릎을 꿇지 않으면 곧바로 칼을 휘둘렀다. 그의 갑옷에는 열흘 동안 피가 마르지 않았다. 김대남이 지나간 곳은 곡성(哭聲)으로 뒤덮였다. 목격자를 자처하는 군민들이 경기수사에게 몰려와 저마다 외쳤다.

"사람을 보는 족족 죽입니다."

"무조건 모가지를 베 버립니다."

"박창과 한 자리에 있다가 그 자리에서 목이 떨어진 사람만 여섯입니다."

"사람들은 이 살인마를 악귀라고 부릅니다."

강화부사는 현감 살해를 비롯해서 악귀라는 별호로 불리는 자가 저지른 온갖 만행을 모두 기록해서 의금부로 올렸지만, 의주로 도망가 있는 왕의 행재소로 보고서가 무사히 도착했는지는 알 수 없었다.

대남은 강화도와 해주에 남아 있는 잔적들을 모두 죽인 다음 변광조가 지시한 대로 상덕로 왕자의 집사 출신인 유구 무사 아와지를 강화 상장으로 앉혔다. 아와지는 조선어에 능통한 유구인으로 생김새가 올빼미처럼 눈이 크고 코가 높이 솟아올라 석불처럼 보이기도 했다. 아와지는 부하 서른세 명과 함께 강화도에 상조직을 만들었으며, 은전을 풀어서 강화 읍성을 쌓고 그 안에 상회관을 크게 짓고, 또 창고와 시장도 크게 짓고 회랑을 대여했다. 이렇게 해서 아와지가 강화도의 사실상 주인이 되었다. 대남은 아와지가 빨리 자리 잡도록 거추장스런 것들은 무력으로 가차 없이 군민들에게 공포와 복종을 가르쳤다.

마침내 강화도는 대남에게 완전히 점령되었고 변광조의 땅이 되었다. 왕족이나 고관대작의 가족이 숨어 있거나 의병장들이 주둔하고 있었지만 감히 대남에게 도전하는 사람은 없었다.

온천지가 연무였다. 길은 보이지 않고 숲은 온통 푸른색 꽃이었다. 샛길을 찾아 길을 열었다. 어느 틈엔가 연무가 무릎 아래로 가라앉고 길이 열렸다. 변광조가 운봉을 떠나 천안으로 가고 있었다. 먼발치에서 무엇인가 나타났다. 병사들이었다. 의병 행렬이었다. 맨 앞에 말을 탄 사람이 의병장인 모양이었다. 한눈에 보더라도 거대한 배나무, 환하게 꽃을 피운 배나무 같았다. 얼핏 보기에는 삼십 대 중반이었지만, 맑은 피부에 형형한 눈빛과 짙은 눈썹, 그리고 꽉 다문 입… 한 마디로, 수려한 용모와 넘치는 기개를 보면 이십 대로 보이기도 했다. 어디에 있더라도 돋보일 사람, 참 잘생긴 사람이구나, 하고 변광조는 생각했다.

그런데 변광조는 얼마 뒤에 이 사람을 다시 만났다.

임실을 거쳐 노령산맥을 넘고 전주를 지나 송천이라는 곳에 당도해서 계곡에 짐을 풀고 점심을 먹고 휴식을 취하던 때였다. 이번에는 관군도 함께 있었고, 말을 탄 지휘관도 두 사람이 더 있었다. 병력은 모두 합해서 천 명이 넘어 보였다. 그 길은 용수가 알려준 보부상들의 길이었는데, 그들 또한 왜군의 정탐을 피해 산간의 샛길로 들어선 모양이었다.

배나무를 닮은 의병장 외에 말을 탄 지휘관 두 명 가운데 한 명은 이십 대 중반의 의병장이었고 또 한 명은 갑옷을 입고 있는 사람이었다.

이십 대의 젊은 의병장이 누가 봐도 일행의 우두머리로 보이는 변광조에게 다가와 말을 걸었다.

"저분들은 의병장 이옹과 병조좌랑이고 소생 역시 의병장으로 나선 김덕령이라 하오. 어디로 가는 뉘신지요?"

이옹? 배나무를 닮은 남자가 이옹?

처음 들어보는 이름이었다. 하지만 김덕령이라는 이름은 들어서 알고 있었다. 이십 대의 젊은 의병장이었고, 광주에서 거병하여 화순의 백아산에 웅거하고 있다고 들었는데…

"우리는 국왕 전하를 보위하러 길을 나섰소."

"그러신가요? 우리는 장사꾼입니다. 한양으로 가는 길이지요."

"한양은 왜군이 점령했다는데 두렵지 않소?"

"장사하기에 꽤나 적절하지요."

"허!"

김덕령은 기가 막힌다는 듯 웃었다. 그리고 말을 이었다.

"혹 왜군이 어디에 머물고 있는지 아시오?"

"이곳에서 멀리 떨어져 있는 것만은 분명합니다."

김덕령이 말머리를 돌리는 듯 하다가 다시 돌아와서 변광조 일행의 말을 구경했다. 짐을 끄는 말이 40필이었고 사람이 타는 말이 30필이었다.

"군수품이 부족하고 모든 것이 어렵소. 전쟁에 쓰일 만한 물건을 보면 공연히 눈길이 가니 용서하시오. 말들이 모두 훌륭하오이다."

"빨리 이동해야 하고 짐을 싣고 다녀야 하니 말을 끌고 다닙니다."

무불리가 대신 대답했고, 김덕령이 돌아갔다.

그런데 관군 장수가 장교 한 명에게 뭐라고 지시를 했고, 이 장교가 변광조 쪽으로 와서 말했다.

"말을 접수하려고 하니 협조해 주시오. 한 마리당 은전 한 량을 주겠소."

"이 말은 파는 게 아닙니다. 우리의 발이고 짐꾼이니까요."

무불리가 거절했다.

"순순히 응하지 않으면 강제로 징집하겠소."

무불리의 눈에서 살기가 터져 나왔다. 무불리가 뒤를 돌아보며 어떻게 할지 의견을 구했다. 변광조가 우레 같은 목소리로 소리쳤다.

"오합지졸들에게 그런 힘이나 있을까? 아우야, 너를 이기는 자가 있거든 말을 그냥 내줘라."

김덕령과 이옹은 갑작스런 폭언에 당황했고, 병조좌랑이 호통을 쳤다.

"말이 지나치다, 오합지졸이라니!"

"왕이 도망쳤으니 남아 있는 군대는 오합지졸이지, 오죽하면 장사치의 짐 싣는 말에 눈독을 들이겠소?"

장교가 소리쳤다.

"당장 무릎을 꿇고 사과하지 않으면 네놈을 응징하겠다!"

"응징? 으하하하!"

변광조가 손을 까딱하자 부하들이 어느새 포신이 기다란 대포를 내려 군대를 정면으로 겨누었다. 포신은 소승자총통보다는 길고 황자포보다는 가늘었다. 병조좌랑은 그것이 무엇인지 모르는 듯 대수롭지 않게 여기며 군사들에게 명령했다.

"저놈을 쳐라!"

관군이 변광조를 향해 우르르 달려들었다. 그러나 무불리가 그 앞에 버티고 서 있었다. 수십 명의 관군이 무불리를 향해 달려들었지만, 무불리는 콧방귀를 끼며 칼도 빼지 않고 그들이 다가오는 걸 바라보기만 했다. 그러다가 장창이 찔러 들어오는 순간 몸을 허공으로 훌쩍 날려서 창을 피하는가 싶더니 어느새 창병의 머리를 밟고 지나가면서 칼을 휘둘렀다. 그러자 병사들의 목이 꼭지 썩은 배가 떨어지듯이 투두둑 땅에 떨어졌다. 장창병에 이어서 환도로 무장한 병사들이 짓쳐들어 갔으나 역시 짚단 쓰러지듯이 풀썩풀썩 쓰러졌다. 살아남은 병사들은 슬금슬금 뒷걸음질을 쳤다.

변광조가 고함을 질렀다.

"아우야, 졸개들은 그만두고 나를 응징하겠다는 놈의 모가지를 잘라 오너라"

무불리가 칼을 세운 채 조용히 다가갔다. 기세로 볼 때 수십 아니 수백 명도 해치울 수 있을 것 같았다. 관군 지휘관이 모멸감을 이기지 못하고 나서려 하자, 의병장 이웅이 팔을 뻗어 조용히 제지했다. 부하들이 공격 채비를 하고 나섰지만 무불리가 어느새 다가와서는 앞을 막아섰던 병사 둘을 베었다. 무불리가 병조좌랑을 바라보았다.

"너의 목을 내놓으면 나머지는 죽이지 않겠다."

병조좌랑이 나서려 하자 이옹이 재차 제지하며 무불리에게 말했다.

"그 정도 모욕과 살생이면 충분한 값을 치렀다 생각하니, 장난은 그만해라."

예상치 못한 대응이었다.

변광조가 자리에서 일어나며 고함을 질렀다.

"거기 계신 의병장 나리가 이옹이라고 하셨소?"

"그렇소!"

"의병장으로 나선 이유가 무엇이오?"

"왕실의 종친으로서 왕실과 국가를 존망의 위기에서 구해 내기 위해서요!"

"그렇다면 일찌감치 그만두시오!"

"그게 무슨 소리요!"

"이유가 궁금하다면, 이걸 잘 보시오."

변광조가 신호를 보내자 대포 한 발이 발포되었다. 천둥 치는 소리와 함께 굵은 나무 한 그루가 쓰러졌다. 군사들이 겁에 질려 뒷걸음질을 쳤다.

"당신들이 파리 목숨이라는 걸 이제 알겠소?"

이옹은 아무 말이 없었지만 그의 눈에는 당혹함, 수치심, 공포, 분노, 슬픔 등 온갖 감정이 뒤엉켜 있었다. 말머리를 돌린 이옹이 김덕령에게 죽은 병사의 시신을 수습하는 대로 곧바로 출발하라고 했다.

사실 변광조가 도발을 한 것은 이옹이라는 의병장의 반응을 떠보기 위해서였다. 이옹은 침착했고, 감정을 밖으로 드러내지 않았다. 마치 두꺼운 가면이라도 쓰고 있는 것처럼 도무지 심중을 헤아릴 수 없었다.

변광조는 어쩐지 이옹이라는 삼십 대 중반의 의병장을 나중에 다시 또 만날 것 같은 예감이 들었다. 장사꾼은 장사꾼을 알아보고, 장수는 장수를 알아본다고 했는데…

한편, 이옹은 무력함에 몸을 떨었다. 부끄러울 뿐이었다. 왕을 모욕하는 언사는 능지처참을 해도 모자랄 판인데 듣지 못하고 보지 못한 척 돌아서기란 참으로 수치스러운 일이었다. 그렇다고 그 장사치들을 상대로 목숨을 걸고 싸울 수도 없는 노릇이었다. 그저 미친개를 만난 셈 치는 수밖에 없었다. 사람이 미친개를 상대로 백성의 도리와 사람의 도리를 논할 수는 없지 않는가, 하고 자위하면서…

— 23 —

변광조는 천안 흑표의 상회관으로 들어갔고, 흑표는 변광조에게서 풍기는 피비린내에 사색이 되어 순순히 변광조의 제안에 동의했다. 계약서 내용을 보니 딱히 일방적으로 불리하지도 않았다.

해질 무렵에 동생들이 도착했다. 박영감과 쇠파리 막쇠도 동행했다. 두 사람을 데리고 오라고 한 건 흑표와 인사를 하고 안면을 트게 하기 위해서였다. 흑표는 멧돼지 두 마리를 잡아서 손님을 대접했다.

저녁을 마치고 밤이 제법 이슥한 시각, 상회관 깊은 방에 흑표, 박영감, 쇠파리, 변광조 그리고 사이온, 이렇게 다섯 명이 둘러앉았다. 사이온을 그 자리에 함께 데리고 간 것은 비록 사이온이 형제들 가운데 나이가 가장 어리지만 상거래에 관해서는 누구보다 빠르게 익히고 또 솜씨를 발휘하기에, 미래를 내다보며 사이온을 후계자로 키우고 싶었고 또 상소장들 사이에서 사이온의 위상을 높여 주고 싶었기 때문이다.

"내 동생들이 무례하게 행동했다면 이 자리에서 사과를 하지요."

"내 부하를 셋이나 죽였습니다."

쇠파리가 사과를 받아들이기보다는 원망부터 했다.

"내 친동생이나 다름없는 아이들을 다짜고짜 죽였습니다."

"그럴 만한 이유가 있었겠지요. 내 동생이 성질이 급하긴 하지만 공격 의사가 없는 상대를 죽이지는 않소."

"내가 글을 못 읽는다고 했더니, 반말했다고 칼을 휘둘렀습니다. 그게 사람을 죽일 이유가 됩니까?"

"내 편지를 휙 집어던졌다면서요?"

음성은 변하지 않았지만 변광조의 눈매가 서늘하게 바뀌자, 막쇠가 태도를 바꾸었다.

"아니 그게… 얼마나 불쌍한 아이들인데…"

"장례비와 목숨값을 가족에게 후하게 치르지요."

"내 비록 장사꾼이지만 사람 목숨을 돈으로 흥정하는 것 같아 기분이 지랄이구만…"

"지난 일이니 잊으시오."

변광조가 준비했던 궤짝을 열고 은전 천 냥을 꺼냈다.

"망자들의 식구가 살아갈 수 있도록 토지를 사서 나누어 주시오."

쇠파리뿐만 아니라 흑표와 박영감 모두 변광조의 배포에 깜짝 놀랐다. 아울러 자기들을 적대하는 게 아니라 진정으로 한 식구가 되길 바란다는 마음도 함께 읽었고, 또 그 마음을 받아들이기로 했다.

"쇠파리 동생, 그만 화를 푸시오."

"아, 자꾸 쇠파리 쇠파리 하지 마시고, 막쇠라는 좋은 이름 있으니 막쇠로 불러주십시오."

막쇠는 노비의 자식이었고, 어릴 적 맡은 일이 소를 지키면서 소 잔등에 달라붙은 쇠파리와 쇠벼룩을 쫓는 것이었는데, 이 일을 하도 귀신같이 잘해서 그런 별명이 붙었지 약한 사람들 피를 빨아먹는 쇠파리가 아님을 강조했다.

변광조는 흑표와 박영감, 그리고 막쇠에게 계획을 이야기했다.

지금은 전란 중이라 관군과 왜군 양측으로부터 수시로 공격을 받아 물자 유통이 순탄하지 못해 도무지 거래를 할 수가 없다. 이 문제를 해결하고자 상로(商路)를 건설하고 있다. 그래서 여러분의 협조를 무리하게 구한 것이다. 전란 시기는 장사로 돈을 벌기에는 오히려 좋은 기회이다. 사실 공무역이 견고하게 자리 잡으면 우리 같은 사무역 장사치들은 파고들 여지가 없다. 지금이 기회이다. 상로를 개척하여 공무역을 능가하는 기반을 닦아야 한다. 앞으로는 대규모로 거래를 확장하자. 강화도를 거점으로 삼아서 동양 삼국과 섬라와 월 그리고 필리페의 남방 제국까지 상거래를 확장할 것이다. 상인은 함께 살아야 한다. 상로를 혼자 독점하겠다는 말이 아니다. 독점하면 물자의 다양성이 줄어들어서 결국엔 망하고 만다. 나는 안전한 유통대로를 만들어 소규모 상인도 쉽게 거래에 나설 수 있도록 도울 것이다. 보따리장수도 우리가 만든 유통대로를 자유롭게 들락거릴 수 있어야 한다. 이렇게 해야 상인의 수가 증가하고 상인의 수가 증가해야 상업이 번창한다.

"우리가 보호해야 할 사람은 상인들이고, 우리가 처단해야 할 대상은 우리의 앞길을 막는 자들입니다."

박영감과 흑표, 그리고 막쇠는 변광조가 하는 말에 점차 빠져들었다.

조선은 지리적 위치 덕분에 중계무역의 이점을 크게 누릴 수 있다. 내가 강화도와 진주를 거점으로 삼천리 대로를 건설하고자 하는 뜻을 이제 알겠는가? 명에서 금으로, 금에서 조선으로, 조선에서 일본으로, 일본에서 유구로, 유구에서 사방으로 사통오달을 노릴 수 있다. 무한대의 무역 수요가 기다리고 있다. 하루 빨리 조선을 장악해서 우리의 의도대로 바꿔야 한다.

"어려운 일이 발생하면 연락을 주시오. 나의 형제들이 나가서 정리해 줄 것입니다. 상소장들께서는 방해물이 나타나면 제거해야 할지 살려두고 활용해야 할지 판단하셔야 합니다. 관리들과 맺는 관계가 그런 경우겠지요. 그들의 요구가 적당하면 활용하는 편이 낫겠지만 거추장스런 방해꾼이라 판단되면 즉시 기생충들을 모두 없애야 됩니다. 나는 누구든 처단할 수 있습니다."

그 말을 흑표는 반신반의했지만 대남의 위력을 이미 목격한 적이 있는 막쇠와 박영감은 믿었다.

"유통로 통일과 안전 유통을 보장하는 대신 내가 원하는 것은 단 한 가지."

변광조는 잠시 뜸을 들인 뒤 말을 이었다.

"도자기만은 내가 독점하겠소."

"어차피 우리는 취급하지 않는 품목이오. 부서지기 쉽기 때문에…"

"우리도… 너무 비싼 물건이라서."

"왜인들의 손에 우리 그릇과 사기장이 넘어가서는 안 됩니다. 사기장을 보면 모두 데리고 있다가 나에게 연락하십시오. 그릇은 당장 지금부터 계속 사들일 터이니 수집하는 대로 넘겨 주시고."

세 사람의 상인은 변광조의 대담한 계획을 모두 믿을 수도 없고 그렇다고 안 믿을 수도 없었다. 그러거나 말거나 변광조의 말은 계속해서 상소 조직과 운영으로 넘어갔다.

"여러 상소장들께서는 앞으로 큰 거래를 하게 될 텐데, 서로 신뢰하면서 물자 유통에 협력하셔야 합니다. 예를 들어서 말해 보지요. 박영감 상소장께서 강진의 청자 도자기를 왜인들에게 넘겨야 할 때 중간에 막쇠 상소장에게 넘기고 그것을 다시 진주의 용수

상소장에게 넘기는데, 이것이 다시 창원의 상소장으로 넘어갑니다. 여러분이 직접 나서서 가실 필요가 없지요, 구역별로 움직이면 됩니다. 대로는 모두 서해의 뱃길로 연결되어 있습니다. 물품의 최종 확인자는 제가 되는 것입니다. 가격 결정과 지불도 제가합니다. 이익은 나중에 각 상소장에게 적절하게 분배됩니다."

"그럼 형님께서는 그 모든 거래를 지켜 주신다는 말씀입니까?"

흑표가 변광조를 스스럼없이 형님이라고 불렀다. 변광조가 사이온에게 눈짓을 하자, 사이온이 차분하고도 낭랑한 음성으로 말했다.

"그렇습니다. 전쟁통이라 무법천지인 셈이니 상인들을 누가 보호해 주겠습니까? 우리 큰오라버니께서 무력으로 상로를 지킬 것입니다. 자기와 인삼만 직접 수집할 것이고 다른 잡화는 지금까지 해 오신 대로 거래하면 됩니다. 거래 범위가 넓어질 것입니다. 우리는 안전한 수송이 가능하도록 뒷받침할 것입니다. 명나라와 무역하다가 경덕진 자기를 보게 되면 일단 수집하십시오. 우리가 모아서 바로 일본으로 수출할 겁니다. 그건 조선에서 풀면 안 됩니다. 조선 자기가 죽기 때문입니다. 이것 외에 각 지역에서 진행되는 소규모 거래는 지금껏 해 오던 대로 하면 됩니다. 물론 그 이윤도 각 상소장의 몫이지요. 우리는 대규모 거래만 할 것입니다. 내륙에서 이곳 천안으로 물화를 보내면 흑표 상소장이 평택의 우길 상소장으로 넘기시면 됩니다. 안흥의 천수 상소장이 명이나 왜로 운반해 줄 것이고, 남해의 물산은 모두 진주의 용수가 처리해 줄 것입니다. 이런 방식으로 전국이 연결될 겁니다."

사이온이 거기까지 말하고, 변광조가 계속 이었다.

"거래 가능한 물품의 이름을 정돈하여 나눠줄 테니 지금부터
는 주먹구구식이 아니라 회계 장부를 명확히 관리하고 수리적으
로 상거래를 해야 합니다."

논의는 무르익어 서로 이해하는 데에 이르렀고 이익 배분 비율
도 합의했다. 변광조가 험한 고갯길의 산적이나 바닷길의 해적도
모두 없애 주겠다고 했고 모두 크게 환영했다. 각 상소에 비상자금
으로 은전 5천 냥씩 나누어 주었다. 유구식으로 회계장부 쓰는 법
도 가르쳐 주었다.

— 24 —

다음 날 아침, 변광조는 막쇠를 따로 불렀다.

"무슨 일인데 그러시우?"

"진주 시장을 용수와 함께 맡아 주게. 장날은 5일장으로 운영
하고, 나머지 나흘 동안에 아우가 할 일이 아주 중요해. 산청과 하
동에 백토광산이 있다고 들었네. 동생들을 붙여서 그 백토를 캐서
거르고 다져서 연토 40근짜리 덩어리로 만들게. 흙을 아는 사기장
을 구해서 제토 작업을 해야 하네. 그 흙덩어리를 사천포구에 있는
우리 배에 싣는 걸 책임지게. 동생들 한 달 노임은 은전 두 냥일세.
동생들 명단과 노임표를 만들어서 관리하게."

"그리 합죠."

"자네가 하는 일이 중단되면 큰일이 나네. 알겠나? 철저하게 비밀리에 일을 진행하고 신분이 노출되지 않도록 해야 하네. 백토 광산의 위치도 비밀로 해야 하니, 광산 전체를 차단하게. 담비와 다람쥐도 자네가 지휘하고, 인력이 부족하면 용수에게 빌리게."

"충분합니다. 현재 230명이 있으니 시장에 한 서른 명 투입하고 나머지를 쓰면 됩니다."

"그리고 진주 명월관의 월희가 맡고 있는 사기장 가족 일흔두 명을 광산 근처로 옮겨서 마을을 만들게. 그리고 사천, 합천 등지에서 자기를 구울 줄 아는 사기장이 있으면 모두 데려오게."

"사천에 아는 사기장이 한 명 있습니다. 장일육이라고."

"그럼 가서 데려오게. 그 사람에게 제토 작업을 맡기고 가마를 지어 주게. 산청과 하동의 백토 광산을 잘 지키게. 마을은 팽세가 설계한 대로 지으면 돼."

"알겠습니다. 걱정 마십시오."

"막쇠, 자네 몫은 자네가 알아서 가져가게. 한 달에 은 열 량 주면 되겠나?"

"아이고, 너무 많습니다. 소제는 주체할 수 없는 돈입니다. 동생들보다 한 량만 더 받겠습니다."

"안 되네. 막쇠 아우는 경영자이니 아랫사람들을 다루려면 돈이 필요하다. 돈으로 부릴 줄도 알아야 하네. 잔말 말고 열 량씩 가져가게."

"그리 하겠습니다."

"우리는 상인이야. 돈을 알아야 해. 돈에 휘둘리면 안 돼. 돈을 지배하고 돈을 종으로 부려야 하네. 자네는 용수 아우를 도와 이 진주와 사천, 하동, 산청, 합천에 상권을 지켜야 하고 사기장을 보호해야 하네."

"반드시 신명을 바쳐 지키겠습니다."

"하동과 산청에서 백토 광산을 더 찾아서 그걸 확실하게 점령해야 하네. 그 흙이 우리 사업의 핵심 원료일세. 그 흙을 잘 다루는 게 다른 무엇보다 우선일세. 광산마다 조금씩 흙의 종류가 다를 걸세. 한 데 혼합하지 말고 종류별로 제토하여 수비 작업(*도자기를 만드는 데 적합한 흙을 곱게 분쇄한 뒤 체에 걸러 불순물을 제거하고, 물에 침전시켜 가라앉은 앙금을 그늘에 말려 숙성시키는 작업)을 마친 뒤에 강화로 보내야 하네. 나머지 잡화들은 시장을 지배하는 수단이지, 우리의 주력 사업은 아닐세. 알겠는가?"

"예. 대형."

막쇠는 팽세의 설계도대로 단성 웅석봉 아래 도자기마을을 만들었다. 여든 명이 넘는 사기장이 모였다. 사기장 가운데 작은 그릇점을 열어 장사하는 사람이 늘어나자 마을은 점촌이라 불리면서 점점 더 커졌다. 백토 광산을 여러 개 찾았다. 단성의 백토는 크게 두 종류 흰색과 누런색이었고 (누런색은 구우면 연한 보라색을 띠었다), 모두 일곱 가지 종류의 흙이 나왔다. 철분을 빼는 작업을 마친 뒤 연토로 만들고 40근짜리 덩어리를 만들어 사천포구로 옮긴 다음 배로 강화도로 실어 날랐다. 산청과 사천포구 사이엔 막쇠의 부하들과 용수의 부하들이 쫙 깔려 있었고, 사람들은 그들이 무엇을 운반하는지 알지 못했다.

그 뒤로도 막쇠는 수완을 발휘하여 4백여 명이 거주하는 마을을 새로 만들고 스스로 지키게 민병대를 조직했다. 정탐과 탐망도 하도록 했다. 외곽에 도기 가마도 여러 채 지었다. 사천의 도기장들이 몰려와 옹기를 구웠다. 이것은 산청의 백토 광산을 숨기기 위한 눈가림이기도 했다. 합천에서 온 막사발 사기장 장일육에게 가마 건축과 연토 작업을 맡겼다. 장일육은 흙을 다루는 데 탁월한 재주와 눈썰미가 있었다. 찬과 기는 사기장과 백토 광산을 지키기 위해 부지런히 병력을 모집하여 훈련시켰다.

— 25 —

오쿠 오도리와 모리 무네시게는 고니시가 빼돌린 조선 왕실의 보물을 대마도에서 털어간 범인의 행적을 추적했다. 둘은 개성의 예성강 인근에서 고니시의 보물 궤짝을 나르다가 괴한에게 살해된 시신까지 살펴서 검흔을 파악했다. 그리고 평택에서 효수된 해적의 시신에서 그 증거를 확실하게 잡았다. 그리고 범인이 슈 아키다로와 연관이 있음을 알았다. 한 달에 걸쳐 추적한 끝에 사량도의 지리산 어딘가에 보물이 숨겨져 있음을 알았다. 그러나 어부로 위장하기도 하고 좀도둑으로 위장하기도 해서 지리산 곳곳을 뒤졌지만 도무지 찾을 수 없었다.

* * *

백로는 아들 종매가 사기장을 잡으러 온 왜군을 죽인 일 때문에 걱정이 이만저만이 아니었다. 북쪽으로 올라갔던 왜군이 도로 내려오고 2진 왜군이 올라오고 있었는데, 앙성에 사기장이 많다는 사실을 아는 이상 포기하지 않을 게 분명했다.

"일단 잠시 피하자. 모두 단양 석굴로 들어가자. 아니면 자기점 문을 닫고 잠시 아예 외딴 섬으로 들어가든가."

하지만 종매는 끝까지 고집을 부렸다.

"앙성에 사기장이 많다는 걸 아는 이상 놈들은 결코 포기하지 않을 건데요."

종매는 청년 의병들과 함께 전투를 준비했다.

이틀 뒤에 예상했던 대로 왜군이 2천 명이나 몰려온다는 기별이 왔다. 앞으로도 얼마나 더 들어올지 모르는 상황이었다. 의병은 매복지마다 병력을 배치하고 길목을 지켰다. 만일에 대비하여 도주로도 확보했다.

오갑산 독마을로 왜군 2백 명이 기어올랐다. 편전을 쏘았지만 왜군은 환도를 뽑아 들고 매복지를 찾아 공격해 왔다. 종매가 풍독을 쏘았지만, 쓰러지는 왜군보다 더 많은 병력이 계속 올라왔다. 풍독도 다 떨어졌다.

"일단 퇴각!"

의병들이 오갑산 위로 피하는데 갑자기 불길이 뒤를 따라 올라왔다. 화공이었다. 왜군은 산을 아예 다 태울 작정이었다. 종매는 특공조를 이끌고 오갑산을 돌아서 내려가 왜군 뒤쪽으로 들어갔다. 그러나 왜군이 이미 길목을 막고 기다리고 있었다. 종매와 특공조가 편전을 쏘며 대항했지만 중과부적이었다. 조총이 발사되고 의병이 풀썩풀썩 쓰러졌다. 이제 막다른 골목이었다. 그때였다.

"멈춰라!"

뒤에서 들리는 일본말이었다. 왜군들이 그 목소리를 향해 고개를 돌렸다. 투구를 쓴 사람을 선두로 해서 한 무리의 기마병이 서 있었다.

"그대는 누구요?"

"나를 모른단 말인가?"

왜장이 고개를 갸웃하는 찰나 어느새 다가선 남자가 왜장의 목을 쳤다. 이어서 기병들이 칼을 휘둘렀고 왜군의 팔과 목이 후두둑 잘려서 떨어졌다. 왜군은 조총을 겨눌 시간도 환도를 뽑아 들 시간도 없었다. 순식간에 왜군 수십 명이 죽거나 고통스런 비명을 지르거나 달아났다. 투구 쓴 남자가 종매 앞에 와서 섰다.

"나다."

종매는 그가 누구인지 알아보지 못했다. 그러자 남자가 투구를 벗었다.

"나다, 이놈아, 이 흉터를 보고도 몰라보느냐!"

왼쪽 광대뼈에서 아랫입술까지 길게 나 있는 흉터… 그제야 종매는 그를 알아보았다.

"대남이 형님!"

종매는 대남을 부둥켜안았다. 7년 만이었다. 대남은 백로를 찾아 슈의 소식을 전했다.

"오호! 슈가 왔다는 겐가?"

"양부, 이번에는 우리가 기어코 조선을 차지할 것이오. 옛날처럼 숨어서 거래하는 일도 없을 것이오. 관원들의 제지도 받지 않고 마음대로 거래할 수 있는 길을 열려고 왔습니다."

대남은 백로에게 슈의 계획을 알려주고 사기장들을 지키기 위해서는 안전한 곳으로 피신시켜야 한다고 설득했다. 백로는 피할 수 없는 일임을 깨달았다. 대남은 앙성의 사기장들을 모두 강화도로 데리고 가려고 했다. 종매는 몰려올 왜군을 막을 방도가 없었고 앙성을 정리한 후에 강화도로 가리라 약속했다. 아버지 백로가 동의했다.

"대남의 생각이 옳은 것 같구나. 왜군들이 복수하러 반드시 올 것이니 서둘러 피란 가야할 것이다. 마을을 폐쇄하고 단양 동굴로 들어가 있겠다. 장호원의 자기점과 오갑산의 독마을을 유지해야 하니. 네가 강화도에 들어가서 우리 가마의 사기장들을 잘 데리고 있다가 왜놈들이 물러가면 다시 앙성으로 안전하게 데려오너라."

"소자는 바쁜 일이 있으니 먼저 가야 합니다. 종매 동생은 팽세 형제가 오면 따라서 올라오너라."

대남은 구로다 나가마사 부대가 뒤에서 습격하지 못하도록 기습 타격을 하러 내려갔고 팽세는 사기장들을 수색하며 올라

오고 있었다. 원은 경기도에서 아래로 내려갔고 팽세는 올라오
고 있었다.

— 26 —

아침저녁으로 쌀쌀한 바람이 불기 시작했다. 어느덧 가을로 접
어들고 있었다.

변광조는 대원들에게 두 명씩 짝을 지어 왜군 정탐망을 피해
양수리로 잠입하라 지시했다. 대남은 따로 한강 입구에서 조운선
10여 척을 구해 빈 배를 이끌고 야음을 틈타 강을 거슬러 올라갔
다. 양수리의 사옹원 분원에 도착해서는 주변의 객사들과 거주지
를 돌면서 사기장을 찾았다. 이렇게 해서 찾아낸 사기장은 예순 명
남짓이었다.

"나머지 사람들은 어디로 갔소?"

"피난 가거나 지방으로 도망쳤습니다. 일부는 의주로도 갔습니
다."

"조기장(도자기성형담당), 마조장(굽담당), 건화장(건조), 수비장(흙
담당), 연장(흙단련), 화장(불담당), 감화장(불조절), 화청장(초벌그림),
연정(유약 제조)과 착수장(유약 바르기)은 무조건 나오시오. 나머지
분들 가운데서도 강화도로 피난 갈 사람이 있으면 우리를 따르
시오."

"왜 우리를 데려가는 거요?"

"여기 있으면 왜놈들에게 잡혀 갑니다. 우리는 당신들을 피난시키는 겁니다."

사기장들이 대남의 말을 의심했지만 팽세가 나서서 경상도와 전라도에서 사기장들이 어떻게 끌려갔는지 자세하게 설명했다. 여전히 웅성거리고 움직이지 않았다.

"시끄럽소. 나를 따르던가 이 자리에서 목이 떨어지던가 빨리 결단하쇼."

대남이 소리쳤다. 대남이 칼을 뽑아 바로 베어 버리겠다고 협박했고, 사기장들은 위세에 눌려 배에 오를 수밖에 없었다.

우산리, 목현리, 오전리, 학동리, 번천리, 그리고 퇴촌 등에도 가마가 모두 82개나 있었다. 이곳의 사기장들과 기술자들은 식구를 포함해서 5백 명이 넘었고, 이들을 모두 배에 태워 밤을 이용하여 한강을 타고 내려와 강화도로 들어갔다.

강화도에서 이들을 맞은 변광조는 사용원에서 온 사기장들에게 말했다.

"나는 여러분에게 최고의 대우를 해 줄 것이오. 왜놈들이 사기장을 납치하려고 눈에 불을 켜고 다니니, 어떤 일이 있어도 강화도 밖으로 나가지 마시오. 이곳에서 모든 것을 할 수 있도록 해 주겠소. 무엇이든 마음대로 만드시오."

변광조는 고려 궁지 앞 벌판과 남산골에 도자기마을을 세우기로 결정했다. 2천 명이 거주할 수 있는 터와 공간을 만들고 우물도 팠다. 마을을 둘러 성도 쌓았다. 혈구산 밑에 또 다른 거주지도 지었다. 변광조가 자리를 비우자 아와지가 승계하여 공사를 마무리 지었다. 사기장들은 고려산과 로적산, 그리고 혈구산 주변에 빽빽하게 가마를 짓고 작업장도 지었다. 변광조는 사옹원의 제도와 체제를 그대로 유지해서 사기장의 작업을 도왔다. 지휘소와 부하들의 주둔지는 요새로 만들어졌다.

이윽고 사천에서 백토가 올라왔고 가마마다 백토가 배분되었다.

사옹원에서 사기장을 데리고 온 다음 날, 관리 세 명이 병사를 여럿 이끌고 나타나 우두머리를 찾는다고 했다. 관리는 전라병사 최원과 김천일의 부관 그리고 강화현청의 이방이었다. 변광조와 대남, 무불리가 그들을 맞이했다.

"전란 중에 군민을 이끌고 들어왔으니 무슨 일인지 알고 싶소."

"알 것 없소."

무불리가 퉁명하게 받았다.

"이놈이? 이 분들이 누군 줄 아느냐? 이분은 전라병사 최원 나으리시고, 이분은 창의사 김천일 장군의 군관이시다. 어서 묻는 대로 답해라!"

무불리가 눈을 가늘게 뜨고 세 사람을 번갈아 바라보았고, 대남이 히죽 웃으면서 말했다.

"망해가는 나라의 관직을 들먹여서 무얼 하겠다는 거냐? 하찮은 놈들 같으니라고."

"무엇이? 이놈이!"

김천일의 부관이 칼을 뽑아 대남의 목에 들이댔다. 하지만 그 순간 그의 배에 대남의 칼이 꽂혔다. 병사들이 놀라서 칼과 창을 겨누기는 했지만 그 자리에서 꼼짝도 하지 못했다. 그 사이 김천일의 부관은 피를 토하는 입으로 끅 끅 소리를 내다가 풀썩 쓰러졌다. 최원은 대남의 발길질에 나가떨어졌다.

"사흘 여유를 주겠으니 모두 강화도에서 나가라. 김천일이든 김만일이든 강화를 떠나지 않으면 한 놈도 남기지 않고 모조리 목을 베서 바다에 버리겠다."

변광조가 최원에게 손짓을 하자 최원이 절뚝거리며 변광조 앞에 섰다.

"이 강화는 이제 나의 영토가 되었소. 누구든 강화에 발을 디디면 내 지시를 따라야 하오."

"그 무슨… 해괴한…? 누구시오?"

"알 것 없고, 이 강화는 지금부터 내 땅이니 보는 사람마다 그리 전하고, 당장 강화를 떠나시오."

"우리는 작전 중이오. 어찌 병력을 내 맘대로 옮기겠소?"

"강화는 내가 지킬 터이니 그대들은 신경 쓸 필요 없소."

"이 강화는 통신의 요처요. 의주에 계신 주상 전하와 남부의 장수들을 이어주는 중요한 곳이란 말이오."

"그렇다면, 강화부사 휘하의 통신병은 있어도 좋소. 강화 현감이 와서 행정 업무와 조세 업무를 보는 것도 허용하겠소."

"창의사와 의논해 보겠소이다."

"전투력도 없는 병력을 이끌고 다니며 백성을 등쳐서 군량이나 축내는 주제에 의논은 무슨 의논? 내가 말한 대로 사흘 뒤에도 강화에서 나가지 않으면, 단 한 명도 살려 두지 않겠소. 그리고 오늘 이후로 그대들의 군병은 포구에서 육지 쪽으로는 두 마장 이상 들어오지 마시오. 물과 식량을 운반하는 병력은 열 명 이하로 운용하시오."

최원은 더는 말을 못했고, 일행은 시체를 거적에 말아서 들고 갔다.

다음 날 김천일이 찾아왔다.

변광조는 김천일의 의병과 최원의 관군이 행패를 부리지 않는다는 조건으로 작전에 따라 움직이는 데 시한을 두지 않기로 합의해 주었다. 이와 관련해서 〈변광조행장록〉은 다음과 같이 언급했다.

"김천일은 전라도에서 의병을 일으켜 전국을 누볐다. 영등포의 선유봉과 양화도 나루에서 왜군 4백여 명을 베고 임진년에 강화를 거점으로 한동안 유격전을 감행했다. 강화에서 변광조와는 공존했으며, 변광조는 김천일의 의병에게 군량을 싸게 대주었다. 다음 해 김천일이 강화를 떠날 무렵에 그의 병력은 처음에 비해 반으로 줄었다. 의병을 유지하는 일이 보통 힘든 게 아니었다."

제 5 장

장사꾼의 길

강화도를 거점으로 삼고 관련 시설과 설비를 마련하는 데 드는 비용을 아와지가 계산했는데 총 은전 3,3000량이었다. 상덕로 왕자가 준 돈은 1만 량을 합해도 13,000량밖에 되지 않았다. 2만 량이 부족했다. 변광조는 우선 쌀과 화약을 팔아서 경비를 마련하기로 했다.

"내가 의주에 가서 나머지 경비를 마련할 테니 도자기마을을 신속히 건설해라."

변광조는 그렇게 이르고 한양으로 갔다. 백곰을 만나 담판을 지을 작정이었다.

백곰은 시전 점포를 장악하고 있으며 마포에서 소금 도매업을 하는 대상이었다. 백곰은 시전뿐 아니라 사대문 밖의 사상(私商) 상인조합에도 영향력을 행사하는 거물이었다. 원래는 장세량이 한양 상권을 지배했으나 윤두수 뇌물 사건에 연루되어 두들겨 맞은 뒤에는 기를 펴지 못했고, 그 바람에 백곰이 한양의 일인자가 되었다. 백곰은 철저하게 이익만을 추구하는 사람이라 서로 이익만 되면 협조할 수 있는 상대라고 판단했다.

변광조는 사이온과 무사 열 명을 데리고 한양으로 들어가 서대문 앞에 여장을 풀고, 사이온만 데리고 백곰의 은신처로 찾아갔다.

"사이온, 내가 상로(商路)를 어떻게 확대하는지 잘 봐 두거라."

"예, 잘 살피고 있습니다."

"너는 유구의 희망이다. 장차 유구는 네가 맡아야 할 것이다."

"명심하겠습니다, 장형!"

변광조가 고개를 돌려 사이온을 바라보며 눈을 흘겼다. 사이온은 목을 움츠리며 정정했다.

"아니… 큰오라버님."

변광조는 사이온더러 큰오라버니라고 부르라고 했지만 사이온은 다른 형제들을 따라서 자기도 모르게 장형이라고 부르곤 했다.

백곰은 북악산 중턱의 암석 벽에 구멍을 뚫어 은거지를 만들어 두고 신변이 위험하면 그곳으로 숨곤 했다. 상인 치고 정세에 민감하지 않은 사람이 없었지만 백곰은 특히 더 그런 편이었다. 길목마다 경호 대원을 세워 두었다. 백곰이 상덕로의 편지를 받아본 게 20여 일 전이었다. 곧 큰 상인이 찾아갈 테니 그와 손을 잡으면 걱정을 덜 수 있을 것이라는 내용이었다.

변광조와 사이온이 백곰과 마주앉았다.

"소생은 변광조라는 유구국 상인입니다. 한성에 장거리 유통망이 있었으면 해서 부탁을 드리려 합니다."

백곰이 물끄러미 바라보더니 심드렁하게 대답했다.

"나는 지금껏 아무 탈 없이 잘 살아왔네. 한성에는 그런 거 필요 없네."

"물론이지요. 지금껏 사업을 해 오셨으니까요. 다만 한성의 거래 질서를 바로잡아 주십사 하고 부탁을 드리는 겁니다."

"그게 무슨 뜻인가?"

"소생이 도자기와 인삼, 그리고 칠기를 수집하여 왜로 가져가서 팔까 합니다. 한강 이남의 자기 가격을 시전이 후려쳐서 제값을 받지 못했기에 사기장들이 모두 숨은 겁니다. 나는 제값에 팔 겁니다. 나는 거래 질서를 바로 잡고 뇌물로 이루어지는 거래를 막을 겁니다. 소생의 유통망으로 가담해 주시지요."

"내가 주로 하는 사업은 소금이고, 나는 뇌물을 주지 않네. 그들에게 뜯기는 거지."

"소금이 비싼 이유가 고관대작들에게 바치는 뇌물 때문이 아닙니까?"

"그런 면도 없진 않지만…"

"그래서 소생이 지금부터 그 고관대작들을 한 놈씩 처죽일 겁니다. 모두 죽여 없애고 새로운 거래 질서를 세우려고요. 시전이 뜯어가는 통과세와 후려치기로 지방 생산자들이 제값의 반이나 뜯기고 시작하니, 말이 안 되지요. 그래서 소생이 피 맛을 보여줄까 합니다, 하하하!"

백곰의 얼굴이 일그러졌다. 변광조가 내뱉는 말들이 험악하고 거침이 없었다. 변광조가 처음에는 가소롭다가 그 다음에는 미심쩍다가 마침내 무서워졌다.

"명나라 장강 하류나 일본의 신정 거리에 비하면 이 한양의 거리는 거지꼴이나 다름없습니다. 백성이 농사만 짓고 그 농산물의 5분의 1을 나라가 뺏어가고 양반 지주가 절반을 뺏어가니 백성은 일평생 거지꼴을 면치 못합니다. 이 상태로는 백성이 부유해질 수가 없지요. 백성이 가난하면 상업이 번성할 수 없고요. 상업과 장인 기술자를 천대하는 사상을 계속 만들어 내고 있는 유학자들과 정치 우두머리들을 모두 잡아서 처단할 겁니다. 이 나라의 틀을 바꿀 것입니다."

찻잔을 든 백곰의 손이 부들부들 떨렸다.

"어찌… 무슨 수로 바꾼단 말이오?"

백곰의 말투는 어느새 하게체에서 하오체로 바뀌어 있었다.

"돈이지요. 돈의 힘으로 바꿉니다. 왜인들이 어찌 전쟁을 일으킬 정도로 많은 부를 쌓았는지 아십니까?"

변광조는 퉁방울 같은 눈을 더욱 크게 뜨고서 백곰을 쏘아보며 계속 말을 이어갔다.

"돈이 없으면 어찌 배를 만들고 군량을 준비합니까? 도요토미 히데요시는 오다 노부나가의 하인이었습니다. 그 자가 오다의 흥상(興商) 정책을 승계하여 전쟁을 준비했지요. 낙시락좌(樂市樂座)라는 자유로운 시장 제도를 만들고 토지를 전면적으로 조사해서 조세정책을 투명하게 세우고 서양 상인의 왕래를 받아들였지요. 그래서 시장이 번성하고, 유통이 자유로워지고, 조총도 건너오고, 은전도 건너오고, 새로운 사상도 건너와서 세상이 돌아가는 이치를 알게 된 겁니다. 이에 비하면 조선은 암흑 천지지요. 나는 상업을 천시하고 장인을 무시하는 놈들은 무조건 죽일 겁니다. 향교와 서당에서 유학 대신 상학을 가르칠 것입니다."

백곰은 손이 와들와들 떨려서 찻잔을 잡을 수조차 없었다.

"중앙 정치권에서 입만 나불거리는 6백에서 7백 명 정도의 당상관 이상 관리 및 특권계급으로서 군림하는 유학자들의 가문 1천 개를 골라 그 일족을 모두 도륙해 버린다면, 어떻게 될까요?"

백곰은 변광조를 본 지 채 한 시간도 지나지 않았지만, 충분히 그럴 수 있는 위인이라고 확신했다.

"대략 천팔백 개 가문만 처죽이면 조선의 앞날은 트일 것입니다."

"어찌 그런 무도한 소릴 하시오? 그럼 누가 나라를 다스린단 말이오?"

"아무도 없으면 똑똑한 우리 상인이 하면 되지 뭐가 걱정입니까?"

"허허…"

"세상을 윤택하게 하는 것은 노역과 기술과 상업이지 입만 나불거리는 주둥이가 아닙니다. 말이 많은 자들은 죽여 없애는 게 가장 현명한 방법입니다."

백곰의 안색이 하얗게 변했다. 백곰은 눈을 스르르 감았다.

'이런 무도한 자와 한데 엮였다가는 능지처참을 당할 것이다!'

"내가 듣기로 대형께서 움직이는 돈이 은전 1백만 량이라고 하던데 사실입니까?"

백곰은 눈을 떴지만 뭐라고 대답을 하기도 무서웠다.

"대형이 은전 1백만 량을 움켜쥐고 있으면 1백만 량에 머물지만 1백만 량을 투자하여 물품을 만들어 2백만 량에 팔면 2백만 량으로 불어납니다. 은덩어리를 금고에 쌓아 두고 그걸로 뇌물로 써서 이득을 얻는 방식은 진정한 상거래가 아닙니다. 그래서 내가 대형에게 뇌물을 받아먹는 자들을 모두 잡아서 모가지를 벨까 합니다."

백곰은 자기가 헤어날 수 없는 늪으로 서서히 빨려 들어간다고 느꼈다.

"그래, 나에게 원하는 게 무엇이오?"

"가지고 계신 돈을 풀어 달라는 겁니다. 대형이 한성의 돈줄이 되고 소생이 남쪽의 돈줄이 되자는 겁니다."

"그리 된다면 사업이 번창하리라는 건 틀림없지만… 의주에 가 있는 임금이 한양으로 돌아오면 우리는 국법을 어긴 죄로 잡혀서 죽을 텐데 그 일을 어찌 감당할 생각이오?"

"자기 한 몸 건지려고 도망친 놈이 왕은 무슨 놈의 무슨 왕? 지금은 전란 중이니 그까짓 헛소리를 해대면 모가지를 싹둑 베어 버리면 그만이지요. 왕의 모가지는 무쇠로 만들었답니까?"

백곰은 언제부터인가 온몸을 부들부들 떨고 있었다. 나름대로 산전수전 다 겪었다고 자부했지만 이번에는 달랐다. 계약서에 인주를 묻혀서 날인을 해야 했지만 손이 하도 떨리는 바람에 한참을 기다려서 진정을 시켜야 했다.

"대형 뒤에 정치꾼들이 있다는 사실을 잘 압니다만, 그들을 믿고 저를 배신하는 일이 없기를 바랍니다. 앞으로 정치꾼들과는 선을 그으십시오."

"백 년 관행을 하루아침에 어찌 털어 버릴 수 있겠소?"

"혹시 서인에서든 동인에서든 협박을 하면 말씀하십시오. 그 즉시 내가 그 놈들을 처단할 테니까요."

"그들은 이 나라의 정승들인데 어찌 그렇게…"

"나는 그놈들이 정승이든 판서든 상관하지 않습니다. 쓸모없는 자들을 없애는 것뿐이지요."

변광조는 백곰에게 유구식 회계 방식 및 거래 방식을 자세히 알려주고 변광조의 상징인을 건네주었다. 변광조는 자기 문양이 찍힌 은전 1만 량을 건네고 백곰도 은괴를 건네 서로 맞바꾸기로 했다.

"앞으로는 조선의 돈을 이 은전으로 대체할 것입니다."

백곰은 고개를 갸웃했다.

"은을 많이 가지고 있으면 조정에서 비밀리에 은광을 파서 은의 가치를 떨어뜨릴 터이니 좋은 방법이 아닐 텐데… 그리고 조정뿐만 아니라 시전조합이 가만히 있지 않을 텐데…"

백곰이 걱정하는 것은 시전상인들의 거대한 힘이었다. 그들은 돈뿐만 아니라 권력과 줄이 연결된 무력을 가지고 있었다.

한성의 상권은 시전(市廛, 왕실이 허가한 상점)으로 구성된 상인조합이 쥐고 있었다. 독점판매권을 가진 시전은 자유로운 상업의 발전을 막았다. 조정이 시전으로부터 막대한 세금을 받고 시전에게 그러한 특권을 준 것이었다. 종로에서는 그들이 전방(점포)을 열어놓고 모든 상업을 독점하고 있었다. 이현(배오개)(*현재의 광장시장 부근)과 칠패(*현재의 남대문 밖 서울역 뒤)에서 사상(私商)들이 난전(*허가받지 않은 상점)을 열어 놓고 있지만 상품은 반드시 시전에서 구입한 것이어야 했다. 행상이나 사상들은 마음대로 상품을 들여올 수가 없었다. 먼저 시전에 신고하고 허락을 받아야 했다. 시전의 수가 늘어나면서 전방 옆에 덧붙여 가게[假家]라는 전을 펴는 사람들도 늘어났지만 근본적으로 상권은 시전이 장악하고 있었다. 시전의 힘을 꺾지 못한다면 한성에서는 상품을 들여 올 수도 팔 수도 없었다. 백곰 본인도 수십 개의 가게를 거느리고 있는 시전상인이었다.

백곰은 비록 변광조의 위협에 못 이겨 계약서에 날인을 하긴 했지만, 변광조가 시전의 조합을 이기지 못할 것으로 예상했다.

변광조와 사이온이 북악산 둔덕에서 한성을 내려다보았다. 사람이라고는 그림자도 보이지 않았다. 북악산 계곡과 옥계천을 따라 인왕산을 내려왔다. 수성계곡의 화려했던 기와집들이 허물어지고 있었다. 한양 거리는 황량했다.

"인간은 본성이 사악하다. 그 사악함이 바로 장사의 원천이다."

"무슨 말씀이온지?"

"허영심과 욕망이 없다면 장사는 일어나지 않는다. 세상에 무소유를 외치며 삼베 한 겹만으로 살다가 죽으라고 외치는 중만 있으면 상인이 어떻게 발을 붙일 수 있겠나. 우리는 사람들이 사악한 욕심을 갖도록 욕망을 부추겨야 한다. 더 좋은 것을 더 많이 갖고 싶게 만들어야 한다. 이것이 장사의 기본이다. 살 사람이 있어야 팔 수가 있다. 우리는 물건을 만들어 낼 수 있는 기술자도 길러 내야 할 뿐만 아니라 이 물건을 살 사람도 만들어야 한다."

"참으로 기묘한 세상의 원리입니다."

"그렇다. 인간은 욕망의 동물이고 이 욕망을 팔고 사는 것이 장사다. 욕망을 갖지 말라고 하는 것은 흥업을 막는 것이다. 헌데, 조선의 유학자들은 욕망을 억제하라고 가르친다. 놀고먹는 선비를 도덕군자로 가르친다. 그래서 사(士), 농(農), 공(工), 상(商)의 순서로 신분이 매겨졌다. 이익을 추구하는 상업을 천하의 말업(末業)이라고 가르치니, 그들이 바로 우리의 적이다. 이 세상에서 가장 쓸데없는 기생충이 양반 사대부들이다. 이들을 맨 윗자리에 놓고 상인을 맨 아랫자리에 놓는 조선의 사상과 철학이 바로 우리의 적이다."

"그래도 양반이 의병을 주도하니 정신은 높이 사야 하지 않습니까?"

"그렇지 않다. 의병과 백성은 자기 가족과 자기 마을을 지키려고 일어섰지만, 양반들이 벌이는 의병 놀음은 그저 관직이나 하나 얻어걸릴까 싶어서 하는 거지. 상업은 오로지 합리적인 이문을 남기는 일이다. 명분, 감정, 인정, 연민 따위의 부수적인 것들에 휩쓸리면 속임수에 넘어가기 십상이다."

"명심하겠습니다."

산성은 곳곳이 끊어져 있었다. 백성들은 떠나고 없었다. 굴뚝에 연기가 나는 집이 보이지 않으니 한양은 죽은 듯이 고요했다. 집집마다 마당에는 잡초가 무성하게 자라 있었다.

두 사람은 주인 없는 어떤 기와집에 들어가 부서진 문짝을 발로 밀어 젖히고 집안을 살폈다. 주인이 황급하게 떠났던지 방바닥에는 깨진 벼루와 붓들이 어지럽게 버려져 있었다. 벽에는 곳곳에 구멍이 뚫려 있었다. 왜놈들이 돌아다니며 숨겨 놓은 귀품이 있을까 하여 벽을 뚫어 본 흔적이었다.

— 28 —

진주 명월관에 허은석이 갑자기 찾아왔다. 일본 승려와 함께였다. 고니시의 전령이라고 했다.

"소승, 겐소(絃所)라 합니다."

고니시는 왜군 장수이기 이전에 상인이라는 말을 허은석이 덧붙였다. 아울러, 변광조와도 오랜 세월 거래 관계를 유지해 왔다는 말도 함께.

허은석는 변광조가 맡겨 놓은 다기 5천 기를 가져가려고 왔고, 겐소는 따로 원하는 게 있는 눈치였다.

"저에게 특별히 주문할 물화라도 있는 겝니까?"

"청자 다첩 1백 기를 구하고 계십니다. 물건이 있는지요?"

"있기야 있지요. 가격이 비싸서 그렇지."

월희가 서랍을 열어 다기 한 첩을 내놓았다. 매화와 학 문양의 청자 다기였다.

"제게는 이런 게 5백 기쯤 있지요. 적어도 한 첩에 은 다섯 량은 주셔야 합니다."

"물건만 좋다면 값이 문제겠습니까?"

겐소는 청자를 손으로 부드럽게 쓰다듬었다. 자기를 아는 사람의 손길이었다. 월희는 백자 다기 한 첩을 더 내놓았다. 청화 연꽃으로 테두리가 둘러져 있고 몸체엔 진사로 모란꽃을 펼쳐 놓은 것이었다.

"이건 은 일곱 량입니다. 에누리는 절대로 없습니다."

"하하하!"

겐소는 큰소리로 웃을 뿐 더는 말을 하지 않았다. 그의 눈빛에는 이미 욕심을 드러내고 있었다. 월희는 무시하는 태도를 보이며 백자를 다시 서랍 속에 넣었다. 그러자 겐소가 준비했던 말을 꺼냈다.

"고급 다기와 서화 명품을 안정적으로 공급받길 원합니다. 전쟁이 끝난 뒤에도 계속."

"조건만 맞는다면야 얼마든지…"

"또 하나, 참고로 말씀드리면 장군님은 전쟁이 빨리 끝나길 원하십니다."

"그 말씀은…?"

허은석이 대신 대답을 했다.

"대사께서 일본군의 중요한 공격이 있을 때 미리 정보를 주실 겁니다."

"그런 정보도 우리에게는 다 돈이 되지요. 또 다른 조건이 있습니까?"

"주인께서 한성에 기반이 있으시다는 사실도 알고 있습니다. 진주와 한성 두 곳 모두 우리와 거래를 해 주시오."

"그러지요."

겐소가 옥으로 만든 거북을 건네주었다. 답례로 월희가 비단 손수건에 약조 문구를 적어서 건넸고, 두 사람은 돌아갔다.

한편 허은석은 변광조에게 빌려 준 은전 대신 그 은전의 두 배 가치가 넘는 백자 다기 물량을 받아갔다.

— 29 —

변광조는 백곰을 만난 다음 날 일본군 한성사령부로 들어갔다. 총사령관 우키타 히데이에를 만나 쌀을 팔 작정이었다. 우키타는 도쿠가와 히데요시의 양자 겸 사위였고 도쿠가와의 신임이 두터워 나중에는 일본의 최고 실력자 다섯 명을 가리키는 오대로(伍大老)에 봉해질 정도였다. 우키타는 58만 석의 영지를 가진 다이묘였는데, 왜장들의 영지가 보통 3만 석에서 5만 석 사이임을 감안하면 엄청나게 큰 다이묘였다.

일본 육군은 이미 평양까지 접수하고 왕이 의주로 도망갔던 그 무렵에 한양에는 왜의 사령부가 마련되었다. 그리고 고니시와 가토가 각각 평양과 함경도의 최전선을 맡고 있었다. 그런데 고니시는 평양에서 한 걸음도 앞으로 나아가지 못하고 있었다. 한 달음에 삼킬 수 있을 것 같았던 조선 반도였지만 의외의 복병 몇 개가 앞 길을 가로막았다. 그 가운데 하나가 군량미 및 군수품 조달이었고 또 하나는 의병이었다. 이순신의 조선 수군이 바닷길을 막고 있어서 계획했던 전라도의 곡식을 군량미로 쓸 수 없었고 군수품 조달은 의병들의 기습 때문에 쉽지 않았다. 부산에서 문경새재로, 그리고 다시 문경새재를 넘어 평양까지 군수품을 운반하는 길은 험난했다. 한양의 왜군사령부는 약탈로 근근이 버티긴 했지만 시간이 갈수록 곤궁해졌다. 조선의 군민은 산으로 숨어들었고 들에는 아무 것도 없었다. 조선군에게서 빼앗은 군량미가 떨어지면 기근에 직면하게 될 것이 뻔히 보이는 상황이었다. 추위가 본격적으로 닥치면 더는 방법이 없어보였다.

변광조는 한성의 왜군사령부에 들어가 흥정을 벌여보기로 했는데, 이제 갓 스무 살의 젊은 다이묘인 왜장 우키타는 변광조를 반갑게 맞았다.

"합하께서도 그대의 안목과 지식을 높이 평가하였소."

"소생은 상인이니 돈만 찾아다니지요. 세상일은 모릅니다. 주워들은 풍문은 제법 있습니다만…"

변광조는 자기가 아는 정보를 제공하겠다는 뜻을 넌지시 밝혔다.

"아군이 지금 진퇴양난에 빠졌습니다. 그 이유가 무언지는 아시지요?"

"아마 조선 수군과 의병들 때문이겠지요."

우키타는 바로 수긍했다. 변광조는 한성의 왜군사령부가 필요한 물자가 어느 정도인지 머릿속으로 가늠하고 있었다. 한성 부근에 왜군이 7만 명 있었으니 하루 군량만 해도 1천 석 가깝게 필요했다.

"고니시 장군은 평양을 떠나지 못할 것입니다. 후퇴할 수도 없을 것입니다. 평양성을 나서면 의병들로부터 습격을 당할 것이며 후퇴하면 합하의 명령을 어기는 게 되니까요. 허나 명나라 군대가 출병하게 되면 큰 상처를 입고 후퇴하게 될 것입니다.”

우키타가 믿기 어렵다는 듯이 변광조의 말을 끊었다.

“우리가 명의 오합지졸을 이기지 못한다는 말씀이오?”

스무 살의 청년 장수로서는 도저히 받아들일 수 없는 진단이었다.

“그렇습니다. 양쪽 육군이 벌판에서 맞붙으면 명군 쪽으로 승리가 기울 겁니다.”

우키타가 발끈했다.

“그게 무슨 소리요? 우리에게는 필살의 무기가 있지 않소? 명군이 진출한다 해서 두려울 것이 없소.”

“장군께서는 조총의 힘을 과신하십니다. 명군은 두껍고 강한 방패를 앞세워 일본군의 조총과 장창을 무력하게 만들 겁니다. 더구나 명에게는 불랑기포라고 하는 대포가 있습니다. 서양에서 건너 온 대포지요. 5리 이상 날아가고 제대로 맞으면 한꺼번에 수십 명이 죽습니다. 화차도 한 방에 부술 수 있고 성벽도 부숩니다.”

“아아…”

우키타가 길게 한숨을 쉬었다. 아직 어리다 보니 감정을 잘 숨기지 못했다. 미끼를 던져야 하는 순간이었다.

“상황을 예측하여 대비하셔야 할 겁니다. 겨울이 오면 군량과 땔감이 떨어질 겁니다.”

“그렇잖아도 지금 걱정이오.”

얼마 전 부산포에서 연합 함대가 이순신의 수군에 무려 128척이나 파괴되는 피해를 입고 패전함에 따라 철저한 보급로 확보는 더욱 불투명해지는 상황이었다.

"무는 한강 이남 대치벌에 씨를 뿌려서 많이 장만해 놓았으니 쌀만 있으면 겨울을 보낼 수 있는데…"

"쌀과 화약을 조금 싣고 왔습니다만… 사실 의향이 있으면 드리지요."

"아! 물론이지요. 내가 한성에 도착하고 보니 아무 것도 없었소. 고니시 장군이 다 쓸어갔더군요, 하하하."

변광조는 화약 2천 근과 쌀 1,400석을 팔았다. 우키타는 그동안 조선에서 약탈한 금붙이와 은붙이 및 불상들로 값을 치렀다. 변광조는 시세보다 세 배 이상의 이익을 남겼지만, 우키타는 계속 쌀을 공급해 주기를 바랐다.

변광조는 배를 몰아 한강 입구를 빠져 나온 뒤, 배 세 척을 강화도로 보내 쌀을 더 실어오게 한 뒤에 북상해서 마항에서 형제들과 합류해 고니시가 있는 평양성으로 향했다. 마련해야 할 돈은 아직 1만 량 이상 남았다.

이번에는 평양성의 고니시를 만날 차례였다. 변광조는 남포 앞바다에 배를 세우고 뱃머리에 고니시의 깃발을 내건 작은 배에 옮겨 타고 대동강을 거슬러 올라갔다. 왜군이 토성을 쌓고 있는 게 보였다. 평양성 바깥에서는 왜군들이 풀을 베는 모습도 보였고 들에서 곡식을 베는 모습도 보였다.

"한가롭군."

변광조가 고니시를 만나고 나서야 안 사실이지만, 며칠 전 명나라의 심유경이 강화회담 차 단신으로 평양성에 들어가서 고니시와 만나 일단 50일 동안 휴전을 하기로 했기 때문이었다. 변광조는 해질녘에 평양성에 당도했고, 고니시가 그를 반갑게 맞았다. 오랜만의 해후였다.

"전쟁터까지 와서 장사를 하다니 배짱 한번 크구려, 일전에 도자기는 잘 받았소, 하하하!"

겐소가 월회에게서 받아간 백자다기를 가리키는 인사말이었다.

"장군께선 혁혁한 전과를 거두셨더군요. 무역뿐만 아니라 전투에도 능하시니 장군은 이 시대 최고의 인물임에 틀림없습니다."

"하하하, 입에 발린 칭찬이라도 듣기 좋구만."

"송구스럽습니다."

"자, 오늘은 보이는 것부터 하시겠소, 보이지 않는 것부터 하시겠소?"

보이는 것과 보이지 않는 것이란 두 사람이 거래할 대상이었다. 두 사람은 늘 그렇게 이야기를 풀었다.

"오늘은 보이는 것부터 말씀드리지요."

"좋소."

"쌀, 화약, 갑옷, 조총, 투구, 밀, 콩, 소금, 포목을 조금씩 가지고 왔습니다."

"쌀과 곡식은 이 평양성 안에 10만 석이나 있소."

조선의 조정 대신과 군인이 평양성을 버리고 도망갈 때 군량미를 고스란히 남겨 두고 갔더라고 했다.

"자, 이제는 보이지 않는 걸 얘기해 보시오."

"은 1백 량은 주셔야 합니다."

"제법 쓸 만한 정보인가 보오?"

"소생이 값을 매길 때에는 그만한 값어치가 있겠지요."

고니시가 금고를 열고 은괴를 꺼내어 변광조 앞으로 밀었다.

"어디 들어봅시다."

"조선 수군 장수 이순신이라는 이름을 들어보셨는지요?"

"들어봤다 뿐이겠소."

고니시는 한숨부터 몰아쉬었다. 한산도에서 와키자카 연합 함대가 이순신의 수군에 철저하게 파괴되었다는 소식을 들어서 알고 있다고 했다.

"일본 수군은 이순신을 이길 수 없습니다. 이순신이 합하의 발목을 잡을 것이니 장군께서는 이 점을 염두에 두시고 전진이든 퇴각이든 작전을 세우셔야 합니다."

고니시의 얼굴이 굳어졌다.

"일본 수군이 이순신을 이기지 못한다?"

"그렇습니다."

"그렇게 판단하는 이유는?"

"첫째, 아다케부네와 세키부네는 조선의 판옥선과 거북선을 당하지 못합니다. 속도에 초점을 맞춰서 제작했기에 목재의 재질이 무르고 약해서 돌격전에 들어가면 거북선의 충돌 작전에 속수무책으로 뚫립니다. 둘째, 조총이 쓸모없습니다. 이순신은 조총의 사정거리 안으로 들어오지 않습니다. 조총의 사정거리 바깥에서 포격전으로 일본 수군의 배를 완전히 파괴합니다. 다행히 살아서 육지로 헤엄쳐 달아난다 하더라도 의병과 육전대가 숨어 있다가 습격합니다. 한 번의 패전으로 전멸할 수 있지요."

"우리 수군이 판옥선처럼 느리고 둔한 배에 당했다는 건 이순신이 기습전에 능하다는 뜻이 아니겠소, 그렇다면 정면대결을 하면 우리가 필시 이길 터인데, 도대체 뭐가 문제란 말이오?"

"그렇지 않습니다. 이순신이 일본 수군이 서해로 진격하는 걸 막은 게 우연이라고 보십니까?"

"…"

"이순신은 뛰어난 전략가입니다. 앞으로도 쉽지 않을 것이니, 이 점 유념해서 진퇴의 작전을 세우셔야 할 겁니다."

일본 수군이 서해를 어렵지 않게 장악해서 보급로에 문제가 없을 것이라고 생각했던 애초의 예상이 조금씩 빗나가기 시작할 때부터 고니시는 불안했다. 전쟁이 장기화된다면 무엇보다 보급 문제에 발목을 잡힐 수 있었다. 그런 조짐이 부산포 해전의 패배로 더욱 분명해졌기에 고니시는 초조했다. 고니시가 애초부터 조선 침략을 반대했던 것도 이런 이유 때문이었다. 고니시는 전황이 자기가 염려한 대로 흘러가는 걸 보고, 어쩌면 자기가 이미 진흙탕에 빠져 있을지도 모른다고 생각했다.

"전황은 내가 염려하던 대로 흘러가고 있소이다. 조선 왕을 사로잡으라는 합하의 명을 완수하기 전에 우리가 먼저 진흙탕에 빠질 가능성이 있으니…"

지난 7월 1일에 명나라 군대 조승훈의 3천 병력이 평양성을 공격해 온 걸 간계를 써서 물리치긴 했지만, 명나라 군대가 다시 전열을 가다듬고 내려올 것임을 불을 보듯 뻔했다.

"육군 3만 5천 명과 수군 5천 명이 출전 대기를 하고 있다고 들었습니다."

"흐음… 그뿐만이 아닐세, 조선의 왕자가 의병을 거느리고 평양성 주변에서 여기 번쩍 저기 번쩍 하면서 기습을 해대서 한시도 마음을 놓을 수 없으니…"

왕의 둘째 아들이 왕을 대신해서 조정 국사를 보고 있다는 말은 변광조도 들어서 알고 있었다. 첫째 아들은 성정이 거칠어서 왕이 아예 눈 밖에 내놓았고, 셋째 아들이 왕의 총애를 받았지만 위험한 전쟁터에 이 사랑하는 아들을 내몰고 싶지 않아서 굳이 마음에 들지 않는 둘째 아들을 세자로 책봉하고 자기 대신 전쟁터로 내몰았다고 들었다. 사실이라면 정말 구역질나는 일이었다.

"그 왕자가 이제 겨우 젖비린내를 면한 열여덟 살이라고 들었습니다만…"

고니시가 머리를 절레절레 흔들었다.

"우키타도 스무 살이지 않소?"

"하하하, 그렇군요."

"당장이라도 의주로 달려가 조선 왕의 상투를 잡아채고 싶은데, 이 어린 녀석이 등 뒤에서 비수를 들고 노리고 있으니 영 기분이 찜찜해서…"

고니시는 다시 한 번 더 깊은 한숨을 쉬며 고개를 절레절레 흔들었다.

왕자 광해는 기병을 이끌고 불쑥 나타나서 성 밖에 나가 있던 병사들을 기습하기 일쑤였다. 열흘 전에도 왜군은 광해가 이끄는 군대로부터 신기전 공격을 받았다.

　　"장군께서는 합하의 명을 직접 받고 계셔 나중에 모든 책임을 덮어쓸 수도 있으니 조심하셔야 합니다. 소생은 장군과 맺어온 그동안의 모든 인연이 끊어질까 걱정입니다. 장군께서는 반드시 모든 힘을 온존한 채 무사히 일본으로 돌아가셔야 합니다. 이것이 소생의 바람입니다."

　　그건 진심이었다. 고니시가 살아 있어야 했다. 그래야 도자기 판매에 그가 가지고 있는 상로를 이용할 수 있었다.

　　고니시는 역시 고단수였다. 대마도에서 탈취당한 보물 건에 대해서 아무 말도 묻지 않았던 것이다. 넌지시 운을 떼볼 수는 있었고 또 그러리라고 예상을 했지만 고니시는 거기에 대해서 한 마디도 하지 않았다. 만일 고니시가 자기를 조금이라도 의심하는 눈치를 보였다면 변광조는 이렇게 대답할 참이었다.

　　'우리는 전쟁이 일어나고 두 달이나 지난 뒤에 조선에 들어왔고, 그동안 거주 시설과 유숙을 짓느라 정신없었다. 게다가 당신은 우리에게 없어서는 안 되는 일본 상권의 동반자인데 어찌 우리가 그런 짓을 했다고 의심하느냐. 설령 그런 일이 있었다면, 가토의 짓일 것이다. 한양에 한 발 늦게 입성하는 바람에 조선 왕실의 보물을 모두 고니시가 차지하자 그게 분해서 그런 일을 꾸몄을 것이다.'

　　하지만 고니시가 그 일에 대해서 한 마디도 하지 않는다는 것은… 오히려 변광조가 범인이라고 강력하게 의심한다는 뜻일 수도 있었다.

30

변광조는 다음 날 아침 일찍 의주로 출발했다. 두 가지 목적이 있었다. 하나는 물론 쌀을 파는 것이었고, 또 하나는 의주와 담동 사이의 교역로 상태를 눈으로 직접 보고 확인하는 것이었다. 명의 상인들이 내려오지 못하고 있었기 때문이다. 담동의 명나라 상인들이 비단섬(*압록강 어귀에 있는 섬으로, 한국에서 가장 서쪽에 있는 땅이다)으로 건너오는 것이 지금까지의 관례였는데, 명나라가 이 뱃길을 금지시켰다. 조선 왕이 명나라로 넘어오지 못하도록 한 조치였다. 압록강의 배는 모두 북쪽 연안에만 정박해 있었다. 이 교역로가 막히면서 모든 물자의 유통도 함께 중단되었다. 그렇다 보니 왕이 임시로 거주하는 의주의 행재소 살림살이 형편은 말이 아니었다.

변광조는 압록강 하류에 닻을 내린 다음에 의주로 부하 몇을 보내서 정탐을 하게 하고 낚시를 했다. 팔뚝만한 장어 수십 마리를 잡았다. 민물과 바닷물이 만나는 지점이라 확실히 고기가 많긴 많았다.

저녁 식사를 마칠 무렵에 정탐 나간 부하가 돌아왔다. 왕의 행재소는 평안도의 세 개 현에서 곡식을 군량으로 끌어다가 간신히 버티고 있고 병력도 1천 명이 채 되지 않는다고 했다. 의주 관아를 행재소로 쓰고 있는데, 행재소 방어에도 힘겨울 지경이라고 했다.

변광조가 의주 행재소로 사람을 보내 쌀을 살 의향이 있는지 물었다.

얼마 뒤, 의주 포구로 행재소 왕실 관리관이 헐레벌떡 달려왔다. 이 관리관은 전란 중에 뜻밖의 벼락출세를 한 사람이었다. 원래 의주 목사의 집사로 일하던 하급 관리였는데, 몽진 때 한양에서 따라온 관리며 일꾼이며 궁녀가 모두 도망을 가 버려 행재소에서 일할 사람이 부족하자 갑작스럽게 행재소 왕실 관리관이라는 직책을 맡은 것이었다. 왕이 의주에 도착한 첫날에는 궁녀들이 배가 너무 고픈 나머지 왕이 먹을 음식을 훔쳐 먹고 겁이 나서 도망친 바람에 관노비가 대충 음식을 만들어 올리던 비참한 상황이었지만, 제 한 몸 돌보지 않고 임금에 충성을 다하고 나선 데 따른 보상이었다. 이 남자가 배 앞에서 고함을 질렀다.

"쌀을 주시오!"

잠시 뒤, 이 남자와 변광조가 마주앉았다.

변광조는 쌀 1천 석이 있는데 얼마나 살 것이냐고 물었다. 관리관은 나중에 한성으로 돌아가면 값을 후하게 치르겠다며 3백 석을 달라고 했다. 변광조는 왕은 지금 당장이라도 명나라로 건너가려고 안달한다고 들었는데, 뭘 믿고 외상을 주겠느냐고 했다. 관리관은 변광조가 '전하'라는 호칭 대신에 '왕'이라는 호칭을 쓰는 게 영 언짢았다. 얼굴을 잔뜩 찌푸리며 입술을 깨물었다.

"우선 1백 석을 주겠으니 가격은 시가의 세 배로 쳐주시오."

"이거면 얼마나 쳐주겠소?"

관리관이 금거북 두 개를 내놓았다. 비빈들의 물건일 게 분명했다. 행재소의 살림살이가 얼마나 곤궁한지 짐작할 수 있었다.

"왕이 굶어 죽는다 하니까 150석을 주겠소. 더 필요하면 다음에는 옥새를 가지고 오시오, 하하하!"

관리관은 이를 갈며 쌀을 받아갔다. 행재소로 돌아오자마자 관리관은 금부도사를 찾아가서 외국 상인의 방자한 행동을 낱낱이 고했다. 금부도사도 펄쩍 뛰었다.

"이런 고약한 놈을 봤나, 전란을 틈타서 시세보다 세 배나 비싸게 받아 처먹다니. 내가 가서 그놈들을 죽이고 쌀을 뺏어 오겠소."

다음 날 금부도사는 병사 쉰 명을 이끌고 선창으로 나갔다. 커다란 범선에서 기다란 사다리가 내려와 있었다. 사다리는 부두의 커다란 기둥에 묶여 있었다. 배는 지금껏 보지 못한 규모였다. 큰 돛대 세 개에 작은 돛대 여섯 개가 있었고 돛은 모두 열여덟 장이었다.

"네 이놈! 어서 나와 내 칼을 받아라. 감히 주상 전하를 능멸하다니. 배를 불태우기 전에 배에서 내려라!"

변광조가 배 위에서 얼굴을 내밀었다.

"웬 놈인데 공연히 시비냐?"

"나는 금부도사다! 네놈이 감히 왕실의 물건을 헐값으로 후려치고 주상 전하를 능멸하는 언사를 늘어놓았더냐?"

"제 백성을 버리고 영토 끝까지 도망치고 그것도 모자라 남의 나라로 도망치려는 게 어찌 한 나라의 왕이라고 할 수 있겠더냐?"

"네 이놈! 감히 그런 말을 내뱉고도 살아남을 것 같으냐?"

금부도사가 손짓을 하자 무사들이 뇌에 편전을 가득 실어 쏘았다. 그 사이 배에서는 방패가 높이 올라가 화살을 모두 막았다. 그리고 방패에서 작은 구멍들이 열리더니 조총이 발사되었다. 조총

수십 발이 의금부 무사들의 발 앞에 총탄이 쏟아졌다. 무사들은 혼비백산 흩어졌고, 어느 틈엔가 투구를 쓰고 번들거리는 철판을 가슴에 붙인 사나이가 내려와 금부도사를 간단하게 제압하고 따귀를 갈겼다. 금부도사는 얼굴이 으스러지는 통증을 느꼈다. 배 위에서 변광조가 말했다.

"쌀이 더 필요 없다면 간다고 전해라. 단 쌀값은 어제의 두 배가 더 올랐다고 전해라."

금부도사는 행재소로 돌아와 호위대장에게 자기가 당한 일을 전했다. 울분을 이기지 못해 온몸을 벌벌 떨었다.

"외국 상인이 금부도사에게 조총을 쏘아? 아무리 왕실이 어렵다고 한들, 이런 방자한 짓을 할 수 있나, 내가 군대를 끌고 가서 당장에 요절을 내겠소."

행재소 호위대장은 5백 명 병력을 동원했다. 행재소 방어 병력을 빼는 게 위험한 일이었지만 군량미 욕심이 앞섰다. 군량미 850석이 코앞에 있는데, 그냥 포기할 수는 없었다. 호위대장은 병력을 미리 접근시켜 포구 주변에 매복시키고 상선 앞에 나아갔다. 사수들에게 화살을 겨누라고 명령하고 배 가까이 다가가 소리쳤다.

"나는 행재소 호위대장이다. 네놈이 감히 주상을 비웃고 관리를 능멸하였다니 죽어 마땅하다. 순순히 하선하면 목숨만은 살려주겠다만 저항하면 모두 죽음을 면치 못하리라!"

"비겁한 도망자 이연이 또 한 마리의 개를 보냈구나."

호위대장이 이를 으드득 갈며 수신호를 보냈다. 숨어 있던 사수들이 앞으로 나서며 배로 화살을 퍼부었다. 하지만 이 화살은 방패에 막혀 아무런 위협이 되지 않았다. 한 차례 공격이 끝나자 변광조가 방패 위로 얼굴을 내밀었다.

"쌀은 팔지 않겠으니, 너희 왕에게 모래나 삶아 주어라, 으하하하!"

변광조가 탄 배가 서서히 움직여서 바다로 나갔다. 호위대장은 닭 쫓던 개 지붕 쳐다보는 신세가 되었다.

호위대장뿐만 아니라 병사들도 허탈하게 멀어져가는 배를 바라보고 서 있었다. 그런데 이때 무불리, 근, 원 등이 부하를 이끌고 뒤에서 이들을 습격했다. 이들은 살상 무기 대신에 몽둥이를 들었다. 이들이 휘두르는 몽둥이에 병사들은 어깨를 맞고, 등짝을 맞고, 무릎을 맞고 혹은 배를 맞고 픽픽 스러졌다. 몽둥이를 휘두르는 기습자들은 병사들이 가지고 있던 뇌만 집중적으로 빼앗아서 차곡차곡 어깨에 걸쳐서는, 병사들이 대오를 정비해서 반격할 채비를 갖추자 미리 준비해 두었던 말을 타고 바람처럼 달아났다.

배로 날아들었던 편전 가운데 방패에 박히지 않은 것들은 미리 준비해 뒀던 짚단에 박혀 날이 상하지 않았다. 이렇게 확보한 편전이 1천 2백 발이 넘었다. 부하들이 뺏어온 쇠뇌는 50정이 넘었다. 아무리 봐도 조선의 쇠뇌는 훌륭했다. 이 훌륭한 무기로 무장한 조선 육군이 왜군에게 무력하게 격파되었다는 사실이 도저히 믿기지 않았다. 변광조는 쇠뇌를 잘 정비하여 언제든 발사할 수 있도록 배 안의 여러 곳에 걸어 두라고 지시했다.

"형님, 이제 의주에서는 볼일을 다 봤으니 강화도로 돌아가죠?"

원이 시뻘건 눈동자로 히죽 웃으면서 말했다.

"넌 아직도 해적 때를 못 벗었구나, 장사꾼이 물건을 팔러 왔으면 팔고 가야지, 변변찮은 놈들 몇 명 두들겨 패는 건 해적들이나 하는 짓이고."

의주 밑에 심교천이라는 하천이 있었다. 심교천이 압록강과 만나는 지점에 닻을 내리고 날이 저물기를 기다렸다가 다시 압록강을 거슬러 올라가 의주 포구 가까운 곳에 배를 정박하고는 행재소로 사람을 보냈다.

다음 날 아침, 관리관이 은괴 아홉 상자에 7,500량을 채워 가지고 나왔다. 변광조는 쌀 850석, 콩 30석, 소금 3석을 넘겨 주고 배를 돌려 압록강 입구로 빠져 나와 비단섬으로 갔다. 섬에는 야생으로 자란 밀이 온 천지에 널려 있었다. 장검으로 밀을 베어 추수를 하니 열 가마는 나왔다. 콩도 수확하지 않은 채 버려져 있어 성한 것을 고르니 댓 가마가 나왔다.

변광조가 이번 여행에서 번 돈은 애초에 계획했던 2만 량에는 미치지 못했지만, 강화도를 본거지로 만들기 위한 여러 시설과 설비를 건설하는 데 드는 비용으로는 얼추 맞게 떨어졌다.

제 6 장

광해의 울분

"6월 22일, 왕은 용천을 떠나 의주에 도착하여 목사의 관아 건물에 좌정하였다. 한편 그 무렵 고을에는 평양이 포위당했다는 소식을 듣고 두려워하여 인심이 흉흉하였는데, 게다가 명나라 병사들이 강을 건너 성 안으로 들어와서 약탈하자 백성들은 모두 산골짜기로 피해 들어가 성안이 텅 비었다. 목사 황진과 판관 권탁 등이 관아 사람들과 관아 여종 두어 명을 직접 거느리고 임금의 수라를 장만하였으며, 호종한 관원들은 성 안의 빈집에 나뉘어서 거처하였다. 땔나무와 가축에게 먹일 꼴이 계속 조달되지 않아서 비록 국왕의 행재소라고는 했지만 적막하기가 빈 성과 같았다."

《선조실록》

그로부터 여드레 뒤인 6월 28일, 전라도 병마사 최원이 5월

7일 전라좌수사 이순신이 옥포 앞바다에서 왜선을 격파한 승전 소식을 의주 행재소에 있던 왕에게 전한 바로 그날이었다. 그간의 이순신의 사천, 당포, 당항포, 적진포 전승보고서는 분실되었다. 최초 승전 소식은 무려 50일 만에 왕에게 도착한 셈이었다. 왕은 조선이 치르는 전쟁에서 그렇게나 멀리 떨어져 있었다. 통신망과 정탐망이 무너져 왕은 눈뜬 봉사였다.

이날 충청도 옥천에 사는 선비 한 사람이 강원도 이천에서 분조(分朝. 왕세자가 조정을 나누어 맡음)를 이끌던 광해를 찾아와서 뵙기를 청했다. 선비는 광해를 보자마자 머리를 박고 엎어져 피를 토하듯 외쳤다.

"세자 저하! 국난을 당한 이때에 저하께서는 편한 보료에 앉아 시중을 받으려 하시면 안 됩니다! 목숨을 걸고 이 나라를 보위하셔야 합니다! 밤을 타서라도 백성을 살피셔서 의기를 일깨우고 의병을 일으키십시오. 왕실이 결기를 보이지 않는다면, 이 위급한 시기에 누가 왕실을 위해 의병을 일으키겠습니까? 관리가 제 한 목숨 건지려고 구차한 행적을 보이고 임금이 정신을 놓는다면 어찌 백성의 노여움을 피하겠습니까? 정치는 철학으로 하는 것입니다. 그럴듯한 무기나 간사한 술수, 비겁한 회피로는 아무것도 이룰 수 없습니다. 주자는 철학을 가르쳤으나 정상모리배들이 자신을 합리화하는 도구로 학문을 이용하고 백성을 갈취하는 이념으로 이용하여 주자를 욕되게 하고 있습니다. 저하께서는 사대부를 이끄시는 대종(大宗)으로 직접 전쟁에 나서서 지휘하셔야 합니다. 나라를 구한다는 것은 주자의 사상을 먼저 실천하는 셈입니다. 주자(朱子)

는 오랑캐의 침공을 이기기 위해 사상을 열었던 것입니다. 부디 통촉해 주소서!"

말을 마친 선비는 제 머리를 바닥에 찧었다.

"통촉해 주소서! 통촉해 주소서!"

목숨이 끊어질 때까지 그렇게 제 머리를 바닥에 찧었다.

온전한 정신으로는 살아갈 수 없는 미친 세상이었다.

광해는 옳은 말을 들으면 병증이 발동하곤 했다. 아무도 보지 않는 공간에 들어가서 욕지거리를 늘어놓곤 했다. 울분에 찬 독백이었다. 제정신으로는 살아갈 수 없었다. 이가 갈려 견딜 수가 없었다. 저마다 조선을 위기에서 구해 낼 것처럼 떠들던 종자들은 모두 도망치고 없었다. '제왕의 자질' 운운하며 늘 혈뜯을 준비가 되어 있는 인간 종자들이었다.

모조리 잡아다가 능지처참할 것이다!

왕위에 오르기만 하면 패전한 놈들과 자신의 즉위를 반대해 온 놈들의 삼족을 멸할 작정이었다. 하지만 마음을 숨겨야 했다. 그래서 두꺼운 벽으로 방을 만들어 놓고 그 속에서 혼자 미친 듯이 소리를 지르며 분을 풀었다. 화병이 치밀어 올라 견딜 수가 없었다.

광해는 의주까지 올라갔다가 분조(分朝)의 큰 짐을 짊어지고 간신히 강원도 이천에서 분조를 운영하고 있었다. 왕조의 모든 권한을 아버지인 왕 대신 수행하지만 껍데기뿐이었다. 운용할 병력이 있고 자금이 있어야 뭐를 해도 할 텐데 거의 빈털터리나 다름없었다. 게다가 언제 왜적 자객이 들이닥쳐 목에 칼을 들이밀지 모르는 상황이었다.

차라리 의병이 정규군보다 나았다. 당파 싸움으로 밤낮이 모자라던 자들이 전란이 터지자 아무런 대비책을 내놓지 못한 채 서로 먼저 도망칠 궁리만 했다. 입으로만 온갖 방책을 지껄였으나 이치에 합당한 것이 없었다. 당상관입네 조선 제일의 장수입네 하며 스스로를 높이던 자들 가운데 직접 왜적을 막으러 가겠다는 자는 없었다. 어떤 자는 변변찮은 왜국의 군대가 어찌 큰 바다를 건너왔겠느냐며 왜군의 침입 소식을 헛소문이라고 일축했다. 전쟁은 4월 13일에 터졌으나 대궐에 알려진 것은 나흘이나 지난 4월 17일이었다. 경상좌수사 박홍의 장계가 도착한 이후였다. 봉수(烽燧) 제도가 전혀 작동하지 않았다. 봉화를 올리면 열두 시간 안에 대궐까지 보고가 됨에도 불구하고 나흘이나 걸렸던 것이다. 게다가 4월 17일 아침만 해도 그랬다. 전란 소식을 아뢰고자 했으나 임금은 간밤의 주색 놀음에 지쳐서 오후 늦게야 대전에 나왔다.

이일을 순변사로 삼아 급히 병력을 모았으나 장교와 병졸 모두 도망가고 없었다. 군사 훈련을 받아본 적이라고는 한 번도 없는 어중이떠중이가 3백여 명 모였다. 돈 몇 푼을 바라고 몰려든 오합지졸이었다. 이일은 상주로 내려가면서 8백 명을 모았다. 그러나 제대로 싸우지도 못하고 패해 부하들만 모조리 다 죽이고 혼자 도망쳐 살아왔다. 이런 인간이 조선 제일의 장수라니 기가 막힐 노릇이었다.

이일이 패했다는 전갈이 오자 조정은 다급하게 신립을 삼도순변사로 삼았다. 중앙과 지방의 정예병을 모두 동원하고 무기들을 있는 대로 다 꺼내서 신립에게 주었다. 국가 비상연락망에 속하는 말까지 모두 동원하여 3천 필을 만들어 주었다. 대궐을 지켜야 할 무기까지 다 내주었다. 모든 병력을 신립에게 준 것이다. 하지만 왕이 총애하는 셋째아들 신성군의 장인이기도 했던 신립은, 평소에도 성질이 잔인하고 사나웠으며 가는 곳마다 사람을 죽여서 자기 위엄을 세우곤 했다. 아니나 다를까 신립은 조령에 매복해서 왜군을 기습해야 한다는 부하 장수들의 의견을 무시하고 탄금대에서 배수의 진을 쳤다. 조총으로 무장한 왜군을 상대하기에는 매복 기습 작전보다는 기병 작전이 유리하다고 판단했다고 치자. 하지만 무모한 것 아니었나? 급조한 8천 병력으로 조총으로 무장한 고니시가 지휘하던 총 4만 병력을 맞아서 한 번 막고 또 두 번씩이나 막은 것은 잘했다. 싸워 보지도 않고 냅다 줄행랑을 친 얼빠진 장수들에 비하면 훨씬 장한 일이다. 그러나! 그러나, 결국 잘못된 전술로 군마와 병사를 모두 잃었지 않은가? 함께 달천강에 몸을 던져 죽은 김여물과 박안민이 아까울 뿐이었다.

만일, 그럴 리는 절대 없지만 혹 신립이 그 전투에서 이겼다면 그것을 기화로 광해군을 더욱 핍박했을 것이다. 이제 열세 살밖에 안 된 신성군이 세자의 자리에 오르도록 온갖 패악을 저질렀을 인간이다, 하며 광해는 이를 갈았다.

차라리 잘된 일이다!

왕은 또 전투 특히 수전(水戰)에 깜깜한 문신 둘을 군사 요직에 앉혔다. 심충겸을 병조 참의에 앉히고 박충간을 이양원과 함께 한성 방어군 책임자에 앉힌 것이다. 한성을 지키려면 한강과 임진강을 이용할 줄 아는 수전의 명수여야 함에도 멍텅구리들을 선택한 것이다. 이 자들은 싸워 보지도 않고 도망만 쳤다. 상선들과 경기 수사 관할의 배만 끌어다가 강을 가로막고 대포 서너 발만 쏘아도 왜군은 감히 한강을 건너지 못했을 것이다.

한강 방어선과 임진강 방어선이 그렇게 허무하게 무너지다니!

우승지 신잡은 왕이 만일 한성을 떠나면 자결하겠다고 큰소리 쳤으며 수찬(*홍문관의 정6품 벼슬) 박동현은 임금을 태운 가마가 대궐을 나서자마자 가마꾼이 모두 도망갈 것이라면서 한성을 지키자고 했다. 그러나 막상 한성에 왜군이 들어오자 다들 제 한 목숨 건지려고 앞을 다투어 도망갔다. 백성도 미리 알고 도망쳤다. 한성에 남은 사람은 세상 돌아가는 걸 모르는 하층민뿐이었다. 이들이 경복궁을 불태웠다. 장예원의 노비문서도 불태우고 왕실의 물품을 훔쳐 갔다. 용상을 뜯어 갔고 궁궐의 문짝을 뜯어 갔다. 민심이 두려웠던 왕은 이원익과 최홍원을 미리 황해도와 평안도로 보내면서 민심을 무마시키라 했다.

4월 30일에는 새벽에 큰 비가 퍼부었다. 그 비를 다 맞고 몽진 길에 올랐다. 왕과 광해가 말을 탔고 중전은 지붕 있는 가마를 겨우 구해서 탔다. 가마를 탄 중전을 빼고는 모두 그 비를 다 맞았다. 일행은 백 명도 되지 않았다. 초라한 도망길이었다. 그 많던 신하와 궁인과 관노가 모두 어디로 갔는지 보이지 않았다. 벽제관에서 점심을 먹을 때에는 왕과 중전의 수라만 간신히 준비되었고 나머지는 모두 굶었다. 빈(嬪)들은 도중에 가마에서 내려서 걸었다. 가마꾼들이 도망갔기 때문이었다. 몇 남지 않은 궁인의 통곡 소리가 쓸쓸했다. 저녁에 임진강 나루에서 배에 올랐고, 등불 하나 없이 강을 건넜다. 왕은 나머지 배들을 가라앉히고 나루를 끊어 버렸다. 강변의 인가도 철거시켰다. 혹시 왜군이 인가의 기둥을 빼서 뗏목을 만들까 두려워서였다. 강을 건너서까지 왕을 호종한 무리는 겨우 열 명 남짓이었다. 그게 조선의 참 모습이었다. 입만 나불거리는 자들의 나라였다. 임진강을 건널 때 내관들과 궁빈들이 탄 배는 노 젓는 사람이 없었다. 평생 궂은일이라곤 해 본 적이 없는 대궐 안 사람들은 배에 오르기만 하면 배가 저절로 가는 줄 알았다. 어찌어찌해서 동파에 도착했고, 파주 목사 허진이 겨우 임금의 수라를 마련했다. 그러나 하인들이 그 음식을 훔쳐 먹는 바람에 왕은 굶어야 했다. 허진과 파주 관리들은 벌을 받을 게 무서워 도망쳐 버렸다.·5월 1일에 임금의 행차가 개성을 향하여 출발했으나 따르는 사람이 없었다. 경기 감사 권징은 병을 핑계로 나와 보지도 않았다. 도망가는 임금에게 더 이상 충성을 다할 이유가 없었을 터…

광해가 주먹으로 탁자를 내리쳤다, 이것들을 용서하지 않으리라!

평안도 관찰사 송언신은 평양성을 구할 생각은 하지 않고 병력을 구한다는 명목으로 산속에 숨었다가 나중에 나타나 허위 보고를 했다. 좌의정 윤두수는 평양성을 지킬 수 있었음에도 전술을 잘못 써서 평양 군민이 탈출하는 바람에 결국 평양성을 거저 비워 두고 바닷길로 도주했으면서도 육로로 당당하게 퇴각한 것처럼 보고했다.

어찌하다가 조선이 이렇게 무너지고 말았단 말인가!

광해는 장수들의 행적을 낱낱이 기록했다. 의병장들의 만행도 기록했다. 전란이 끝나면 모조리 참수할 생각이었다.

"허 사부, 어찌하다가 조선이 이토록 무너지고 말았단 말이오?"

광해는 허균을 허 사부라고 불렀다. 나이는 비록 허균이 여섯 살밖에 많지 않았지만 광해는 허균을 깍듯이 사부라고 불렀다. 광해는 자주 궁궐 밖 출입을 했고 건천동(*현재의 인현동)의 명문가 자식으로 어릴 적부터 문재가 남달랐고 생각에 거침이 없었으며 교우 관계가 넓었던 허균과 알고 지낸 지는 벌써 오 년이 넘었다. 허균보다 아홉 살이 많지만 동문수학했던 관계로 허균과 가까웠던 이이첨이 나중에 시강원(侍講院) 사서(司書)로 있으면서 세자 광해를 가르쳤던 터라 허균 역시 '사부'라고 불렀다.

"허 사부는 내가 어떻게 하면 좋겠소?"

"세자 저하, 정신을 차리셔야 합니다. 저하께서는 대망을 품고 혁신 정치를 준비하셔야 합니다."

"계속 말씀해 보시오."

"우선 저하의 아바마마이신 임금의 잘못을 똑바로 보셔야 합니다. 지금 전하께서는 민심을 잃고 나라를 무너뜨렸습니다. 저하께서 이 모든 혼란을 바로 잡으셔야 합니다."

허균의 말에 광해가 물었다.

"나더러 모반을 하라는 말이오?"

"나라를 바로잡으시라는 말씀입니다."

"나더러 아바마마인 전하를 밀어내고 왕좌에 오르라는 말이오?"

"이 나라를 바로잡으실 분은 저하뿐이라는 말씀을 드리는 겁니다."

"허 사부는 목숨이 몇 개요?"

허균은 머리를 조아렸다.

"소인의 목숨은 하나밖에 없습니다. 하지만 저하께서 제 목숨을 거두신대도 개의치 않겠습니다."

광해는 한동안 아무 말도 하지 않았다. 말없이 허균에게 술을 따랐고, 허균은 두 손으로 그 술을 받았다.

"내가 어떻게 하면 좋겠소?"

"힘을 기르셔야죠."

"힘을 기른다…"

그랬다. 힘을 기르지 않으면 목숨을 부지할 수 없었다.

아버지가 분조라는 명분으로 자기를 왜적의 총알받이로 내세운 이상, 왜적의 손에 죽지 않기 위해서라도 힘을 길러야 했고, 광해가 왜적의 총알받이가 되어 죽기를 바라는 집단을 이기기 위해서 힘을 길러야 했다. 설령 그게 아버지 왕을 용상에서 밀어내는 길로 나아가는 것이라고 하더라도…

그런데 어떻게?

* * *

8월 말에 경상우병사 김응서가 은 80량과 함께 광해에게 편지를 보내왔다.

--- 세자 저하. 경상 우병사 김응서입니다. 왜인 상인 요시라가 돈을 바치기로, 받아서 보냅니다. 이 왜인들은 대마도 통역관으로 소관과는 오래 전부터 알고 지낸 자들로 특별한 위험이 없는 자들입니다. 이들이 그릇을 사고팔기를 하락해 달라고 하길래, 차후에 이들을 요긴하게 쓸 수 있겠다 싶은 생각으로 이들의 요구를 들어주었습니다.

이 일이 있기 열흘 전에 요시라는 왜인 한 명을 데리고 김응서를 찾아갔다. 김응서와 요시라는 광해가 받은 편지 내용대로 오래 전부터 알던 사이였다.

"어쩐 일이오, 이 험악한 시기에."

"전쟁은 군인이 하는 일이고 저희 같은 사람들이야 남의 일이지요."

요시라는 상인을 한 명 소개시키겠다고 했다.

"소인은 시마즈 사카모토라 합니다."

상인으로 신분을 숨긴 시마즈가 칠곡을 지나오다가 놓쳐 버린 사기장들의 행방과 자기 부하 여섯 명을 죽인 범인을 찾고 있는 줄 김응서가 알 턱이 없었다. 시마즈는 은 100량을 내놓았다.

"장사를 한다면… 무슨 물화를 다루시오?"

"그릇을 사고팝니다. 경상 우도 일대에서 장사할 수 있도록 허가를 해 주십시오."

요시라가 거들었다.

"영감, 이 사람은 그저 상인일뿐입니다. 조선 그릇을 사 모아서

일본에 가서 파는 사람이지요. 간자가 절대로 아니니 조금도 염려
마시옵소서."

"하하, 그게 뭐 어렵겠소?"

김응서는 상인에게 통행증을 써 주고, 그에게서 받은 은 100량
가운데 20량을 따로 떼서 자기 주머니에 챙기고 나머지 80량을
광해에게 보냈다.

— 32 —

대남을 비롯한 형제들이 최종 목적지를 의주로 해서 북쪽으로
올라간 사이, 팽세는 부하 서른 명을 데리고 경상 우도와 전라도
일대를 돌아다니며 왜놈에게 납치될 수 있는 위험 지역의 사기장
과 도기장을 찾아 진주에 데리고 갔다. 그리고 올라가는 길에 경
상도 문경, 상주, 안동 일대도 샅샅이 뒤졌다. 사기장 325명을 찾
아냈고 도기장 150여 명도 파악해 두었다. 남원, 합천, 산청, 하동,
흥양에서 많게는 60명에서 적게는 20명까지 찾았다. 웅천(*현재의
전남 여수시 웅천동), 거제, 고성, 창녕 김해 등지에서도 사기장을 찾
아냈다.

왜의 첩자들이 지나간 곳에서는 이미 많은 사기장이 잡혀 갔는
데, 왜의 납치꾼 시마즈 사카모토는 의병의 기습이 두려워서 산속
깊은 곳으로는 들어가지 않았지만 시마즈에게 끌려 왜로 건너간

사기장은 이미 100명이 넘었다.

팽세는 가마(*자기 굽는 요)를 떠나지 않겠다고 고집을 부리는 사기장들을 미뤄 놓고 우선 108명을 사천으로 데려와 막쇠가 건설 중이던 백토 광산 마을에 이주시켰다. 또 새로 찾은 153명을 사천과 진주로 이주시켰다. 산청에서 백토 광맥을 발견하여 그곳에 도자기마을을 건설했다. 산청의 웅석산 깊은 숲 속에 백토 광맥이 더 발견되었고 그곳에도 마을을 건설했다. 용수와 막쇠가 도자기마을을 건설하고 철통같이 경비를 서 주었다. 이름이 알려진 사기장들은 강화도로 이주시켰다. 막사발과 생활 용기를 만드는 사기장들은 사천에 이주시켰다.

한편 변광조는 의주에서 내려오던 길에 원을 불러서 백로를 만나 백로가 데리고 있는 사기장을 모두 강화도로 데리고 오라고 지시했다. 백로는 종매의 아버지이자 충주를 대표하는 그릇 장수로 충청도의 물화를 충주 가흥포구에서 경강상인에게 넘기는 운송 담당자이기도 했다.

원은 부하 서른 명을 데리고 함께 말을 달려 장호원으로 들어갔다. 도중에 왜군 부대가 다섯 군데나 있어서 요리조리 감시망을 피했다. 왜군 정탐 부대를 만나 작은 접전도 있었지만 큰 위험은 없었다.

내륙의 정세는 균형이 유지되고 있었다. 왜군은 의병의 기습이 두려워 주둔지를 크게 벗어나지 않았고, 의병과 관군도 방패를 들고 다녀서 왜군의 조총을 그다지 두려워하지 않았다.

"백로 형님, 오랜만입니다. 용케 왜놈들을 잘 피하셨군요."

"종매가 왜놈 2백 명가량 땅에 묻었네."

"하하, 대남 형님에게 들었습니다. 종매가 죽을 뻔 한 걸 구해 줬다던데요?"

"까딱하면 하나 있는 아들놈 황천 보낼 뻔 했지. 그래, 슈는 뭐라고 하던가?"

"사기장들을 강화도로 피신시키라고 했습니다. 완성된 물건은 옮기기 그러하니 어딘가에 숨겨 두라 하셨고요."

그렇잖아도 백로는 완성품을 단양의 석회 동굴에다 숨겨 두었다. 하지만 사기장들이 가마를 떠나지 않겠다고 고집을 부리는 게 문제였다.

"안 됩니다. 모두 데려가야 합니다. 왜놈들이 사기장들을 마구잡이로 잡아가고 있습니다. 이번에 1급 사기장들은 내가 모두 데려갈 겁니다. 나머지 분들은 형님이 설득하세요."

백로가 내민 명단에는 양성에 있는 가마의 사기장 이름이 적혀 있었다. 원은 이 명단을 들고 양성 일대의 가마를 뒤져서 모두 100여 명의 사기장과 도사기장을 찾았다. 원은 이들을 태우고 남한강을 타고 강화도로 들어가서 사이온에게 넘겼다. 사이온은 강화도에 사기장의 수가 늘어나자 가마를 더 짓고 제작 설비도 더 늘렸다. 사옹원 도사기장 박평도는 사옹원의 생산 체계를 강화도에 그대로 옮겼고, 전국에서 올라온 사기장들이 저마다 각자의 재주를 다 동원하여 그릇을 만들기 시작했다. 물론, 많은 시간과 많은 노력이 들어간 뒤의 일이긴 하지만…

원은 또 백로의 오랜 소원을 풀어 주었다.

백로는 남한강을 타는 게 필생의 소원이었다. 백로는 경강상인들의 행패 때문에 늘 가흥에서 헐값으로 그릇을 넘겨야 했다. 한성까지 물건을 들고 가기만 하면 많은 이문을 볼 수 있었지만 그렇게해 본 적이 없었다. 한성의 그릇 시장은 경기도 이천의 사기장들과김포의 사기장들이 장악하고 있었고, 모두 경강상인과 시전상인들의 독점 거래에 묶여 제값을 받지 못했다. 경강상인들에게 넘기는가격은 한성 소매가격의 1할에 지나지 않았다. 백로는 충주에서한성에 이르는 상로와 충주에서 평택으로 가는 상로를 확보하고싶었다.

원은 가흥창 옆의 경강상인 도매상과 광주부의 경안역참 옆의도매상을 쳐서 거래망을 완전히 부쉈다. 그리고 남한산 새우고개 앞에 상회관을 짓고 대원 두 명과 백로의 상인을 배치했다. 상회관을고개 중턱에 지은 것은 시야를 넓히고 방어력을 높이기 위함이었다.그리고 남한강을 오르내리며 저항하는 경강상인 수십 명의 목을 잘랐다. 상인을 함부로 죽이지 말라는 변광조의 명이 있었지만, 원은말로는 백로 휘하로 들어가겠다고 해도 행동이나 눈빛이 조금이라도 수상하다 싶으면 배반할 가능성이 크다면서 모두 죽였다. 이런사실을 알고 변광조는 원에게 다시 한 번 더 주의를 주었다.

"수송대로를 운영하려면 사람이 필요하다. 앞으로는 상인을 죽이지 마라."

어쨌거나 백로는 숙원하던 일이 이뤄져서 무척 고마웠다. 흐뭇하기는 변광조도 마찬가지였다. 변광조는 백로의 도움으로 1만 점이 넘는 고급품 자기를 거두어 강화도 창고에 확보했으니…

한편, 종매는 강화도에서 도자기마을을 지키고 살림살이를 책임지는 직책을 맡았다. 하지만 심드렁했다. 앵과 안전한 곳에서 함께 있게 되어 한편으로는 다행이다 싶었지만, 마음 한편에는 전란이라는 역동적인 세상의 물결 바깥에 떨어져 있는 게 아쉬웠다. 격한 소용돌이 시대에 자기가 잘할 일이 있는 게 분명 있을 텐데 섬안에만 갇혀서 지내야만 한다니… 하지만 그렇다고 해서 앵을 강화도에 두고 뭍으로 가기도 찜찜하고 불안했다.

— 33 —

유구에서 염초와 유황을 싣고 거문도로 들어와야 할 배가 들어오지 않고 있었다. 벌써 열흘째 지연되고 있었다. 기상이 특별히 나빠서 뱃길이 순탄치 않았을 수도 있지만 그런 것도 아니었다. 변덕스런 봄 날씨도 아니고 화창한 가을 날씨인데…

'만리가 시간 약속을 어긴 적이 없었는데…'

불길한 예감은 빗나가지 않았다. 유구를 거쳐서 쌀을 싣고 온 섬라 상인이 유구에 심상찮은 변란이 일어났다고 전했다. 해적 집단 가운데 어느 하나가 혹은 여러 곳이 손을 잡고 불가침협정을 깬 게 틀림없었다.

"장형, 그렇다면 어차피 물화도 실어 와야 하니까 돌아가서 깡그리 짓밟고 옵시다."

대남은 벌써 일어서서 출발할 기세였다.

변광조는 대암과 근, 원 형제를 데리고 유구로 갔다.

만리는 왼팔이 잘리고 장딴지가 찢어지는 부상을 입고 누워 있었다.

"형님!"

만리는 변광조를 보고 눈물을 쏟았다.

"완리와 분리는?"

"잡혀갔습니다. 저만 간신히 탈출했습니다. 죄송합니다!"

"완리와 분리는 살아 있나?"

"생사를 모릅니다."

"도대체 어떤 놈들이냐?"

대남과 근, 원 형제가 흥분해서 펄쩍펄쩍 뛰었다.

"복강도의 소요 오사다하로입니다."

"족제비 같이 생긴 그놈 말이야?"

잃어버린 물건은 쌀 2천 석 석유황과 초석 각 3천 근, 황포 3천 필, 배 세 척이었다. 부하 153명도 포로로 잡혀 갔다고 했다. 사상자는 1천여 명이었고, 가옥은 3백 채 가까이 불탔다. 상덕로 왕자는 다행히 멀리 다른 섬에 가 있어서 화를 면했다고 했다.

"복강도 일대에 인구가 얼마나 되나?"

"작은 섬 포함하여 열세 개에 1만 명 정도입니다."

"여자, 노인, 열 살 미만 아이들만 남기고 모두 죽인다. 모든 산채는 불태우고 선박도 모두 불태운다. 배신의 대가가 어떤지 보여 줘야 한다. 고도와 표도에서는 모두 죽여라. 그곳에 거주하는 자들은 왜구 아니면 해적이다."

다음 날 해가 뜨기 전에 출발한 쾌속선 열세 척은 해가 질 무렵에 복강도 근처에 도달했고, 밤이 되기를 기다렸다가 열한 군데의 포구로 흩어져서 상륙했다. 우선 포구에 매여 있는 배들을 모두 파괴했다. 선창으로 숨어들어 부두에 세워진 건물을 파괴했다. 열한 곳의 포구에 내린 변광조의 부하들이 섬 안으로 진입하여 닥치는 대로 파괴하고 불을 지르고 죽였다. 그들이 지나간 자리에는 사람이든 짐승이든 목숨이 붙어 있는 것은 아무 것도 없었다.

변광조는 오사다하로의 근거지로 쳐들어갔다. 오사다하로의 부하 수십 명이 떼를 지어 대적했으나 목이 잘리고 몸통이 잘리고 다리가 잘린 채 나뒹굴었다. 변광조의 쌍장검이 바람을 가를 때마다 무수한 목이 떨어져 수풀 속으로 굴러갔다. 추호의 자비심도 없었다. 오사다하로의 본거지 산채가 눈앞에 보였고, 마침내 오사다하로가 모습을 드러냈다. 오사다하로가 고함을 질렀다.

"변광조! 오늘이 네 장삿날이구나. 이날이 오기를 고대했다. 네가 그동안 우리의 앞길을 얼마나 막아 왔는지 아느냐?"

"네 이놈, 내 동생들은 어디 있나?"

"한 놈은 말을 안 듣길래 배를 갈라 바다에 던졌고, 한 놈은 인질로 잡고 있다."

"이노옴!"

변광조는 살이 푸들푸들 떨리는 것 같았다.

"지금 여기에서 물러간다면 살아 있는 놈은 풀어 주겠다, 어떠냐?"

하지만 오사다하로의 목소리는 떨고 있었다. 죽음을 예감했을 것이다.

"한 놈도 남기지 말고 모조리 죽여 주마!"

변광조가 무리를 향해서 달려들었고, 그의 칼이 춤출 때마다 오사다하로 부하들의 목이 잘리고 팔이 잘리고 또 목이 잘렸다. 철퇴를 휘두르던 남자의 팔이 잘리면서 철퇴는 주인의 정강이뼈를 으스러뜨렸다. 칼이 춤추며 바람을 가를 때마다 처절한 비명이 터져 나왔다. 마침내 잔인한 복수의 칼이 오사다하로의 목을 베었고, 잘린 머리가 땅에 떨어져 호박 깨지는 소리를 냈다. 오사다하로의 머리는 장대에 꿰었고 복강도의 모든 것이 불길에 휩싸였다. 완리는 살아 있었지만 분리는 어디에서도 찾을 수 없었다.

고도의 다섯 개의 섬도 불탔고 잔인한 살육이 벌어졌다. 뒤이어 표도 역시 마찬가지 운명을 맞았다. 오사다하로의 무모한 도전으로 복강도 인구는 1만 명에서 5천 명으로 줄어들었다.

이 참혹한 소식이 나머지 해적들에게도 전파되었다. 이들은 오사다하로의 배신에 가담하지 않은 것은 천만다행으로 여겼다. 하지만 중국 연안과 큐슈의 해적들은 지옥의 소식을 미처 듣지 못한 상태에서 지옥을 맞았다. 이들 두 곳에서 합계 1,300명이 죽었다. 이들은 변광조와의 협정을 깨고 오사다하로의 습격에 동조했기 때문이었다. 배신에는 철저한 응징이 따른다는 교훈을 깨달았지만 너무 늦었다.

변광조가 다시 사랑도로 돌아간 것은 한 달 만이었다.

— 34 —

광해에게 왕이 보낸 내관 윤상시가 찾아왔다.

"전하께서는 '나는 명으로 갈 테니 분조를 이끌고 적을 물리친 후에 귀국을 요청하면 다시 돌아올 것'이라 하셨습니다."

광해는 절대 불가한 일이며 자기가 아비를 구하고 조선을 구할 것이라 장담했다.

"전하께서 압록강을 건너면 그날로 왕실은 무너지고 말 것이라고 전하시오."

그런데 만일 평양성에 있는 고니시가 성을 나와서 왕을 잡겠다면서 의주로 향할 경우, 왕은 명나라가 아무리 까다로운 조건을 붙이며 오지 말라고 해도 그리고 아무리 조정 대신이 말린다 하더라도 그리고 또 백성의 돌팔매를 맞는 한이 있더라도 압록강을 건너겠다는 고집을 꺾지 않을 터였다. 아버지는 충분히 그럴 수 있는 사람이었다. 어쩌면 광해에게 분조를 맡길 때부터 그런 계산을 했을지도 모르는 일이었다. 생각할수록 아버지 이연은 무서운 사람이었다. 그러니 어떻게든 고니시를 평양성에 묶어 두어야 했다. 그래야 그나마 왕을 의주에 머물게 할 수 있었다. 만일 왕이 명나라로 들어갈 경우 민심은 물론이고 사대부까지도 왕실에 등을 돌릴 게 뻔했다. 이렇게 되면 신성군을 중심으로 모여 있는 조정 대신들을 견제하는 것만도 힘겨운 일인데 사대부 전체와 민심을 돌리는 일까지 떠안아야 했다. 그 모든 것을 감당하기에는 아직 힘이 부족했다. 그렇게 될 경우 일이 장차 어떻게 전개될지 가늠도 할 수 없었다. 그렇기에 광해로서는 고니시를 무슨 일이 있어도 평양성에 묶어 두어야 했다.

8월 7일, 광해는 평양성 근처에 나와 있던 왜군을 공격하고 평양성을 포위한 뒤 신기전 2백 발을 성안으로 쏘고 퇴각했다. 이렇게 광해는 평안도 황해도 경기도를 휩쓸고 다녔다. 임금이 고니시의 위협으로 의주에서 명으로 건너가려고 하니 이것을 막기 위해 백골이라도 바쳐야 한다고 외쳤다. 한편으로는 고니시의 북진을 막고자 하는 허장성세의 위협이었고, 또 한편으로는 조선 왕실이 여전히 건재함을 알리고자 하는 선전이었고, 또 다른 한편으로는 세자 광해군이 실질적으로 국왕의 역할을 하고 있음을 세상 사람들에게 알리고자 하는 선전이었다. 일석삼조인 셈이었다.

고니시, 구로다, 가토의 협공을 받을 수 있는 위치에서 왜군의 결합을 끊는다는 전략은 모험이었다. 하지만 광해가 감행한 이 모험은 상당한 효과를 거두고 있었다. 고니시는 습격이 두려워 평양성을 나서지 못했고, 백천의 구로다 나가마사는 처음 겪는 가을 추위에 당황했다. 솜옷을 미처 준비하지 않았기 때문이었다. 얼어 죽을까 두려워 전진하길 꺼렸다. 봉산과 백천의 왜군 진영도 광해의 허허실실 전술에 놀아나 밖으로 나오지 못했다.

광해는 자객을 피하기 위해서 변장을 하고 다니며 이곳저곳에 출몰해서 고니시의 정탐을 혼란시키느라 바빴다. 소수의 병력을 자주 움직여서 허장성세를 보여야 했기에 늘 피곤했다. 어떤 날에는 하루 2백 리를 이동하기도 했다.

하지만 이런 노력 덕분에 의병 모집이 순조로웠다. 광해 휘하에 의병과 관군은 14,500명이나 모였다.

병력이 모일수록 해결해야 할 문제도 그 만큼 커졌다. 군량과 자금 문제였다. 허장성세의 위협 전술을 구사하려면 포수를 사서 저격수로 보내야 했는데, 명사수를 모집하는 데 많은 돈이 들었다. 포수 1인당 은전 열 량씩은 주어야 했다. 그러다 보니 군자금으로 지고 나온 돈이 두 달이 안 되어 바닥을 드러냈다. 광해의 속은 새까맣게 타들어 갔다. 전쟁의 양상도 바뀌었다. 전쟁을 수행하는 힘은 애국심도 충성심도 명예욕도 아니었다. 돈이었다. 의병장들이 아무리 충의를 말해도 돈이 없으면 의병을 유지할 수 없었다. 허장성세 전술이 고니시에게 언제까지 통할지도 모를 일이었다. 백곰이나 장세량 같은 거부의 상인에게 돈을 빌리려고 했지만 이들은 어디에 숨어서 납작 엎드렸는지 찾을 길이 없었다. 장사꾼들이니만큼 돈이 지나가는 길목에 있을 것임은 분명했지만, 그게 어디인지 짐작할 수 없었다.

상인을 자기편으로 끌어들여야 했다. 여기에 자기 운명이 달려 있음을 광해는 잘 알았다. 하지만 늘 그렇듯 상인은 미꾸라지 같은 존재였다. 잡았다 싶어도 이문을 좇아서 언제 달아날지 모르는 족속이었다. 예전에는 뻔질나게 얼굴을 디밀던 백곰이나 장세량 같은 상인이 흔적도 없이 숨어서 나타나지 않는 것만 봐도 알 수 있었다.

"세자 저하! 한성과 경기의 상황을 보고할까 합니다."

강돌천과 이충이었다.

"그리고 강화에 정체를 알 수 없는 상인 집단이 들어와 상주하고 있다 합니다. 이들은 수십 척의 배를 움직이는데, 왜군도 이들의 배는 공격하지 않습니다. 심지어 왜군에게 쌀과 화약을 판다고 합니다."

정체를 알 수 없는 상인 집단?

짚이는 데가 있었다. 의병장 이옹이 송천에서 만났던 놈! 이옹에게 치욕을 안겨 주었던 놈! 임금을 죽이라는 말을 태연하게 했던 바로 그놈! 관군과 의병군의 1천 병력을 보고도 눈 하나 깜박하지 않았으며 무시무시한 대포로 무력 시위를 하던 그 처죽일 놈!

…그놈일지도 모른다. 그랬다, 윤상시도 '의주에서 쌀을 팔고 간 외국 상인을 잡아 능지처참하라'는 왕의 특별 명령을 전하지 않았던가.

이이첨이 병사 서른 명을 이끌고 그 상인 집단의 우두머리를 잡아 오겠다고 했다. 이이첨이 직접 나선 건 충성심을 과시하고 싶기도 했지만, 다른 한편으로 상인을 잡아 족쳐서 돈을 빼낸 다음에 얼마간 빼돌릴 속셈이 있었기 때문이다. 광해는 만일 자기 추측이 맞는다면 서른 명으로는 어림없을 테지만 모른 척 내버려 두었다.

이이첨이 경기수사 최호를 찾아가서 광해의 명령을 전달하며 병력 지원을 요청했다.

"강화를 점령하고 있는 외국 상인이 왜군에게 화약을 팔았다 하오. 그를 잡아 오라는 명령입니다."

최호는 시큰둥했다.

"현재 강화도에는 의병들이 4천여 명이나 들어와 있소."

김천일의 군대였다.

"강화도에 의병이 이렇게 많이 있는데 따로 군대를 동원하여 누굴 친단 말이오? 현감이 아직 임명되지 않았고, 배도 없소이다."

"어선을 빌려야지요."

"아무튼 소장의 병력에서는 한 명도 뺄 수가 없소. 정 병력이 필요하다면 김천일 장군을 찾아가서 지원받으시오."

이이첨은 김포 만호에게서 병력 1백 명을 충원해서 강화도로 건너갔다. 강화도에서는 여기저기 마을이 새로 조성되고 있었고, 곳곳에 작은 성과 포구가 지어지고 있었다.

현청 건물에 들어가니 마당에 잡초가 무성하고 문짝이 바람에 덜커덩거렸다. 탐문해 보니 상인 대부분은 한 달쯤 전에 어딘가로 떠났고, 성을 지키는 민병대가 있긴 하지만 상소와 직접 연관은 없는 것 같다고 했으며, 상소 안에는 상소장인 아와지와 유구 상인 몇 명만 있다고 했다.

이이첨은 병사들을 이끌고 읍성 안으로 들어갔다. 읍성은 한창 건설 중이었고 상회관과 시장은 깨끗한 새 건물이었다. 상회관 앞에서 이이첨이 소리쳤다.

"아와지는 나와서 명을 받아라!"

잠시 후 아와지가 나왔다. 그리고 그 뒤로 무불리와 사이온이 뒤따랐다.

"나는 세자 저하의 직속부대 참모장이다. 네가 이 상회관의 책임자 아와지냐?"

"그렇습니다."

"왜군에게 화약을 판 게 사실이냐?"

"모르는 일입니다."

"말로 해서는 안 될 모양이구나, 체포하라!"

병사 몇이 오랏줄을 들고 아와지에게 다가서자 사이온이 앞으로 나서며 팔짱을 꼈다. 그러자 이이첨이 고함을 질렀다.

"어명을 받들고 온 관리에게 이게 무슨 짓이냐!"

"이곳은 이제 슈 아키다로의 땅이 되었으니 더 이상 가타부타 하지 말고 돌아가시오."

"왜적이 날뛴다고 감히 상인 따위가 덩달아 날뛰느냐? 계집이면 계집답게 조신하게 살림이나 할 일이지 원…"

그러자 사이온이 병사들 사이를 가로질러 뚜벅뚜벅 걸어가 이이첨 앞에 섰다. 이이첨은 흠칫 놀라 뒷걸음질을 쳤다.

"뭐라고 하셨소?"

이이첨은 지지 않고 대꾸했다.

"계집이면 계집답게…"

이이첨은 말을 채 맺지 못했다. 사이온이 이이첨의 따귀를 갈긴 것이다. 이이첨이 나동그라지고 병사들이 칼을 빼들었다. 그 순간 사이온의 칼과 발길이 허공에서 춤을 췄고, 네 명이 쓰러졌다. 남은 병사들이 얼어붙었다. 일어나려던 이이첨은 그 광경에 놀라 다시 뒤로 자빠졌다. 사이온이 이이첨의 얼굴을 밟고 말했다.

"한 번 더 지껄여 보시지."

사이온의 칼끝 아래에서 이이첨은 공포로 부들부들 떨었다. 이때 무불리가 나섰다.

"사이온, 굳이 죽일 필요까지는 없다."

그러고는 이이첨에게 말했다.

"광해에게 전해라. 슈 아끼다로의 땅에 접근하지 말라 이르라. 이 말을 듣지 않으면 우리가 직접 모가지를 자르러 가겠다고."

이이첨이 혼쭐이 나서 돌아간 뒤에 무불리가 근심스럽게 물었다.

"사이온아, 이이첨은 광해의 참모인데, 그렇게 두들겨 패고 모욕을 줬는데, 광해가 보복을 하러 오지 않을까? 대책이라도 세워야 하지 않을까?"

그러자 사이온은 깔깔 웃으면서 대답했다.

"호호호, 오라버니답지 않게 왜 그래요?"

광해가 강화도로 접근하려면 육로나 해로를 이용해야 하는데, 육로를 거쳐서 강화도가 보이는 땅 끝까지 오려면 도중에 왜군 부대 네 곳을 거쳐야 했으니, 굳이 그런 위험을 불사할 가능성은 많지 않았고, 그렇다고 해로로 오는 건 불을 보고 뛰어드는 불나방의 무모한 용기나 마찬가지 아니겠느냐는 것이었다.

무불리는 사이온이 비록 어리고 여자지만 세상을 바라보고 전

세를 파악하고 눈이 어느새 자기보다 더 높아졌다는 사실에 새삼
놀랐다.

한편, 강화도에서 돌아간 이이첨에게서 보고를 받은 광해는 정
신이 아뜩했다. 혹시나 하던 기대도 무너졌다.

슈 아끼다로…

송천에서 우연히 만났던 그 자, 자기를 상인이라고 소개했던 그
자, 왕실을 더러운 벌레 보듯이 하는 족속이었다. 왕조를 이어가려
면 도저히 한 하늘을 이고 살 수 없는 족속이었다. 반드시 처단해
야 할 집단이었다. 광해는 입술을 깨물었다. 그리고 허균을 불렀다.

'허 사부라면 묘책을 가지고 있을지 모른다.'

— 35 —

강화의 상소장은 아와지였지만, 사이온을 키우겠다는 상덕로
왕자와 변광조의 의도대로 사이온은 아와지 곁에 붙어서 일을 빠
르게 배웠으며, 언제부터인가 사이온이 실질적인 상소장 역할을 했
다. 아와지로서도 강화 상소를 사이온에게 맡기고 하루빨리 유구
로 돌아가 상덕로 왕자를 도와야 했기에 자기가 알고 있는 모든
것을 사이온에게 전수하려고 노력했고, 사이온은 아와지가 가지고
있던 상업의 원리와 자잘한 수완까지도 솜이 물을 빨아들이듯이

습득했다.

사이온은 아와지를 거들어서 장산곶에 거점을 세우고 벽성반도 안에 도자기마을을 만들어 연결시켰다. 예성강 입구에도 상소 거점을 세웠다. 이렇게 해서 강화도의 남쪽과 북쪽 양 통로를 완전하게 장악했다. 요컨대 한강으로 들어가는 물류를 모두 장악할 수 있게 되었다.

강화 도자기마을의 구조는 작은 도시 같았다. 바깥으로 어른 키보다 높게 성벽을 쌓아 안전한 거주지를 만들었고 가마 서른 개를 세웠다. 가마마다 사기장을 열두 명씩 배치했다. 잡역부 서른 명까지 포함하면 가마 하나에 쉰 명이 넘는 인원이 매달렸다. 성 앞에는 가게를 열어 그릇을 포함해서 여러 가지 물품을 팔았다. 가게가 점점 많아지면서 성 앞에 점촌(店村)이 형성되었다. 강화 주민과 김포 주민이 건너와 상점을 열기도 하고 생선이나 조개를 팔기도 했다.

사이온은 또 포구에서 가마까지 평평한 도로를 건설했다. 사천에서 가지고 온 백토를 들여가는 길이자 완성품 그릇을 포구로 안전하게 내가기 위한 길이었다. 마을 내 가구 수는 2천 정도였고, 사기장과 이들의 가족만 해도 천 명이 넘었다. 창고도 여럿 지었다. 무기를 만드는 대장간과 방앗간도 세웠다. 누가 지으라고 한 것도 아닌데 부속 건물이 빽빽하게 들어섰다. 주민들이 스스로 만든 것들이었다.

가마 주변에 부대시설도 많이 지었다. 청자의 경우, 24개 공정이 필요한데, 가마 주변에 공정 설비가 죽 연결되어 있어서 생산

과정에는 막힘이 없었다. 가마 하나에 들어가는 그릇의 양은 300점 정도였다. 한편 백자의 경우에는 20여 개의 공정을 거치는데, 청자보다 고온에서 구워지기 때문에 땔감이 많이 필요했다.

9월 중순에 백로가 충주에서 사기장 1백여 명을 데리고 왔다. 백로가 거래하던 사람들로 믿을 만한 솜씨를 가진 장인들이었다. 이들을 위해 새로 가마 스물다섯 개를 고려산과 혈구산 중턱에 지었다. 전국에서 올라온 사기장들은 거주지가 깨끗하고 대우를 잘 해주니 만족했다. 강화 상소는 이들에게 사천에서 올라온 백토를 배분해 주고 그릇을 만들게 했다. 사기장들은 가마를 다스리기 위해 각자 가마 앞에서 고사를 지내고 그릇을 만들기 시작했다. 그들은 모두 연토(반죽 작업)가 끝난 백토에 크게 만족했다. 그릇 제작은 빠르게 이루어지고 있었다.

9월 중순 이후로는 강화도로 사람들이 많이 건너왔다. 간자를 가려내는 일도 거의 불가능해졌다. 정체가 의심스러운 사람이 있어도 증거를 확인할 수는 없었다. 특히 밤에 문수산 쪽에서 건너오는 사람이 많았다. 이들을 사로잡아 심문하면 뻔한 대답이 돌아왔다. 간척 공사장에서 일당을 많이 준다기에 돈을 벌러 왔다는 것이었다. 이들 가운데 태반은 광해가 보낸 병사들이 분명했지만 사이온은 크게 개의하지 않고 이들을 간척지 공사장으로 보냈다.

"석모도와 송가도(*현재의 강화군 삼산면 상리·하리 지역)를 연결해서 메우면 육지로 보내 주겠다."

한 달 공임은 은 1량으로 정했다. 명나라 군대의 병졸이 한 달에 은 2량을 받았고 장교가 10량을 받은 것과 비교하면 포로 치고는 괜찮은 돈벌이였다. 게다가 목숨을 걸고 전투를 해야 할 일도 없었으니⋯ 탈출을 시도하다 잡힌 사람은 가차 없이 처형되었기에, 포로들은 그저 돈을 모으는 재미로 묵묵히 일만 했다. 잠입한 뒤에 다음 명령을 기다리라는 지시는 까맣게 잊었다.

강화도 안은 이런저런 공사로 번잡했지만 주민의 얼굴에는 생기가 돌았다. 상소 안에서 일자리를 얻을 수 있었고 쌀이 없으면 아와지에게 말하면 되었다. 강화 상소는 강화 원주민에게는 쌀을 공짜나 다름없는 가격으로 나눠 주었다.

한편, 행방이 묘연하던 백곰은 강화도의 코앞인 김포의 문수산에 숨어 있었다. 백곰은 우키타 히데이에의 왜군이 한성을 점령하고 물자를 통제하고 소매상과 중간 도매상들이 대부분 도망친 바람에, 손발이 묶여 버려 모든 거래를 접고 피해 있었던 것이다. 처음에는 개화산에 숨었다가 여차하면 강화도로 건너갈 요량으로 문수산으로 은거지를 옮겼다. 변광조를 확실하게 믿지 못했기에 강화도 코앞에서 여태껏 지켜보고 있었던 것이다.

하지만 찬과 기의 정보망은 이런 사실을 알아냈으며 무불이 그를 강화도로 데리고 들어왔고, 아와지와 사이온이 백곰과 마주앉았다. 아와지는 주로 지켜보기만 했고, 말은 주로 사이온이 했다.

"그렇게 종적을 감추시면 어찌합니까? 찾느라 얼마나 고생했는지 모르실 겁니다."

사이온이 들쭉꽃잎을 띄운 차를 내놓았다.

"강화에서 만든 찻잔입니다."

백곰이 찻잔을 들고 한참동안 바라보았다.

"강화도 사기장의 솜씨가 훌륭하군."

"가마 수십 기를 만들고 있고, 한 번에 모두 1만 3천여 점이 나옵니다."

"대단하군."

"아직은 계획입니다만, 문제는 팔 곳이지요. 분청사기는 조선이나 일본에 팔아야 하고 청자와 백자는 서양에 팔 겁니다. 영업망은 곧 복구할 겁니다."

"내게 원하는 게 뭔가?"

"한성이 수복되었을 때 왕실과 궁의 살림살이에 우리 쪽 사람을 넣어 주는 작업입니다."

"음. 알겠네. 그건 내가 적극 돕겠네."

명나라 군대가 압록강을 건너서 본격적으로 전쟁에 뛰어든다면, 군량이 부족한 왜군은 철수를 하거나 적어도 경상도로 후퇴를 할 수밖에 없는 처지임을 백곰도 잘 알고 있었다.

"두 번째는 한성의 상업지 요처를 선점하는 일입니다. 땅을 선점해야 길을 열 수 있습니다."

"그러니까, 이 강화에서 만든 도자기들을 한성에 팔 수 있도록 도소매점을 열어 달라?"

"그렇습니다."

"그건 돈만 있다고 되는 일이 아닌데…"

"알고 있습니다. 그래서 전란을 틈타 거점을 만들려는 것입니다."

"시전의 자기점을 꺾어야 하는데… 무엇보다도 상인조합을 설득해야 하네."

"한성이 수복될 때까지 어르신의 상권을 확장하십시오. 소매상을 넓혀가는 작업을 계속 하셔야 합니다. 저희도 한성에 소매점을 수십 곳 설치할 생각인데 도와주시고요."

기존 상점을 흡수하거나 상점이 없는 곳에는 상인을 보낼 것이라는 말도 했다. 인구가 5천 명 넘는 군현에는 그릇을 파는 상점이 있어야 하며, 어차피 은전이 없는 사람들은 쌀을 가지고 그릇을 바꾸어 갈 터이니, 이 상점을 통해서 쌀도 팔 것이라고 했다. 간척 사업을 마무리하면 쌀 3만 석 이상을 시장에 내놓을 수 있을 것이라는 말도 했다.

백곰이 고개를 주억거렸다.

— 36 —

가릉포구 간척 사업을 위해 사이온은 육지에서 건너오는 일꾼들을 계속 받아들였다. 해산물이 풍부하게 산출되는 가릉포는 작은 배들이 자꾸 접근해서 섬을 방어하는 차원에서는 문제가 많은 곳이었는데, 그곳을 메워 농토도 만들고 방어 문제도 해결하는 일석이조의 효과를 노린 것이다. 간척 사업을 마치면 250만 평 정도의 새로운 땅이 생길 터였다. 김포 일대의 농민뿐만 아니라 충청도와 경기도, 그리고 황해도 해안가에서 일거리 없이 빈둥거리다가 해적질에 가담했던 사람들도 소문을 듣고 찾아왔다. 2천여 명의 일꾼들이 하루에 두 자씩 바다를 메워갔다. 가릉포가 서서히 뭍으로 바뀌었다.

그런데 이 사업장에 돋보이는 사람이 하나 있었다. 이십 대 중반밖에 되지 않았음에도 작업을 효율적으로 지시했고, 또 그의 말을 일꾼들이 잘 따랐다. 그래서 이 사람이 맡은 작업지는 다른 곳보다 작업 진행이 빠르고 흙다짐도 단단했다. 이를 눈여겨본 사이온이 그 사람을 불렀다. 김포 말죽마을에 살았던 이세현이라고 했다. 성령대군의 서출 후손으로서 김포에 살다가 몇 달 전에 왜놈들에게 일가족을 잃었고, 돈을 벌려고 왔다고 했다. 남들보다 일을 잘하는 까닭은 김포에서 저수지를 만들어본 경험 덕분이라고 했다. 사이온은 가릉포를 다 메우면 상금으로 1백 냥을 주겠다고 약속하고 그를 작업반장에 임명했다.

이세현은 예상보다 한 달이나 앞질러 자기에게 주어진 작업을 완수했다. 사이온은 이세현의 능력을 높이 사서 그의 작업 방법을 다른 작업반장들에게 교육하고 더욱 효율적으로 간척 작업을 진행하게 했다. 이세현은 관리 능력도 출중했다. 사이온은 그에게 다른 일을 맡겨 보고 싶었다.

"무슨 일이든 열심히 하겠습니다만, 자기를 만드는 법을 배울 수 있으면 좋겠습니다."

"사기장은 재주를 타고나야 한다고 들었는데… 일단 도자기 생산 관리를 맡으시오. 이곳에는 예순여덟 기의 가마가 있는데, 여기에서 나오는 제품의 종류와 산출량을 기록하고 창고에 안전하게 이관시키는 일이오. 시간이 나면 틈틈이 도예 기술을 배워도 좋소."

이세현은 모든 일을 빈틈없이 처리했다. 열 개가 넘는 관리 장부를 정확하게 관리했고, 가마별 및 사기장별 업적과 생산물을 일목요연하게 정리했다. 무슨 일이든 수완 좋게 해결하고 가마 관리도 수월하게 했다. 또 그는 기계 장치에도 재주가 있었는데, 그가 발명한 쌍둥이 풀무와 바퀴를 달아서 사람이 앉은 채로 위치를 옮길 수 있는 바퀴 달린 의자는 모든 가마에 보급되었다.

종매는 이세현이 가마를 돌며 업무를 보는 모습을 볼 때마다 기분이 나빴다. 딱히 이세현과 부닥칠 일이 없었는데도 그랬다. 굳이 마음에 들지 않는 구석이라면 잘 웃는다는 점, 그리고 두 눈이 뱀눈처럼 반들거린다는 점이었다. 특히 앵이 바퀴 달린 의자에 앉은 채로 휭하게 뒤로 이동해서는 반들거리는 얼굴로 미소를 짓는 이세현과 뭐라고 말을 주고받을 때에는 더욱 더 기분이 더러웠다.

앵은 그릇을 만드느라 하루 종일 가마 옆의 작업장에 눌러 붙어서 물레를 돌리고 그릇의 모형을 성형했다. 이세현도 앵 곁에서 잔심부름도 하고 흙을 옮겨 주며 앵 만큼 바빴다. 서른 가지 공정을 다 배우는 데 얼마나 시간이 걸릴지 몰랐지만 군말 없이 순종했다. 앵보다 열 살은 더 되었지만 앵을 철저하게 상전으로 모시며 군말 하나 없이 순종하며 모르는 일을 하나씩 배웠다. 도예 기술을 배우겠다는 무서운 집념이었다. 하지만 앵은 기본 성형이 끝나면 초벌구이를 하고 재벌구이 이전의 가장 중요한 공정의 작업은 보여주지 않았다. 최종 작업의 산물도 보여주지 않았다.

앵은 여전히 바쁘게 뭔가를 만들고 있었다. 물레 앞에 앉은 앵의 손이 어찌나 기묘하게 움직이는지 잠깐 사이에 그릇 하나가 뚝딱 만들어졌다. 틈틈이 흙을 물에 개어 색깔을 보기도 하고 화로 위에 올려놓고 입 바람을 불었다. 그러다가 이번에는 도가니에 금속 덩어리를 넣고 풀무로 바람을 불어 넣었다.

"앵아."

앵이 휙 돌아보면서 미소를 지었다. 하지만 그것도 잠깐뿐 다시 고개를 돌렸다.

"잠깐만, 지금 막 녹이는 중이니까 오라버니가 가서 차 좀 끓여."

종매가 놋주전자에 물을 부어 화로에 올렸다.

"앵아, 넌 여기가 마음에 드니?"

"대만족."

앵이 녹은 금속을 주물사에 쏟아 주형틀 속으로 흘려 넣고는 의자를 굴려서 종매에게 다가 왔다.

종매가 찻잔을 건넸고 앵이 음미하면서 한 모금을 마셨다. 그런 앵을 종매는 가만히 바라보았다.

"왜?"

"…"

"왜 그래?"

"아무 것도 아니야."

하고 싶은 말이 분명 있긴 한데, 그것도 많은데, 도무지 그게 무슨 말인지, 어떻게 말을 꺼내야 할지 몰랐다.

앵이 일부러 목소리를 낮추고 물었다.

"하고 싶은 말이라도 있어? 해 봐."

"어… 이세현이 어덯어?"

앵이 입을 삐쭉하며 돌아서자, 종매는 머쓱하게 찻잔을 내려놓았다. 앵이 다시 팩 돌아서서 물었다.

"이 집사장은 왜?"

그때 이세현이 '사기장님!' 하고 큰소리로 부르며 들어왔다. 백토 한 덩이를 안고 있었다. 그 순간 종매는 자기가 하고 싶었던 말이 무엇인지도 잊어버렸다.

— 37 —

10월 9일, 광해는 봉산과 백천의 왜군을 고립시키기 위해 의병 매복조를 편성해서 보냈고, 구로다 나가마사를 고립시키는 데 사실상 성공했다.

전쟁이 길어지자 관군보다 의병의 활용도가 더 높았다. 의병은 돈만 주면 수월하게 임무를 부여할 수 있었다. 돈이 곧 무기였지만 이 돈이 문제였다. 화살 하나를 마련하는 데에도 돈이 들었으니, 은전을 주어 스스로 사서 해결하게 했다. 군량 마련은 늘 고역이었다. 날은 점점 추워지고 있었고, 솜을 구하지 못해 병사들은 추워서 움직이지 않았다. 은광을 찾고 있었지만 여의치 않았다.

광해의 전략은 세 가지였다. 첫째, 평양성을 포위할 것. 둘째, 겨울이 올 때까지 시간을 벌 것. 셋째, 왜군 부대를 고립시킬 것. 하지만 이렇게 하려면 허장성세를 부릴 병력과 유능한 저격수가 필요했다. 이들을 지속적으로 확보하려면 돈이 있어야 했다. 관노의 경우 은전 한 닢, 포수에게는 은전 두 량, 자객에게는 은전 열 량이 들어갔다. 의병 4천 5백 명을 유지하는 데 드는 군량미는 한 사람이 하루에 다섯 홉을 먹는다고 치면 하루에 스물다섯 가마였다. 하지만 자금은 거의 바닥이 난 상태였다. 백곰과 장세량을 찾았지만, 백곰은 유구 상인 슈 아키다로의 손 안에 들어갔다고 했고, 장세량은 어디에 숨었는지 아니면 죽었는지 끝내 찾을 수 없었다.

어떻게든 백곰에게서 돈을 뜯어내어야 했고, 그렇다면 유구 상인을 완전히 적으로 돌릴 수는 없었다. 어떤 식으로든 손을 잡아야 했다. 조정이 백곰에게 시전 영업권과 염상 독점권을 쥐어줬으니 이것을 지렛대로 삼아야만 했다.

"허 사부의 생각은 어떻소?"

허균은 미리 준비라도 한 것처럼 명쾌하게 답변을 내놓았다.

"저하께서는 두 개의 가면을 그때그때 필요할 때마다 쓰셔야 합니다. 하나는 사대부들과 전국의 의병장들의 지지를 받는 가면이고 다른 하나는 슈 아키다로의 협조를 얻는 가면입니다."

"두 개의 가면?"

"대의명분을 앞세워 전란을 수습함으로써 사림의 지지를 받으셔야 하고, 유구 상인이 반길 흥상(興商) 정책을 어느 정도 수용하셔야 합니다. 이 양쪽의 지지를 모두 받아야만 대망을 이루실 수 있습니다."

"왕실을 개돼지 보듯 하는 무리와 손을 잡으란 말이오?"

"그 자는 돈을 버는 게 목적인 상인입니다. 그 자가 왕이 되겠다고 나서지 않는 한 저하의 적이 아닙니다."

광해는 한숨을 길게 쉬었다.

"그 자를 저하의 친구로 삼아야 합니다. 적으로 생각하지 않겠다는 신호를 계속 보내야 합니다. 제가 그 자들을 한번 만나 보고 오겠습니다."

며칠 뒤 허균은 강화도로 들어갔다. 김포에서 배를 타고 초진으로 가서 백곰의 마중을 받았고, 잠시 뒤 허균과 사이온이 마주 앉았다. 마침 변광조가 강화도에 없었는데, 사이온은 아와지더러 허균을 만나게 할 수도 있었지만 굳이 자기가 직접 만나겠다고 했다. 어차피 강화의 정치 군사적인 부분을 실질적으로 지휘하는 사람이 자기인 만큼 중간에 아와지를 둬서 광해와 자기들 사이에 쓸데없는 오해가 생기지 않도록 하겠다는 마음이었다. 이런 사이온을 무돌이 놀렸다.

"사이온아, 너 혹시 저 준수한 선비가 마음에 들어서 그런 건 아니고?"

아닌 게 아니라 허균은 준수했다. 이목구비보다도 특히 커다란 눈에서 뿜어 나오는 눈빛이 예사롭지 않았다.

"소생 허균이라고 합니다."

지난번에 왔던 이이첨처럼 거만하지도 않았고 눈동자를 쉬지 않고 굴리면서 눈치를 보지도 않았다. 두 눈썹을 위로 둥그렇게 치켜들고 미소를 지으며 상대를 바라보는데, 그렇잖아도 큰 눈이 더욱 크게 보였다.

"큰오라버님이 자리를 비워 막내인 제가 저하의 말씀을 받게 되었습니다."

"전란 중에 예를 다 차리기는 어렵지요."

허균도 자기를 맞는 유구 상인의 대표가 여자, 그것도 자기보다 두세 살 정도 어린 나이, 그러니까 이제 갓 약관을 지난 나이라는 사실에 적지 않게 놀랐다. 하지만 상대에서 풍기는 기운과 기품은 예사롭지 않았다. 이이첨의 따귀를 때려 넘어뜨리고 얼굴을 발로 밟은 여자라고 들었을 때 허균은 사이온을 치마 입은 장비쯤으로 상상했는데 (사실 이이첨이 그렇게 과장하기도 했었다), 실제 마주앉아서 보니 자기가 상상하던 것과 전혀 다른 인물이라는 것도 놀랍고 재미있는 일이었다. 허균은 자기도 모르게 슬며시 웃고 말았다.

"왜 웃으시는지요?"

"아, 미안합니다, 사실 나는 치마를 입은 장비를 상상했거든요, 수염이 덥수룩한."

처음에 사이온은 허균이 자기 용모를 모욕하는 줄 알았지만, 허균의 설명을 듣고서는 함께 웃을 수밖에 없었다. 두 사람은 큰소리로 기분 좋게 웃었고, 문 하나를 사이에 둔 옆방에서 귀를 기울이던 무돌과 무불리, 그리고 아와지는 갑작스런 웃음소리에 어리둥절했다.

허균은 광해가 궁금한 것 세 가지를 물었다. 첫째, 유구 상인의 목적이 무엇인가? 둘째, 왜와는 어떤 관계인가? 셋째, 강화도는 조선의 허파이고 간인데 이런 강화도를 점령한 이유가 무엇인가?

"모두 말씀드리지요. 우리는 상거래를 하기 위해 조선에 왔습니다. 비록 우리가 조선 왕실을 존경하는 마음으로 바라보지는 않지만, 그릇을 팔아 돈을 벌려고 하지 왕실에게 위해를 가할 생각은 없습니다. 둘째, 왜와는 상거래 관계 그 이상도 그 이하도 아닙니다. 우리는 조선과 왜에 대해 같은 조건으로 거래를 합니다. 하지만 우리도 조선이 왜를 조선 땅에서 몰아내길 바랍니다. 조선이 왜의 속국이 되면 우리가 발붙일 여지가 마땅치 않으니까요. 그렇기에 우리는 왜가 조선에서 물러나도록 하는 데 협조할 것입니다. 마지막 질문, 강화도는 지리적 이점이 커서 잠시 빌려 쓴다고 생각하고 있습니다. 간척을 하고 인구를 늘리는 게 사실이지만, 이것 역시 멀리 보면 조선에 해롭지 않지요."

"강화를 잠시 빌린다고 했는데, 그렇다면 대가는 어떻게 지불하겠습니까?"

허균은 돈이 필요하다고 솔직하게 말했다. 광해는 도망친 관노와 군병을 다시 모으려고 공적첩을 나눠주었다. 공적을 세우면 전란이 끝난 뒤에 보상하겠다는 약속이었다. 하지만 왕실의 신용이 떨어지니 공적첩도 효과가 없었다. 중요한 건 관군과 의병을 유지할 군자금인데, 이 군자금이 바닥이 났다.

"대신, 한성이 수복되면 그릇과 가구를 왕실과 관청에 독점적으로 공급할 수 있게 한다는 약조를 해 줄 수 있다고 하셨습니다."

"얼마를 원하셨습니까?"

"은전 2만 량입니다."

매복 정탐병 1만 명을 일 년 정도 유지할 수 있는 규모의 돈이었다.

"명나라 군대가 출병하면 왜군은 남으로 후퇴할 터이니 석 달 동안 쓸 수 있는 돈만 드리지요."

돈을 주는 사람 마음이니 허균은 뭐라고 더 할 말이 없었다.

"미리 말씀드리지만, 우리가 드리는 은전 테두리에는 독특한 문양이 들어 있어서 돈이 어떻게 쓰이는지 금방 알아낼 수 있으니 딴 생각은 하지 마십시오. 만일 그 돈이 우리를 공격하는 데 쓰인다면 자객을 보낼 것입니다."

"그럴 일은 없을 것입니다."

잠시 뒤, 사이온이 은전 6천 량을 담은 곽을 허균에게 넘겼고, 허균은 사이온이 내미는 문서에 광해의 인장을 찍었다. 마지막으로 허균은 한 가지를 더 당부했다.

"잘 아시겠지만, 저하께서는 주상 전하의 마음도 아직 완전히 얻지 못하셨고 또 사림의 눈치를 봐야 하는 처지이다 보니, 여기서 하는 말이 다르고 저기서 하는 말이 다를 수 있습니다. 하지만 저하께서는 당신들을 공격할 의사가 전혀 없다는 점을 분명히 전하라 하셨습니다."

"그런 사정은 충분히 이해할 수 있으니 염려 마십시오."

일국의 세자가 한낱 상인에게 위협을 받고 머리를 조아려 돈을 얻어야 하다니, 전쟁이 세상을 바꾸어 놓고 있었다. 상업이 세상을 바꾸고 있었다.

허균이 탄 배가 물살을 가르고 나가는 것까지 지켜보고 돌아서는 사이온은 문득, 자기도 모르는 순간에 자기가 허균이라는 서생에게 경계심을 해제당하고 그가 말하는 모든 것을 들어주고 말았구나, 하는 생각이 번쩍 들었다. '치마 입은 장비'라는 말을 듣는 순간부터였다. 사이온은 자기도 모르게 픽 하고 웃었다.

"장비야!"

"수염 난 장비야!"

무돌과 무불리였다. 사이온을 놀리고 있었다.

그 뒤에 사이온은 따로 사람을 풀어 조사를 해서 허균이 명문가의 자손이긴 하지만 벼슬에 나설 생각이 없으며 전란 직후의 혼란 속에서 아내와 사별하고 갓난아기까지 잃어 버린 사연을 가지고 있음도 알았다.

— 38 —

이 일이 있고 며칠 뒤, 의병장 이웅이 기병 2천을 이끌고 남하했다가 요란스러운 흔적을 남기고 다시 북상했다. 이웅은 최정예 기병 3천에 보병 1만 5천 병력을 거느렸으며, 경기진왜사라는 직함을 가지고 있는 왕실 의병장이었다. 주로 경기도 이천과 여주에서 출몰했으며 평안도에서도 신출귀몰하게 움직였다. 공적이 특별히 알려진 것은 없었으나 가끔씩 대병력을 이끌고 대로를 질주하곤 했다. 적어도 이옹의 병력은 사람들의 눈을 피해 움직이지 않았다. 기병으로 왜군의 진지 외곽을 달리면서 편전을 수천 발 왜군 진지 안으로 쏘고 쏜살같이 사라지곤 했다.

그의 전투 전술은 단 한 번의 기습만 하고 사라지는 것이었다. 주로 비격진천뢰를 진중으로 날리고 강뇌에 편전을 얹어 쏘거나 발화탄을 쏘았다. 왜군 진영에서 반격에 나서면 이미 어딘가로 사라지고 없었다. 이들은 말발굽 소리를 내지 않으려고 적 가까이 접근할 때에는 말을 끌고 갔으며 말의 입과 발굽에 짚으로 만든 망태기를 씌웠다. 조용히 접근해서 습격하고 요란하게 질주하며 사라지는 게 이옹의 전투 방식이었다.

이옹이 노리는 것은 왜의 활동 반경을 제한하는 것이었다. 빠른 기병의 존재를 과시함으로써 왜의 사기를 떨어뜨리는 교묘한 전술이었다. 이옹의 기병이 10월 15일에 상동에서 신계로 내려왔다가 다시 평안도 동쪽의 어느 진영으로 사라졌다. 강동에서 순안으로, 신계에서 이천으로 오갔다. 늦가을 날씨가 매서웠지만 이옹의 기병은 전혀 추위를 타지 않았다. 모두 털옷으로 무장하고 있었다.

귀신처럼 왔다가 바람같이 사라진다 하여 이옹 장군이 유령이라는 소문도 돌았다. 평안도와 경기도에서는 이옹이 불사신의 의병장으로 통했다.

한편 광해도 틈틈이 전국을 누비며 의병을 독려하고 백성들을 위무하며 왕권이 건재함을 알렸다.

"나는 이 나라의 세자다! 조선 백성은 결코 왜놈들에게 굴복해서는 안 된다. 의병을 일으켜 고을을 지켜라! 저들의 조총은 방패를 세우거나 가까이 접근하지 않으면 무용지물이니 겁낼 것 없다. 밤낮을 가리지 않고 기습하고 달아나고 또 기습하고 달아나라!"

세자의 출현은 백성의 저항 의식에 불을 붙였다. 광해가 행정, 군사, 경제 활동에 이르기까지 백성의 생존 문제를 직접 챙기고 다니자 통치 조직의 기능이 점차 회복되었다. 무엇보다도 은전으로 파발대와 통신병을 보강한 덕이 컸다. 10월 말에 정문부 장군이 함경도를 탈환하고 가토를 남쪽으로 밀어낸 덕분에 단천 은광에서 은을 제련할 수 있어서 한결 숨통이 틔었다.

백성들 사이에서 광해와 이웅은 든든한 기둥으로 인식되고 있었다. 광해는 실질적인 왕이었고 이웅은 왕실을 떠받치는 중요한 장수였다. 하지만 이런 변화를 반기면서도 다른 한편으로는 불안하게 바라보는 사람이 있었다. 광해의 아버지인 왕 이연이었다.

* * *

허균이 강화도로 들어가 사이온을 만나기 열흘쯤 전인 10월 1일, 허내은만이 사랑으로 다급한 소식을 전했다. 왜의 육군이 진주를 치려고 부대를 편성한다는 것이다. 왜군의 전략적인 목적은 해안을 따라 호남으로 통하는 침공로를 확보하는 것이다. 그래서 남쪽 지역의 병참 기지를 확고하게 장악하겠다는 것이다.

변광조는 명월관 식구가 걱정이었다. 찬과 기가 부하를 데리고 진주로 들어가 월희와 내산월을 비롯한 명월관 식구를 정혜사로 피신시켰다. 용수는 쌀과 곡식을 모두 숨기고 상인들을 데리고 피했다. 화공에 따른 피해를 줄이기 위해 시장의 천막과 매대를 모두 치워 시장을 텅 비웠다. 월희는 지하 창고가 눈에 띄지 않도록 명월관을 일부러 부수고 망가뜨려 폐가로 꾸몄으며 또 창고 입구를 두꺼운 흙벽으로 막았다.

왜군은 전쟁의 핵심 관건인 전라도를 차지하기 위해서 경상도에서 전라도로 넘어가는 육로의 요충지 진주성을 3만 명 병력으로 공격했다. 그러나 성 바깥의 의병 연합군과 성 안의 3,800명 관군, 그리고 1만 명 백성이 김성일의 지휘 아래 협공을 했고, 결국 일본군은 패퇴했다. 10월 6일에는 한밤중에 곽재우와 최경회가 각각 2천 병력을 이끌고 왜군 진영의 후방에 화공을 가해 수백 명을 살상했다. 이들이 물러가고 왜군이 지친 몸을 누일 때 찬과 기가 부하 서른 명을 이끌고 왜군 진영에 접근해서 수뢰 백 개를 던져서 네 개 부대에서 최소 1백 명을 살상하는 전과를 올렸다.

한편 성 안에서 전투를 지휘하던 김시민 장군은 왜군 포로가 쏜 조총에 이마를 맞고 쓰러졌다가 며칠 뒤에 죽었다. 당시 김시민은 진주판관이었는데 진주 목사가 병사하자 초유사 신분이던 김성일의 명으로 목사직을 대리하여 진주성 전투를 지휘하다 전사했다.

제 7 장

황금나비

살다 보면 운명을 빼고는 도저히 설명할 수 없는 순간을 만날 때가 있다.

　변광조가 앵을 처음 만나던 순간이 그랬다. 몇몇 사기장들이 강화도에 들어온 뒤에 변광조가 이들을 만나 보고 또 가마 제작 상황을 살펴볼 겸 해서 강화도에 들어왔을 때, 대남이 어릴 적 의형제를 맺은 동생이라면서 종매를 데리고 왔다. 그런 종매 뒤를 여자 아이 하나가 쫄랑쫄랑 따라 들어왔다.

　"여기는 종매이고 이 처자는 종매의 정혼자 앵이라 하오, 형님, 그러니 종매도 형님 동생이쥬."

　앵을 본 순간 변광조는 깜짝 놀랐다.

　앵이라는 아이, 잔뜩 겁을 먹은 듯하면서도 어딘지 모르게 오만해 보이며 또 장난기가 넘치는 눈매와 입매, 폴짝거리는 걸음걸

이, 잽싼 몸놀림… 그 모든 게 오래전의 그 아이와 똑같았다. 그 아이가 10년쯤 더 성장했다면 눈앞에 있는 바로 이 아이와 똑같지 않을까, 하는 생각에 가슴이 뛰었다. 그 아이의 이름은 영이었다. 합천에서 안흥으로 가던 길에 어느 집 헛간에서 싸늘하게 식어 여섯 살의 서럽고도 짧은 생을 마감했던 아이, 나의 동생!

놀라운 인연은 그뿐만 아니었다.

"네 아비는 누구냐?"

"우리 아버지 친구 분이셨지요. 불마개라고, 사기장이었습니다."

종매가 대신 대답했다.

"불마개라고?"

"예, 소싯적에 대국까지 가서 도자기 기술을 배운 유명한 사기장이었습니다."

변광조는 다시 앵에게로 시선을 돌렸다.

"네가 불마개 형님의 딸이냐?"

불마개는 변광조가 안흥에서 명나라로 건너갈 때 함께 갔던 형이었다. 불마개는 경덕진에 숨어들어 중국 자기의 기술을 배우려고 명으로 가던 길이었고 변광조는 변계유의 집에서 흠씬 두들겨 맞고 쫓겨난 뒤에 어떤 유생이 해 준 말을 듣고 살기 위해 무작정 명나라로 가던 길이었다. 세 살 위였던 불마개는 중국에 가서도 한동안 변광조를 돌봐 주었다. 변광조가 자식 없는 노부부의 양자로 들어 갈 때까지.

"앵아, 네가 불마개 형님이 딸이면, 내 딸이기도 하다!"

앵도 부모가 일찍 세상을 떠나서 비록 백로를 아버지처럼 여기며 살았지만 호칭은 '아버지'가 아니고 '아저씨'였다. 그만큼 거리가 있었던 것이다. 그래서 늘 아버지라는 존재에 목이 말랐던 터라, 아버지와 초년 시절 생사고락을 함께했다는 변광조의 제안을 운명이라 믿고 그와 양부양녀의 인연을 받아들였다.

한편 대남은 종매가 자기 의동생이니까 종매도 당연히 형제 가운데 한 명이 되어야 한다고 했고, 변광조는 그러자고 했고 다른 형제들도 이견이 없었다. 다만 종매만이 정혼자인 앵의 양아버지를 장형이라고 불러야 하는 이상한 족보 때문에 찜찜했지만 어쩔 수 없었다.

그날 떠들썩한 잔치가 벌어졌고, 그날 밤에 부녀만이 오롯이 마주 앉은 자리에서 앵이 보자기 하나를 변광조 앞으로 내밀었다.

"아버님께 드리는 선물입니다."

변광조가 보자기를 끌렀다. 그러자 작은 찻잔 하나가 나왔다. 찻잔의 내면은 황금색이고 바깥면은 흑갈색이었다. 변광조는 찻잔을 들어서 살폈다. 낙조를 받은 찻잔의 내면은 더욱 밝은 빛으로 번쩍였다.

"아! 이건 금채(金彩)가 아니냐?"

"그렇습니다."

"평생 처음 보는 물건이다, 네가 만들었느냐?"

"예."

변광조는 찻잔을 돌려보며 감탄을 쏟아냈다.

"오오! 이건 세상을 바꿀 물건이다!"

황금빛과 청화가 기묘한 조화를 이루어 사람의 혼을 뺄 만큼 아름다웠다.

"가만… 이게 뭐냐?"

찻잔에는 황금 나비 문양이 찬란하게 빛나고 있었다.

"이건 나비가 아니냐?"

"예, 맞습니다. 제가 수양딸이 되어 달라는 아버지의 청을 받아들인 것도 바로 이 찻잔 때문입니다. 아버지가 어릴 적 잃어 버렸던 누이의 영혼이 나비가 되어 나타났었다는 얘기를 듣고, 제가 황금 나비 문양을 넣은 금채를 만든 것도 또 양딸로 삼자는 아버지의 청도 모두 나에게는 운명이라고 생각했습니다."

그런 생각은 변광조도 마찬가지였다. 변광조는 금채 찻잔을 어루만졌다. 마치 그 찻잔이 어리고 예쁘고 불쌍하던 동생 영의 영혼이기라도 한 것처럼.

"그런데 지금 이건 우연히 성공했을 뿐이에요."

"그게 무슨 말이냐? 이것과 똑같은 걸 다시 만들지 못한다는 말이냐?"

"재료의 배합 비율, 흙과 불의 비법을 찾아야 해요."

"그래, 시간은 새털처럼 많으니까 괜찮다."

"이 금채를 나 말고 또 누구에게 보여주었느냐?"

"아무에게도 보여주지 않았습니다."

"종매에게도?"

"예. 오라버니가 좀 덜렁대고 허세를 부리는 편이라서…"

"그래. 잘했다. 아직은 그 누구에게도 알려지면 안 된다, 세상을 뒤집을 물건이니까."

앵만을 위한 큰 가마 한 기와 작은 가마 한 기가 도자기마을에서 가장 깊숙한 곳에 마련되었다. 작업장과 숙소, 그리고 창고도 지어졌다. 황금 100돈, 은 3,000돈, 회회청 50근, 진사 50근, 녹청 30근, 구리 1,000근, 주석 50근도 오로지 앵만을 위해서 따로 마련되었다. 가마 주변으로 높은 담장이 쳐졌고, 변광조가 지정한 경비병이 항상 주변을 지켰다. 앵은 이곳에 틀어박혀서 안료와 금속을 연구했지만, 앵이 무엇을 만들려고 하는지는 변광조 외에는 아무도 알지 못했다.

상소가 돌아가는 얘기나 바깥소식은 종매가 이따금씩 들러서 전해 주었다. 유구가 침략을 받아서 아버지가 본국으로 귀국했다는 이야기도 앵은 나중에 종매에게서 들었다.

— 40 —

그로부터 닷새쯤 뒤, 작은 소동이 일어났다. 자객 대여섯 명이 강화도에 몰래 들어오려다가 들키자 황급히 달아난 일이 있었다. 사이온은 몇 가지 짐작을 해 보았다. 왕이 보낸 자객일 수도 있었고 세자가 보낸 자객일 수도 있었다. 세자 쪽이라고 해도 이이첨이 보냈을 수도 있고 허균이 보냈을 수도 있었다. 특히 이이첨은 얼마 전에 강화도에 왔다가 자기에게 따귀를 맞고 얼굴을 발로 밟히는 수모를 당했으니 개인적인 원한으로 자기를 노리고 자객을 보냈을 수도 있었다. 아무튼, 강화의 바닷길을 잘 아는 수로 안내인이 낀 것을 보면 배후의 인물이 조선인일 가능성이 높았다. 자객들이 석

모도에서 뗏목을 타고 들어왔는데, 아닌 게 아니라 육지에서 건너온 간척지 인부들 천여 명 가운데 1할은 간자라고 봐야 했다.

자객의 정체에 촉각을 곤두세운 사람이 한 사람 더 있었다. 이세현이라는 이름으로 위장해서 강화도에 잠입한 인물, 소 요시토시의 부하 오쿠 오도리였다.

'우키타가 보낸 사람인가? 시마즈 가문의 사카모토가 냄새를 맡았나?'

오쿠는 신분을 바꾸려고 적당한 인물을 물색한 끝에 김포 혜란산 아래에 살던 노인 부부의 아들로 호적을 위조했고, 까다로운 입도 과정을 무사히 통과했다. 강화도에 들어와서는 간척 작업에서 수완을 보여 사이온의 눈에 들었고, 그 다음 단계로 도자기 쪽으로 접근했다. 오쿠도 도자기야말로 노다지임을 간파했다.

사기장들을 모두 대마도로 데려갈 수 있다면, 아니 적어도 조선과 협력해서 대마도가 중계무역에 나설 수만 있다면 얼마나 좋을까!

이세현은 변광조의 수양딸인 앵이야말로 조선 자기의 기법뿐만 아니라 자기 사업의 미래와 관련된 변광조의 계획을 알아내는 핵심 관문이라고 판단하여 앵에게 접근했고 마침내 가까이에서 작업을 돕는 데까지 나아갔다. 그러나 앵은 신중하고 철저했다. 중요한 기술과 안료 제작 과정이나 유약 제조 과정은 절대로 노출하지 않았다. 앵은 평소와 다르게 이따금씩 장갑을 끼고 흙을 만지곤 했는데, 이런 흙들은 겉으로 보아서는 구별할 수 없음에도 불구하고 종류는 서른 가지나 되었다. 하지만 그는 도자기 공정과 관련해서 자기가 본 모든 것을 치밀하게 머릿속에 기록했다.

— 41 —

월희는 용수와 함께 진주 중앙시장의 상회관에서 물품을 인계받았다. 각 상소장들이 보낸 물자를 수송하는 일은 윤팽로와 양대박이 맡아서 했다. 막사발 다기 3천여 점, 소반류와 작은 장 2백여 점, 청자와 백자, 분청자기 각 5백여 점이 모였다. 모두 수준이 높은 물건이었다. 전란 중에도 기물이 잘 걷히다니 아무래도 유통대로의 쓰임새가 컸다. 월희가 현금으로 물건 값을 지급했다. 물건이 팔려야 값을 치르는 게 관행이었지만 전란 중이라서 외상 거래를 하려고 하면 유통이 원활하지 못할 것이라는 판단에서였다.

월희는 임시 가격으로 사들인다는 안내장을 붙이고 물주에게는 대금을 지급했다. 모두가 만족하는 거래였다. 부산으로 연락을 보내자 허은석이 배를 끌고 사천으로 들어왔다. 기물의 가격을 흥정하는데 꽤 긴 시간이 들었지만 자기(磁器) 이외의 물품은 모두 팔았다. 앉은자리에서 남긴 이문은 2할이 넘었다. 자기는 변광조가 직접 흥정할 것이라 창고 속에 넣어뒀고, 윤팽로와 양대박에게는 은 1백 량씩을 선물로 주었다. 두 사람은 술과 안주를 준비하여 휘하의 사람들을 먹였다.

내산월은 월희가 3만 냥 어치의 물화를 거래하여 2할 이문을 남겼다는 보고를 해도 듣는 둥 마는 둥 했다. 좌수사가 창신도(*지금의 남해군 창선도)에 왔다는 기별을 받았기 때문이다. 모처럼 진주에서 가까운 곳으로 나왔는데 이런 때를 놓치기는 아까웠다. 30년 가까운 외사랑이었지만 이순신을 만나러 갈 때마다 늘 마음이 바빴다. 오랜 연인이자 친구에게 먹일 음식과 술과 약재를 챙기며 창신도로 갈 채비를 하느라 정신이 하나도 없었다. 내산월은 하인들에게 바리바리 짐을 지워서 사천으로 서둘러 길을 떠났고, 창신도로 들어간 것은 2경이 다 지나서였다.

그날 창신도에서는 병사들이 둔전의 군량을 추수하고 벼를 도정했다. 돌산도와 창신도에 쌀 2천 석 정도의 소출이 나오는 둔전이 있었는데 여기에서 나오는 쌀을 여수 본영으로 가져가려고 잠깐 들렀던 것이다. 내산월이 막사 안으로 들어설 때 이순신은 일기를 쓰고 있었다.

"영감, 접니다."

"아이구, 이 늦은 밤에 웬일인가?"

장군이 붓을 내려놓고 두 팔을 활짝 벌려 보이며 환영했다.

"웬일은? 기별을 준 사람은 영감이면서…"

"허허허, 거 또 부관이 쓸데없는 짓을 했구만."

"다시 돌아갈까요?"

"무슨 소리, 공자께서도 친구가 멀리서 찾아오니 이 또한 즐겁지 않느냐고 했거늘."

내산월이 술과 안주를 풀어 놓았다.

"무슨 일이 그리 바쁘신지… 진주에는 발길을 끊으셨소?"

"온통 간자 천지인 데에다가 왜놈 자객이 날뛰니 함부로 다닐 수가 없구려. 더구나 남해 동쪽은 경상수사의 영역이니 오해도 생기고…"

"그러니 제가 찾아오지요."

내산월이 술을 한 잔 부어 올렸다. 장군이 한 모금 마시고 소고기 산적을 떼어서 입에 넣었다.

"7월 대첩 뒤에는 왜놈들이 조심을 하는가 봅니다?"

"아무리 쳐도 끝이 없다네."

"모쪼록 몸조심 하십시오. 장군께서 몸이 성하셔야 전투에 이겨도 빛이 나지요. 내가 죽고 없는데 나라가 무슨 소용이 있으며 벼슬이 무슨 소용이 있겠습니까?"

"자네가 여인네 소견으로 나를 책망하려는가?"

"여인네 말도 쓸모 있으면 들으셔야지요."

"허허 자네가 정승일세."

"변광조를 아시지요?"

"유구국 상인 말인가?"

"예."

"그 사람을 자네가 어찌 아는가?"

"제 수양 딸 월희의 서방입니다."

"뭐라? 희한한 인연이군…"

"딸이 변광조와 손을 잡고 장사를 하는데, 이 사람이 예사 사람이 아닌 것 같아서 걱정입니다."

"걱정할 것 없네. 상인일 뿐일세."

"소첩은 혹여라도 장군께서 이 사람과 거래하다가 화를 입을까 싶어서 그러지요. 누군가 음해하는 말이라도 내뱉을까 걱정입니다."

"장모가 사위 편을 들지 않고 내 편을 들어서야 되겠나?"

"월희가 변광조가 대준 백자를 유통시켜서 만지는 거래 금액이 은 3만 량이나 된다고 합니다. 이 백자 수송 책임자 두 사람이 의병을 모아서 거병했다가 때려치운 양대박과 윤팽로라는 사람이고요. 충청도 충주의 백로와 평택의 우길이 도자기를 수집하여 내려보내고 있지요. 조선 자기만 팔아도 은 5만 량을 확보하는 건 금방입니다. 놀라 자빠질 일이지요."

"허, 그 사람이 무슨 수로 이 난리 통에 백자와 청자를 수집했다던가? 사가는 자는 또 누구고?"

"관군에게 무기를 팔고 대금으로 도자기를 싸게 수집한답니다. 도자기를 사가는 자는 물론 왜인들이지요."

"그럴 줄 알았네."

"걱정이 되지 않으신지요?"

"뭐가 걱정인가? 서로 필요한 걸 주고받는데? 그 사람이 없었다면 내가 어디서 화약과 구리를 쉬이 구했겠나? 지자포 하나에 구리가 150근이나 들어가네. 어디 그뿐인가? 그가 황포와 고래심줄을 구해 주지 않으면 돛대도 만들 수 없고 막사를 지을 수도 없네. 무쇠뿔이 없으면 활도, 뇌도 만들지 못하고."

말은 그렇게 했지만 이순신의 얼굴에는 짙은 그늘이 졌다.

변광조가 유구에서 돌아왔다면서 아홉 척의 배에 석유황, 초석, 황포, 구리, 쌀을 가득 싣고 여수 본영으로 들어왔다. 좌수사는 반갑게 변광조를 맞았고, 화제는 무엇보다 부산포 전투였다.

9월 1일에 있었던 부산포 전투에서 왜군은 조선 수군을 피해 끝없이 도망만 쳤다. 가끔씩 기습을 가하는 게 고작이었다. 이건 도요토미 히데요시의 분신이라고 할 수 있는 이시다 미스나리(石田三星)가 이끌었던 왜 수군의 대응 전략이었다.

이시다의 대응책은 장기전이었다. 이시다의 잠재적인 적은 도요토미가 죽을 경우 가장 강력한 차기 최고 실력자 후보자로 손꼽히는 인물이던 도쿠가와 이에야스였다. 도요토미의 사후를 계산하는 서른셋의 이시다로서는 병력을 보존하는 것이 최선책인 셈이었다. 도요토미의 20만 군대는 조금씩 줄어들고 있으나 도쿠가와의 군대는 그대로 보존되고 있으니, 시간이 갈수록 미스나리가 불리해질 터, 그리하여 해전을 피한다고 볼 수 있었다. 대신, 이순신과의 정면 전투를 피하고 육지를 기반으로 해서 조금씩 서쪽으로 진출할 게 분명했다.

"앞으로 남해안에 왜성을 하나씩 짓겠군…"

이렇게 되면, 육지를 막을 자체 병력이나 아군이 없는 이순신으로서는 서쪽으로 조금씩 밀릴 수밖에 없었다.

그렇지 않아도 이순신은 부산포까지 진군하면서 중간 기착지가 없다는 점이 커다란 부담이었다. 가덕도를 돌아 절영도까지 가는 길에 도중에 배를 정박할 데가 없으니 두 번 다시 진군하기 어려웠다. 만일 왜군이 해안선 요충지마다 성을 쌓는다면 함대를 이끌고 그 앞으로 지나갈 수도 없었다.

"어쩌실 겁니까?"

"군사 전략을 내가 왜 그대에게 이야기하겠소?"

"이미 말씀을 하신 걸로 아는데요? 왜군이 서쪽으로 나오지 못하도록 진을 동쪽으로 옮기실 생각 아닙니까?"

"허허, 이거 참…"

"저에게 숨기지 않으셔도 됩니다. 이걸 보시지요."

이순신이 이런 고민을 하고 있을 때, 변광조가 품에서 문서 한 장을 꺼냈다.

"도요토미 히데요시가 내린 명령문입니다. 소생이 어렵게 구해 왔습니다."

--- 조선 수군의 항로를 예측하고 그 길목마다 망대를 세우고 진지를 구축할 것. 방파제를 높이 쌓아 조선 수군의 진입을 무력화할 것. 조선 대포를 최대한 확보할 것. 조선 수군을 유인하여 집중 타격할 것. 새로운 진지를 계속 구축할 것. 왜성을 해안선 정박지에 구축할 것.

핵심은 두 가지였다. 하나는 육지에 왜성을 쌓아 차근차근 서진(西進)하는 것이고, 또 하나는 조선 해군을 유인하여 대해로 끌

어내는 것이었다.

이순신은 한동안 입을 열지 않았다. 예상한 것이지만 현실의 무게는 압도적이었다. 경상우수사 원균이 왜군의 서진을 막아낼 위인이 못 되니 이순신 본인이 중심을 동쪽으로 옮겨 왜군의 서진을 막아야 했다.

명군이 본격적으로 전쟁에 참가한다 하더라도 남의 나라에 와서 목숨을 걸고 싸울 것이라 기대할 수도 없었다. 군량도 부족하고 경비도 부족하니, 명군 역시 일본과 마찬가지로 약탈에 나설 게 뻔했다. 그리고 전선은 교착 상태에 이를 터이고, 이어서 강화 회담이 본격적으로 진행될 터였다.

"이렇게 해서 남는 게 무엇이란 말인가? 조선이나 왜나 명이나…"

"전쟁이 본래 소득이 없는 작난(作亂)이지요."

"그 작난에 얼마나 많은 백성이 죽어 나가는데… 과연 이 엄청난 고통들을 누가 책임져야 할지…"

"아무도 책임지려고 하지 않을 겁니다. 그러니 호남을 지켜 낸 장군께서 책임을 물으셔야 합니다."

"누구에게?"

"도망친 조선의 국왕과 중앙의 관료들이지요. 모조리 잡아다가 목을 베십시오."

이순신이 깜짝 놀라 변광조를 바라보았다. 잘못 들었나 싶었다.

"조선의 국왕과 중앙 관료들의 목을 베라고 했습니다."

"그 무슨 망발의 말이오!"

이순신이 목소리를 높였다.

"지금 의주로 도망가 있는 왕은 자격을 상실했습니다."

"허허… 참!"

이순신이 무슨 말을 하려다가 참았다. 그런 이순신을 똑바로 바라보며 변광조가 확언을 했다.

"이 왕조에게서 희망을 버리십시오."

"어찌 반역을 입에 담는가?"

"백성의 더 큰 고통을 막기 위함이지요."

"됐소. 그 이야기는 그만하시오. 왕실의 존엄을 짓밟는 언사를 더는 참고 들어줄 수가 없으니까."

이순신의 목소리는 단호했고, 변광조는 더 말을 하지 않았다. 이순신은 혁명을 주동할 인물이 아니었다. 그는 절대적 충성을 다하는 충신이었다. 그가 충성을 다하는 왕도 그의 충심을 믿어 준다면 좋으련만이라고 기대를 할 뿐이었다.

이순신은 변광조가 돌아간 다음 그동안 생각했던 전략을 다시한 번 가다듬었다.

왜가 서쪽으로 넘어오지 못하도록 막을 지점은 두룡포였다. 견내량을 막기만 하면 왜의 서진을 막아 세울 수 있었다. 그리고 가덕도를 돌아오지 못하도록 가덕도 끝 갈곶에 대포 부대를 숨겨둘 것이다. 거제도 가배량의 원균이 제 역할만 해 준다면 더 없이 좋은 방책이 될 터였다. 왜가 가덕도 바깥을 돌아올 가능성은 없다고 봐도 좋았다. 파도가 거친 데에다가, 그곳으로 돌아오면 하루가 더 걸리고 또 조선 수군의 눈에 띄어 즉시 공격을 받기 때문이었다.

* * *

이순신은 변복을 하고 진주로 들어가 진주성을 한참 동안 거닐었다. 김시민이 흉적의 총탄을 맞았다는 자리에서는 발길을 멈추고 명복을 빌었다. 김시민이 비록 이순신보다 아홉 살 아래였지만, 두 사람은 9년 전 여진족 이탕개가 국경을 넘어 침입했을 때 함께 맞서서 싸운 사이였다. 그랬기에 이순신은 변광조가 동행하려고 했지만 일언지하에 거절했다. 외국의 상인, 그것도 전쟁 당사자 이쪽저쪽에 모두 붙어서 이문을 챙기는 장사꾼, 게다가 돈의 힘만 믿고 왕실의 권위를 능멸하는 모리배와 나란히 김시민의 영령을 볼 수는 없었다. 조선 왕실과 백성을 위해서 기꺼이 목숨을 바친 친구의 영령을…

'북방의 벌판에서도 살아남은 그대가 어찌 이곳에서 눕고 말았는가? 나는 어디에 내 지친 영혼을 뉘어야 하겠는가?'

흐르는 눈물을 막을 수 없었다.

— 43 —

가을이 다가오면 은행나무 이파리가 맨 먼저 이 사실을 알린다. 색은 변화다, 녹색과 노란색이 근본이 같다, 다만 변할 뿐이다!

흙은 도자기 만드는 데 가장 중요하다. 흙이 모든 걸 좌우한다고 해도 지나치지 않다. 그런데 사천에서 올라오는 흙은 기가 막혔다. 크게는 흰색과 보라색 두 종류였고 작게는 일곱 가지 종류였는데, 모두 기가 막히게 좋았다. 제토, 수비(*채취한 흙을 물속에 넣어 흙물로 만든 다음, 다시 채로 걸러서 모래나 철분 등 이물질을 제거하는 과정), 연토(*수비 과정을 거친 흙을 발로 고루 밟는 과정)가 모두 잘되어 있었다. 공기가 들어 있으면 그릇이 금이 가고 속에 구멍이 남아 쉬이 뚫리고 마는데, 흙에 공기가 한 방울도 들어 있지 않았다. 또 제대로 거른 흙이 아니면 그릇이 검게 나오는데 그런 것도 없었다. 사천에서 흙을 보내 준다는 장일육이라는 사기장이 대단한 사람인 것 같았다.

흙 다음으로 중요한 것이 불이다. 그릇은 불로 완성된다. 불을 모르면 그릇을 구울 수 없다. 불을 알 수 있는 건 오로지 경험뿐이다. 불에는 노란색과 하얀색과 푸른색이 있다. 색깔마다 온도가 다 다르고, 만들려는 그릇에 따라서 불의 색깔을 다르게 맞춰야 한다. 가마의 문을 열은 놓은 채 불을 때면 색상이 분명해지고, 가마의 문을 닫고 불을 때면 강도가 높아지고 유약이 녹아서 발색 현상이 나타난다. 하지만 가마 속에서 일어나는 무궁무진한 변화 요변(窯變)을 다 아는 사람은 없다. 한 가마에서 구운 그릇이라 하더라도 두드렸을 때 나는 소리가 다르다. 그러나 사기장이 성의를 다하면 그가 원하는 그릇을 하늘이 내려 준다.

9월이 끝나갈 무렵, 앵은 강화에서 그릇을 처음 구웠다. 한 달 동안 만든 그릇 2백 개를 가마에 넣고 불을 땠다. 하루를 달구어 이틀째 온도를 조금 높였다가 불 색깔이 하얀색으로 바뀌기 전에 불을 껐다. 초벌구이 온도를 잘 맞추었다면 실험은 성공할 수도 있었다. 하지만 아직 금채 발색은 되지 않았다.

앵의 작업장을 변광조가 찾아왔다. 이순신을 만난 뒤에 곧바로 강화로 올라와서는 맨 먼저 앵의 작업장부터 온 것이다. 금채 작업이 어찌 되었는지 궁금해서였다. 하지만 앵의 표정은 밝지 않았다.

"실패했어요."

그러고는 뜬금없는 질문을 했다.

"아버지는 왜 사십니까? 무엇을 위해서 사시는지요?"

변광조가 찻잔을 내려놓으며 대답했다.

"내 목숨을 지키는 거지. 적이 나타나면 죽이고 남의 것이 좋으면 뺏고… 사람은 죽을 때까지 싸워야 한다."

"그건 도적의 인생이지요."

"네가 나를 도적이라고 욕하는구나."

"아닙니다, 제 황금나비를 돈으로만 보지 마시라고 그 말씀을 드리는 거예요."

앵이 초벌구이 뒤에 황금으로 그림을 그려 넣고 다시 구은 그릇들을 꺼내 보여주었다. 황금색이 약간 비쳤지만 금색의 발색이 조금 모자라 주황색에 가까웠다.

"오, 이건 실패가 아니라 반은 성공했구나, 빛이 살아 있구나"

"호호, 위로하지 않으셔도 돼요. 이게 첫 번째 실험작. 그 다음은 세 번째 실험작…"

앵이 철문을 열고 첫 번째 벽장문을 열자 황금빛이 눈을 파고

들었다.

"아버님에게 처음 보여드리는 겁니다. 어서 대답해 주세요. 이 걸 지키기 위해 사람을 죽이신다면 더 이상 만들지 않겠어요."

"허허… 나를 협박하다니. 그러고도 살아남는 사람은 너밖에 없다. 너에게 약속한다. 이것 때문에 사람을 죽이지는 않겠다."

"약속하셨죠?"

"그래, 허허!"

앵이 활짝 웃으며 또 다른 벽장문을 열었다.

"성공했거든요"

자기의 황금빛이 변광조의 눈을 파고들었다.

"아, 성공했구나!"

변광조는 벽장에서 그릇을 꺼내 허공에 쳐들고 바라보았다. 완전한 황금빛이었다. 금채 백자였다. 둘레에는 청화와 적청의 용이 한 마리 그려져 있고 몸통에는 두 개의 문양이 있었다. 하나는 황금색 나비였고, 또 하나는 소용돌이가 세 개 맞물려 돌아가는 태극 문양이 그려져 있었다. 그건 바로 유구국의 문양이었다.

"유구국 문양을 넣었는데 마음에 드세요?"

"마음에 들다마다!"

앵이 그 다음 벽장을 열었다. 청색, 적색, 황색, 흑색, 비취색의 문양이 오묘하게 섞인 자기가 놓여 있었다.

"팔채색 문양을 다 살릴 수 있는 기술을 드디어 찾았습니다."

"오오오!"

신품(神品)이었다. 바로 이것이 궁극의 기술이고 궁극의 아름다움이었다. 이것이 세상의 돈을 모두 끌어 모을 궁극의 물품이었다.

찻물이 끓자 앵은 차를 걸러 황금잔에 부었다. 그리고 조용히 슈 앞에 내려놓았다. 황금 찻잔 속에 투명한 황금 나비가 떠 있었다. 그 릇이 진정 이렇게 아름답고 현묘하다니 믿을 수 없었다. 그릇 하나에 상상도 할 수 없었던 정화(淨化)의 힘이 담겨 있었다. 자기를 보는 순 간 모든 욕심이 사라지고 오직 아름다움을 느끼는 감성만 남았다.

앵은 모든 조선 사람이 이 황금색 황제의 그릇으로 밥을 담고 국을 담아 먹기를 원했다. 하지만 그렇게 하려면 대량 생산을 해야 했고, 대량 생산을 하려면 눈대중으로 불을 보고 눈대중으로 황금 분말을 넣고 눈대중으로 유약을 칠해서는 될 일이 아니었다. 생산 과정의 모든 내용, 즉 흙의 성질과 처리며 불의 온도와 굽는 시간 및 건조 방법 등 모든 것을 정교한 수치로 적어서 여러 사기장들에 게 알려줘야 했다.

변광조는 고개를 저었다.

"흔하면 가치가 떨어지게 마련이다. 사람이나 짐승은 공기가 없 으면 숨을 쉬지 못해서 죽지만 공기를 누가 소중하게 여기더냐? 너 는 이 최고의 기술을 혼자만 알고 있어야 한다."

그런 내용을 문서로 남기지도 말아야 하며 다른 사기장에게 알리지도 말아야 한다고 했다. 그리고 당분간은 금채를 만들었다 는 사실을 누구에게도 알리지 말라고 했다.

"고급품은 그만큼 귀하기 때문에 고급품이다. 누구나 가지고 있으면 하급품이지."

그러나 귀한 물건이 있으면 이것을 훔치려 드는 사람이 있게 마

련이다. 이런 이치가 자기에게 어떤 운명으로 닥칠지 앵은 아직 알
지 못했다.

— 44 —

임진년 10월은 잔혹하리만치 추웠다. 바닷바람이 몹시도 찼다.
왜군도 조선 관군도 의병도 움직이지 않았다.

변광조는 각 군영이 겨울 준비를 하느라 한동안 움직이지 않을
것으로 판단했다. 강화도에 주둔하는 김천일 의병장과 전라도 절
도사 최원이 가끔 선유도와 마포 나루터에 나가 왜인들을 잡아 죽
이곤 했을 뿐, 별다른 움직임은 없었다. 변광조는 가마 13채를 더
지었다. 도자기마을 내에는 사기장과 가족 1,200명이 거주할 수 있
는 촌락도 완성했다. 마을 주변으로 산성과 외성(外城)을 짓고, 고
려 때 지어진 성벽을 보수하고 끊어진 산성을 이었다.

팽세가 중요한 제안을 했다.

"강화와 해주에 도자기마을을 세웠으니 예성강 입구 벽란도에
도 도자기마을을 세우는 게 어떨지요? 강화를 방어하기에도 편
하고 어차피 해주 앞 반도는 우리가 장악하고 있으니 북쪽에서 내
려오는 상품을 운반해야 합니다. 그리해야 중국으로 쉽게 나갈 수
가 있습니다."

"그 말이 옳다. 조선 왕실을 압박하는 수단을 확보하려면 벽란

도까지 장악하고 있어야 한다. 그곳에도 도자기마을을 세우되 거래 시설만 세우면 된다. 생산 기지는 이곳에 한정한다. 해주 도자기마을은 이 강화를 지키기 위한 방어 시설이다. 개성 이북에는 뛰어난 사기장이 드물다."

강화 도자기마을은 사이온이 맡고 해주 도자기마을에는 전투력이 있어야 하므로 무불리와 무돌이 함께 번갈아 맡도록 했다. 산청의 도자기마을에는 막쇠가 있고, 찬과 기가 지키면 되었다. 그리고 팽세에게는 물자의 출납과 통계를 맡겼다.

변광조는 강화도에서 두 달 가까이 머물면서 상소와 객사, 그리고 시장을 확장했다. 일자리를 찾는 군민이 위험을 무릅쓰고 바다를 건너와 강화도의 인구는 계속 불어나고 있었다. 경비병도 많이 필요했고 간척 노역자도 많이 필요했기에 사이온은 이들의 신분을 확인한 뒤에 일자리를 주었다.

그리고 방어 요지마다 망루와 포대를 강화했다. 망루를 성벽의 여섯 곳에 세웠고 포대마다 불랑기포 5기를 증설했으며 사격 훈련과 방어 훈련을 시켰다. 경쾌선도 세 척을 새로 건조했다. 재목으로는 대나무와 거문도에서 운반해 온 미야자키목을 썼다. 이 배들에게는 주로 바다에 나가 있으면서 평시에는 어업을 하다가 외침선이 나타나면 선제공격을 하는 임무를 맡겼다. 소나무로 대형 함선도 만들었는데, 격군이 부족했기에 바람의 힘으로 움직이는 배를 주로 만들었다. 중대형 11척은 방어 요지와 공격 지점에 띄워두고 불랑기포를 16문씩 장착했다. 조류가 센 손돌목 지점은 자연 방어막이 되었기에 강화도 방어는 비교적 쉬운 일이었다. 황해도가 바라보이는 지점에 대형선 한 척, 교동 북쪽에 대형선 한 척, 김포 방면에 대형선 다섯 척을 각각 닻을 내려 세워 두고 기동 공격선이 아닌 공격 거점으로 활용했다. 외부에 철판을 두껍게 붙여 왜군이나 조선 수군의 화기로 뚫지 못하게 장갑 장치를 달아 방패로 삼았다. 어떤 적이 쳐들어와도 쉽게 넘보지 못할 철통의 수비력과 공격력을 갖춘 것이다.

* * *

11월 22일, 도자기마을에 경사가 생겼다.

드디어 그릇이 세상 밖으로 나왔다. 81개의 가마에서 그릇이 18,200개 나왔다. 대량 생산에 이르는 첫걸음이었다. 1개 가마에 3백점 내외 안치시킨 다음 같은 시점에 불을 붙였는데, 68개 가마에서 성공적으로 그릇을 구워낸 것이다. 열흘 뒤에 생산품을 확인하니 4할의 성공률이었다. 18,000여 점 가운데 6,000점은 불량이었고 3,000점은 고급품으로 산출되었고, 5,000점은 중급 수준이었다. 성공률을 높인 데에는 앵의 연구가 크게 기여했다. 가마에 붙어서 실험을 계속해 온 앵은 가장 표준적인 제조 공정을 마련했고 68개의 가마에 적용했다. 성공적인 시작이었다. 변광조는 일일이 그릇을 만져 보며 흡족해 했다. 그 가운데서도 백자 450여 점과 청자 300여 점은 은 50량 이상의 가치를 가진 예술품이었다. 백자 1,400여 점은 언제든지 내다 팔 수 있는 수준이었고 나머지도 조선이나 일본에서 일반 서민에게 팔 수 있는 제품이었다.

제 8 장

역모의 시작

— 45 —

　10월 말, 의주 행재소의 왕은 고니시가 평양성에서 나오지 않으리라는 믿음이 생기자 내치에 관심을 가지기 시작했다. 이미 한 달 전인 9월 말에도 왕은 갑자기 전라도로 행재소를 옮기겠다고 했었다. 왕은 가토 기요마사가 들이닥쳐서 자기 목에 칼을 겨눌지도 모른다는 공포심 때문에 강화도를 경유해서 전라도로 갈 생각이었지만 행동으로 옮기지는 않았다. 하지만 이번에는 달랐다. 월곶 첨사 이빈이 전란 직후 강화도에 피신해 있던 왕실 인척을 태워서 의주로 올라갔다가 행재소에 눌러앉아 있었는데, 왕이 이빈에게 특별 임무를 내린 것이다.

　이빈은 왕명을 받아서 10월 7일에 강화도로 들어갔다가 경비병에게 잡혔다. 이빈이 변광조 앞에 끌려갔다.

　"본관은 월곶진 첨절제사 이빈이다. 그대는 뭘 하는 자인가?"

"나는 이곳 강화도의 주인이오."

"네놈이 뭔데 감히 강화도의 주…"

이빈은 말을 마치지도 못하고 주저앉았다. 어느새 무불리가 따귀를 친 것이다. 무불리는 다시 이빈의 아랫도리를 걷어찼다.

"이연이 널 보냈느냐?"

"감히 전하의 함자를 함부로 입에 올리다니, 미쳤구나."

이빈은 주섬주섬 일어나 호통을 쳤다.

"나는 왕명을 받고 왔다. 본관의 명을 받아라!"

이빈이 기개 있게 외쳤지만, 무불리가 날린 발길질에 다시 나가떨어졌다.

"임금에게 가서 말해라. 의주에 납작 엎드려 있든지 아니면 차라리 자결하라고. 이연은 이제 조선의 왕이 아니다."

이빈의 말을 전해 들은 왕은 공포에 휩싸였다.

강화도는 조선의 숨골이었다. 남북을 잇는 통신병이 있는 곳이었고 왕실의 비상 대피처였다. 그런 강화도에서 자기더러 조선의 임금이 아니니 제 손으로 목숨을 끊으라는 자가 버젓이 활개를 칠 뿐 아니라, 의병장 김천일이나 전라도 절도사 최원이 이끄는 병력도 기아와 추위에 시달리며 이들 패악의 무리에게 의탁하다시피 하고 있다는 정보는 청천벽력과도 같은 소식이었다.

왕권이 위태롭구나!

가토의 왜군이 문제가 아니었다. 무기를 든 자는 누구든 자기 목숨을 노릴 수 있었다. 얼마 전에 받아본 이종각의 보고서만 봐도 그랬다.

"철투구를 쓴 괴한의 행적. 임진년 7월 어느 날 밤, 경기 김포의 홍국서원에 이 자가 나타나 다짜고짜 대문을 발로 차서 부수고 들어와서 물었다. '내가 선한 사람으로 보이오? 악한 사람으로 보이오?' 선비가 대답했다. '해괴한 짓을 하는 걸 보니 그대는 악한 사람이 분명하오.' '아니오 나는 세상에서 제일 선한 사람이오.' 그 선비가 반박했다. '밤하늘에 해가 떴다는 말만큼이나 잘못된 말이오.' 사나이가 화를 내며 물었다. '그대는 무슨 이유로 남의 말을 듣지 않소? 제 말만 옳고 남의 말은 그르다는 그런 태도는 대체 어디서 나온 것이오?' 선비가 대답했다. '성현이 이르길 사람은 근본을 속일 수가 없다고 했소.' 그러자 사나이가 말하기를 '너희는 죽어서도 남의 말은 그르고 제 말만 옳다고 할 놈들이다. 염라대왕의 말도 듣지 않을 놈들이다!' 그러고는 칼을 휘둘러 이 선비를 죽였다."

왜적도 아니고 무지렁이 백성도 아닌 것이 조선 왕실의 근본을 뒤흔들고 있었다. 굳이 조선 왕실의 기둥인 성리학의 전당에서 성현을 능멸하는 언사를 퍼부은 것만 봐도 그랬다. 독자적인 경세 철학을 가진 무리였다. 그러나 이 무리의 규모가 얼마나 되는지, 그리고 이 무리가 언제쯤 본격적으로 마각을 드러낼지 알 수 없었다. 적어도 지난번에 쌀을 판답시고 왕실을 조롱한 상인 집단과 어떤 식으로든 관련이 있는 것만은 분명해 보였다. 어쩌면 전국의 의병이나 관군과도 끈이 닿아 있을지 모를 일이었다.

왕은 홍문관 교리 권협을 불렀다. 홍문관 교리는 허울이고 실제로는 오래 전부터 왕이 신뢰하던 자객이었다.

"전하, 분부만 내리십시오!"

"그대를 위무사로 임명할 터이니 전국의 관군과 의병에게 나의 위로를 전하고 반역 행위를 탐지해서 역도들을 잡아 처단하라."

"분부 받들겠나이다."

"허나, 왜적과 싸우는 장군들을 의심한다는 사실이 세상에 알려질 경우 군병의 충성심과 사기가 떨어질 수 있으니, 철저하게 비밀에 부쳐야 한다. 우선 이들이 역심을 품도록 부추기고 돕는 주변의 모사꾼들을 쳐내어야 할 터, 그런 모사꾼 가운데 한 놈이 강화도를 차지하고 주인인 양 호령하는 유구국 상인이다. 이놈을 나라 밖으로 쫓아내어야 한다."

"분부 받들겠습니다."

권협이 머리를 깊숙이 조아렸다.

대전에서 나온 권협이 내관 윤상시에게 따로 전해 들은 정보는 이랬다.

슈 아키다로라는 유구국 상인이 강화와 남해 일부를 사실상 지배하면서 의병장 행세를 하고 때로는 상인 노릇을 하며 또 때로는 도적떼처럼 행동해서 주변 백성을 현혹하고 의병장들과 관군 장수들까지 포섭했다. 그러니 역심을 품고 있지 않은 자가 누구인지 가려내기 쉽지 않을 정도이다. 그리고 윤내관은 권협이 수행할 임무 세 가지를 우선순위대로 설명했다.

"강화도를 전하의 영이 서는 전하의 영토로 수복하는 것이 제1순위요, 이순신과 육군이 손을 잡지 못하도록 감시하고 저지하는 것이 제2순위요, 세자와 유구국 상인이 무슨 거래를 하는지 알아내는 것이 제3순위네."

"예!"

"의금부에 세자의 사람들이 박혀 있어서 전하의 뜻을 제대로 집행하지 않는 일이 많으니, 이 점을 늘 생각해서 신중하게 접근하게."

"알겠습니다."

또 한 가지 더, 강화도의 상소에서 갓 스무 살을 넘긴 듯 보이는 계집에게 뺨을 맞고 얼굴을 발로 밟히는 수모를 잊지 않고 있던 이이첨은 권협에게 그 여자를 죽이거나 잡아끌고 오거나, 혹은 그것도 안 되면 신체의 어느 부위든 한 곳을 잘라서 가져다준다면 특별히 치하를 하겠다는 얘기를 했다.

"사이온이라는 계집이다."

* * *

한 달 뒤 왕은 이빈을 경기수사로 임명해서 다시 강화도로 내려 보냈다.

— 46 —

사이온은 청화, 진사, 철사, 녹청 등 무엇이든 다 사다 주었다. 값비싼 아라비아산 회회청도 구해다 주었다. 안료만 풍부하다면 색깔을 넣는 건 오래 걸리지 않았다. 몇 번 구워 보면 알 수 있었다. 진사는 굽는 과정에서 휘발되기도 하기 때문에 색깔을 내기 어려웠다. 앵이 모르는 금속도 여럿 있었는데, 이런 금속이 색을 내기도 하고 그림을 단단하게 잡아 주기도 했다. 또 유약은 장석, 규석, 석회석이 기본재료였다. 거기에 무엇을 더 넣느냐에 따라 천변조화가 일어났다.

마침내 앵은 금채의 비밀을 풀었다. 흙의 배합 비율, 안료의 배합 온도, 채색의 온도, 보라색 광물과 금의 배합 비율과 온도를 알아냈다.

종매는 앵이 들고 있는 황금 그릇을 보고 눈이 휘둥그레졌다.

"이게 뭐야? 이게 모두! 금그릇이야?"

"아니 금색을 입혔어, 금채."

종매는 그릇을 어루만지며 감탄했다.

"이걸 흙을 구워서 만들었단 말이야?"

"아버지가 아무한테도 얘기하지 말라고 하셨지만 오라버니한테는 얘기하는 거야."

앵이 대단한 솜씨를 가지고 있음은 알고 있었지만 이 정도일 줄은 몰랐다.

"나는 사람들이 모두 이 귀한 그릇으로 밥을 먹을 수 있으면 좋겠어."

"사람들이라니?"

"조선 백성들."

"황금색은 왕실의 색인데?"

"아무나 쓰면 어때서?"

"황금 그릇은 왕실에서만 쓸 수 있단 말이야!"

"아니, 나는 이 그릇을 누구에게든 팔 거야, 싸게."

종매는 고개를 저었다.

"황금 그릇은 왕의 그릇이고 조선에서는 팔 수도 없는 그릇이야."

"조선에서 팔지 못하면 중국이나 일본, 서양에 팔면 되지, 뭐가 걱정이야?"

"왕이 가만 두겠어?"

"그럼, 조선 왕실을 없애 버리면 되지, 아버지나 삼촌들이 그렇게 하실 걸?"

설마… 종매는 아무리 그래 봐야 조선 왕실은 건재할 것이라고 믿었다.

의주에 있는 왕이 한성으로 돌아오면 강화도를 칠 게 분명했다. 왕실과 벌이는 싸움에 휘말리게 되면 앵이나 자신의 목숨이 어떻게 될지 알 수 없는 일이었다. 앵과 결혼해서 오순도순 살아갈 수나 있을지 걱정이었다. 변광조는 전란이 끝난 뒤에 앵을 데리고 유구로 가려는 생각을 가지고 있는 듯 그런 뜻을 몇 차례 비치곤 했다. 앵은 그런 말을 귀담아듣지 않는 눈치였지만, 유구국 형제들이 조선 왕실과 싸우다 잘못되기라도 하면, 앵은 설령 목숨을 건진다 하더라도 조선 땅에서는 살 수 없었다. 그렇다면 자기도 앵을 따라 유구로 가야 했다. 앵에게 아무 일만 일어나지 않는다면야 유구든 어디든 같이 갈 수도 있었지만, 어쨌거나 앵 주변에 거대한 소용돌이가 일어나는 걸 종매는 원치 않았다. 앵이 그 소용돌이에 말려들길 원치 않았다. 앵을 데리고 양성으로 숨어 버릴까?

종매는 옛날처럼 그렇게 살고 싶었다. 애초에 앵을 데리고 강화도에 들어오는 게 아니었다.

— 47 —

이른 새벽, 앵은 눈곱을 떼는 둥 마는 둥 하고 사이온을 따라나섰다.

오늘 안에 혈구산 거쳐 로적산까지 다 돌려면 서둘러야 했다. 우선 가장 멀리 떨어져 있는 고려산 맨 서쪽의 가마로 갔다. 거기서부터 시작이었다. 81개 가마를 다 돌아야 했다. 각 가마에서 가장 뛰어난 작품을 골라서 마흔 가지 모형 목록을 만들고, 그 모형과 목록을 가지고 필리페로 서양의 주문을 받으러 갈 계획이었다.

이작광, 우경, 차관의 가마에서 여덟 개의 모형을 찾았다. 달항아리 모형 두 개, 술병 모형 세 개, 찻잔 혹은 술잔 모형 세 개였다. 타원형 달을 본뜬 항아리와 동그란 달을 본뜬 항아리, 여인의 옷처럼 가운데가 둥글게 볼록 솟아오른 항아리가 조선의 미를 한껏 드러냈다. 어깨가 우렁차게 솟아 있는 매병은 볼수록 운치가 넘쳤다. 불안한 구도에서 운치가 나온다는 게 신비로웠다. 앵은 육각형 모형의 술병과 연꽃 모양의 찻잔, 그리고 수박을 반을 잘라 올려놓은 듯한 커다란 술잔도 골랐다. 백자의 빛은 흰색이 햇살을 받아 빛의 변화를 일으킨 것이었다. 백자의 근본 색은 유색(乳色), 희지만 투명하지 않고 차갑고 매정한 느낌이 아닌 따스한 느낌을 주는 색이었다.

혈구산에 있는 10여 개의 가마에서는 검은색 바탕에 하얀 줄을 그어 마치 폭포를 보는 듯한 착각을 일으키는 흑도 쌀항아리와 거북 등에 청동 기둥을 세우고 그 위에 촛대를 올려놓은 등잔을 골랐다. 청동에는 용무늬를 넣었고 촛대 부분은 진사로 모란꽃 문양을 넣은 백자였다. 세 번째 그릇은 찻잔과 찻주전자 한 첩으로 찻주전자의 몸체는 봉황을 본뜬 청자였는데 봉황의 깃털은 진사를 넣은 상감무늬였으며, 찻주전자의 코 부분은 봉황의 목을 본떴고, 주전자의 주둥이는 금을 붙여 길게 이었다.

"사기장 어른. 이 다기 한 첩은 가격을 어느 정도로 생각하십니까?"

"그것을 만드는 데 들어간 재료값만 금이 두 돈, 진사(적색 안료) 한 량이니 보통 그릇의 열 배 값은 받아야지요, 은전 스무 량."

로적산 가마 15개와 도자기마을 내의 30개 가마를 다 돌아보니 마음에 드는 그릇의 모형이 무려 예순 가지나 나왔다. 사옹원 1급 사기장들의 작품은 혼을 빼놓았다. 용문청화매병, 모란문진사주병, 호랑이 세 마리가 서로 맞보고 있는 두 자 높이의 백자청화문 병풍은 이 세상 어디에서도 볼 수 없는 작품이었다. 그 밖에도 청자로 만든 의자, 청화와 진사, 녹채로 된 용과 봉황을 그려 넣은 눕는 의자, 선비의 풍류를 한껏 살린 4군자 주병들이 눈에 띄었다.

11월 1일, 배 세 척이 필리페를 향했다.

그동안 수집해 두었던 백자 1만 점과 청자 3천 점, 그리고 사천에서 구운 그릇 1만 점, 그리고 외국 상인으로부터 주문받을 그릇의 기본형을 종류별로 33가지 준비해서 배에 실었다. 사이온과 무돌 외에 앵도 함께 따라갔다.

변광조가 앵을 위험한 여행길에 굳이 동행시킨 건 도자기로 조선 사람을 부자로 만들어 주고 싶다던 앵의 말을 두고두고 생각한 끝에 내린 결론이었다.

앵은 돈이 아니라 가난한 조선 사람을 위해서 그릇을 만들었다. 앵은 늘 말했다, 사람들에게 도움을 준다는 마음으로 그릇을 만들어야지 돈을 생각하고 만들면 돌덩이가 나온다고. 변광조는 돈을 벌기만 하면 아무런 미련도 없이 조선을 떠날 터였지만, 앵은 변광조를 따라서 함께 유구로 갈 생각이 없어 보였다. 하지만 백토가 나지 않아서 도자기를 구울 수 없는 유구에 앵을 억지로 데려가고 싶지 않았다. 그렇다고 앵을 그저 단순히 사기장으로만 남게 하고 싶지 않았다. 기술만 있고 상업의 관점이 없으면 남에게 이용만 당할 뿐이니, 앵에게 상업을 가르쳐서 돈을 크게 벌게 해 주고 싶었다. 자기 주관과 자기 계획에 따라서 살아가게 하고 싶었다. 어쩌면 앵이 바라던 대로 조선의 모든 백성이 금채에 밥을 담고 국을 담아 먹을 수도 있지 않을까… 어린 목숨이 배고픔과 추위로 남의 집 헛간에서 아까운 인생을 마감하는 일도 일어나지 않겠지, 하는 생각을 했다.

필리페에는 예전부터 변광조와 거래를 해 온 서양 상인이 있었다. 로드리게스와 산체스였다. 앵이 만든 금채 다섯 가지도 함께 실었다. 두 사람에게 선물로 줄 물건이었다. 필리페에는 여드레 만에 도착했다.

가는 도중에 일곱 차례나 해적의 습격을 받았으나 그때마다 격퇴했다. 대규모의 해적 선단은 없었고, 기껏해야 서너 척의 낡은 배로 겁 없이 덤비던 해적은 모두 물귀신이 되었다. 무돌의 부하들은 무료한 항해를 달래줄 놀잇감을 만났다는 듯이 오히려 해적을 반겼다. 수뢰를 던져 배에 구멍을 낸 뒤 가죽으로 만든 공기주머니를 물에 던지고 그걸 딛고 건너가 해적들을 베었다. 곡예사처럼 날아다녔다. 이들은 육지보다 바다가 오히려 더 편해 보였다. 그런데 사이온은 백병전과 사격전이 계속되는 동안에도 뱃머리에 똑바로 서서 전투의 전 과정을 바라보았다. 화살이 귓전을 날아가도 눈 하나 깜짝하지 않았다.

나중에 사이온은 앵에게 이렇게 말했다.

"전투에 직접 참가하는 사람은 전투의 전 과정을 다 볼 수 없기에 적의 약점을 알 수 없어. 그래서 다음에 다시 만나면 다시 또 허둥대지. 이런 일이 없도록 자세히 봐 두는 거야."

탄알이 날아가는 방향까지도 살핀다고 했다. 사이온이 겉보기엔 곱상한 귀공녀였지만 무섭고 독한 여자라는 걸 앵은 다시 한번 실감했다.

로드리게스는 본국 스페인으로 돌아가서 없었고 산체스만 있었다. 사이온은 산체스에게 가져간 물화를 보여주었다. 산체스는 감탄사를 연발했다. 앵이 금채 자기를 보여주자 거의 까무러칠 정도로 감탄했다. 정신을 차리고서는 연신 자기들의 신 이름을 불렀다.

"오! 하나님, 제게 이런 행운을 주시다니!"

신고 간 기물 전체를 은 8만 량에 팔았다. 사이온은 산체스뿐만 아니라 로드리게스의 대리인으로부터도 주문을 받았다. 백자 3만 5천 점, 청자 1만 점, 다기 5천 첩, 나전칠기 5천 점, 분백청자와 회백청자 2만 점, 그리고 황금 자기 3백점이었다. 몇 년 동안 거래가 없었던 탓에 수요가 많이 밀려 있었다. 새로 주문받은 물건도 6만 점이었다. 한 점에 은 열 량짜리라고만 계산해도 총 60만 량이었다.

돌아올 때에는 유구와 제주에 들러 식량과 물을 챙긴 것 외에는 단 한 시각도 지체하지 않았다. 하지만 역풍을 받아야 했기에 강화까지 19일이 걸렸다.

— 48 —

전쟁은 소강상태에 접어들었다.

왜군의 전력이 약해져서 남으로 후퇴하면 왕의 힘은 한층 강화될 터였다. 빈틈을 보이면 왕은 언제든 강화를 공격할 터였다. 광해 또한 비록 손을 잡기로 약속했지만, 강화도의 모든 것이 왕의 손으로 들어갈지 모른다고 판단하면 왕보다 먼저 칼을 뽑아들고 달려들 수도 있었다. 아닌 게 아니라, 조선 조정이 강화도를 칠 계획을 세우고 병력을 모은다는 말이 돌고 있었으며, 전라우도 수군과 충청도 수군의 선소에서 만들고 있는 배가 조정의 특별 지시에 따른 것이라는 말도 나돌았다. 그 지시가 광해의 지시인지 아니면 왕의 지시인지 보고 내용이 엇갈리긴 했지만…, 그리고 이제는 고니시도 대마도에서 왕실의 보물을 빼돌린 게 변광조임을 알고 있을 테니 언제 칼을 들이댈지 몰랐다. 소 요시토시나 시마즈 역시 강화를 노리고 있었다.

"조선의 권력을 아예 짓밟아 버리죠. 광해는 필요할 때마다 말을 바꾸는 약삭빠른 놈이고 왕은 교활함이 끝이 없는 자이니, 저들과 협상을 맺거나 약속을 하는 건 무용지물입니다."

감근이 하는 말에도 일리가 있었다. 하지만 최선책은 아니었다.

"오라버님들, 제가 한 말씀 드릴게요."

사이온이었다.

"1년에 적어도 두세 번은 필리페에 다녀와야 하고 항해할 때마다 적어도 3백 명 병력이 빠지니 그 자리를 메울 방책이 있어야 하는데, 따로 병력을 키우기보다는 상인 조직과 주민을 강화하여 이들의 힘을 이용하는 방법은 어떻습니까?"

팽세가 반대하며 나섰다.

"백성이라는 존재는 왕에게 충성해야 한다는 생각이 머리에 박혀 있는 한편 이익을 따라서 손바닥을 뒤집듯 쉽게 말을 바꾸는 하찮은 종자들이다. 우리가 아무리 베풀어도 우리 힘이 약해 보이면 바로 그 순간에 우리를 배반할 것이다."

"그렇다면 너의 생각은 무엇이냐?"

"분열책을 써야 합니다."

"분열책?"

"의병이 역모를 일으킬지 모른다는 소문이 이미 의병장들 사이에 돌고 있습니다. 실제로 그럴 수도 있고, 아니면 민심을 얻고 있는 의병장들을 견제하려고 조선 왕이 일부러 퍼트린 소문일 수도 있습니다만, 우리는 이걸 이용해서 의병과 관군이 연합하지 못하도록 이간시켜야 합니다."

팽세의 의견은 명확했다. 전란의 시기이니 누구도 믿을 수 없는 상황이라고 했다. 또, 왕실은 왕실대로 왕과 세자가 편을 나누어 견제를 하고 조정은 조정대로 편을 갈라 싸우는 상황이라 어느 누구도 확실하고도 강력한 권력을 휘두르지 못하고 있으며, 또 전쟁은 소강상태에 접어들어서 왜와 조선, 그리고 명의 3국이 조선 영토에서 어정쩡하게 공존하는 만큼, 우리가 최상의 힘을 가지고 있지 않는 한 지금과 같은 상황을 계속 유지해야 한다고 했다. 그러기 위해서 분열책이 필요하다는 것이다.

"솔직히 저는 하루빨리 돈을 벌어 유구로 돌아가고 싶어요. 애초의 목적만 달성하면."

사이온이었다. 다시 팽세가 반박했다.

"그래, 5백만 량이라는 우리 목표를 달성하기 위해서라도 이간책은 필수야. 조선 왕실을 지키자는 쪽과 조선 임금 혹은 조선 왕실을 엎자는 쪽을 이간시켜야 하고, 북부의 광해와 이옹, 그리고 남부의 김덕령, 정기룡, 곽재우, 처영, 영취를 이간시켜야 해."

"왕실 충성파와 역모파를 가르고, 관군과 의병을 가르고, 남과 북을 가른다?"

"아예 우리가 직접 나서서 왕을 죽여 버리면?"

대남이 불쑥 끼어들자 팽세가 대답했다.

"왕을 죽이는 데에는 총통 한 발이면 됩니다. 관군의 장수들을 해치우는 것도 식은 죽 먹기고, 대남 형님과 무불리가 죽이지 못할 자가 없고 근과 원이 숨어들지 못할 곳이 없으니까."

근과 원이 고개를 끄덕였고, 팽세는 다시 변광조를 바라보며 말을 이었다.

"하지만 그리했다간 포위되어 조선을 벗어나기 어려워지고, 더 중요한 점은 일이 잘못될 경우 조선에서 상업과 무역을 할 수 없게 될지도 모릅니다. 우리가 직접 조선 내정에 끼어 들기보다 조선 내부에 분쟁을 유도하는 게 가장 좋은 방책입니다."

변광조가 고개를 끄덕인 후에 물었다.

"군대와 조직을 갖추고 있는 역모파가 실제로 있느냐?"

"없으면 만들어 내면 되지요. 조건이야 무르익었으니 살짝 건드려 주기만 해도 되지 않겠습니까?"

변광조는 이옹을 만나야겠다고 생각했다. 왕과 의병장 및 관군 장수들 사이의 매개이자 왕실의 가장 큰 근왕군(勤王軍) 지도자이므로, 역모의 움직임이 실제로 존재한다면 어떤 식으로든 이옹이 파악하고 있을 가능성이 있었다. 이옹을 만나서 의중을 떠보기로 했다.

변광조가 이옹에게 다리를 놓기 전에 영취가 사량도로 내려가 있던 변광조를 찾아왔다. 초겨울 하늘의 낮은 구름이 연무가 되어 바다를 덮고 있던 이른 아침에 영취가 탄 배가 들어왔다.

"이른 아침에 어인 일입니까?"

"변공이 워낙 바쁘니 보고 싶어도 볼 수가 있어야지요. 세상 돌아가는 이야기나 좀 들으려구요."

두 사람은 함께 아침 식사를 했다.

"유구에 다녀오셨다구요?"

"본국에 해적이 출몰해서 처리하고 왔습니다."

"변공을 보면 초인 같은 느낌이 든다오. 바다를 육지처럼 다니니 말입니다, 하하하! 그래 이번에 가셔서는 해적 놈들을 몇이나 죽였습니까?"

영취는 그렇게 딴 소리만 계속했다. 자기는 스님이라서 나물만 먹는데 그날 아침 식사에 '울타리를 뚫고 지나다니는 나물'(닭고기)과 '칼로 다듬는 붉은색 뭉텅이 나물'(육고기)이 왜 나오지 않았느냐는 등 시시껄렁한 농담만 할 뿐 전란과 관련된 이야기는 아예 꺼내지도 않았다. 분명 뭔가 할 말이 있어서 새벽부터 길을 나섰을 테지만 하고 싶은 말을 쉽게 꺼내지 못하다가 드디어 어렵게 꺼냈다.

한동안 겉도는 이야기만 하다가 아침을 먹고 차 한 잔을 주고

받은 다음에야 영취는 속마음을 드러냈다.

"변공이 조선을 차지할 수 있는 기회인데, 변공은 어찌 생각하시오?"

"소제더러 조선 왕실을 엎으라는 말씀입니까?"

변광조는 짐짓 놀라는 척 했지만 사실은 예상하던 말이었다. 다만 그렇게 직접적으로 요청해 올 줄은 예상하지 못했다.

"임금은 한성을 비우고 도망갔고, 궁궐의 용상은 비어 있는데… 조선에서 그 어떤 집단보다 힘이 세고 돈이 많은 변공이라면 충분히 그 자리를 차지할 수 있을 것 같은데."

"나를 보고 조선 역모의 주동자가 되라고요? 하하하!"

"농담이 아니오, 전쟁이 끝나면 피바람이 불 겁니다. 누군가 책임을 져야겠지요. 임금은 누구에게 그 책임을 지울 거라고 보시오?"

"글쎄요."

"자기 주변의 정승·판서들은 건드리지 못할 것입니다. 자기와 함께 움직였기 때문에 그들에게 벌을 준다는 건 곧 자기에게 책임이 있음을 인정하는 것이니까요. 결국 가장 용감하게 싸운 의병장과 장수에게 죄를 덮어씌우겠지요. 전투를 제대로 준비하지 못했다거나 왕실에 불충했다거나 혹은 역모의 죄를 씌울지도 모르지요."

용상이 흔들린다고 생각하는 왕으로서는 군대를 지휘한 경험이 있는 의병장이 잠재적인 반역의 토양이라고 볼 것이라고 했다. 의병은 관군이 아니니 공신책록도 만무할 것이고 가만 두자니 후환이 두려운 존재이고, 의병장들, 특히 명망이 있는 의병장들을 그냥 둘 리가 없다고 했다.

"나는 조선이 망하든 말든 관심 없습니다. 장수가 토사구팽을 당하든 왕을 쳐죽이고 반정을 꾀하든 나하고는 상관도 없고 관심도 없습니다. 나는 단지 내 일에 방해가 되면 목을 치고 도움이 되면 손을 잡을 뿐입니다."

"허허, 어찌 그리 매정한 말을 하시오?"

"조선은 헛된 명분만 먹고 사는 나라가 아닙니까. 백성이 다 굶어 죽어도 위정자들은 허세와 명분으로 싸움을 하며 날밤을 세우지요, 그래도 백성들은 왕을 떠받들고…"

"그걸 바꿔 보자는 말이오."

"만일 내가 조선 문제에 끼어든다면 나는 동인당이니 서인당이니 가리지 않고 모조리 목을 잘라 버리겠지만, 굳이 그런 수고를 하고 싶지 않으니, 조선 문제에 끼어들고 싶지 않다는 말입니다."

"변공께서 상업을 장려하는 흥상(興商)에 모든 것을 걸고 있음을 알고 있소. 허나 지금 조선에서 돈 위에 무엇이 있는지 봐야 할 것 아니오? 돈 위에 권력과 성리학이 있소. 권력은 언제든 변공의 상조직과 돈을 빼앗아 갈 수 있소. 그리고 성리학은 사농공상의 이념으로 상업을 천시하니, 이런 조선에서는 결코 흥상이 될 수 없소."

"그러면 떠나면 그뿐이지요."

변광조는 계속 딴청만 부렸다. 하지만 영취는 단념하지 않았다.

"삼남의 백성이 좌수사 어른을 숭상하는데, 임금이 한성으로 돌아오면 누구를 제일 먼저 치겠소?"

"…"

"임금은 입만 열면 호남이 걱정이라고 말한답니다!"

"…"

"호남이 걱정이라면 누구를 염두에 두고 하는 말이겠습니까?"

물론 전라좌수사 이순신이었다.

"변공이 좌수사 어른을 지켜 주시오!"

변광조는 무슨 말을 하려고 하는지 알고 있었지만 입을 다물고 듣기만 했다.

"전쟁이 소강상태로 들어가면 당파 싸움이 다시 치열해질 것입니다. 전란 중에도 이미 정권이 두 번이나 바뀌었으니 앞으로는 정쟁이 더 치열해질 것이오. 동인에 속하는 학봉 김성일은 도요토미가 조선 침략을 하지 않을 것이라고 하는 큰 실수를 했으나 전쟁초기에 관군이 궤멸된 상태에서 의병을 모으고 또 지휘하여 진주 성전투를 승리로 이끌고 또 의병들의 뒷바라지를 열심히 하면서 할 만큼 했지. 헌데 왕이 다시 살인귀 정철을 복귀시켜 서인을 세웠으니 윤두수 일파가 정권을 내놓으려 하지 않을 것이고 전란의 책임을 서로 씌우기 위해 더 치열한 정쟁이 벌어질 것이란 말이오. 빌어먹을 것들 같으니! 퉤!"

영취가 가래침을 탁 뱉고 계속 말을 이었다.

"더 이상 그놈들을 지켜볼 수가 없소. 서인들은 전쟁이 끝난 뒤에 권력에서 밀려날까봐 두려워 동인으로 보이는 지휘관들을 교체하려고 덤벼들 것이오. 온갖 모함과 거짓 보고가 왕에게로 올라갈 것이오. 광해의 의병군도 가만히 있지 않을 테고, 왕의 속마음을 알고 있는 간신배들이 합세하여 더러운 공적 다툼을 일으킬 테니 결국엔 사욕이 없는 좌수사 어른이 곤란한 지경에 이를 것이란 말이오!"

영취가 변광조에게 제안하는 내용은 전란의 책임을 물어 왕과 기존의 정파를 모두 처단하고 새 왕조를 열자는 것이다. 하지만 현재까지 어떤 사람들이 이런 생각에 동조하고 있는지는 언급하지 않았다. 그리고 또 만일 혁명을 추진한다면 누구를 왕으로 추대할 것인지 굳이 묻지도 않았다. 변광조는 그저 듣기만 했다. 어차피 영취도 그 자리에서 가타부타 대답을 들을 수 있으리라고는 생각지 않았다. 다만 서로의 생각을 조금씩만 보여주는 자리로 만족해야 했다. 아직은, 영취나 변광조 모두.

— 50 —

영취가 다녀간 다음 날, 변광조는 사량도에서 광해의 명을 받고 온 허균과 마주앉았다.

스물네 살의 나이였지만 허균에게서는 기품이 흘렀다. 적어도 영취에게서 느낄 수 있는 노회한 반역자의 분위기나 이이첨에게서 느꼈던 계산적인 약삭빠름은 찾아볼 수 없었다. 명문 사대부 집안 출신이라는 이유만으로는 설명할 수 없는 어떤 기품이었다. 미소를 띤 얼굴과 눈빛에서는 정체를 알 수 없는 서늘함이 풍겼다. 칼이 부딪히고 피가 뿌려지는 전투 현장에서는 찾아볼 수 없는 서늘함, 생사를 초월한 듯 보이는 또 다른 서늘함이었다.

허균은 변광조가 준비한 찻잔을 밀쳤다.

"차 말고 술을 마시고 싶은데 한 잔 주시겠습니까?"

흉금을 터놓고 이야기해 보자는 말이었다. 변광조는 마다하지 않았다.

"흥상의 정책을 말씀하신다 들었는데, 저로서는 대환영입니다."

"광해도 그렇게 생각하면 좋겠소만…"

"그런데 공께서는 무엇을 파시려 하는지요?"

"자기도 있고 칠기도 있고 전란 중에는 염초도 팔고 군복으로 쓸 황마도 팔지요."

"상업은 물건만 파는 게 아니라고 봅니다만…"

"응?"

"상업은 사람을 얻자는 것 아닙니까? 상업은 사람이 있어야 가능하니까요."

"나를 적으로 여기지 않겠다는 뜻이오?"

"그렇습니다. 세상을 좋게 만들자는 사람이라면 생각이 통하는 부분이 있겠지요."

허균이 웅대한 포부를 가지고 있다는 인상을 변광조는 강하게 받았다. 언젠가는 일을 저지르고 말 위인으로 보였다. 포부가 큰 사나이는 죽든가 살든가 두 가지 길 뿐이라는 건 경험에서 아는 일이었다.

허균은 역사는 백성이 만들어 가는 것이며 군주는 그들의 뜻을 받들어야 한다고 했다. 성리학에 정면으로 배치되는 이야기를 거침없이 내뱉었다. 세상을 자신의 뜻대로 경영하고야 말겠다는 의지가 보였다. 가슴속에 그 깊은 목적을 숨기고 광해 곁에 붙어 있음을 스스로 암시했다. 조선 선비에게서 그런 말을 들을 수 있으리라고는 생각지도 못했던 것이다. 변광조 자신이 품고 있던 막연한 염원을 일목요연하게 정리해 주는 것이었다.

"호민(백성)과 유재(인재)가 역사를 만들어 갑니다."

이야기를 하면 할수록 여태까지 만난 사람들에게서는 찾아볼 수 없던 묘한 매력이 풍겼다.

"하하핫, 오랜만에 뜻이 통하는 사람을 만난 것 같소. 그럴 듯한 명분만 내세우면서 양반들이 나머지 백성을 짓밟고 착취하는 조선이 역겨우며, 세자 역시 그 길로 가겠다면 절대로 도울 수 없소. 당장 목을 쳐도 시원찮지."

허균도 천하에 두려워해야 할 유일한 존재는 왕이 아니라 오로지 백성이라고 맞장구쳤다. 백성은 물과 범보다 더 무섭지만, 조정 대신들은 백성이 무서운 줄 모르고 업신여기며 모질게 부려먹는데, 결국에는 백성이 참지 못하고 들고 일어날 것이라고 했다. 근심과 원망에 찬 백성이 창을 들고 일어나는 게 마땅하고 또 지금 그 일이 진행되고 있다고 했다. 이 왕조는 이미 백성의 용서를 받을 수 없다고 했다. 왕자 둘이 백성한테 붙잡혀 돈 몇 푼에 왜군에 팔렸고, 왕비의 가마가 백성의 돌팔매를 맞았으며, 평양성에서는 왕이 백성들에게 둘러싸여 몽둥이로 맞아 죽을 뻔한 것만 봐도 알 수 있지 않느냐고 했다.

"왕실의 가장 큰 기둥인 세자 광해가 과연 그 길에 앞장서겠소?"

"그리하시게 도와드려야지요."

"그 길이 조선 왕실 자체를 부정하는 것인데도?"

"죽자고 해야 살아날 방도가 있음은 세자 저하도 잘 아실 겁니다."

잠시 말을 끊은 뒤에 허균이 물었다.

"세자 저하를 믿고 함께 가시겠습니까?"

"조선의 왕실이 자기 목을 자기 손으로 치겠다는 말을 믿으란 말이오?"

하지만 허균은 조금도 표정을 바꾸지 않았다.

"못할 것도 없지요."

허균은 자리에서 일어나더니, 벽에 걸린 검을 빼어 들어 자기 목에다 댔다.

"여기에서 손을 조금만 움직이면 자기 목을 자기 손으로 치는 거지요."

허균은 서늘한 미소를 지었다.

사이온이 말한 것처럼 허균은 예사 인물이 아니었다.

허균이 돌아간 뒤 변광조는 생각에 잠겼다.

애초에 계획했던 세 가지 목표 가운데 두 가지는 이루었다. 사기장들을 모았고 강화도를 장악하여 도자기 생산 기반을 갖추었으며 바닷길을 열었다. 하지만 나머지 하나는 여전히 숙제로 남았다. 조선의 권력이 장사를 방해하고 탄압한다면 사업은 지속될 수 없었다. 이제는 조선 왕조를 어찌해야 할지 판단을 내리고 결행해야 할 시점이었다. 만일 우리가 조선 왕조를 없애야 한다면 서둘러 모두 요절을 내야 할 것이요, 왕실이 함께 가겠다면 굳이 위험 부담을 안으면서까지 그럴 필요가 없었다.

"형님."

어느 사이엔가 팽세가 곁에 와 있었다.

"조선에 대한 애착을 버리십시오. 어느 편이든 간에 우리가 필요한 대로 쓰고 버리면 그만입니다. 우리는 지금 빚더미에 올라 있습니다. 유구에서 준비하느라 은 30만 돈을 들였고, 허은석에게도 은 20만 돈을 빌렸습니다. 강화도를 건설하는 데 30만 돈이 들었습니다. 본전을 찾고 이익을 남겨야 장사라고 할 수 있지요."

팽세가 거기에서 말을 끊었다.

"계속해 봐라."

변광조가 재촉했다.

"영취든 허균이든 혹은 광해든 간에 따지고 보면 다 사대부들입니다. 이들이 토지제도와 신분제도를 바꿀 이유가 없습니다. 이들을 돕는 건 낭비입니다. 조선이 망한들 우리와 무슨 상관입니까. 우리는 그저 이익이 되는 길만 찾으면 됩니다. 어느 것이 정당하고 옳은가는 어느 쪽이 살아남느냐의 문제일 뿐입니다. 우리는 상인이니 권력도 돈을 벌기 위한 게 아니라면 욕심을 내지 않으셨으면 합니다."

결정을 내려야 할 시간은 점점 다가왔다. 직접 나서서 조선을 흥상의 국가로 바꾸든가, 아니면 뒤로 물러나서 구경만 하다가 나중에 결과에 따라서 갈 길을 가든가…

— 51 —

"그는 원래 조선인이다. 조선에서 태어나 아홉 살 때 명으로 건너갔다. 장강 삼각주에서 떠돌다가 어느 농사꾼의 양아들이 되었다. 양부모는 추천(秋天)이라는 이름을 지어 주었다. 3년 동안에는 흥미 없는 글공부를 했다. 그런데 그 무렵 장강 포구 근처에 비단 공장이 하나둘 생겨나기 시작했는데 추천은 직조공으로 취직을 했다. 여기에서 여러 해 일을 배우면서 상거래에 눈을 떴다. (…)

늙은 양부모가 역병으로 죽었고, 그때 그의 나이 열여덟이었다. 정 붙일 곳이 없어서 배를 탔다. 비단 공장과 거래하고 있던 타이난(臺南, 대만) 상인 정후(鄭厚)의 선원이 되었는데, 정후는 변광조에게 항해 기술을 가르쳤다. 열아홉에 항해사가 되어 월(越)의 통킹을 지나 인도의 다카와 콜카타, 아프리카 동부에까지 다녀왔다. 변광조는 별자리와 나침반을 활용하는 자신만의 항해법을 발견했다. 망망대해에서도 오차 없이 목표 지점으로 항해할 수 있었고 돛대를 3층으로 18장을 붙여서 항해 속도를 높였다.

정후는 추천을 자신의 후계자 겸 양아들로 삼았다. 이름도 정

달(鄭達)로 바꾸었다. 그러나 그가 정달이라는 이름으로 산 것은 5년밖에 되지 않았다. 정후의 친자 둘과 사이가 벌어져, 정후의 배 십여 척에 쌀을 가득 싣고 바다를 오가며 보아둔 무인도에 들어가 기지로 삼았다. 산채를 짓고 해안가에 목책을 세우고 부두도 만들었다. 이 섬이 바로 조도(鳥島)라고 그가 이름을 붙인 섬이었다. (…)

유구국은 그의 주 거래 대상이었고, 쌀과 일용품을 공급했다. 유구국은 추천의 공에 보답한다며 유구왕국의 대신으로 추대했지만, 사실은 추천의 무력이 두려워 그를 아예 끌어안은 것이다. (…)

그는 무자비한 방법으로 유구의 무역로를 개척했다. 중국의 향항(홍콩)과 광저우의 해적들을 정복하고 무역관을 설치했으며, 아라비아까지 진출했다. 월(비에트)과 참파, 필리페에서도 신용을 쌓았다. 그리고 결국 무력과 막대한 자금으로 유구의 가장 강력한 지도자가 되었다.

그는 자기를 공격하는 해적들이나 왜구에 대해서는 잔인한 응징을 했다. (…)

왜와는 빈번한 교류로 일본 내에 상관을 수십 곳 운영하고 있었고 수십 명의 영주(다이묘)들과도 거래했다. 고니시 가문과 시마즈 가문 그리고 도요토미와 긴밀한 거래를 했다. (…)

전란을 커다란 돈벌이 기회로 보고 조선 땅으로 들어왔다."

허균이 광해에게 올린 이 보고서는 왕에게도 들어갔다. 어떤 경로를 통해서 들어갔는지는 알지 못하지만…

권협을 통해서도 변광조에 대한 보고를 받고 있던 왕은 변광조의 실체를 확실히 알게 되었다. 인의예지를 모르는 자였다. 변광조를 강화도에서 몰아내지 않고서는, 한성으로 돌아간다 한들, 그리고 분조를 맡고 있는 광해의 패거리가 순순히 조정의 권력을 내어놓는다고 한들, 왕권을 바로세울 수 없음을 알았다. 변광조를 회유할 수 있는 방안도 생각해 보았지만, 그간에 보인 행태로 봐서는 불가능한 일이었다. 하늘을 함께 이고서 살 수 없는 부류였다.

가장 좋은 방법은 광해가 변광조를 쳐서 강화도를 빼앗게 하고, 이것을 자기에게 고스란히 바치게 하는 것이었다. 하지만 광해가 그러게 호락호락할 턱이 없었다. 호락호락한 인물이었다면 열여덟이라는 어린 나이에 강원도에서 충청도와 경기도, 그리고 평안도를 오가며 관군과 의병을 지휘할 엄두도 내지 못했을 것이다.

광해는 호랑이 새끼였다. 이 호랑이 새끼를 잘 구슬려서 늑대를 잡아 오도록 해야 하고, 또 이 호랑이가 더 크게 자라지 않도록 해야 했다.

골칫거리는 또 있었다. 왜군이 물러가면 임금이 의병장을 토사구팽하려 한다는 소문이 돌고 있다고 했다.

'어떻게 해서 천기가 누설되어 행재소 밖으로 돌아다닌단 말인가!'

1592년 11월 하순.

왕은 의주에 있었다. 날씨는 매서웠고 전국은 기근에 시달렸다.

평양성에는 고니시군 2만 명이 주둔했고 봉산과 백천에도 왜군이 주둔했다. 한성은 도요토미의 양아들 우키타 히데이에가 차지하고 있었고, 함경도는 가토 기요마사가 장악하고 있었다. 세자는 평양성 20리 밖에서 고니시 군대를 견제했다. 조선 대신들은 명나라에게 군대를 요청했고, 명나라는 겨울이 와서 압록강이 얼어야 들어올 수 있었기에 시간을 벌려고 심유경을 보내 고니시와 강화회담을 진행했다.

* * *

변광조는 마음을 정했다. 홍상의 국가를 건설하기 위해 돌아올 수 없는 다리를 건너기로 했다.

한편 이순신은 며칠째 앓아 누워 있었다.

'전하께서 의병장을 토사구팽한다?' 설마 했던 얘기가 실제로 사람들의 입에서 입으로 전해진다는 보고를 듣고 마음이 편치 않았는데, 그 바람에 병이 심해진 모양이었다.

이런 상황에서 변광조가 찾아와 뵙기를 청했다. 뭔가 확인해 봐야겠다는 생각이 들었다. 변광조를 들이라고 했다. 어쩌면 그런 소문의 진원이 바로 변광조일지 모른다는 생각이 들었다. 적어도 소문의 진원을 더듬을 단서를 확인할 수 있을 듯 했다. 이순신은 변광조를 기다리면서 온백원(溫白元) 다섯 알을 먹고 간신히 정신을 차렸다.

변광조는 절을 하자마자 흰소리부터 늘어놓았다.

"내일부터 조선 팔도를 돌아다닐까 합니다."

"그게 무슨 소리요?"

"소생도 의병 노릇을 한번 해 볼까 하고요."

"상인이면 돈이나 벌 일이나 하지, 그것도 남의 나라에서 뭘 하려는 겐가?"

변광조는 태연하게 대답했다.

"왜를 몰아낸 다음에는 조선 왕조를 엎으려 합니다."

"뭣이?"

이순신이 푸르르 떨었다.

"기어이 반역을 도모하겠다는 겐가?"

"소생은 조선 백성이 아니니 조선 임금을 친다 해서 반역이 아니지요."

"농은 그만하시게!"

이순신이 역정을 냈다.

"그래서 전하께서 의병장을 토사구팽 할 것이라는 소문을 내고 다니는가?"

"소문을 낸 건 제가 아닙니다."

"그럼 누구 한 짓인가?"

"실제 있는 사실을 그대로 말한 것이고, 또 그 말을 전하는 사람들은… 좌수사 어른께서도 잘 아실 것 아닙니까?"

그랬다, 없는 얘기가 아니었다. 예를 들어 6월에 경상도 관찰사 김수가 왜군에 패하자 의병장이던 곽재우가 김수에게 패전의 책임을 물어서 처형해야 한다고 주장했는데, 김수는 곽재우가 역심을 품었다고 맞섰고, 여기에 대해서 왕은 '곽재우가 김수를 죽이려고 하는데, 자신의 병력을 믿어서 그런 것은 아닌가?' 하고 물었고, 더 나아가 '이 자가 함부로 관찰사를 죽이려고 하니 역심을 품은 도적이 아니고 무엇인가, 없애지 않으면 후환이 있을 것이다'라는 말까지 했다.

이순신은 심호흡을 크게 한 차례 하면서 감정을 억누르려고 노력했다.

"전쟁을 끝내야 합니다. 백성이 당하는 고통을 계속 두고만 보실 겁니까?"

이순신이 말이 없자 변광조가 계속 말을 이었다.

"영감님과 제가 차이가 있다면, 영감께서는 입 밖에 내지 못하시는 것이고 소생은 거리낄 것이 없으니 뇌까리는 것이지요."

"…"

"명나라 군대가 압록강을 건너오면 장기전이 될 것입니다. 명나라의 목적은 왜가 압록강을 건너지 못하게 하는 것이고 그것 외에는 관심이 없습니다. 그러면 왜는 대동강 이남의 조선을 먹기 위해 명과 강화회담을 할 것입니다. 전쟁이 끝없이 길어지겠지요. 백성의 고통만 가중될 뿐입니다. 아무것도 남아나지 못할 것입니다. 설령 전쟁이 끝난다 하더라도 문제지요. 승부를 가리지 못했기에 손해를 배상받을 길이 없습니다. 오히려 명이 조선에 전비를 물어내라고 할 것입니다. 또한 전란 책임을 놓고 정쟁은 더 치열해질 것입니다. 세자 저하는 적자가 아니고 장자도 아니니 왕위 계승을 놓고도 정쟁은 치열해질 것이고, 명은 왕위 즉위를 빌미로 뇌물을 요구할 것입니다. 지금 당장에도 명나라 병사의 한 달 공임이 은 두 량이니 5만의 명군이면 한 달에 공임만 10만 량이 들어갑니다. 군량미, 화약, 철정에 들어가는 돈을 조선에서 뜯으려 들 겁니다. 어찌 감당하겠습니까?"

조선 왕실의 1년 재정이 은전 20만 량에 쌀 30만 석밖에 되지 않는데…

"명도 전란 때문에 막대한 전비가 들어가니 얼마 버티지 못할 겁니다. 그러면 조선은 어찌해야 살겠습니까?"

이순신이 따라 놓고만 있던 술을 단숨에 들이켰다. 그리고 막사발 술잔을 탁자에 내리찍듯 내려놓았다. 탕, 막사발이 부서졌다.

"조선이 살고 백성이 살고 저도 더불어 잘 사는 길이 있습니다."

"…뭔가?"

"흥상의 길입니다."

변광조가 다른 잔에 술을 따라 이순신 앞으로 밀었다.

"좌수사 어른이 나서 주십시오. 백성의 마음은 이 왕조에게서 이미 떠났습니다. 지금 조선에서 새 왕조를 개창할 수 있는 분은 좌수사…"

이순신이 벌떡 일어나 칼을 뽑아 들고 변광조를 겨누었다.

"진정 이 자리에서 죽고 싶은 게로구나!"

허균과 마찬가지로 이순신 역시 진심이구나, 하는 생각을 하면서 변광조는 머리를 조아렸다.

"죄송합니다 좌수사 어른."

"다시 한 번 더 그따위 불충한 소리를 입 밖으로 내면 목을 베겠다! 여기서 당장 나가거라!"

변광조는 더는 아무 말 하지 않았고, 절만 하고 나갔다.

변광조가 나가자 이순신은 털썩 주저앉았다. 온몸에서 힘이 빠져나갔다. 이순신은 자기도 모르게 신음을 뱉었다.

"으으으으으!"

전쟁이 시작된 이래 조정으로부터 한 톨의 쌀도 한 조각의 유황도 철정 한 근도 받은 적이 없었다. 오히려 왕은 그가 모은 병사들과 천신만고 끝에 확보한 군량을 내놓으라고 했다. 하다못해 종이까지 보내라고 했다. 선전관, 체찰사, 어사를 끊임없이 들여보내 감시하고 조사했다. 전투가 뭔지도 모르는 종자들이 비변사에 모여 전술을 논하며 일선의 장수들을 비난했다. 조정에는 그저 아첨꾼과 겁쟁이들뿐이었다.

'나도 단숨에 모조리 쳐내고 싶다만 어찌하겠나? 나는 말단 수군 장수일 뿐, 내 앞에는 흉적이 들끓고 6,200명의 병사의 목숨과 이 병사들 가족의 목숨이 달려 있는데, 뒤로 한 발 뺄 여지도 없는데, 내가 무너지면 전라도와 충청도 아니 조선 전체가 왜적의 안방이 될 터인데, 나더러 어떻게 하란 말인가?'

술을 마셔도 취하지 않았다. 춥기만 했다. 사실, 조선 전체가 추
웠다.

— 53 —

변광조가 의령으로 들어가 정암진에 도착하니 곽재우 장군이
나와 있었다. 평범한 동복(冬服)을 입은 장년의 선비였다. 곽재우에
게는 영취를 통해서 찾아갈 것이라고 미리 연락을 해 두었다.

변광조와 곽재우 두 사람이 나누는 초면의 훈훈한 덕담은 오래
가지 않았다. 좌정을 하자마자 변광조가 왕을 비웃기 시작했기 때
문이다.

"임금이 명으로 건너가고자 했는데 명나라가 배를 싹 걷어 버
리고 건너오지 못하게 했다는 얘기는 들으셨죠?"

"글세 말이외다, 이거 원 민망해서…"

"명나라 군대 최고사령부의 송응창은 임금을 주색잡기로 나라
를 망친 자라며 비웃었다던데… 맞습니까?"

곽재우의 얼굴이 굳어졌다. 하지만 그러거나 말거나 변광조는
말을 계속 이었다.

"명으로 건너오려면 백 명 미만만 데리고 오라고 했다니, 조선
의 임금을 고을의 현감보다도 못한 지위로 취급하겠다는 뜻이지
요. 주자의 나라에서 주자의 신봉자를 천대하고 멸시했습니다, 하

하하!"

곽재우가 정색을 하며 말했다.

"변공, 말을 가려서 하시오!"

그제야 변광조도 정색을 하고 대꾸했다.

"장군께서는 전란이 일어난 지 열흘도 안 되어서 거병을 하셨는데, 무엇을 위해 거병하셨습니까? 이 왕조입니까? 이 땅입니까? 이 나라 백성입니까?"

"그것이 어찌 구분되오? 조선은 전하의 것이니!"

"제 땅과 제 백성을 버리고 도망친 자를 아직도 이 나라의 군주로 생각하시오?"

곽재우가 자리를 박차고 일어났다.

"당장 나가시오! 당장 목을 쳤을 것이나, 영취 장군의 낯을 봐서 살려줄 테니."

하지만 변광조는 차분하게 입을 열었다.

"제가 굳이 먼 길을 와서 장군님께 왜 이런 말씀을 드리겠습니까? 제 말을 끝까지 다 들으신 다음에 목을 치셔도 늦지 않을 겁니다."

"…"

"앉아서 제 말씀 들어주시지요."

곽재우가 다시 자리에 앉았다.

"이 나라의 군주와 고관대작들은 왜 아무도 이 전란에 책임을 지지 않습니까? 어떤 자들은 군비를 불태우고 도망쳤고 어떤 자는 무능한 전술로 병사를 잃어 버려 나라에 해를 끼쳤습니다. 그럼에도 아무도 패전의 책임을 묻지 않습니다. 이게 제대로 된 나라입니까?"

그 말은 틀리지 않았다. 곽재우 본인도 경상도 관찰사 김수의 패전 책임을 물어 처형하라고 주장했다가 역모를 선동한다는 소리까지 들은 적이 있었다.

"장군께서는 전란의 책임을 누구에게 물어야 한다고 생각하십니까?"

"왜적에게 물어야지요."

"만일 명나라가 망하고 누루하치가 중원을 차지하고 조선을 치면 그때에도 전쟁의 책임을 묻겠습니까? 전쟁은 군주의 책임입니다. 도망친 이연이 책임져야 합니다."

"허허, 참…"

변광조의 임금의 이름까지 아예 대놓고 말을 하자 곽재우도 기가 막혀 더는 말을 하지 않았다.

"왜놈들이 조선을 얕보는 이유가 뭔지 아십니까? 무지하고 몽매하기 때문입니다. 아는 거라곤 주자왈, 맹자왈, 공자왈뿐이지요. 세상이 어찌 돌아가는지 아는 놈이 없습니다."

"그 이야기를 군이 나를 찾아와서 하는 이유가 무엇이오?"

"전쟁이 끝나면 의병장들은 산속으로 숨어야 할 것입니다."

곽재우는 그제야 변광조가 무슨 말을 하려는지 감을 잡았다.

"전쟁이 끝나면 공적이 있는 의병장들이 두려워서 온갖 죄명을 씌워 죽이려 들 것이란 말입니다. 의병의 군공이 관군보다 많다고 하면 관군이 오합지졸임을 스스로 인정하는 셈이니 의병에게는 결코 공적을 주려고 하지 않을 것입니다. 오히려 사약을 내릴 겁니다. 장군께서도 지난 유월에 그런 일을 당할 뻔 했다고 들었습니다, 맞지 않습니까? 그리고 또 그 이전에는 별시에 합격했지만 왕이 변덕을 부린 바람에 취소되었다고 들었습니다. 무슨 증거가 더 필요합니까?"

곽재우는 서른두 살 때이던 7년 전에 별시에 응시해서 차석으로 합격했지만, '당태종이 장졸들에게 활쏘기를 가르쳤다'는 시험 문제에 임금이라면 응당 문무를 겸비해야 한다는 내용으로 쓴 답안이 문약한 왕의 심기를 불편하게 만들어 결국 합격 취소 처분을 받고 사대부 최고의 목표인 출사의 꿈을 접어야 했다.

곽재우는 더 이상 말을 하지 못하고 입을 굳게 다문 채 변광조를 바라보았다.

"소생과 장군님의 목적은 같습니다. 왜놈을 빨리 몰아내는 것입니다. 하지만 그 다음에는…"

곽재우는 마른 침을 삼켰다.

"이 왕조를 없애 버리려 합니다."

"…영취 장군도 같은 생각이오?"

"그러니 저를 장군께 안내했지요."

"전라좌수사도?"

변광조는 대답 없이 미소만 지었다.

곽재우가 깊은 숨을 내쉬었다.

"소생이 장군님께 보여드릴 게 있습니다."

변광조의 부하가 무기를 수레에서 내려 곽재우의 객사로 가져와 정렬했다. 변광조가 팽세가 개량한 소승자포에 화약을 장전한 다음 강물을 향해 쏘았다. 굉음과 함께 물기둥이 솟아올랐다. 그 다음엔 변광조가 수뢰를 집어 심지에 불을 붙였다.

"심지에 불을 붙인 후에 일곱 번째 터집니다. 하나, 둘, 셋, 넷, 다섯, 던집니다."

수뢰가 밭으로 날아가 폭발했다. 밭에는 구덩이가 깊이 파였다.

"놀랍소!"

"이 무기는 모두 소생이 만든 것이오. 이것을 드릴 테니 장군께 서는 이 의령 땅을 철통같이 지키십시오. 소생이 모든 것을 지원하 겠습니다."

변광조는 또 군자금으로 쓸 은전도 내놓았다.

"이렇게 하는 이유가 무엇이오?"

"두 가지입니다. 하나는 소생이 하는 장사 때문에 사천, 진주, 함안, 의령을 꼭 지켜야 하기 때문입니다."

"또 하나는?"

"한 가지 제안 때문입니다."

변광조의 목소리가 한층 더 낮게 가라앉았다.

"임금이 곽장군의 목숨을 위협하게 되면 그것을 피해 목숨을 부지할 수 있는 방안을 말씀드릴까 합니다."

"그게 무엇이오?"

"장군께서 왕실의 보물을 숨겨 두고 있다는 걸 압니다."

곽재우는 깜짝 놀랐다. 한성이 고니시의 손에 떨어진 직후에 왜군이 탄 배 두 척이 낙동강을 타고 내려 왔고, 곽재우가 그 배를 노획했는데, 그 배에는 고니시가 빼돌린 왕실의 물화가 가득 들어 있었다. 곽재우는 이것을 의령의 뒷산 인공 동굴 속에 숨겨 두었다. 곽재우는 왕실의 물화에 손을 댈 수 없다는 생각에 통째로 의령의 뒷산 인공 동굴 속에 숨겨 두었던 것이다.

"그것으로 목숨을 지킬 수 있습니다."

"그걸 어찌 아오? 대체 그것이 무엇이란 말이오?"

"저에게는 이성계의 신주와 이성계의 인장이 있습니다. 장군에게는 이성계의 백자 조상과 6조(祖)를 그려 넣은 청화백자 용문매병이 있습니다. 그 두 가지는 왕이 절대로 훼손하지 못합니다. 그걸 가지고 있으면 왕이 공격을 하지 못합니다."

곽재우로서는 변광조가 주겠다는 무기가 절실했다. 결국 곽재우는 왕실 보물 가운데 청화백자 용문매병을 비롯한 몇몇 개만 빼고 모두 변광조에게 넘기고 무기와 군자금을 대신 받았다.

"장군께서는 경상우도를 떠나지 마십시오. 전후에 당쟁에 휘말립니다. 만일 생명이 위험에 빠지면 강화도로 가시면 됩니다. 반드시 가지 않더라도 그리로 간다고 하고 화왕산으로 들어가셨다가 세상이 조용해진 뒤에 나오시면 아무 일 없을 겁니다."

팽세가 이 왕실 보물을 싣고 사량도로 가지고 가서 지리산 깊숙한 곳의 창고 안에 넣고 창고를 막아 버렸다.

54

변광조는 곽재우를 뒤로 하고 사명당을 만나러 밀양으로 향했다.

창녕에서 합천으로, 그리고 다시 합천에서 밀양으로 가는, 장사꾼들만 아는 산길이 있었다. 부하들은 저마다 쌀 서 말 무게의 등짐을 지고 산길을 걸어 저녁 어스름에 밀양에 도착했다. 밀양 현청에 소수의 왜군이 주둔해 있었고 민가는 대부분 비어 있었다.

제석산에서 밀양 현청이 내려다보이고 삼랑진까지 시야가 뚫린 지점을 정해서 대숲을 임시 기지로 정하고, 다음 날 아침에 부하를 단출하게 이끌고 사명당이 있는 천황산으로 들어갔다.

"그대는 누군가?"

사명당이 매서운 눈으로 변광조를 바라보았다. 사명당은 밀양현 삼강동 사람으로 본래 김종직 직계의 문하생으로 맹자를 읽다가 갑자기 출가했는데, 이유는 아무도 알지 못했다. 김종직을 받드는 서원이 번성한 유학의 고장에서 출가승이 나오는 일은 매우 드문 일이었다.

"소생은 변광조라 합니다. 영취의 의동생입니다."

"영취가 보낸 서신은 나도 받아 보았네. 그놈은 파계승 주제에 선종 불교의 시조이신 육조 선사의 법명인 혜능을 도용하고 있으니 소가 웃을 일이지. 불교를 비웃는 놈일세. 영취의 법명은 의능일세."

의능이든 혜능이든 사실 변광조는 관심 없었다.

"흠, 그래… 헌데, 나를 찾아온 이유는?"

"대사께서 의병을 일으킨 뜻도 궁금하고 의병의 위세가 어느 정도인지 궁금하기도 해서… 왔습니다."

"의병들을 더 모집하여 평안도로 들어갈 것이네. 국왕이 의주에 갇혀 계시니 구원해 드려야지. 혜능, 아니 의능에게 얘기해서 병력을 평안도로 집결하게 해 주게. 평양성을 수복해야 숨이 좀 트일 걸세."

"고니시 병력이 2만인데 의병으로 어찌… 명군이 올 때까지 기다려야 하지 않겠습니까?"

사명당은 자기가 거병한 것은 조선 왕조를 위한 게 아니라고 했다. 그러나 집 안에 있는 구더기가 더럽다고 집 밖에 있는 범을 끌어들일 수는 없다면서, 왜나 명이나 조선 땅을 넘보는 것은 마찬가지니, 우리 백성이 만만치 않게 보여야 감히 덤비지 않을 거라고 했다. 그러면서 불쑥 물었다.

사명당이 눈을 가늘게 뜨고 한참 동안 말없이 변광조를 바라보더니, 의미심장한 미소를 띠었다.

"관상을 보니 역리(逆理) 상인데… 마음에 다른 뜻을 숨기고 있구만."

"무슨 말씀이신지요?"

"그대는 여우를 잡아먹기 위해 발톱을 감추고 여우와 이웃으로 살고 있는 범과 같네. 이 틈에 조선을 짓밟고 싶은가?"

"…"

"아니라는 말을 못하는군. 지금 그대는 의병장들 가운데에서 세력을 모아 보려고 나선 게 아닌가?"

"음. 어찌 그리 소생의 속을 다 아십니까? 하지만 소생은 이 나라에서 장사를 하고 싶을 따름입니다. 조선에는 보물이 많거든요."

"굶어 죽기 십상인 나라에 보물이 많다니?"

"인삼, 도자기, 칠기, 장, 서화 … 끝이 없지요. 무기도 팔 수 있습니다. 그 보물들을 대량으로 만들어 온 세계에 내다 팔아 흥상의 제국을 만들 수 있지요. 세상의 돈을 다 끌어 모을 수 있습니다. 지금은 은(銀)의 시대이니까요."

"왕조와 사대부가 가만히 있겠는가?"

"포르투갈은 후추를 찾아 바다로 나왔습니다. 인도에서 후추를 구해 고향으로 돌아가 10배의 이문을 남겼습니다. 스페인은 남중국해와 인도양의 길목인 필리페를 차지했습니다. 마닐라에 도읍을 정하고 시장을 세워 중국의 자기와 비단, 차를 사가지고 돌아가 몇 배의 이문을 남기고 있습니다. 조선에도 그런 보물은 널려 있습니다. 흥상의 길을 간다면 조선도 백 년 동안 먹고 살 수 있는 부를 쌓을 수 있습니다."

사명당과 변광조는 결국 흥정을 했다. 변광조가 사명당을 위해 의병을 모아 주고 함께 왜적을 싸우기로 한 대신에 사명당은 흥상의 제국을 건설하기 위한 싸움에 방해를 하지 않겠다는 것이었다.

"창녕, 사천, 함안, 합천, 진주에 흩어져 있는 의병들을 가능한 많이 모아서 평안도로 와 주게."

사명당은 직접 모병 청서를 여러 장 써서 변광조에게 건넸다.

55

변광조가 다음에 만날 사람은 창녕 현청의 군관 조봉이었다.

밀양에서 창녕으로 가는 길은 익히 알고 있었다. 오르막길이
별로 없어 전속력으로 달리니 네 시간 만에 화왕산성에 닿았다.
화왕산은 경상 우도의 요충지였고, 다행히 화왕산성은 고려 시대
에 세워져 3백 년이 흘렀으나 견고했다. 왜군 1만 명은 능히 막아
낼 수 있을 것 같았다. 창녕에는 왜군이 얼씬도 하지 않았다. 왜
군이 들어올 수 있는 대로마다 돌을 쌓거나 목책을 세우거나 함
정을 파두었다. 창녕 사람들로 조직된 의병이 자기 고을을 지키고
있었다.

변광조가 10여 명의 부하를 대동하고 관군이 주둔한 창녕 현
청으로 가서 조봉 군관을 찾았다. 조봉은 이순신 장군의 정보 담
당관으로 창녕에서 창원에 이르는 지역을 맡고 있었다. 변광조와
는 안면이 있는 사이였다. 조봉이 변광조를 반갑게 맞으면서도 깜
짝 놀랐다.

"여기까지 어인 일입니까?"

조봉의 말로는 의병이 왜군의 진입을 막기도 했거니와 왜군이
급하게 북으로 나아간 덕분에 합천, 창녕, 산청은 큰 피해를 입지
않았다고 했다. 왜군은 의령에서 곽재우 장군에게 패했고 합천에
서 정인홍 장군에게 패했으며 진주에서 김시민 장군에게 패했으니
쉽게 들어오지 못할 것이라고 했다.

"더구나 이곳에는 비록 규모는 작지만 전투를 잘하는 의병 집단이 여럿 있습니다."

양반 의병장으로는 곽재우, 최영담, 홍규남, 조와동, 허승 등이 전투력이 있는데, 양반이 아니면서도 유명한 의병장이 한 사람 있다고 했다. 진주 문산면 출신이라고도 했고 어느 대감집 노비 출신이라고도 했다.

"이름이 없고 별명이 여럿 있는데 그중에 하나가 소뿔이라 합니다. 이 사람은 의병은 의병이되 다른 부대와 연합하지 않고 오로지 자기 조직만으로 싸운다고 합니다. 병력이 쉰 명 정도밖에 안 되는데도 얼마나 신출귀몰한지 왜놈 목을 따는 데 신기의 재주를 부린다고 합니다. 소문인지 사실인지 알기 어렵습니다."

소뿔은 함안의 백야천변에서 고기를 잡기도 하고 악양루 벌판에서 품을 팔며 산다는 소문도 있다고 했다. 평시에는 가만히 있다가 왜놈만 나타났다 하면 어느새 부대원을 모아 멧돼지를 몰듯이 몰아서 잔인하게 죽인다고 했다.

"의병이라기보다는 왜놈 사냥꾼이라는 표현이 맞을 겁니다. 왜놈을 잡아 간을 빼서 먹는다는 소리도 있고…"

변광조는 사명당의 의병 청서 한 부를 조봉에게 넘겨주고 나귀들의 등에 벼를 한 섬씩 얹은 다음 화왕산 산성으로 돌아갔다. 부하들을 배불리 먹이고 불을 피워 사슴 두 마리를 사냥해서 구워 먹었다. 해가 지기 전에 이노, 조와동, 허승을 만나 의병 청서를 건넸지만 이들은 평안도라는 말을 듣고는 방한복과 군량을 마련할 길이 없다며 고개를 저었다.

"우리는 이곳을 지킬 겁니다. 평안도에는 관심이 없습니다."

이노와 조와동은 사명당이 보낸 의병청서를 바닥에 던졌다.

다음 날 아침 변광조는 부하 열 명을 데리고 함안의 백야천으로 달려갔다. 소뿔이 출몰한다는 곳이었다. 하지만 소뿔이 백야천 변에 있을 리 없었다.

"강가에 있으면 적의 눈에 쉽게 띄어 방어할 수 없다. 저들이 일부러 백야천에 있다고 소문을 낸 거야."

그렇다면, 이들이 있을 곳은 백야천이 한눈에 내려다보이는 산중턱에 있을 가능성이 높았다. 이들의 은신처도 거기에 있을 터였다.

변광조는 소뿔이 있을 만한 산으로 올라갔다. 일부러 큰 소리를 내며 숲길로 들어갔다. 아니나 다를까 한 무리의 사내들이 이들을 막아섰다. 어느새 뒤도 막아섰다. 스무 명도 넘을 인원이었다. 손에는 장검을 들고 있었고, 개 중에는 삼지창 같은 무기를 든 사람도 있었다. 변광조가 이들에게 말했다.

"나는 사천의 의병장 변광조이다. 소뿔 대장을 찾아왔다."

그러자 중키에 몸이 단단해 보이며 수염이 많은 남자가 받았다.

"변씨 성을 가진 의병장을 들어본 적 없소."

"전라좌수영에 있는 자원 의병장이오."

"수작 부리지 말고 꺼져라."

"그렇다면 그냥 지나가기만 하겠소."

"여기는 우리 영역이니 누구도 들일 수 없다."

"소뿔 대장에게 할 말이 있어서 찾아왔다는데…"

"난 모르니까 썩 꺼져라!"

남자들은 막무가내로 안 된다고 했다.

"보시오. 우린 왜적이 아닐진대 어찌하여 적대하시오?"

"말로 해서는 안 들어먹을 놈들이구나."

수염쟁이가 손짓을 하자 남자들이 변광조 일행을 공격했다. 삼지창과 장창이 사방에서 찔러 들어갔다. 그러나 변광조와 부하들은 이들의 공격을 유연하게 막아내고 피하기만 할 뿐 공격은 하지 않았다. 공격이 먹히지 않자 수염쟁이가 고함을 질렀다.

"중지하라!"

공격이 멈춘 뒤에 수염쟁이가 말했다.

"내가 소뿔이오, 누군데 나를 찾소?"

"아까도 말했다시피 이순신 장군 막하에 있는 자원 의병이오. 소뿔 대장에게 청이 있어서 잠시 들렀소."

소뿔은 의심이 많았지만 또 그 의심을 금방 풀기도 했다.

소뿔은 변광조 일행을 산채로 안내했다. 산채는 아주 오래 전부터 이용한 듯 바위나 목재들이 반들반들했다. 원래 거기는 도적떼 소굴이라고 했다. 소뿔이 도적들을 쫓아내고 차지해서 놀았는데 전쟁이 터져 살 길이 어려워지자 화가 치밀어서 도적도 아니고 의병도 아닌 짓을 하고 있다고 했다.

변광조는 왜군이 진주로 들어올 기미가 보이면 습격해 달라고 부탁했다.

"왜적이 진주로 들어가려면 반드시 함안을 지나갈 터이니 방어

산에 진지를 만들고 대비해 주시오. 내가 무기를 주겠소.”

“왜 그래야 합니까? 무기를 우리에게 주는 의도가 뭡니까?”

소뿔의 의심병이 다시 발동했다. 아닌 게 아니라 생판 모르는 사람들이 불쑥 나타나서 화약과 무기를 거저 주다니… 뭔가 바라는 게 있지 않고서야 그런 호의를 베풀 까닭이 없었다.

“진주로 오는 길을 막아 달라는 것은 진주가 전라도로 들어오는 길목이기 때문이기도 하고, 나의 본령이 진주에 있기 때문이기도 하고… 이는 이순신 장군의 근심거리를 덜어드리는 길이기도 하오.”

그러자 소뿔의 의심병은 다시 금방 가라앉았다.

“대인께서는 뭘 믿고 나에게 이런 호의를 베푸는 겁니까?”

도박이었지만 소뿔을 믿기로 했다. 사실 도적도 아니고 의병도 아닌 짓을 하고 살아가는 소뿔을 변광조는 이해할 수 있었다. 두 사람 다 조선 땅에서 벌어지는 전쟁에 대해서는 국외자였기 때문에 가능한 일이다. 두 사람 다 전쟁을 두려워하지도 않았고 전쟁에 분노하지도 않았다. 그들은 전쟁을 손바닥 위에 놓고 무언가를 찾고 있었다. 한 사람은 돈을 찾았고, 또 한 사람은 소일거리를 찾았다. 소뿔은 왜군을 사냥하면서 억눌렸던 모든 것이 해방되는 희열을 즐겼다. 길지 않은 시간이지만 두 사람이 서로를 알아보기에는 충분한 시간이었다. 변광조는 소뿔에게 수뢰 100개를 주었다.

소뿔이 사용하는 무기는 미혼초였다.

함안에만 있는 고(蠱)라는 풀은 기괴한 생태를 가지고 있었다.

이 풀이 꽃이 피고 열매가 맺히면 아주 향긋한 냄새를 풍기지만 이 열매를 만지면 독향이 뿜어져 나왔다. 소뿔은 이 풀을 연구해서 멧돼지를 잡을 때 사용했는데 전쟁이 터지자 왜군을 상대로 사용한 것이다. 이 풀을 태울 때 나오는 냄새를 맡거나 연기를 마시면 정신이 혼미해진다. 내성이 생긴 소뿔과 부하들은 안전했으나 처음 접하는 왜군은 취해서 픽픽 자빠졌다. 이때 소뿔과 부하들이 달려들어서 죽였다. 죽일 때에는 반드시 삼지창으로 찔러 죽였다. 공포를 주기 위해서였다. 소뿔은 소똥을 화약 대용으로 바르고 풀을 노끈으로 꼬아서 돌돌 뭉쳐 공처럼 만든 다음에 불을 붙여 왜군 진영 안에 살짝 굴려 넣고 기다렸다가 왜군이 독향에 취해 쓰러지면 삼지창으로 목을 찔러 죽인 뒤 왜군 진영에 불을 지르고 달아나는 전술을 구사했다.

제 9 장

퇴각하는 왜군

— 56 —

　변광조가 경산 김천을 거쳐 충남 아산의 염치에 당도한 것은 사량을 나선 지 이레째였다.

　약속한 대로 부하들은 모두 제 시간에 도착했다. 염치는 온양만으로 나가 배를 타고 평안도로 갈 수 있는 요지이자 육지 교통의 요지이기도 했다. 그러나 평야지대에서 엄폐·은폐 시설을 만들기 어렵기 때문에 군대가 장기간 주둔하기에는 지형적으로 어려운 곳이다.

　그래서 변광조는 대남으로부터 수상 기지를 세우면 좋겠다는 얘기를 진작 들었던 터라, 미리 원을 보내 수상 기지를 짓게 했다. 변광조가 도착했을 때에는 수상 기지가 막 완성되었다. 갯벌에서 육지로 연결하는 길은 대나무 뗏목이었고, 뗏목을 여러 개 연결해서 다리를 만들었다. 그리고 배가 드나드는 위치에 나무 기둥을 박고 그 위에 대나무를 깔아 수상가옥을 지었다. 온양만의 넓은 갯벌 위에 세워진 막사는 강력한 군사 기지가 되었다. 협선 백여 척을 거느리면 육지의 전쟁을 좌우할 정도로 강력한 군진을 만들수도 있었다. 유구와 조도에서 이미 여러 번 경험한 일이었다. 전쟁 준비였다. 변광조는 또 육지에도 참호와 기지를 만들도록 했는데, 이것은 모두 유격전에 대비한 것이다. 해안가 둔덕에 참호를파고, 수상 기지로 진입하는 통로를 통제하기 위해 목책을 만들어 박았다.

변광조는 이 수상가옥에서 하루를 묵은 뒤에 정주로 향했다.

대동강을 가운데 두고 전선은 교착 상태였다. 명의 대군이 조선에 들어오려면 압록강이 얼기를 기다려야 했기 때문이다. 그런데마침내 12월에 압록강이 얼었고 이여송이 35,000명의 대부대를 이끌고 평양성 공격에 나서기 직전이었다.

변광조는 정주로 들어가는 포구에 닻을 내리고 하루를 묵은뒤에 부하 몇 명만 데리고 평양성의 고니시를 만나러 갔다. 변광조가 탄 배는 고니시 가문의 깃발을 걸고 대동강을 거슬러 올라갔다. 지금쯤은 고니시도 대마도에서 조선 왕실의 보물을 털어간 범인이 변광조임을 알고 있을 터였다. 하지만 그렇다고 해서 고니시가 변광조를 칼로 다스릴 수는 없었고, 이런 사실을 알기에 변광조도 태연하게 평양성으로 들어간 것이다.

고니시와 변광조 두 사람 다 대마도 건에 대해서는 일절 언급하지 않았다. 고니시는 아직은 변광조에게 필요한 것을 챙길 때였지 복수를 할 때가 아니었기 때문이고, 변광조 역시 이런 고니시에게서 얻어낼 게 있었다.

그런데 고니시는 두 달 전과 확연히 달라 보였다. 얼굴에는 수심이 가득했고, 건강도 나빠 보였다. 고니시는 변광조를 보자마자 그의 손을 덥석 잡았다.

"잘 왔소!"

고니시가 변광조를 그토록 반긴 데에는 이유가 있었다. 하지만 변광조는 짐짓 모르는 척 했다.

"북상해서 조선 왕을 잡으면 될 텐데 무엇을 두려워하십니까? 조선의 육군이래야 모두 오합지졸 아닙니까? 광해의 허장성세 전술에 속으신 겁니다."

"내가 근심하는 건 전투가 아니오. 추위, 질병, 부상…"

고니시는 머리를 절레절레 흔들었다.

"명군이 참전했으니 그 또한 근심거리니… 1차 접전에서는 우리가 쾌승했으나 그때 명군은 겨우 3천이었소. 하지만 지금 이여송의 부대는 4만이라고 하지 않소. 화약 무기까지 완비한 부대라니 이걸 어쩌면 좋겠소? 평양성은 평지에 있으며 대문도 열일곱 개나 되오. 소수의 병력으로 성을 지키기가 쉽지 않은데, 그렇다고 퇴각하자니 퇴로도 불안하고…"

그야말로 진퇴양난이었다.

"왜 이렇게 약한 말씀을 하십니까? 장군께서는 이미 명나라 선봉대의 조승훈 부대를 분쇄하셨지 않습니까? 이여송 부대라고 해서 특별히 강하지는 않을 것입니다."

고니시는 고개를 저으며 한숨을 쉬었다.

"그런데 뜻밖입니다, 휴전을 제의해서 명군이 들어올 시간을 한 달이나 벌어 주셨던데, 왜 그런 오판을 하셨는지요?"

"나는 부하들을 하나도 잃지 않은 채로 귀국하고 싶소. 솔직한 마음이오. 내 부하들은 지쳐서 더 이상 전투를 수행할 수 없을 지경이오. 합하의 건강이 몹시 나쁘다는 얘기를 따로 들었는데, 만일 도쿠가와 이에야스가 배반한다면 나는 고립무원이지 않소."

"도쿠가와 편에 서시면 될 게 아닙니까."

고니시는 허탈한 웃음을 보였다.

"가토 기요마사가 그리로 붙을 텐데… 나는 가토와 함께할 수 없다는 사실을 잘 알지 않소."

"명분 때문에 실용을 놓쳐선 아니 됩니다. 제가 보기엔 도쿠가와 이에야스가 장차 일본을 삼킬 것입니다. 그의 영지와 병사들은 그대로 보존되고 있으며 정예병만 10만에 이릅니다. 전쟁을 끝내고 장군께서는 소생과 함께 무역의 대로를 건설해야 하지 않겠습니까? 도쿠가와에게 맞서지 마십시오."

"내가 만일 살아남는다면 나는 조선의 고급문화와 대륙의 물자를 유통시키는 대로를 만들 것이오."

"그러셔야지요, 부디 건재하십시오."

고니시는 대답 대신 깊은 한숨을 쉬었다.

고니시가 평양성을 접수한 건 6월 15일이었다. 그때 조선의 왕은 영변으로 도주해 있었다. 만일 그때 조선군이 평양성을 지키자고 나섰다면 2만에도 훨씬 못 미치는 고니시의 병력으로는 힘들었다. 그런데도 조선군은 도망을 쳤다. 문경새재에서도 그랬고 충주성에서도 그랬고 한성에서도 그랬다. 그때만 해도 조선군을 우습게 보았다. 그런데 지나고 보니 도망치는 것도 하나의 전술인 셈이었다. 추격을 해도 끝없이 도망을 쳤고, 오히려 쫓는 쪽이 지쳐서 나가떨어질 지경이니… 게다가 의병은 곳곳에서 기습을 했다. 또 추위와 굶주림까지…

한 칼에 조선을 집어삼킬 줄 알았는데 그게 아니었다. 시간은 고니시의 편이 아니라 조선의 편이었다. 중국은 너무 멀었고, 설령 일본의 군대가 그리로 들어간다 해도 명 황제 근처에도 가지 못하고 하나 둘 쓰러져 가서 마침내 한 명의 병사도 남지 않을 터였다.

"오늘이 11월 27일, 우리는 석 달 동안 추위에 시달렸소. 점점 추워지고 있소. 조명 연합군과 의병이 이미 평양성을 멀리서 포위하고 모든 걸 차단하고 있소. 견뎌낼 방법이 없소. 내가 명예롭게 이곳을 벗어날 수 있는 묘책이 없겠소?"

변광조가 잠시 생각한 뒤에 말했다.

"명나라 장수들은 뇌물에 약합니다."

"오오, 그리고?"

"일본군 다른 장수들에게 구원해 달라는 통지문을 보내십시오. 물론 아무도 오지 않을 겁니다. 아무튼 그렇게 한 다음에는 명과 서로 공격하지 않기로 비밀 약정을 맺으십시오. 그렇게 해놓고 평양성에서 퇴각한다면 조정에서도 아무도 장군을 의심하지 않을 겁니다."

고니시가 무릎을 쳤다.

"구원을 요청해도 아무도 오지 않는다, 그래서 나는 어쩔 수 없이 퇴각한다? 좋아, 합하께서도 전혀 의심하지 않겠군!"

"그리고 소생이 가토의 기를 꺾어 놓겠습니다."

"변공이 조선 의병 행세를 하겠다는 말이오?"

"전쟁은 한 쪽으로 일방적으로 기울어지지 않을 것입니다. 명이 군대를 파견한 상황에서 일본이 두 나라를 상대로 싸운다는 것은 무모한 일입니다. 일본 내부에 다이묘들도 전쟁을 회의적으로 바라보기 시작할 겁니다. 이 틈에, 전쟁이 끝난 뒤에 장군의 적이 될 상대들을 제거하셔야지요."

"그대는 지금 우리 일본의 자중지란을 유도하겠다?"

"소생으로서는 장군께서 무사히 힘을 잃지 않고 돌아가는 것이 무엇보다 중요합니다. 소생은 조선이든 왜든 누가 이기든 상관이 없는 사람입니다."

"으하하하하! 이래서 내가 아키다로 공을 좋아하잖아 하하하!"

고니시는 오랜만에 기분 좋게 웃었다.

"그래. 어떤 방식으로 가토를 골탕 먹일 생각이오?"

"아직 모르겠습니다. 하지만 분명한 것은 가토가 일본으로 돌아가면 도쿠가와 가문과 손을 잡을 것이며, 장차 장군께서는 어쩔 수 없이 가토와 대결한다는 사실입니다."

"으으음…"

고니시가 어금니를 깨물었다.

"장군께서 원하신다면 가토의 정예 부대를 박살내겠습니다."

고니시가 고개를 저었다.

"아직은 아니네. 적전 분열은 공멸하는 길이니까."

"제게 신호를 주십시오. 기다리겠습니다."

"조선 의병은 지금 어떻소?"

"평양성 탈환을 목적으로 평안도로 집결하고 있습니다. 대략 1만여 명이 집결했고 이미 세자 광해와 정인홍이 이끄는 혼성 부대 4만여 병력이 평양을 향해 서진하고 있습니다."

변광조는 조선군의 숫자를 슬쩍 부풀려 알려주었다.

고니시는 다시 한 번 한숨을 쉬었다.

"명의 4만과 조선군 4만, 합이 8만이라…"

"모쪼록 전투 없이 퇴각하는 길을 찾으십시오."

변광조가 고니시와 작별하고 성문을 나왔고, 그 시각 고니시의 부관이자 사위인 소 요시토시는 고니시 앞에 머리를 찧으며 고함을 질렀다.

"장군! 저자는 우리의 대마도 창고를 털어간 놈입니다! 갈아 마셔도 시원찮은 놈을 왜 살려 보내십니까? 당장 쫓아가서 목을 쳐야 합니다. 무슨 꿍꿍이로 또 뒤통수를 칠지 모릅니다!"

하지만 고니시는 보료에 느긋하게 기대고 실눈을 뜬 채 만면에 미소를 담았다.

"요시토시, 경거망동하지 마라. 설령 아키다로가 자네의 창고를 다 털고 우리의 상로(商路)를 마비시킨다 해도 아키다로를 공격하지 마라. 장사란 손해를 볼 때도 있고 이득을 볼 때도 있는 것이다. 복강도의 오사다하루가 아키다로의 물건을 습격하여 빼앗고 의동생을 죽였다가 어떻게 되었는지 알고 있지? 우리가 먼저 공격하지 않으면 우리에게 칼을 들이댈 인간이 아니다. 만일 네가 아키다로를 친다면 내가 시킨 것이라 짐작할 것이고, 나에게 복수를 해 올 것이다. 지금은 그런 상황을 감당키 어렵다. 하지만, 우리가 당한 것, 그 복수는 내가 언젠가 반드시 해 줄 것이다."

고니시의 얼굴에는 어느새 미소가 사라져 있었다.

— 57 —

명나라 군대가 아무리 오합지졸이라고 해도 4만 병력이 넘고, 무기 또한 불랑기포와 다연발 발사 석총을 가지고 있으니 경무기 중심의 고니시 부대는 상대가 될 수 없었다. 게다가 왜군은 지금까지 조총 사정거리 안으로 유인하는 작전으로 승리했으나 이 전술은 이제 이미 다 알려졌으니 쓸모가 없었다. 명군은 조총 사정거리 밖에서 장거리포로 왜군 진영을 묵사발로 만들 터였다. 이런 상황에서 평양성을 계속 지키고 있다가는 살아나올 수 없다는 걸 고니시도 잘 알았고, 그래서 퇴각 명분을 찾고 있었다.

변광조는 고니시가 무사히 퇴각할 수 있도록 퇴로를 확보해 줄 생각이었다.

"내일 아침 이동한다. 근과 원은 백천의 왜군을 습격해라. 정예 선봉 부대를 박살내고 와라. 나와 찬, 기는 가토의 왜군을 칠 것이다. 그 뒤에 신속히 이동해서 순안의 사명당 의병 부대에서 만나자.

근과 원은 조선 의병으로 행세해라."

변광조는 정탐조가 미리 확보해 둔 안내인을 앞세워 다섯 명씩 흩어져서 피난민으로 위장해서 왜군 진지를 찾아 빠르게 이동했다. 산길을 돌아서 들어가니 시간이 많이 소요되었다. 사흘 뒤에 변광조는 가토의 진영에서 4마장(*1마장은 약 400미터) 가까이 접근했다.

"미나미가 있는 부대 위치를 파악하라."

척후 정탐조가 어둠을 뚫고 가토의 진영으로 숨어들었다. 미나미는 27세의 젊은이였으나 지략이 풍부하여 가토의 책사로 활약했는데, 호위무사 2백 명을 거느리고 가토의 신변을 보호하면서 제1선봉장의 임무를 맡고 있었다. 선봉조로 나설 때에는 조총 부대 3천 명과 공성기계 부대 1천 기를 거느렸다. 척후병이 두어 시간 뒤에 돌아왔다.

"미나미는 현재 가토와 함께 관기들과 연회를 벌이고 있습니다."

변광조는 미나미가 술에 취하여 기생과 함께 취침하러 간 뒤에 치기로 작전을 세웠다.

가토의 왜군은 그동안 의병의 습격을 받은 적이 없었다. 또한 조선 관군을 늘 손쉽게 격파해 온 탓에 조선군을 경멸했다. 조선군은 도망치기에 바빴고 병사들은 조총 몇 발만 쏘면 기겁을 하고 흩어졌으니 그럴 만도 했다. 모두 싱거운 싸움이었다. 용맹한 장수로 이름났던 가토는 조선에서 싸움다운 싸움 한번 없이 함경도까지 접수하고 왕자 둘을 인질로 잡으면서 도요토미의 믿음을 얻었다.

전투가 교착 상태에 이른 것은 조선군과 왜군의 전력이 대등하게 팽팽했기 때문이 아니라 왜군의 식량이 부족하고 병사들의 피로가 누적되었기 때문이다. 하찮게 여겼던 의병들이 가끔씩 기습하여 왜군 병사 몇 명씩 죽였고, 그때마다 추격해 보았지만 워낙 소규모로 움직이는 의병이라 대병력을 출동시키는 것 자체가 또다른 피로의 누적일 뿐이었다. 경성, 길주, 쌍포에서 정문부에게 당한 일격은 뼈아픈 패전이었다. 경성에서 후퇴했고 길주에서 다시 밀려 내려왔다. 다시는 함경도로 돌아갈 수 없었다.

정문부에게 당한 패전으로 입은 분기가 채 가라앉기 전에 고니시로부터 구원군을 보내 달라는 편지를 받았다.

"고니시 장군이 잔꾀를 부리는 겁니다."

고니시의 요청은 그저 한번 해 보는 시늉일 뿐이라는 점을 미나미가 명확하게 정리했다

"전투에 질 경우에 대비해서 핑계거리를 미리 만들어 놓겠다는 것입니다."

"쥐새끼 같은 놈!"

가토는 고니시의 편지를 찢어 버렸다. 그게 불과 며칠 전의 일이었다.

삼경 무렵, 가토와 미나미가 기생을 꿰어 차고 잠자리에 들었을 시간이었다.

"도륙할 시간이 왔다."

미나미의 처소를 공격하는 병력은 150명이었다. 부하들은 미나

미의 처소를 지키는 외곽 경비병을 일시에 처리하고 담장을 넘었다. 술에 취해 비틀거리는 호위 무사들의 목을 치고 마지막으로 침실을 지키는 병사 스무 명의 목을 소리 없이 쳤다. 변광조는 침실로 들어갔다. 미나미는 기생을 셋이나 거느리고서 난잡하게 성욕을 채운 뒤 깊은 잠에 빠져 있었다. 변광조는 한 치의 망설임도 없이 미나미의 목을 벴다. 고니시 환도에는 고니시 가문의 독특한 기법으로 두 줄기 홈이 얇게 파여 있었는데, 이 흔적을 잘린 미나미의 목에 남기고 나왔다. 그때까지도 기생 둘은 세상 모르고 코를 곯았고, 미나미의 팔을 베고 자던 기생은 미나미가 죽으면서 경련을 일으킬 때 튕기듯이 일어났다가 미나미의 목에서 뿜어져 나오는 피로 범벅이 되자 기절해 버렸다.

변광조와 부하들은 신속히 현장을 떠나 곧바로 순안으로 향했고, 사흘 뒤에 순안의 사명당 진영으로 들어갔다. 근과 원은 벌써와 있었다.

"어찌했나?"

"왜놈 모가지 250개쯤 잘랐습니다. 말씀하신 대로 조선 의병의 소행인 것처럼 꾸몄고요."

"잘했다. 우리는 이곳에 잠시 머물면서 사명당 휘하 의병의 훈련을 돕다가 다시 사등으로 돌아갈 것이다. 그리고 고니시가 후퇴하면 요포에서 배를 타고 강화도로 돌아간다."

사명당의 진영에는 청주의 이봉, 원주의 철손, 가현의 덕배, 승려 처영, 법일 등의 의병장이 합류해 있었다. 평양성 탈환이 당면 목표였지만, 집결한 의병의 전체 병력은 대단치 않았다. 사명당이 정세를 설명해 주었다.

"전하께서는 명군의 참전을 기다리고 있고, 서쪽에선 황해초토사 이정암이, 동쪽에선 왕세자께서 고니시가 평양성을 나와 의주로 올라가지 못하도록 붙잡고 있는 형국일세. 왜군들도 죽기 살기로 전쟁을 할 형편은 아닌 것 같고… 양측이 기회만 보고 있네."

"당하께선 어찌하실 겁니까?"

"내가 주도하여 공격할까 하네. 모두 통기했네, 협공을 하자고."

하지만 사명당 진영의 병력은 4,500명뿐이었다. 이에 비해서 고니시의 군대는 18,000명이었고 조선인 징용자도 1만 명이 넘었다. 수적으로 확실하게 열세였다. 게다가 평양성은 평지에 있어서 엄폐물로 삼을 만한 것도 없었다. 고니시는 평양성 내부에 다시 토성을 쌓고 구멍을 뚫어 그 작은 구멍으로 조총과 왜식 대포를 걸어 놓고 밖으로 난사하는 장치를 해 두었다. 의병으로서는 도저히 넘볼 수 없는 성이었다. 게다가 성 안에는 조선군이 버리고 간 군량 10만 석이 있었다. 이런 사실은 사명당도 정탐병의 보고를 통해서 충분히 파악하고 있었다.

"대사께서 단독으로 평양성을 공격하신다면 아마 패배하실 겁니다. 명나라 군대가 올 때까지 기다렸다가, 전투는 그들에게 맡기십시오."

변광조는 사명당에게 그렇게 말하고 사등으로 내려가서 평양성에서 해주로 이어지는 통로를 장악했다.

마침내 이여송의 35,000명의 대병력이 얼어붙은 압록강을 건넜다. 1593년 1월 6일, 조명연합군의 평양성 공격이 시작되었다.

전투가 시작된 지 사흘째, 명군의 포격전에 더 버틸 수 없었던 고니시는 심유경에게 애걸복걸하며 매달린 끝에 평양성을 비워 주면 추격하지 않겠다는 약속을 받아내고, 야음을 틈타 얼음이 언 대동강을 건너서 황해도 봉산 쪽으로 도망쳤다. 이미 5천명 병력을 잃은 뒤였다. 명나라 군대는 약속대로 추격하지 않았다. 이여송은 자기 병사의 희생을 줄이기 위해 백병전을 피한 것이다. 그러나 일부 조선군과 의병이 이여송 제독의 명령을 어기며 고니시군을 추격했다. 처음 조선에 발을 디딜 때 2만 명 가깝던 고니시의 군대였지만 한성에 도착했을 때에는 채 1만 명도 되지 않았다.

한성 사령부의 왜군은 무적의 제1선봉장이던 고니시 부대가 간신히 전멸을 피하고 처참한 꼴로 패주해 온 것을 보고 경악했다. 그나마 전멸을 피한 것은 변광조가 도운 덕분이었다. 그의 도움으로 사등에서 봉산까지는 아무런 병력 손실 없이 무사히 도망쳤다. 변광조는 고니시의 퇴로를 마련해 주려고 평양성 아래 삼등 및 사등의 통로를 장악하고 있었다. 황해도 방면으로 길을 열어 두려고 관병이나 의병이 들어오지 못하도록 길목을 막았던 것이다. 고니시는 변광조가 열어준 그 길을 따라 황해도 이남으로 신속히 이동했다. 하룻밤에 무려 200리 길을 걸어 봉산까지 도망쳤다.

조선군은 애초에 고니시를 추격할 생각이 없었다. 관군 김경로는 유성룡의 명을 어기고 고니시를 추격하지 않았으며 도원수

김명원도 추격하는 시늉만 했다. 유성룡은 고니시를 추격해서 죽이기만 하면 한성에 주둔하던 왜군과 가토가 겁이 나서 남쪽으로 퇴각할 것이라고 보았지만, 그런 일은 일어나지 않았다. 하지만 이 와중에도 몇몇 의병장이 이여송의 눈을 피해 고니시를 추격했다. 그러나 이 소수의 조선군은 더 이상 고니시의 군을 추격할 수 없었다. 변광조의 부하들이 길목마다 지키고 있다가 조선 의병을 막았던 것이다. 그 덕분에 고니시는 무사히 탈출하여 남하했다.

그런데 그날 밤, 변광조의 진영에 모두 예순 명쯤 되는 조선 의병들이 들이닥쳤다. 하지만 이들은 만일의 사태에 대비해서 비워놓았던 가짜 막사를 습격했다가 꼼짝 없이 사로잡혀 변광조 앞에 끌려갔다.

"너희는 누구냐?"

"우리는 의병이다!"

"우리도 의병인데 어째서 우리를 공격하는가?"

"너희는 고니시를 탈출 시킨 간자가 아니더냐? 우리가 체포하여 응징하려고 왔다!"

"누구의 명을 받고 있는가?"

"정인홍 장군이다."

"정인홍? 합천의 그 늙은이 말인가?"

"말을 가려서 해라, 세자 저하의 명을 받았다!"

"세자? 도망친 왕조가 아직도 망하지 않고 있었단 말이냐?"

그때 관원 차림의 무사가 나서며 호통을 쳤다.

"무엄하다! 세자께서 엄연히 분조를 이끌고 계신데 어찌 말을 함부로 하느냐!'"

무사는 이제 갓 스물을 넘어 보였다.

"나는 의금부 관원 장신웅이다! 진정 의병이라면 왜장을 잡아 목을 쳐야 하거늘, 의병 행세를 하면서 고니시를 탈출 시킨 이유가 무엇이냐?"

변광조는 대답 대신 좌중을 훑어보며 위압적으로 말했다.

"정인홍의 명을 직접 받은 자가 누군가? 나서라."

"본관이다."

중년 남자가 나섰다.

변광조는 의금부 관원에게 말했다.

"내가 고니시를 살려 준 이유는 차차 알게 될 것이고, 내게 도전하면 어떻게 되는지 똑똑히 봐라."

변광조의 손짓을 했고, 김근이 장검으로 중년 남자의 목을 쳤다. 목이 뎅겅 잘렸다. 핏줄기가 분수처럼 퍼져 의병들의 낡은 옷 위에 뿌려졌다.

"정인홍에게 그 목을 전해라."

1월 10일.

사명당의 주둔지에 세자와 관군 장수들, 그리고 의병장 정인홍, 이이첨, 이정암, 정문부의 선봉장 만조 등이 와서 평양성 탈환을 자축했고, 광해는 이들에게 공적첩을 적어 주었다. 오후에 광해는 의병들이 한성 탈환이라는 과제 아래 각자의 위치로 돌아가라고 지시했고, 광해군과 정인홍, 그리고 사명당이 남아 한성 수복 전술을 논의했다.

이여송이 고니시의 탈출을 방조한 게 틀림없고, 고니시의 술책은 강화회담을 구실로 시간을 벌고 병력 손실 없이 후퇴하려는 것임에 분명했다. 하지만 이번 공격으로 고니시의 군사 가운데 3분의 1이 죽었다고 하니 그것으로 위안을 삼아야 했다. 그런데 고니시가 황해도 쪽으로 무사히 탈출할 수 있었던 점이 의문이었다. 얘기가 여기까지 진행되자 정인홍이 말했다.

"의병 가운데 어떤 자가 탈출로를 만들어 줬다는 의심이 들어 그 자를 잡아 오라고 했습니다."

그러자 사명당이 물었다.

"혹시 사등에 있는 자 말씀입니까?"

"그렇습니다."

"아아…"

사명당이 한숨을 쉬었다.

바로 그때 온몸에 피칠갑을 한 장신웅이 나타났다.

"저하. 의금부 도사 장신웅입니다."

"어찌된 건가?"

정인홍의 물음에 장신웅은 대답 대신 들고 온 보자기를 끌렀다. 잘린 수급이 나오자 다들 기겁했다.

"아니 이건?"

"이게 누굽니까?"

"제 휘하에 있는 장수인데… 그 자를 잡아 오라고…"

광해가 이번엔 장신웅에게 물었다.

"내가 보낸 관원이라 했음에도 그 사람을 그 꼴로 만들었는가?"

"죽여 주십시오. 저하!"

"수급을 그대에게 맡길 때에는 하고 싶은 말이 있었을 텐데, 그게 무엇이냐?"

"그자의 말을 그대로 옮기기가 너무도 불손해서…"

"한 자로 빼지 말고, 그대로 전하지 못할까!"

장신웅은 망설이다가 입을 열었다.

"내가 고니시를 살려 준 이유는 차차 알게 될 것이고 내게 도전하면 어떻게 되는지 똑똑히 봐라라고 했습니다."

광해는 그 자가 누구인지 알았다. 변광조, 슈 아키다로라고 불리는 그 남자였다. 광해는 언제부터인가 그에게서 분노나 두려움이 아니라 기대를 가지기 시작했다. 이이첨과 허균을 통해서 얘기를 전해 듣긴 했지만, 직접 만나보고 싶었다. 전라도 송천에서 잠깐 스치긴 했지만 가까이서 숨결을 느껴 보고 싶었다.

정인홍이 펄펄 뛰었지만 사명당이 말렸다.

"장군께서는 이쯤에서 멈추시고 모른 척 하시지요. 그 자를 잘 활용하면 무적의 부대로 삼을 수 있으나 함부로 대하면 큰 화근이 될 것입니다. 공맹도 부처도 모두 굴러다니는 똥 덩어리로 여기는 자입니다. 그 자가 부리는 부하의 뒤를 밟아서 확인한 사실이지만, 그 자는 고니시를 탈출시키려고 가토의 부대와 봉산의 오오토모 요시노리 부대와 백천의 구로다 나가마사 부대까지 찾아가서 정예병 수백 명을 도륙했습니다."

"왜 그런 짓을 했을까요?"

세자의 질문에 사명당도 대답할 수 없었다.

"내가 직접 가서 만나 봐야겠습니다."

"옥체를 보존하셔야지요, 무슨 짓을 저지를지 모르는 자입니다."

결국 광해는 고집을 꺾었다. 대신 이옹이 나섰고, 이옹은 사명당의 충고를 따라서 사명당의 조실스님을 대동하기로 했다.

이옹은 장신웅을 포함해서 호위무사 다섯만 데리고 매서운 칼바람에 맞서며 사등으로 갔다. 변광조의 주둔지로 들어서자 경비병이 제지했다.

"누구시오?"

조실스님이 대답했다.

"나는 사명당의 조실스님이오. 변광조 장군에게 대사님의 말을 전하러 왔으니 안내하시오."

경비병은 일행의 칼을 빼앗아 말 옆구리에 묶었다. 이옹은 완전히 무장 해제되었다. 두 마장 정도 가니 막사가 보였다.

"형님. 사명당께서 사람을 보냈습니다."

변광조가 막사 밖으로 나와서 조실스님과 인사를 나누었다. 이옹은 변광조를 첫눈에 금방 알아보았다. 황금투구를 쓰고 얼굴을 황마로 가리긴 했지만 전라도 송천에서 보았던 바로 그 자, 허균이 만났던 바로 그 자였다.

"이옹이라고 합니다. 알아보실는지요? 전라도 송천에서 뵀지요."

"그랬던가요?"

변광조는 그렇게만 말하고 조실스님을 바라보았다.

"안으로 들어가시지요."

변광조가 막사의 문을 열어 스님이 안으로 들어가게 몸을 비켰다. 스님이 이옹을 눈짓으로 가리키며 말했다.

"저 분도 함께…"

"저 사람과는 볼일이 없습니다만…"

"대사께서는 두 분이 서로 알고 지내면 좋겠다고 했습니다."

그제야 변광조가 이옹에게 안으로 들어가자는 몸짓을 했다.

막사 안에 자리를 잡고도 변광조는 이옹을 노골적으로 무시하고 조실스님과만 이야기를 나누었다.

"대사께서는 금강산으로 돌아가십니까?"

"아닙니다. 속세에 남아 가토와 강화회담을 하실 것입니다."

그렇게 한참 딴 소리를 한 다음 이웅을 바라보았다.

"의병장께서는 무슨 일로 나를 보러 오셨소?"

"세자 저하의 분부를 전하러 왔소이다."

사실 변광조는 처음부터 이웅을 알아보았다. 송천에서 우연히 만났던 일도 똑똑하게 기억했으며, 왕실 의병장으로 광해의 휘하에서 경기도와 평안도를 휘젓고 다니는 불사신이라는 사실도 잘 알고 있었다. 하지만 짐짓 모른 척 하면서 수모를 안겨 주었다.

"대사님이 장군에게 궁금한 게 있다고 하셨고, 그 질문을 보내는 길에 함께 따라나섰지요."

"나에 대해서 궁금하다고요?"

"그렇습니다."

"궁금하게 여기시는 게 뭡니까?"

"두 가집니다. 하나는 이제 장군은 어디로 갈 것인지 물으셨고, 또 하나는 왜 고니시를 살려 주었는지 물으셨습니다."

"허허… 대사님은 소생이 한 짓임을 어찌 그렇게 아셨을까, 하하하!"

이웅은 소름이 돋았다. 추측은 모두 사실이었다. 상식적인 인간이 아니라 괴물이었다.

변광조는 이웅을 흘낏 한 번 바라본 다음에 말을 이었다.

"나는 남쪽으로 내려가 왜군의 전라도 침공을 막을 것입니다. 그리고 고니시를 살린 이유는 고니시가 살아 있어야 왜군 내에 강온 대립을 조장하여 이간책을 구사할 수 있기 때문이지요. 또한 고니시는 나와는 20년 동안 알고 지내며 상업을 함께해 온 사이라서 그를 죽이는 것보다 살리는 게 나에게는 더 큰 이득이 되기 때문입니다."

이번에는 조실스님이 대꾸했다.

"지금 다른 의병장들은 장군을 배신자라고 지탄하면서 원한을 품고 있는데, 혹시라도 이들과 부닥친다 하더라도 의기가 충천해서 그러려니 생각하고 다치게 하지 말라고 당부하셨습니다."

"뜻은 가상하므로 죽이지는 않을 것이나, 정세도 전술도 모르는 자들이 의병장입네 하고 하찮은 논리와 명분으로 덤빈다면 모두 베어 버린다고 전해 주십시오."

이번에는 이옹이 대꾸했다.

"의병장들은 이 나라 왕의 신하들입니다. 전란 중이나 엄연히 국법이 있는데 사사로운 감정으로 함부로 칼을 휘두르면 안 되지요."

작지만 단호한 음성이었다.

"그래요?"

변광조는 잠시 호흡을 다듬은 뒤에 대답했다.

"그렇지만 나는 조선 왕의 신하가 아니오. 더구나 조선 왕은 제 백성을 버리고 제 나라를 버리고 명으로 도망치려고 하는 자 아니오? 그러니 그 자부터 끌어내려야 국법의 엄중함이 제대로 서겠지요. 왕이든 왕족이든 신하들이든 모두 짓밟아 다시는 고개를 처들지 못하게 해야 할 것이오!"

이옹도 지지 않고 맞받았다.

"예의와 도리를 따진다면 남의 나라에 와서 함부로 행세해서는 안 되지요."

변광조와 이웅의 시선에 날카롭게 부딪혔다.

"예의? 핫핫핫, 조선왕의 예의라는 게 명황제의 똥구멍을 핥는 일이 아니겠소?"

이웅이 수모를 참으며 목줄에 힘줄이 섰다. 간신히 절제하고 물었다.

"조선에 온 목적이 무엇입니까?"

"돈을 벌려고 왔소이다. 내가 장사꾼임은 아실 텐데 그런 질문은 왜 하시오?"

"조선의 불운을 장사에 이용하지 마시오. 더구나 우리 땅에서 왜적을 돕는 건 우리로서는 묵과할 수 없는 이적 행위니까 말이오."

이웅의 목소리에 힘이 실렸다. 그런 이웅을 변광조가 관찰하듯이 빤히 바라보았다.

"장군은 이 세상이 평평한 것으로 보오? 아니면 둥글다고 보오?"

"그야 당연히 평평하지요."

"어찌 그렇게 확신하오? 내가 바다에서 바라볼 때엔 이 세상은 평지가 아니라 둥급니다. 수평선이 둥글지요. 너무 커서 평지로 보일 뿐이오. 알겠소?"

이웅은 그런 생각을 해 본 적이 없었다. 그러니 대꾸를 할 수 없었다.

"세상이 평평하고 명나라가 세상의 중심이라고 믿으니 어찌 세상이 돌아가는 이치를 알겠소? 이 세계는 동양 서양 남방으로 나누어져 있소. 중국은 동양의 한 덩어리일 뿐이오. 세상을 모르고 중국에 붙어서 주자의 하찮은 이론을 가져다가 금과옥조로 떠받들고 사니, 일본에 당하고도 아직도 정신을 차리지 못하는 거 아니오."

"그렇다면 장군은 어떤 도리로 세상을 사시오?"

"도리? 무슨 개뼈다귀 같은 도리? 세상이 후추와 은으로 움직이는데 조선만 혼자 도리를 논하다가 이 꼴이 났는데 아직도 광해는 도리를 찾소? 가서 광해에게 물어 보시오, 아버지가 아들을 방패막이로 내세우는 게 도리에 맞는 일인지."

왕실을 능멸하는 언사에 이옹의 주먹이 부르르 떨었다.

"인간이 도리를 버리면 금수와 뭐가 다르겠소?"

"도리는 똥물에나 버리시오. 전쟁에서 진 왕조는 몰락하는 게 역사였소. 백성을 지키지 못하고 그럴 의지도 없는 놈이 어찌 왕의 자리에 앉아 있소? 혀를 깨물고서라도 죽어야지. 안 죽으면 죽여야지, 모가지를 비틀어서 죽여야지, 그래야 그게 나라의 꼴이 제대로 서는 것이지."

"…"

"그렇지 않소?"

"…"

"나라를 구하고 싶다면 광해보다는 내가 나을 텐데, 어떻소, 내 밑에 들어올 생각은 없소?"

이옹은 목이 타들어가 따끔거리는 걸 느꼈다. 매서운 바람이 화살이 지나가는 소리를 냈다. 수백 개의 화살이 그의 가슴으로 날아들었다. 예리한 통증, 슬픔이었다.

— 59 —

"전쟁이 끝나는 대로 즉시 없애야 할 위험 인물입니다."

변광조를 두고 이이첨이 한 말이었다.

그러나 허균의 얘기는 달랐다.

"변광조는 말과 행동이 다릅니다. 그게 그의 전술이지요. 선동을 하면서 다른 목적을 이루려는 겁니다."

"그게 무엇이오 사부?"

"강화도입니다."

"강화도는 저들이 이미 차지하고 있지 않소?"

"거기서 도자기를 만들어 외국에 팔아 돈을 벌려는 겁니다. 그 일을 위해 방패를 만들고 있는 셈이지요."

"한성을 수복하는 대로 병력을 모아서 강화를 쳐야겠군, 저들이 힘을 더 키우기 전에…"

"안 됩니다. 저들과 맺은 약조를 깨서는 안 됩니다."

"어차피, 전하께서 가만두지 않으실 텐데요."

"그렇다면 전하께서 그리 하도록 내버려 두십시오. 전하의 군대로는 절대로 변광조를 이기지 못합니다. 양쪽 다 피해를 크게 입겠죠. 이런 상황이 만들어져야 저하께 유리해집니다. 그래야 저하께서 변광조를 좀 더 유리한 조건으로 활용하실 수 있습니다."

광해가 생각에 잠긴 동안 허균은 다시 말을 덧붙였다.

"저하의 꿈을 이루시려면 왜, 변광조, 명, 전하를 모두 내려다보는 넓은 시야를 가지셔야 합니다. 그리고 무엇보다 백성의 마음을 읽으셔야 합니다."

무엇보다 백성의 마음을 읽어야 한다는 허균의 말이 혁명을 뜻하는 것임을 광해는 나중에야 깨닫는다.

— 60 —

평양성을 수복한 지 나흘 뒤인 1월 13일, 왕은 세자에게 임시로 왕위를 물려주겠다고 했다. 이른바 선위(禪位)를 하겠다는 것이었다. 조정 대신의 충성도를 시험하기 위해서였다.

"이제 평양을 탈환했고 명나라 군사가 전진하니 부흥을 기약할 만하다. 다만 거리가 점점 멀어져 소식을 듣거나 적절하게 대응하는 등 여러 일이 이 한 모퉁이에 있어 모두 그 편의를 잃었다. 내가 식견이 부족하고 사리에 밝지 않은 사정은 지난번에 이미 모두 다 말하였다. 날이 갈수록 내 병이 고질화되고 내가 이성을 잃어버리는 것이 심해지니 이런 상황을 하루라도 무릅쓰고 있어야 할 이유가 조금도 없다. 나의 뜻은 이미 결정되었으며 위로 하늘이 내려다

보고 있는데 이것이 어떤 일이라고 늘 말하면서 변명하는 자같이 하겠는가. 거기다가 요즈음은 중국 관원을 접대하는 일 때문에 추위를 무릅쓰고 애를 썼더니 한질(寒疾)이 더욱 심하여 전진하기에 쉽지 않은 형편이다. 그러니 승지를 보내어 어보(御寶)를 받들어 먼저 동궁에게 선위한 다음 빨리 (평안남도) 안주로 나아가도록 하여 협력하여 책응하는 것이 옳다. 나는 뒤를 따라서 출발하도록 하겠다. 다시 말하지 말고 속히 거행하도록 하라."

물론 진심은 아니었다. 조정 대신의 충성도를 시험하기 위해서였다.

선위 얘기는 지난 임진년 11월에 이어서 두 번째였다.

좌의정 윤두수를 비롯한 조정 대신들은 한 목소리로 선위의 뜻을 거두어 달라는 말로써 충성을 맹세했다. 물론 개중에는 그렇지 않은 대신들도 있었고, 이 사람들은 광해 쪽으로 기운 사람들이라고 봐도 무방한 무리였다. 물론 선위를 거두어 달라고 머리를 조아리는 대신 가운데에도 본심을 숨기기 위해서 일부러 말로만 그렇게 하는 사람들도 있을 터였다. 아무튼 이 방식은 누가 자기에게 줄을 서고 있는지, 그리고 또 누가 광해 앞에 줄을 서고 있는지 가늠할 수 있는 좋은 방법이었고, 왕의 연기는 그럴 듯했다. 왕이 연기를 한다는 사실을 거의 모든 조정 대신이 알고 있다는 게 문제이긴 했지만…

왕은 광해가 점점 힘을 키워 가는 게 영 마뜩찮고 불안했다. 애초에 광해를 세자로 책봉하고 분조를 맡길 때에는 왕실의 방패막이로 내세워서 추락한 왕실의 명예와 명분을 올리고자 함이었다. 광해가 전투 현장에서 전사라도 하면 더 좋은 일이었다. 아끼는 셋째아들 신성군을 세자로 책봉한다고 해도 누구 하나 반대할 사람이 없을 터이기 때문이었다. 하지만 예상치 않았던 일이 진행되었다. 영리한 광해, 그놈이 전란에 휩싸인 조선의 상황을 잘 수습했다. 추락한 왕실의 권위를 진흙탕에서 건져 올린 것이다. 그뿐만 아니라 문무를 겸비한 군주로 자기만의 기반을 탄탄하게 쌓아 올리고 있었다. 백성뿐만 아니라 조정 대신의 지지를 빠르게 흡수했다. 심지어 명나라 관리들이 하는 말에서도 자기보다 세자를 더 높이 치는 분위기를 느낄 수 있었던 것이다.

왕은 평양성이 수복되었다는 보고를 받은 뒤에 기밀어사 이익수를 은밀하게 불렀다. 권협의 보고를 보더라도 어느 한 곳 위태롭지 않은 데가 없었다. 전라좌수사 이순신만 해도 그랬다. 주둔지 안에 둔전을 설치해 달라는 것이나 무과 시험이긴 하지만 주둔지 안에서 과거시험을 치르게 해달라는 것 모두 마땅찮았다. 독자적인 힘을 가지겠다는 것으로밖에 보이지 않았다. 권협의 보고에 따르면 지난번에 왕실에 쌀을 비싸게 팔아먹은 상인이 전라좌수사 진영에 자주 들락거리는 인물과 동일인이라고 했으며, 이 인물이 강화도를 점령하고 있고, 또 이번에는 이 인물이 의병 행세를 하는 한편 평양성 전투가 있기 직전에 평양성에 들어가 고니시와 접촉했다고도 했다.

강화도를 점령하고 있는 그 외국 상인을 능지처참하고 강화도를 회복해야 했지만, 또 그렇게 지시를 내리긴 했지만, 현재로서는 불가능한 일이었다. 이순신이나 변광조 문제가 아니었다. 조정과 왕실에 불만을 품은 의병장들이 강원도와 경상도에 수두룩했다. 한성을 수복하는 게 급하긴 했지만, 이런 불안 요소들을 제거하지 않는다면 한성에 들어가는 것 자체가 섶을 지고 불 속에 뛰어드는 것이나 마찬가지였다.

"이익수 어명을 받아 대령했습니다."

"이제부터는 기밀어사가 직접 챙겨서 지휘하되, 특히 차령 이남과 호남을 잘 살펴 반역자를 탐지하라."

"분부 받들겠나이다."

"그리고 슈 아키다로라는 자를 어떻게 처리해야 할지 방안을 마련해 오라."

왕의 직접 지시를 받은 이익수는 이종각과 허용 두 종사관을 대동하고 고성으로 향했다.

"쇠뿔은 단김에 빼야 하네. 곧바로 쳐들어가서 그 자의 근거지를 없애 버리세."

이익수는 호기를 부렸다. 이익수는 변광조에 대해 아는 것이 별로 없었다. 왕이 이익수에게 충분히 정보를 주지 않았다. 왕은 그가 멈칫거리지 않고 용기 있게 대적해 주기를 바랐기 때문이다.

— 61 —

왕이 선위를 하겠다는 말로 조정을 발칵 뒤집어 놓았던 다음 날인 1월 14일, 변광조는 동생들과 사등에서의 마지막 밤을 보내고 있었다.

평양성에서 패배한 고니시와 함경도에서 밀려난 가토로서는 그대로 계속 남쪽으로 밀릴 수는 없었다. 무조건 후퇴한다면 도요토미의 추궁을 피할 수 없었다. 그들에게도 명분이 필요하고 변명거리가 필요했다. 그랬기에 반드시 조선군에 복수를 할 것이고, 그 대상은 작은 규모로 쪼개져서 기습전을 하는 의병보다는 규모가 큰 관군일 게 분명했다. 그래야 이기든 지든 도요토미에게 변명할 명분이 생길 테니까.

이 전투에서 만일 왜군이 승리한다면 대동강 이남 전체가 왜군의 손아귀 속에서 위험해질 수 있었다. 명나라 군대가 출병한 것은 전투를 하겠다는 의미도 있지만 엄포의 의미가 더 컸다. 그러므로 다음 전투에서 왜군이 이긴다면, 전선은 대동강에서 교착되고 왜와 명은 본격적으로 강화회담을 진행할 터였다.

이렇게 되면 변광조에게 불리한 상황이 전개될 수밖에 없었다. 왜군을 상주 이남으로 끌어내리지 않을 경우, 일본은 실질적으로 조선을 차지하는 셈이 되고 명과 육로가 직접 이어지기 때문이라고 변광조는 이유를 설명했다.

"이렇게 될 경우 우리 상로는 무력해질 수밖에 없으니, 어쨌든 조선군이 한성을 회복하도록 도와야 한다. 한성의 인구가 회복되어야만 우리 상로가 제 기능을 할 수 있겠지."

"그러니까 그때 목을 날렸어야 하는데…"

근은 제 발로 걸어 들어온 이옹의 목을 단칼에 베지 못한 걸 아직도 아쉬워하고 있었다.

"근 형님, 큰형님 말씀을 왜 그렇게 못 알아듣습니까?"

"진짜 답답하다니까."

무돌과 원이 핀잔을 줬다.

"그럼 니놈들이 설명 한번 해 봐라."

무돌이 나섰다.

"성질내지 말고 잘 들으시오 형님."

"지껄이기나 해 봐라."

"광해가 지금 조선에서 사실상 왕이라고 하셨잖아요, 큰형님이."

"그래."

"이옹은 광해를 지탱하는 의병장이죠?"

"그래서."

"이옹을 죽이면 광해가 타격을 입겠죠?"

"그래서."

여기에서 원도 거들었다.

"이옹을 죽이면 광해가 우리와 죽자 사자 싸우려 들 테니, 우리가 피곤해지지."

"뭐가 피곤해, 한칼에 다 죽여 버리면 되지."

"원 형님은 가만있어 봐요, 광해가 타격을 입으면 왜군도 좋아지고 왕도 좋아지겠죠?"

"그래서?"

"왜군이 좋아하고 왕이 좋아할 일을 우리가 구태여 할 필요가 있을까요?"

"그럴 순 없지."

"서로 싸움을 붙여서 대갈통 터지게 해야 나중에 우리가 한칼에 획 힘들이지 않고 다 없애 버릴 수 있으니까요."

근이 변광조를 바라보며 물었다.

"장형, 우리가 나중에 조선을 먹는 겁니까?"

다른 동생들도 변광조를 바라보았다. 변광조를 식은 차를 후루룩 마시고서 대답했다.

"그럴 마음이 아주 없지는 않다."

그러자 무돌이 근을 보며 설명의 마무리를 했다.

"이제 알았습니까 형님?"

"알았다 이놈아, 처음부터, 일부러 모른 척 한 거지, 니 놈이 아는가 싶어서."

다음 날 아침 이 형제들은 사등을 떠나 석양에서 하루를 쉬고 요포까지 내려간 뒤에 배를 타고 강화도로 돌아갔다.

— 62 —

변광조가 강화도에 돌아오자 강화도 교동에 진을 두고 있던 경기수사 최호와 충청수사 정걸이 변광조를 찾아왔다. 80세의 노장

수 정걸은 이순신 장군의 조방장으로 부산진 전투에 참여했고, 승진해서 충청수사가 되어 있었다. 변광조와는 안면이 있었다. 정걸은 이미 오래전에 수군의 최고 지휘관을 두루 맡았던 사람이지만 은퇴 후에 다시 전쟁터로 돌아온 진정한 군인이었다.

그런데 두 사람은 변광조가 의병장으로 평양성 전투에도 참가했다는 얘기를 듣고 잔뜩 기대를 하고 왔다가 변광조의 병력이 350명밖에 되지 않자 실망한 눈치였다. 하지만 그렇다고 해서 반가움이 가시는 건 아니었다.

"변공이 의병장이 되었다니 뜻밖이오."

"그저 전황을 살피고 있을 뿐입니다."

"어쨌든 변공이 여기 있으니 강화는 든든하겠구료."

최호가 한숨을 쉬며 말했다.

"나에게는 병력이 1천뿐입니다. 절반이 격군이니 전투병은 5백명 정도지요. 함대라고 해 봐야 어선을 개조한 것들이라 모두 시원찮고, 화약도 없고, 무기도 부족하고…"

"머지않아 한성 주변에서 큰 격전이 벌어질 텐데 대비해야 하지 않습니까?"

"나도 그리 생각은 합니다만 돈이 없으니 달리 방도가 있어야지요."

최호는 아까보다 더 큰 한숨을 쉬며 말했다.

"그럼 이렇게 하면 어떻겠습니까?"

변광조가 빙긋 웃으며 말했다.

"수사께서도 이득이고 나도 이득이 되는 방안이 있는데…"

"그게 뭡니까?"

최호가 눈빛을 반짝이며 물었다.

"김포 인근의 민간에서 청자를 구해 주시면 됩니다."

"청자를?"

"청자가 민간에도 많이 있는 걸 봤습니다. 그걸 3천 점만 수집하시면 소생이 비싸게 사지요."

"그렇게 이문이 남는 일이라면 상인인 변공이 직접 하시지 굳이…"

상인이 손해를 볼 일을 할 리가 없음을 잘 아는 터라 최호가 고개를 갸웃했다.

"하하하, 나도 그러고 싶지만 내 부하들은 지리를 잘 몰라 일을 시킬 수 없습니다. 게다가 내보낼 인력이 적고… 소생이 돈을 드릴 터이니 그 돈으로 수집하시면 됩니다. 최대한 고급품으로요. 그러면 소생이 왜군에게서 빼앗은 조총 천 점과 화약 삼천 근을 드리겠습니다. 편전과 장전은 충분히 가지고 있지요? 천자포와 지자포도 가지고 있지요?"

"백 문 정도…. 화살은 충분합니다, 강화댓살로 부지런히 만들어 두었으니까."

"다행이네요."

최호는 구미가 당기는 눈치였다.

"내가 아는 사기장이 여럿 있긴 하니까… 필요한 양만큼 시급히 구해 보라고 이르겠소."

변광조가 은전 5천 량을 주었고, 최호는 부하 20여 명을 풀어 숨어 버린 사기장들과 그릇 도매상들을 찾아 다녔다. 이틀 뒤에 자기 3,500점이 들어왔다. 변광조는 크게 놀랐다. 모두 우수한 기물이었다.

"은전 한 량을 준다니 모두 내놓더랍니다."

— 63 —

변광조가 편병 한 점을 들고 그윽한 눈길로 돌려가며 바라보고 있었다. 굵은 철화로 물고기 문양을 그려 넣은 납작한 분청자기였다. 인화문, 박지문, 귀얄문, 철화문 등의 분청사기 그릇은 조선만의 재산이었다. 하지만 정작 조선 사람들은 이것이 그토록 귀중한 재산인지, 장차 백 년 혹은 수백 년 동안 조선을 먹여 살릴 수도 있는 어마어마한 재산인지 알지 못하니 한심할 뿐이었다. 그러니 왜의 침략을 받아 짓밟히고 빼앗기고 죽어도 싸다. 어쩔 수 없는 조선의 운명이다. 쯧쯧쯧… 혀를 차다가도 다시 분청사기 편병을 바라보기만 하면 얼굴에 미소가 저절로 퍼졌다.

앵이 그런 변광조를 물끄러미 바라보았다.

"그게 그렇게 좋으세요?"

"그럼, 분청자기를 보는 족족 사들이는 걸 보고도 모르느냐?"

"그런데 이제부터는 분청자기를 비싸게 사지 마세요."

"왜? 없어지기 전에 돈을 더 주고라도 사 모으려고 하는데?"

"그 그릇이 비싸지면 백성의 생활이 어려워지잖아요. 생활용기를 비싸게 사면 사람들은 그릇을 모셔 놓거나 남의 것을 훔친다구요."

"허허…"

변광조는 그런 생각은 미처 하지 못했다.

"조선 백성의 생활이 향상되면 분청자기가 많이 팔릴 거예요."

하긴, 왜에서도 그랬다. 다도 문화가 퍼지면서 이도다완이 널리 팔렸다.

"분청사기는 만들 때에 기법이 자유롭고 제한이 없으니 조선 백성의 성정에 딱 맞아요. 수요도 무한하고요. 그런데 지금 백성의 살림살이가 곤궁해서 사기그릇조차 사지 못하는 게 안타까워요, 이렇게 운치 있는 사기그릇을 말이에요."

"나는 아름다운 그릇을 통해서 돈을 보는데, 너는 사람을 보는구나."

이게 두 사람의 차이였다. 이런 차이를 깨닫자 변광조는 여태까지 보지 못했던 새로운 세상이 어렴풋이 보이는 것 같았다. 그게 어떤 세상인지 절실하게 느껴지지는 않았지만, 앵이 바라는 세상이라는 사실 하나만으로도 거부감이 들지 않았다. 예전에 없던 일이었다.

1593년 1월 27일에 이여송의 명나라 군대가 벽제관에서 왜군에 크게 패해서 개성으로 퇴각했다는 소식이 전해졌다. 명군의 패배로 왜군은 자신감을 얻었고 명군은 종이호랑이로 전락했다. 그리고 조선 전체가 불안에 떨었다.

* * *

1월 31일, 변광조는 청자 다도용기 다섯 점을 들고 고니시를 만나러 나섰다. 배를 타고 나와 한강을 거슬러 올라 고양을 거쳐 한성 근처에 내린 다음 고니시가 머물고 있는 진영으로 들어갔다.

고니시의 부대는 예전의 위세에 비해 많이 쪼그라져 있었으며, 이런 사정이 고니시의 표정에 고스란히 드러나 있었다. 위장병이 도졌다고도 했다.

"요즘엔 통 식사를 못하고 있소."

병사를 1만 명이나 잃고 병력이 반으로 줄었으니 그보다 더 큰 고통을 없을 터였다. 벽제관 전투에 나가지 않아 승전의 영광을 함께하지 못한 것도 속이 쓰린 일이었다.

"장군님의 기분을 바꿔드리려고 물건 하나를 가져왔습니다. 좋은 주전자를 발견했습니다. 한번 감상해 보십시오."

변광조가 찻잔 다완을 한 상 올려놓았다. 고귀한 자태의 다기

완첩이었다. 육각형 몸체에 학의 목을 닮은 주전자의 목, 그리고 여인의 입술처럼 우아한 주전자의 뚜껑…

"오오!"

고니시는 놀라움 속에서 다기의 아름다움에 취했다.

"장군께서는 그간 인삼과 약재, 서화에 관심을 두셨는데 이번에는 도자기에 관심을 두시는 것이 어떻습니까? 전쟁이 끝나면 제가 3천 쌍을 드리겠습니다. 은 6만 량은 갈 겁니다."

"그래 볼까요? 하하하."

시마즈와 마찬가지로 고니시도 수하의 마츠우라를 책임자로 해서 조선인 도공을 납치하고 있음을 변광조는 잘 알고 있었지만 짐짓 모른 체 하면서 그렇게 말했고, 고니시 역시 시치미를 뗐다.

"그렇다면 조선인 도공을 납치하는 일을 금지하도록 해야 합니다."

"그게 무슨 말이오? 누가 그런 짓을? 이런 자기는 일본에서는 만들 수 없소."

"일확천금의 기회가 사라지기 때문입니다. 도공들이 일본으로 잡혀가서 그릇을 굽게 되면 상거래는 약화될 것입니다."

"허허 그렇지 않소. 일본에는 백토가 없으니 납치된 도공들이 만든 자기는 싸구려가 될 것이오. 그렇다면 조선 자기가 더 비싸게 팔릴 것 아니오? 아키다로공의 걱정은 기우일 뿐이오."

"시마즈가 도공을 납치해 가고 있는데, 시마즈가 득세하겠지요?"

고니시는 고개를 저었다.

"조선 자기를 누가 더 많이 확보하느냐가 관건 아니겠소. 공이 나보다 유리한 위치에 있으니 많이 챙겨 놓으시오, 내가 모두 살 테니까."

"시마즈 가문이 조선인 도공을 납치하려고 칼잡이들을 데려 왔다는 걸 알고 있습니다."

"시마즈? 시마즈가 뭘 할 수 있겠소? 도자기를 그저 밥사발쯤 으로만 아는 안목인데."

"시마즈 가문은 센노리큐(千利休, 일본 다도를 정립한 인물)의 제자 들이 아닙니까?"

"센노리큐의 제자였으나 스승을 이해하지 못했소."

고니시가 느릿느릿한 말투로 다완에 차를 담아 마시며 대답했 다. 변광조는 자기(磁器)에 대해서는 더 얘기하지 않았다. 사실 고 니시를 만난 데에는 다른 목적이 있었다.

"그건 그렇고, 장군께서 이렇게 물러나시면 합하께서 용서해 주시겠습니까?"

"그러니까 말이오, 명분이 필요한데…"

"권율을 치는 게 어떻습니까? 권율은 정보가 어두워 쉽게 고립 시킬 수 있습니다."

"하하하! 어찌 그렇게 내 속을 훤하게 들여다보시오? 아! 나도 실은… 권율을 고립시켜서 해치울 생각이오."

"권율의 병력은 1만이 되지 않을 겁니다."

"성공하리라 보시오?"

"글쎄요…"

변광조가 고개를 젓자 고니시가 고개를 갸웃했다.

"왜 그렇게 생각하시오?"

"소생이 어느 편을 드느냐에 따라서 달라질 테니까요, 하하하!"

변광조의 너스레에 고니시도 따라서 웃었다.

"권율이 임진강 이북으로 도망치지 못하도록 할 계책이라도 있단 말이오?"

"물론 있지요, 장군께서 소생에게 한 가지 약조만 해 주신다면 계책을 말씀드리지요."

"어떤 약조를 해 드리면 되겠소?"

"장차 장군께서 남하하시면 이순신과 대결할 것입니다. 불가피한 일이지요. 그때 이순신을 저격해서 죽이지 않겠다는 약조를 해 주시면 됩니다."

"허허, 내가 하겠다고 될 일이오? 조선 제일의 장군이 내 총구 앞에 스스로 얼굴을 들이밀겠소?"

"저의 부탁은 자객을 보내지 않는 것은 물론, 전투 중에도 저격수를 배치하지 말아 주십사 하는 겁니다."

"그런데 왜 이순신의 목숨에 그리 목을 매는 것이오?"

"이순신이 살아 있어야 이순신을 등에 업고 조선을 삼킬 수 있으니까요."

"조선을 삼킨다?"

"예, 저는 장사꾼이니까 상업으로 삼키지요. 누가 왕이 되든 상관없이 말입니다."

"허… 상업으로 조선을 삼킨다?"

"제가 상업으로 조선을 삼키면 누구보다 장군께서도 좋은 일이지요. 장군께서 애초부터 이 전쟁을 반대하신 것도 그런 이유였지 않습니까?"

고니시가 눈을 가늘게 뜨고 변광조를 바라보다가 빙그레 웃었다.

"알겠소."

"약조를 하셨으니 저도 권율이 한강 이북으로 달아나지 않도록 일을 꾸미겠습니다."

변광조는 돌아가기 전에 고니시에게 한 가지를 더 말했다.

"장군께서는 이번 작전에서 선봉에 서지 마십시오."

"선봉에 서지 말라니? 이번에도 공을 딴 놈들에게 던져 주라는 말이오?"

고니시는 평양성전투에서 병력을 잃어 벽제관전투에 가담하지 못했던 터라 이 기회에 자존심을 회복하고 싶었다.

"장군께서도 일본이 끝내 조선을 차지하지 못하리라 예상하시겠지요? 엄청난 희생만 치를 뿐이지요."

"흠, 이미…"

"장군께서 그게 불가능한 목표라는 걸 잘 아신다면 선봉에 서지 마십시오."

고니시가 희미하게 미소를 흘리며 고개를 끄덕였다.

변광조가 돌아간 뒤에 소 요시토시는 권율을 한강 이남에 묶어 두겠다는 변광조의 말을 무슨 근거로 믿느냐고 했다. 고니시는 밑져 봐야 본전 아니냐고 했다. 소 요시토시는 자기 손으로 변광조

의 목을 쳐서 대마도의 원수를 갚지 못한 게 분해서 대낮부터 술
독에 빠졌다.

— 65 —

　고니시가 권율을 노린다는 사실을 확인한 변광조는 충청수사
정걸과 전라병사 선거이를 강화도 막사로 초청했다. 교동도 북쪽에
황해도를 바라보며 진영을 주둔하고 있던 경기수사도 마땅히 함께
해야 하는 자리였지만, 얼마 전에 별다른 이유 없이 최호에서 이빈
으로 교체되었는데, 변광조는 이빈이 강화도를 예의 주시하고 있
을 왕이나 광해의 심복이라고 판단하고 부르지 않았다.
　정오 무렵에 강화도 고려왕성터 막사로 정걸과 선거이가 찾아
왔고 변광조 외에도 김대남, 김근, 김원, 팽세가 함께 자리를 했다.
먼저 팽세가 정세 보고를 했다.
　"왜군은 지금 퇴각할 것인지 한성에 계속 눌러앉아 있을지 결
정하지 못한 상황입니다. 조선군의 대응에 따라서 그 결정이 내려
질 것입니다. 아울러 우리는 왜군이 노리는 대상이 권율 장군임을
알고 있기에, 이를 잘 활용하면 왜군에 대해 심대한 타격을 가할
수 있을 겁니다."
　팽세는 지도를 펼쳐 손가락으로 짚어 가면서 설명했다.
　임진년 7월 한산도 안골포 해전, 9월의 부산포 해전, 10월의 진

주성 전투, 그리고 권율의 웅치, 이치, 금산, 오산 독성산성 전투 등에서 조선군이 승리하면서 전황이 조선 측으로 기울기 시작했다. 계사년에 들어와서는 상황이 더욱 왜에게 불리하게 전개되고 있다. 고니시가 평양성에서 1만 명의 병력을 잃고 패주했고, 가토 기요마사는 임진년에 함경도 경성까지 북상하여 왕자 두 명을 생포하는 등의 전과를 올렸으나 정문부 장군에게 일격을 당해 함흥까지 후퇴했고, 이들은 결국 한성으로 퇴각했다. 한성의 왜군사령부는 진퇴를 결정해야 할 상황이다. 왜군은 비록 벽제관 전투에서 승리하여 기세가 올랐지만, 조선 수군이 임진강과 한강을 타고 올라와 퇴로를 차단하면 꼼짝없이 내륙에 갇히게 되고 보급과 군량이 차단됨으로써 전멸당할 수 있음을 두려워한다. 이런 상황을 종합할 때 왜군은 남은 병력을 모두 남해로 이주해서 성을 쌓고 장기전을 준비할 것이다. 즉, 이들의 속마음은 부산으로 퇴각하는 것인데, 그러자면 도요토미에게 변명할 거리가 뭐라도 하나 있어야 했다.

"그래서 변명거리로 삼으려고 놈들이 노리는 제물이…?"

정걸 노장수의 질문에 팽세가 대답했다.

"권율 장군의 부대입니다."

"흠… 권율에게 복수하겠다?"

여기에서 변광조가 끼어들었다.

"권율 장군의 주둔지가 바로 전투 장소가 될 것입니다."

"미끼라는 말이오?"

변광조가 고개를 끄덕였다.

다시 팽세의 설명이 이어졌다.

한성에 왜군이 확보한 군수만으로는 곧 닥쳐올 조선과 명의 연합군을 막아낼 방도가 없고, 나중에 한강과 문경새재가 차단되면 보급로마저 끊어지므로 결국에는 부산으로 물러나는 길밖에 없다. 그러나 나고야에 있는 도요토미가 퇴각 명령을 내리지 않는 한 철수는 없다. 그래서 권율에게 패했던 복수를 하고, 이 승리를 도요토미에게 위안 선물로 바치고 퇴각하려고 할 것이다.

권율이 왜군에 원한을 산 것은, 한성의 왜군사령부 총사령관 우키타 히데이에가 최초로 싸운 전투가 수원 독성산성 전투였는데 여기서 권율에게 대패했기 때문이다. 이순신의 전라도 해군과 권율의 전라도 육군에게 연거푸 패했기 때문에 왜군의 한은 권율에게 집중되고 있었다. 저들에게 권율이 한성 가까이 군대를 움직이면 반드시 복수를 하겠다며 군사를 움직일 것이다. 대충 이런 내용이 팽세의 정세 분석 요지였다.

"허… 그렇다면 권율 장군더러 어디로 진영을 움직이라고 유도해야 하나…"

정걸은 그렇게 말하면서 변광조를 바라보았다. 변광조가 이미 복안을 가지고 있으리라 보았기 때문이다. 변광조가 손가락으로 지도의 한 지점을 가리켰다.

"여기…"

행주산이었다.

"이곳은 강화도에서 배를 끌고 직접 도달할 수 있는 곳이니 우리가 병력과 화약 무기를 충분히 보급할 수 있습니다. 소수의 병력으로도 방어할 수 있는 곳이기도 하지요. 비밀리에 목책을 세우고 야음을 틈타 병력을 옮기고 전투 준비를 한 다음에 왜군에게 유인 정보를 띄우면 됩니다."

"누가 권율 장군에게 접근해서 그곳으로 군대를 옮기도록 설득할지, 그게 문제군요."

그 점에 대해서도 변광조는 이미 대책을 마련해 두고 있었다.

"승병을 이끄는 처영 장군을 앞세우면 될 것입니다"

선거이는 권율 장군의 조방장 조경을 잘 안다면서 만나서 설득하겠다고 했다.

"김원과 김근은 우리 병력을 데리고 가서 참전할 것입니다. 먼저 가서 목책을 치고 돌무덤으로 성벽을 쌓아 전투 준비를 하겠습니다. 돌이 없으면 토성을 쌓아야 하니 인력이 많이 필요합니다. 고양의 진흙 펄에서 흙벽돌을 뭉쳐서 산으로 운반해야 합니다."

변광조가 무기를 최대한 준비하고, 이 무기를 충청수사 정걸이 운반해서 권율에게 건네주기로 했다.

선거이가 조경을 찾아가 설득했고, 조경이 권율을 설득해서 행주산으로 진을 옮기도록 했다. 애초에 권율이 마음에 두었던 곳은 광명의 안현고개였다. 그러나 조경을 비롯한 여러 장수를 앞세워 반대하게 했고 처영이 거들어서 마침내 행주산으로 결정되었다. 병력 배치는 공격하는 왜군을 독 안에 가두는 형국이 되도록 분산했다. 한편 선거이는 금천 시흥 및 양천에 여러 부대를 주둔시켜 후방 방어와 권율이 위험해지면 곧바로 지원에 나서기로 했고, 이 작전에 권율도 동의했다.

근과 원은 부하 50명과 인부 200명을 데리고 행주산으로 들어가 토성과 목책을 세웠다. 목책에 물을 뿌려 화공을 막고 조총과 왜식 대포의 탄알을 흡수하도록 진흙 벽돌로 성벽을 쌓았다. 곳곳에 공격용 망루와 포대를 세웠다. 화공을 할 수 있도록 화약과 숯을 충분히 준비했고 기름도 모았다. 피마자기름과 동백기름을 펄펄 끓일 큰 솥을 공격 망루 아래에 걸었다. 비격진천뢰 1천 발과 수뢰 2천 발을 미리 무기고에 넣어 두고 건조시켰다.

2월 8일에 권율이 군대를 이끌고 행주산성 안으로 들어왔다. 권율은 근과 원이 만들어 놓은 시설과 설비를 흡족하게 여겼으며, 왜군이 공격해 오는 날까지 날마다 훈련을 하면서 전술을 가다듬었다. 근이 잿물을 만들어 커다란 통에 담아 성벽에 배치하는 것으로 전투 준비는 모두 끝났다. 왜군이 걸려들기를 기다리기만 하면 되었다.

— 66 —

그리고… 드디어 왜군이 걸려들었다.

2월 12일, 오전 6시경 왜군의 선봉대로 나선 고니시 군대가 행주산으로 밀려왔다. 고니시는 평양성 전투에서 대패해서 군세가 절반으로 쪼그라든 바람에 벽제관 전투에도 가담하지 못했다. 그래서 선봉에 나서지 말라는 변광조의 충고를 무시하고 이번을 설욕의 기회로 생각하고 선봉으로 나선 것이다. 조선군이 수차석포(水車石砲)를 쏘아 수천 발의 돌을 날렸고 진천뢰 100발과 총통 50발을 쏘았다. 고니시 부대는 혼비백산하여 흩어졌고 그 위로 화살 수천 발이 쏟아졌다. 왜군의 방패는 조선군이 쏘는 천자포에 종이처럼 뚫렸다. 고니시의 선봉대는 크게 당하고 물러났다.

두 번째 공격은 이시다 미쓰나리의 몫이었다. 이시다 역시 고니시처럼 조선군을 가벼이 여기고 산성 목책 가까이 다가가서 조총을 수천 발 쐈다. 하지만 외곽 성벽과 내성인 토성에 막혀 아무런 효과가 없었고 이시다 역시 맥없이 물러났다. 하지만 이시다는 약은 사람이라 조선군의 포탄 세례에 조총 공격이 힘을 쓰지 못하자 재빨리 병력을 후퇴시켜 손실을 최소화했다. 이시다는 조총 부대를 빼고 특공조를 접근시켜 소형 대포로 저격을 시도했지만, 조선군이 사정거리가 긴 대포를 쏘는 바람에 특공조 대부분이 몰살당했다.

세 번째 공격에는 구로다 나가마사가 나섰다. 구로다는 산성 가까이 접근한 다음 방죽을 높이 쌓고 그 방죽 위에 누대를 만든 다음에 조총 사격수 30명씩 배치하여 성 안으로 조총을 쏘게 하는 한편, 백병전 병력은 성 가까이 접근하지 않도록 해서 조선군 대포에 따른 피해를 줄이는 작전을 썼다. 그러자 권율의 조방장 조경이 저격수를 동원해 조총 누대를 모두 박살냈다. 누대에 포탄이 명중할 때마다 누대가 깨지면서 왜군 사격수들이 한꺼번에 수십 명씩 아래도 떨어져 내려 죽거나 다쳤다. 조경은 포전이라는 화살을 썼는데 포전은 화살 끝에 칼날 두 개를 박아 살상력을 높였는데, 이 화살을 맞으면 즉사했다.

3차 공격까지 실패하자 4차 공격에서는 총사령관 우키타 히데이에가 직접 선두에 나섰다. 이번에는 왜군이 많은 희생자를 내면서 진격해서 목책을 넘고 내성 앞까지 다가섰다. 전세가 위태로웠지만 권율 장군이 직접 나서서 독려하고 김근과 김원이 백병전에 능한 부하 50명을 이끌고 나가 내성 앞에 접근한 왜군 80여 명을 죽였다. 조선군의 사기가 다시 살아났고, 조경이 지휘하는 포대의 저격수가 소승자포로 우키타 히데이에를 맞혔다. 우키타는 큰 부상을 입고 업혀서 달아났다.

5차 전투는 기카와 히로이에가 주도했다. 기카와는 화공으로 목책 일부와 내성의 객사에 불을 붙이는 데에는 성공했지만 조선군은 이미 이 공격을 예상하고 준비해 뒀던 물로 어렵지 않게 불을 껐다. 동시에 조선군은 장거리 화살 수천 발을 쏘아서 기카와에게 부상을 입히고 정예 선봉 160명을 순식간에 죽여 버렸다.

6차 전투에서는 모리 히데모토와 고바야카와 다카카게가 목책을 집중 공격했다. 돌로 성벽을 쌓기 힘든 곳이라 목책을 세워 간신히 막아둔 곳이라 행주산성에서 가장 취약한 부분이었다. 처영이 승병 1천 명을 지휘하며 목책을 방어하느라 안간힘을 썼다. 하지만 이때를 대비해서 준비한 게 있었다. 근이 소리쳤다.

"잿물을 부어라!"

가까이 접근한 왜군에게 준비한 펄펄 끓는 잿물을 뿌렸다. 뜨거운 잿물을 뒤집어쓴 왜군 수백 명은 화상을 입고 펄쩍펄쩍 뛰며 비명을 질렀다. 이때 김근이 부하 십여 명을 이끌고 나가 닥치는 대로 목을 베고는 재빨리 성 안으로 들어왔다.

왜군은 마지막 공격을 준비했다. 7차 공격 대장은 고바야카와
였다. 그는 서북쪽에 있는 새끼성을 뚫고 성안으로 돌입하려고 시
도하였다. 처영의 승병 부대가 위험에 처했다. 그러자 권율이 부하
를 이끌고 백병전을 벌였고 원과 근도 이 전투에 합류했다. 이 마
지막 백병전은 세 시간 가까이 치열하게 벌어졌다. 이 전투에서 왜
군은 인해전술 공격으로 나왔다. 조선군이 신기전과 석포를 무수
히 발사했으나 중과부적이었다. 화살은 더 이상 소용이 없었다. 왜
군이 벽제관에서 노획한 명나라의 두꺼운 방패를 앞세우고 끝도
없이 밀고 들어왔기 때문이었다. 그 뒤로 수천 명의 정예 조총부대
가 공격을 준비했다.

위기의 순간에 펄펄 끓는 피마자기름을 왜군에게 퍼부었다. 경
기도 관내의 관기와 관비가 동원되어 있었는데, 이들이 치마로 돌
을 날랐고 화살이 부족한 병사들은 이 돌을 받아서 기어오르는
왜군의 머리에 던졌다. 그리고 솜뭉치에 불을 붙여 화살에 끼워 쏘
았다. 성벽과 목책 가까이 접근한 왜군들의 머리 위로 뜨거운 기름
과 함께 불 공격을 감행되었다. 기름을 따라 불이 퍼져 나가자 전
세는 일시에 조선군 쪽으로 기울었다. 왜군이 흩어지자 조선군은
소수의 백병전 부대를 내보내어 추격했다. 여기에서 다시 수백 명
의 왜군이 죽었다.

권율은 신속하게 목책을 정비하고 성벽을 급히 보수했다. 오후
여섯 시, 열두 시간 동안 전투를 벌인 끝에 화약 무기도 떨어지고
화살도 소진되었다. 이제 다시 왜군이 공격해 오면 막을 무기가 없

었다. 절체절명의 위기였다. 바로 그때 경기수사 이빈이 화살 13만 개를 싣고 행주산 나루터에 도착했다. 곧이어 충청수사 정걸도 화약 무기를 싣고 도착했다. 경기수사 이빈은 막판에 변광조의 작전을 이행했다. 변광조는 이미 한강을 배로써 가로막아 왜군의 뒤를 차단했다. 사기가 오른 조선군은 다시 전투 태세를 갖추고 장거리 총통으로 무차별 사격을 가했다. 이때 원과 근은 장거리포 안에 수뢰를 넣어 엄청난 파괴력으로 왜군을 포격했다. 마침내 왜군은 퇴각하고 지휘부는 한성 사령부로 돌아갔다.

왜군에게 씻을 수 없는 타격과 치욕을 안긴 행주산 전투는 이렇게 끝이 났고, 권율은 왜군의 추가 보복 공격을 피해서 파주로 이동했다. 한편 경기수사 이빈은 왜군의 설욕전이 두려워 한강과 강화도 입구를 방어하지 않고 교동으로 숨었다, 왜군은 배가 없어 강화도로 나올 수 없다는 사실도 모르고.

* * *

변광조는 충청수사 정걸과 전라병사 선거이에게 행주산 전투에 자기가 작전을 짜고 무기를 제공했다는 사실을 그 누구에게도 알리지 말라고 당부했다.

"전쟁이 끝날 때 까지 비밀을 지켜 주십시오. 그런 말이 새나가면 이 강화도는 쑥대밭이 되고 말 것입니다. 모두가 잡아먹으려고 몰려들 테니까요."

변광조는 정걸에게 은전 1천 냥과 화약 2천 근을 줬고 선거이

에게는 은전 5천 냥을 주면서 군수물자와 기술자를 사 모으라고
했다. 돈을 풀어야 백성이 모인다고 했다.

"백성이 흩어지지 않아야 전쟁을 이길 수 있습니다. 충청도와
전라도 북부의 백성들이 살아남아야 내년을 기약할 수 있습니다.
기왕에 돈을 쓸 때에는 화살과 활, 장검 등 군수품을 사들이십시
오. 그렇게 하면 기술자들이 모여들게 됩니다."

대신 사기장을 발견하는 대로 붙들어서 강화도로 보내 달라고
했다.

"그렇습니다. 소생에게 필요한 것은 사기장과 자기입니다."

약속대로 두 사람은 모두 22명의 사기장을 강화도로 보냈다. 사
기장들은 나중에 변광조가 자기들 보호하려고 강화도로 데리고
왔다는 사실을 알고는 변광조에게 고마워했다.

* * *

4월 18일, 왜군은 한성에서 철수했다.

제 10 장

한성 수복과
권력 투쟁

— 68 —

　왜군이 한성에서 철수하자마자 변광조는 한성으로 갔다.

　버려진 시체, 흩어진 인골들, 부서진 집들… 더러운 폐허였다. 인파가 뒤덮었던 길에는 수풀이 우거졌다. 살아 있는 사람이라고 해도 하나같이 굶주리고 병들어 귀신 같았다. 날씨가 몹시 무더웠던 터라서 죽은 말과 사람이 방치되어 썩는 냄새가 코를 찔렀다. 코를 막지 않고는 한 걸음도 걸을 수 없을 정도였다. 숭례문에서 동쪽으로 남산 아래 일대에 왜군이 거처하던 곳에만 건물이 조금 남아 있을 뿐 관청이나 민가는 몽땅 다 없어지고 재만 남아 있었다.

　명월관도 불에 타고 부서진 기둥만 서 있었다. 변광조는 명월관 주변의 민가를 사서 49칸의 대저택으로 새로 지었다. 49칸 가운데 몇 곳 밑에는 지하실을 만들어서 유사시에 은신처로 사용할 수 있도록 했다. 이 공사에 큰 힘이 되어 준 사람은 백곰이었다. 백곰은 목수와 목재 그리고 잡부 수백 명을 손쉽게 동원했다. 백곰은 대궐보다 기방이 먼저 세워지니 조선의 왕은 변광조라고 농담을 했다.

기방은 한 달 만에 완성되었다. 부대시설도 마련했다. 기방의 맨 앞 행랑방에는 한의원을 두었고 마방 옆에는 마전, 의전, 그릇점을 두었다. 이 가게에 한량들이 놀러 왔다가 마음에 드는 물건을 조금씩 사 가도록 하겠다는 것이지만, 이내 소문이 나서 기방 손님 외에도 많은 사람이 이용했다. 새로 단장을 마친 명월관은 기방이면서도 상점이었다. 기녀들도 남정네들을 끌어들이려는 노력을 별로 하지 않았다. 풍류객은 내실 깊숙이 들어가 놀다가 갔으므로 외부인의 눈에 노출되지 않았다.

사이온은 한성의 인구 증가책을 찾아 내기 위해 골몰했다. 한성 인구 회복이 한성의 상권을 장악하는 것과 직결되어 있었기 때문이다. 사이온은 백곰을 찾아갔다.

"어르신, 부하들을 빌려 주십시오. 한성에 몇 곳을 사서 건물과 저택을 지을까 합니다. 한강변에 포구를 몇 개 만들어서 우리가 전용으로 쓰고 여의도라는 하중도를 우리 기지로 만들어 두면 장차 한성의 상권을 확대하는 데 도움이 될 것으로 보입니다. 한강수로를 장악하는 게 급선무이지요."

"좋은 방안일세."

"한성의 인구가 증가해야 우리 상권도 번창할 것입니다. 소제가 인구를 증가시키는 방안을 여러 개 마련했습니다."

"유통의 거점을 확보하고 사람이 모여들도록 길을 여는 것이 급선무이지요. 제가 은 2만량을 드릴 테니 공사를 진행시켜 주십시오."

"일자리를 많이 만들어 주니 우리 식구들이 좋아하겠군."

— 69 —

3월 18일, 왜군이 한성을 버리기 한 달 전.

이익수 어사는 고성에 당도하자마자 종사관 이종각에게 89명의 대원을 쪼개서 이동이 용이하도록 부대를 편성하라고 지시했다. 그때 변광조는 강화도에 있었고, 이익수는 변광조를 유인하기 위해서 근거지인 두룡포(통영) 유숙을 치려고 마음먹었다. 여기에는 일꾼들이 들락거리고 소수 인력만 남아 있어서 치기도 용이할 것이라 판단했다. 그리고 두룡포 유숙이 공격받았다는 얘기를 들으면 변광조가 부리나케 달려올 것이니, 그때 포위해서 잡겠다는 계획이었다. 그러나 오래 전부터 변광조의 주변을 조사해 왔던 이종각으로서는 이 계획이 썩 내키지 않았다. 이익수가 생각하는 것처럼 호락호락한 상대가 아니었기 때문이다.

"어사또, 그 자들을 얕보면 안 됩니다."

이익수는 코웃음을 쳤다.

"이 사람아, 어찌 이리 겁쟁이인가? 우리는 조선 최고의 무사들 아닌가? 그까짓 상인 나부랭이를 두고… 쯧쯧쯧!"

두룡포의 민가는 모두 산비탈에 달라붙어 있었고 유숙 주변에만 제법 넓은 평지가 있었다. 공방 10여 곳이 문을 열었고, 공방마다 사람들이 물건을 만들고 있었다. 이익수의 무사들이 나타나자 사람들의 눈빛이 달라졌다. 어딘가에서 길고 예리한 휘파람 소리가 들렸고, 선소에서 배를 만들던 일꾼들이 모두 손을 놓고 이 일행을 바라보았다. 적대감과 비웃음이 뒤섞인 눈빛이었다.

이익수는 89명의 병력을 이끌고 다짜고짜 유숙으로 들이닥쳤다. 바깥을 경비하던 외국인 보초 둘을 뇌를 쏘아 고슴도치로 만들고 담을 넘어 들어갔다. 어사가 앞장을 섰다. 유숙 안에는 없는 게 없어 보였다. 온갖 종류의 기구, 장검, 왜의 환도들이 산처럼 쌓여 있었다. 마당에 큰 방아가 있었다. 일꾼이 말을 끌고 밀을 빻고 있었다. 그 옆에는 아낙들이 밀가루를 채로 거르고 있었다.

내실에서 나오던 조선인 일꾼이 무장한 병력을 보고는 놀라서 고함을 질렀다.

"아이고, 사람 살려!"

"이놈아! 내가 뭘 어쨌다고 사람 살리라고 고함을 지르느냐?"

"저는 아무 잘못 없습니다요, 살려 주십시오!"

"변광조라는 외국 상인은 어디 있나?"

"소인은 일하러 온 사람이라 모릅니다."

"저리 비켜라!"

이익수가 일꾼을 젖혀서 내동댕이치고 내실로 들어가는데, 뒤에서 서늘한 목소리가 들렸다.

"웬 놈들이냐?"

뺨에 기다란 흉터가 나 있는 얼굴을 하고 비단 잠옷을 입은 거대한 덩치의 남자였다.

"네가 변광조냐?"

"웬 놈들이 감히 우리 장형 함자를 함부로 들먹거리느냐?"

"그렇다면 네놈도 한 패거리겠다? 저놈부터 잡아라!"

어사가 명령을 내리자 무사들이 일시에 남자에게 짓쳐들었다. 그러나 남자는 무사들의 공격을 피하더니, 칼을 빼앗아 엄청난 속도로 무사들을 베기 시작했다. 그런데 남자는 무사들의 목을 베거나 심장을 찌르거나 배를 가르지 않고 팔과 다리만 노리면서 잘랐다. 어느새 유숙 안에는 사지가 잘린 무사들의 육신이 어지럽게 널렸다. 눈 깜짝 할 사이에 스무 명이 고꾸라지고 나자빠졌다. 수십 명이 한꺼번에 지르는 비명이 유숙을 흔들었다. 남자가 이익수를 바라보며 차갑게 웃었다.

"네놈이 누구를 건드렸는지 아느냐?"

이익수의 온몸에 소름이 돋는 걸 느꼈다.

"네놈이 내 부하 셋을 죽였으니, 내가 너를 고통 속에 죽게 만들겠다."

이익수는 지옥의 구렁텅이에서 간신히 목숨을 구해서 도망쳤다. 89명이 들어갔으나 살아서 나온 자는 48명이었다. 이종각을 비롯해서 바깥을 감시하며 대기하던 대원들과 안에서 가벼운 부상으로 도주한 대원들이었다.

고성 현청으로 돌아온 이익수는 한동안 넋이 나갔다. 조선 제1

의 무사들로 구성된 의금부 기밀부대 수십 명을 순식간에 베어 버리다니!

"그자는 아마도 변광조라는 유구 상인의 동생일 겁니다. 무자비하고 잔인한 자입니다. 아마 살아 있는 대원들을 산 채로 바다에 던졌을 겁니다."

이익수는 온몸을 떨었다. 분노 때문이 아니라 공포 때문이었다. 고통 속에 죽게 만들겠다는 도살자의 목소리가 귀에서 떠나지 않았다. 그리고 이 공포는 며칠 뒤 현실로 나타났다. 이익수의 시체가 고성에서 50리나 떨어진 미륵도에서 발견된 것이다. 그가 죽기 전에 혹독한 고통을 겪었으리라 짐작되는 흔적이 여러 군데 남아 있었다.

이익수가 살해되었다는 보고를 받은 왕은 곧바로 후임 어사로 한만충을 임명했다.

— 70 —

1593년 5월 3일 밤, 이이첨이 정인홍을 찾아갔다.

"스승님, 심중에 든 포부를 말씀드려도 되겠습니까?"

"어디 해 보게."

"한성이 수복되었으니 이제 전란도 수습되는 국면입니다. 이번 기회에 우리 문하가 세를 얻지 못하면 영원히 기회가 없습니다."

"나도 그리 생각하네만, 복안이 있으면 어디 말해 보게."

"한비자가 이르기를 법(法), 세(勢), 술(術)을 얻지 못하면 헛된 일이라 하였습니다. 소생이 이 세 가지를 얻어 스승님께 바치겠습니다."

"정략을 말해 보게."

"먼저 전란에 대비하지 못한 죄를 물어 동인당을 처단하고 서인들은 패전의 책임을 물어 처단, 양 세력을 모두 제거하여야 합니다."

"방법이 무언가?"

"스승님께서 군병을 온전히 유지하면 전란 후에 저들을 제압하는 건 쉬운 일입니다. 한 놈씩 제거해 가면 됩니다. 스승님께서는 저하께서 큰 공적을 이루어 승전을 하신 걸로 유도하며 반드시 세자 저하를 옹립하셔야 합니다. 아울러 금상의 실수를 부지불식간에 드러내시고 윤두수와 유성룡의 실책을 철저하게 파고들어야 합니다."

"권율과 이순신은 어찌할 요량인가?"

"그 둘은 술수가 빈약한 자들이라 처리하기 어렵지 않습니다. 이순신은 공적이 지나칠 정도로 많으므로 이미 금상께서 두려움을 느끼고 계시니 직접 처리하실 것이고, 권율은 온건한 인물이고 권세에 둔감한 자라 걱정할 필요가 없습니다. 더구나 나이가 많아 오래 살지 못합니다."

"그래도 유성룡은 간단치 않다."

"유성룡이 영의정에 오를 것인즉 최종적인 책임을 물어 탄핵하면 되옵니다. 그에게는 병력이 없으니 탄핵하면 죽은 것과 같습니다. 문제는 그들이 아닙니다. 변광조라는 자입니다. 그자를 어찌 활용할지 생각 중입니다. 그 자가 금상의 신경을 거스르면 세자 저하를 견제하는 술수가 줄어 들 것입니다. 더구나 의금부에서 반역을 탐지하려고 병력을 내려 보냈습니다. 이 일이 어떤 방향으로 흘러갈지 잘 관찰하면서 대응할 것입니다. 그자는 우리와 한편으로 기능하게 될 것입니다."

"어찌?"

"그자가 우리 대신 여러 가지 골치 아픈 문제를 처리해 줄 것입니다. 그자는 흥상의 계책으로 들어온 자이니 사림과 대결하게 될 것이고 사림을 많이 죽일 것입니다. 우리 손을 덜어 주는 셈이지요."

"동인과 서인의 세력 뿌리는 깊으니, 얕보지 말고 철저하게 도려내야 하네."

"사림의 영수 열두 명을 그자의 손을 빌려 제거할까 합니다."

정인홍은 고개를 끄덕였다.

— 71 —

이세현은 눈치가 빠르고 영렬했으며 뭐든 척척 솜씨 좋게 해냈다. 앵에게는 마치 입 안의 혀처럼 굴었다. 앵이 필요한 것이면 말을 하기도 전에 먼저 해 놓았다. 앵이 힘든 작업을 힘들지 않게 할 수 있었던 데에는 이세현의 보살핌과 도움이 적지 않았다. 작업장은 늘 깨끗하게 청소되어 있어 티끌 하나 날리지 않을 정도였다. 유약의 원료가 손에 묻지 않도록 장갑을 만들어 주었으며, 바람을 끌어 모으는 장치로 환기를 시켜 작업장을 늘 쾌적하게 만들었다. 그런 이세현이었는데…

앵이 말에서 훌쩍 뛰어내리고, 뒤따라오던 이세현도 말에서 내렸다. 고인돌이 놓여 있는 평평한 벌판이었다. 종매와 함께 자주 오던 곳이었는데, 종매가 섬은 너무 답답하다며 아버지 백로를 따라 잠시 상로를 돌겠다면서 육지로 나간 바람에 요즘에는 통 나가지 못했었다.

"여기군요, 좋습니다."

이세현은 눈을 감고 숨을 천천히 들이쉬었다.

"칼 받아!"

앵은 이세현에게 칼을 한 자루 던져 주고, 자기 칼을 뽑아들고 다짜고짜 이세현에게 칼을 휘둘렀다. 엉겁결에 앵의 칼을 피한 이세현의 눈이 휘둥그레졌다.

"사기장님!"

"잔 말 말고 덤벼요!"

앵은 이세현의 목을 노리고 찔러 들어갔다.

"사기장님!"

앵은 들은 척도 하지 않았다. 공격은 더욱 매섭게 전개되었고, 이세현은 앵의 공격을 필사적으로 피하고 막았다.

"죽기 싫음 덤비든가!"

앵은 있는 힘껏 칼을 휘둘렀고 이세현도 칼을 뽑아 필사적으로 칼을 막았다. 앵의 칼질은 실전처럼 이세현의 팔을 노리고 다리를 노리고 가슴을 노렸다. 칼끝이 이세현의 옷깃을 스쳤다. 이세현의 몸에는 피가 배어 나오는 자상이 여럿 생겼다. 그렇게 30합 이상 겨룬 뒤에 이세현은 칼을 던져 버렸다.

"졌습니다!"

이세현은 손을 번쩍 들었다.

앵이 이세현의 목에 칼을 들이밀었다. 칼끝이 이세현의 경동맥에 닿았다. 손목을 살짝 비틀기만 해도 이세현은 목에서 피를 뿜으며 죽을 판이었다.

"도대체 왜 이러십니까?"

"이 집사의 정체가 뭐요?"

"어찌 그런 말씀을 하십니까?"

"이 집사는 칼을 쓴 적이 없다고 했던 것 같은데, 오늘 보여준 칼솜씨는 그렇지 않았어."

이세현은 털썩 무릎을 꿇었다. 앵의 칼도 이세현의 목을 겨누며 따라 내려갔다.

"살려주십시오, 다 말씀드리겠습니다!"

"그대의 정체!"

"훈련원 교생 무사였습니다, 전란 전에 죄를 짓고 도망을 치는 도망자입니다!"

"거짓말!"

"정말입니다!"

"조선 검술이 아닌데? 정체가 뭐고 어디서 왔는지 말해요!"

"소생은 섬에 숨어 살면서 왜구와 해적에게 검술을 가르치기도 하고 배우기도 했습니다, 믿어 주십시오!"

"헌데 어째서 사기장 일을 배우려 합니까? 천인도 아니면서 천인의 일을 하겠다니, 그 말을 믿으란 말이에요?"

"소생은 출생 신분을 버린 지 오래입니다. 그저 그릇을 구우며 살고 싶은 생각뿐입니다."

앵이 칼을 거두었다.

"거짓말! 진짜 목적이 뭐야!"

"돈을 벌어 산속에 숨으려 했습니다만…"

이세현은 거기서 잠시 말을 끊었다.

"그랬는데?"

"죄송합니다, 소생은 사기장 어른을 사모하게 되었습니다. 그래서 더욱 사기장 일을 배우고 싶었던 겁니다, 용서해 주십시오!"

앵은 어이가 없었다. 도자기를 사랑하는 것까지는 그렇다 쳐도 나를 사랑한다고? 말도 안 되는 소리였다. 종매가 알면 이세현의 목은 남아나지 않을 게 뻔했다.

"소생의 마음일 뿐이니, 신경 쓰지 않아도 됩니다."

"강화를 떠나시오, 이 집사의 정체에 대해서 아무에게도 말을 하지 않을 테니 조용히 강화를 떠나시오."

이세현은 고개를 저었다.

"차라리 소생을 여기서 죽여 주십시오, 사기장 어른!"

이세현은 머리를 땅에 박았다. 앵은 더는 아무 말도 하지 않았다. 그리고 이세현을 그냥 내버려 두고 말을 타고 돌아왔다.

사실 종매가 하도 이세현의 정체를 의심해서 꼭 한 번 이렇게 해 보려고 했었는데, 마침 이날 그 계획을 실행했다. 세현이 털어놓은 얘기를 종매에게 말하면 종매는 펄펄 뛰면서 이세현을 죽이려 들 게 뻔했다. 그렇다고 해서 사이온에게 털어놓을 수도 없었고, 대남이나 무불, 무돌리 등의 삼촌들에게 말해도 결과는 다르지 않을 터였다. 일단 이세현의 정체가 의심스러웠다, 캐면 캘수록… 하지만 도자기에 대한 열정 아니 앵에게 바치는 열정과 열의는 의심할 수 없었다. 본인 말대로 나를 사랑하는 게 분명하구나!

다음 날 아침, 앵은 자리에서 일어나 옷을 갈아입다가 늘 지니고 다니던 황금나비 금채가 없어졌음을 깨달았다. 앵이 맨 처음 성공했던 금채, 아버지와 하나씩 나누어 가진 바로 그 자기였다. 늘 품에 끼고 다녔는데 그게 없어진 것이다.

이세현이?

앵은 곧바로 이세현을 찾았다. 보이지 않았다. 혹시나 해서 고인돌이 있는 벌판으로 말을 몰아 달려갔다. 어쩌면 어제 이세현과 검술을 겨루다가 넘어지고 구를 때 품에서 흘렀을지도 모른다. 앵은 말에서 떨어지듯이 뛰어내려 풀숲을 뒤졌다.

제발, 제발!

한참을 찾은 끝에 마침내 찾았다. 풀숲에 금채가 떨어져 있었다. 이세현을 의심한 게 미안했다. 돌아와 보니 세현은 아침 일찍 일어나 이작광이 만든 모형을 가지러 고려산에 있는 그의 가마에 다녀왔다고 했다.

앵은 한편으로는 반갑고 한편으로는 아침부터 호들갑을 떤 게 분해서 앙칼지게 고함을 질렀다.

"강화에서 떠나라고 했잖아요!"

* * *

앵은 그릇을 만드는 마지막 공정과 굽는 과정, 구워낸 물건을 옮기는 과정에는 절대로 들어오지 못하게 했다. 도대체 그게 뭘까? 그 이유를 알아내려고 기회를 엿보고 있었는데 뜻밖에도 앵과 진검을 주고받던 중에 앵의 품에서 반짝이는 물건이 떨어지는 걸 보았다. 다행이 앵은 눈치 채지 못했고, 게다가 자기 먼저 말을 타고 가 버렸다. 앵이 시야에서 사라지고 난 뒤에 오쿠는 풀숲에 떨어진 황금색 물건을 주워 들었다. 나비 문양이 새겨진 작은 찻잔이었다. 그는 그것이 무엇을 의미하는지 알았다.

오쿠 오도리는 어떤 수단을 동원해서라도 대마도로 앵을 데려갈 생각이었다. 그 전에는 절대 강화도를 떠나지 않으리라 다짐했다.

천만다행하게도 다음 날 아침, 앵이 '강화에서 떠나라고 했잖아요!'라고 고함을 지를 때 앵의 목소리에서 자기를 곁에서 내칠 마음이 없다는 사실을 감지했다.

* * *

그 일 이후로 앵의 말수는 부쩍 줄어들었다. 예전처럼 잘 웃지도 않았고 한숨을 쉬는 일도 잦았다. 이런 변화를 사이온이 맨 먼저 알아차렸다. 앵이 걱정스러워 작업장을 불쑥 찾아갔을 때에도 앵은 혼자 멍하게 앉아서 먼 산을 보면서 한숨을 폭 쉬고 있었다.

"앵아!"

앵이 돌아보면서 사이온을 반겼다.

"언니."

앵은 사이온을 보자 갑자기 눈물이 왈칵 쏟아졌다. 사이온은 강화도의 식구들 가운데서 앵과는 가장 가까운 사이였다. 나이 차가 적기도 했지만 무엇보다 같은 여자이기 때문에 다른 사람들이 알아주지 못하는 자잘한 고민 같은 것들도 잘 이해하고 해결해 주곤 했다. 그래서 앵은 사이온을 친언니처럼 따랐다. 그래서 사이온을 보자 자기도 모르게 눈물을 흘린 것이었다.

사이온은 아무 것도 묻지 않고 앵을 그냥 안아만 주었다.

사이온은 앵이 도자기가 마음먹은 대로 잘 나오지 않아서 그런 줄 알았다. 하지만 자기 판단이 잘못되었음을 알았다. 이세현이 작업장으로 들어오는 순간 앵의 낯빛이 확 바뀌는 걸 보았기 때문이다.

"사기장님, 의자 고쳐서 왔습니다."

사이온이 비록 남녀 사이의 애틋한 감정에 익숙하진 않아도, 앵과 이세현 사이의 눈빛에 특별한 감정이 담겨 있음을 알아차릴 정도로는 충분히 예민했다. 이세현은 사이온을 보고 깜짝 놀라서 '여기는 어쩐 일로…'라면서 우물쭈물했고, 앵이 의자를 두고 나가라고 했고, 그 말에 이세현은 얼른 나갔다.

"왜 저렇게 멍청한지 몰라!"

앵이 입을 삐죽거리며 일부러 흉을 봤지만, 그 말로 사이온은 자기 생각이 틀리지 않았음을 확신했다.

'앵이 정혼자인 종매를 놔두고 이세현을 좋아하는구나!'

사이온은 아무 말 하지 않고 앵을 다시 한 번 세게 안았다. 그러고 한참 뒤에 앵의 작업장을 나올 때 이렇게 말했다.

"앵아, 무슨 일이 있어도 난 네 편이야."

"진짜? 무슨 일이 있어도?"

"무슨 일이 있어도 너는 내가 지켜 줄 거야."

"진짜지 언니?"

"약속할게."

앵은 싱긋 웃었다.

사이온은 앵의 작업장으로 찾아오길 잘했다고 생각했다.

— 72 —

두 번째 필리페 여행 일정이 잡혔다. 6월 15일에 출발해서 서둘러서 7월 초에 돌아오는 일정이었다. 아직 한 달 정도 남아 있었으니 주문받은 자기를 모두 완성해서 선적할 수 있었다.

그러나 변광조가 판단하기에 시기가 묘했다. 왜군이 떠난 한성으로 관군이 들어와 자리를 잡으면 운신이 점점 불리해질 터였다.

그렇다고 필리페 여행을 뒤로 미룰 수도 없었다. 미룬다고 해서 상황이 더 유리해진다고 확신할 수도 없었으며, 그동안 투자한 금액을 서둘러 회수해야 할 필요도 있었다. 지출이 많았고 또 앞으로도 지출할 데가 많았기 때문이다. 자기를 빨리 은으로 바꾸어야 했다. 그러나 6만 점의 자기를 싣고 먼 바닷길을 가야 했다. 또 엄청난 양의 은을 실어 와야 했기에, 혹시 있을지도 모르는 해적의 공격에 대비하려면 핵심 병력 300명 이상을 동원해야 했으므로 강화도의 전력은 그만큼 빌 수밖에 없었다. 두 마리 토끼였다. 선택은 하나, 두 마리의 토끼를 모두 잡는 것이다. 필리페에 가서 자기를 파는 것은 그것대로 진행하고 한성에 기반을 마련하는 일은 또 그것대로 진행하기로 한 것이다.

우선 행주산성을 활용하기로 했다. 강화도에서 배를 타고 오가기에도 좋고 사람들의 접근도 드물었기 때문이다. 다만 성벽과 목책이 쓸 만할지 그게 문제였다. 5월 18일에 행주산성에 들어가서 보니 모두 쓸 만했다. 내성만 정비하면 훌륭했고, 객사를 세워두기만 하면 언제든지 병력이 주둔할 수 있겠다 싶었다. 변광조는 고양으로 내려가 목수, 석공, 와장(瓦匠)과 건축 재료를 싹 쓸어 와서 이틀 만에 객사를 세웠다. 비밀 공간을 만들어 불랑기포 10기와 수뢰 500발도 숨겨 두었다. 목책도 손을 봤다.

변광조는 아무래도 6월에는 대격전이 있을 것이라 예상했다. 자존심에 큰 상처를 입은 왜군이 아무래도 호락호락 물러나지는 않을 것이므로 대규모 공격이 진행될 게 뻔했다. 그래서 근을 강화도에 남기고 그동안 훈련을 시켜 왔던 민병대에서 300명을 선발해 강화도 수비를 맡겼지만 병력 충원이 시급했다.

　한편 명월관에 남은 무돌은 명월관 주변에 정탐조를 조직했다. 은 30량을 들여서 사방으로 정보망을 구축하고 명월관의 안전을 보장하는 장치를 이중삼중으로 만들었다. 요소마다 정탐병을 배치하고 정자로 위장한 망루를 세웠다. 또 사이온이 요청한 대로 포구와 시장 입구마다 거주 공간을 마련했다. 한성의 정탐 조직도 강화했다.

— 73 —

　한성에 벽서가 나붙었다.

　--- 이연(李昖)은 비겁한 도망자다

　수복된 한성의 인구는 35,000명이었다. 전란 전에 12만 명이었음을 생각하면 8만 명이 피난을 갔거나 죽었다. 도시 기능을 유지시키던 모든 체계가 무너졌으니 양식을 구할 수도 없었다. 굶주린 사람들은 눈이 뒤집혀 인육까지 먹었지만, 그 누구도 이런 일을 제지하지 않았다.

　이런 아수라 상황에서 광해가 한성에 들어갔다. 광해는 귀환하는 관노비, 하급 장교, 중인서리에게 은전 한 닢씩 나누어 주며 한성의 인구를 늘리는 한편, 도시 기능을 회복하려고 애를 썼고, 이런 노력 덕분에 한성은 조금씩 옛 모습을 찾아갔다. 그렇게 한 달이 지난 6월 2일에 벽서가 나붙은 것이다. 한두 장이 아니었다. 또 일회성으로 그치지도 않았다. 시간을 두고 계속 붙었다.

광해는 벽서를 뚫어지고 바라보았다. 춤을 추듯 구불거리는 달필이었다.

가장 의심이 가는 인물은 변광조였다. 변광조라면 충분히 그럴 수 있었다. 자기 신분을 밝힌 왕실 종친 이옹 앞에서조차 아무 거리낌 없이 왕과 왕실을 욕하던 인물이었고, 또 흥상 정책에 방해가 되는 사람이나 제도는 가차 없이 죽이고 없애는 인물이니까…

그 다음에는 아버지인 왕이었다. 아직 한성으로 돌아오지 않고 밖으로 빙빙 돌긴 하지만, 지난 1년 동안 광해가 왕실의 권위를 다시 세우며 조정 대신은 물론이고 백성들에게서 군주의 자격을 인정받고 존경까지 받자, 이런 모습을 가장 시기하고 불편해 하던 사람이 바로 왕이었다.

'한성에 발을 들여 놓기 전에, 있지도 않은 역모 사건을 조작해서 나를 제거하려는 게 아닐까?

또 있었다. 광해를 권력의 지렛대로 활용하려는 무리였다. 정인홍과 이이첨을 필두로 한 인물들… 이들은 어차피 권력의 변방에 있으므로 광해가 왕이 되지 않는 한 영원히 권력을 손에 쥘 수 없는 사람들이다. 그러니 광해가 왕과의 권력 투쟁을 미적거리거나 포기하도록 내버려 둘 수 없었다. 그 싸움을 기정사실화해야 했다. 광해의 등을 권력 투쟁의 무대로 떠밀어야 했다. 그럴 목적으로 이런 짓을 벌였을 수도 있다. 이들은 늘 광해의 등을 떠밀며 자신감과 투지를 불어 넣으려고 애를 쓰지 않았던가?

그리고 또… 허균? 명문가 출신답지 않게 왕실과 사대부보다는 백성의 권리와 처지를 먼저 생각하는 사람이라, 왕의 이름을 공공연히 적어서 비겁자라고 욕을 할 인물이었다. 그러나 허균은 어떤 세력을 가지고 있지는 않았다. 물론 추측일 뿐이지만 허균이 자기이 외의 어떤 집단과 조직적인 활동을 하는 것 같지는 않았다. 불온한 역모의 의도가 있는 벽보를 붙인다는 것은 조직과 세력과 구체적인 다음 목표를 염두에 둔 행위이다. 이렇게 본다면 허균은 용의선상에서 제외해야 마땅했다. 그는 개혁적인 성향을 가진 돌출적인 인물일 뿐이며, 그에게는 의병 조직도 없고 조정 대신의 어떤 집단과 연결되어 있지도 않았다.

'과연 누가 그리고 어떤 의도로 이런 짓을 했을까?'

광해의 관심은 역모의 벽서를 붙인 사람 혹은 집단을 처단하는 게 아니라 우선 그들이 누구인지 궁금했다.

아무튼 이 상황을 방치할 수는 없었다. 왕실이 타격을 입고, 왕이 쓰러질 것이며, 뒤이어 왕조 자체가 흔들릴 수도 있었기 때문이다. 광해는 왕조가 무너지는 걸 막아야 했다.

역도들이 무력을 동원해서 왕조 타도에 나선다면 지금이 가장 취약기였다. 누군가 한성을 무력으로 점령하고 새로운 왕조를 선포한다면 막을 방도가 없었다. 관군 장수야 왕조에 충성하겠지만 의병이 문제였다.

'의병장 가운데 권력 의지를 가진 인물이 누구던가? 김덕령? 곽

재우? 최영담? 홍계남?'

의병의 수가 모두 6만 명에 이르는데, 만일 내란이 발생한다면 이보다 더 큰 위기는 없을 터였다. 민심이 지금에서 더 멀어지면 모든 게 끝장이었다.

전란이 일어난 뒤로 지금까지 백성이 보여준 분노는 분명하고도 잔인했다. 대궐에 불을 지른 것만 봐도 알 수 있었다. 관노들은 왜적에 붙어 왕실 문서를 불태웠다. 백성은 중전의 가마를 가로막고 궁인들을 두들겨 팼고 왕비를 겁박했다. 왕의 몽진 행렬이 평양성을 나가려 할 때에는 평양 군민이 몽둥이를 들고 가로막으며 왕과 대신들을 때려죽이겠다고 행패를 부렸다. 얼마 전에 있었던 평양성 전투만 하더라도 1만 명이나 되는 군민이 왜군 편에 서서 조명연합군에게 대항하지 않았던가? 하지만 무엇보다도 광해에게 결정적인 충격을 준 사건은 백성이 돈 몇 푼 받을 욕심에 두 왕자 임해군과 순화군을 붙잡아서 가토에게 넘긴 일이다. 군인도 틈만 나면 탈영했다. 왕권은 땅에 떨어졌고 부글부글 끓는 민심이 언제 폭발할지 몰랐다.

그랬다, 그런 폭발 순간을 직접 목격한 적이 있었다.

행주산 전투가 끝난 다음 날, 광해는 호위병들과 함께 고양 쪽으로 돌아서 전투 현장으로 갔다. 성에서 아래를 내려다보니 오목하게 들어간 얕은 갯벌에서 행주산 나루터까지 병사들이 진을 치고 있는 게 보였다. 마침 그때 병사들은 먹을 걸 달라고 고함을 지르고 있었다. 장수들이 나와서 달렸지만 병사들은 막무가내였다. 장수가 대드는 병사의 목을 쳤지만, 소란을 진정시키기는커녕 오히려 불에 기름을 끼얹는 결과만 초래했다. 권율이 나서도 소용이 없었다. 배고픔도 배고픔이었지만 그것은 바로 조정과 왕실의 무능에 대한 분노 때문이었다. 험악한 기세에 장수들이 자리를 피했다. 하지만 그렇게 해서 해결될 문제가 아니었다.

그런데 바로 그때 큰 배 두 척이 강을 거슬러 올라왔다. 바다색 안료를 몸체에 칠하고 지네 문양의 깃발을 단 배였다. 뱃전에서 8척 장신의 남자가 고함을 질렀다.

"권율 장군 휘하 3,400명 군병을 위해 쌀 60섬을 내놓겠소!"

군사들이 환호성을 질렀다. 깨끗하게 도정된 쌀 60섬이 그 위태로운 상황을 진정시켰다. 광해는 가슴을 쓸어내리며 안도의 한숨을 쉬었다. 그런데 바로 그때, 행주산 전투를 승리로 이끌 수 있었던 그 많은 화약 무기와 13만 발의 화살도 변광조에게서 나왔을 것이라는 생각이 퍼뜩 들었다. 그렇다면 행주산 전투를 승리로 이끈 것도 바로 변광조라는 말이었다. 적어도 변광조는 그 전투를 미리 예상하고 대비했다는 뜻이었다. 조선 왕실이 하지 못하는 일을 변광조가 하고 있었다는 말이었다. 광해는 등줄기에 식은 땀이 흘렀다.

아무리 생각해도 강화도는 목에 걸린 가시였다. 만일 변광조가 무장 병력을 동원에서 강화도에서 한강으로 배를 타고 올라와 한성으로 들이닥치면 막을 방도가 없었다. 더구나 의금부 수사관 종8품 도사 장신웅의 보고에 따르면 행주산성도 이미 변광조의 손에 들어가 있었다. 이런 변광조를 그냥 둘 수만은 없었다. 하지만 변광조와 일전을 겨뤄서 이길 자신이 없었다. 그렇다고 해서 그대로 방치할 수도 없었다. 그래서 경기수사 이빈에게 강화를 제압할 방책을 마련하라는 명을 내렸지만 이빈은 병으로 누웠다는 핑계를 댔고, 충청수사 정걸에게 강화 상인을 포박해 오라고 했으나 그도 역시 똑같은 핑계를 댔다. 변광조는 이미 분조를 이끄는 세자의 명령도 무력화할 정도로 거대한 존재가 되어 있음을 광해는 새삼스럽게 깨달았다. 답답하고 불안했다.

강화도와 육지의 왕래와 유통을 차단해서 강화도를 압박할까 하는 생각도 해 보았지만 가능할 것 같지 않았다. 설령 가능하다고 하더라도, 강화에서 바닷길로 벽산, 해주로 올라간 다음 거기에서 예성강 입구로 내려와서 한강으로 들어오면 그만이었다. 게다가 쌀을 비롯해서 한성에 필요한 많은 물화가 강화도에서 들어왔으므로 강화도를 차단한다는 것은 한성을 파멸로 이끄는 길이기도 했다. 우선 백성들부터 들고 일어날 게 뻔했다.

고심 끝에 광해는 다시 허균을 불렀다.

"허 사부님, 변광조를 한 번 더 만나고 오셔야겠습니다."

광해가 궁금한 것은 과연 변광조가 한강을 봉쇄하는 수순을 밟아 나갈 것인가, 그래서 궁극적으로 조선의 국왕이 되려고 할 것인가, 하는 점이었다.

　허균이 강화도에 갔지만 이번에도 변광조는 강화도에 있지 않
았다. 대신 사이온이 그를 맞았다. 변광조는 두룡포에 있다고 했다.
허균은 단도직입적으로 물었다.

　"한성을 봉쇄할 작정입니까?"

　"절대 그런 일은 없습니다. 우리는 오히려 한성을 복구하고자
합니다. 장사꾼은 사람이 많이 모이는 걸 좋아하니까요."

　"저하께서는 여전히 의심하고 계십니다. 한강을 봉쇄하고 육군
을 한성으로 진군시키면 역모가 성공할 수 있는 상황이니까요."

　"우리는 죄 없는 한성 부민들을 볼모로 조정을 협박하지 않을
것입니다. 백성의 삶이 피폐한데 어찌 그와 같은 짓을 하겠습니까?"

　허균은 유구 상인이 벽보와 관련되어 있는지도 물었지만 사이
온은 딱 잡아뗐다.

　사이온이 대답한 두 가지 가운데 한 가지만이라도 거짓말이라
면 벽보에 관한 대답이 거짓말일 것이라고 허균은 생각했다.

　허균은 곧바로 강화도에서 나올 예정이었지만 사이온이 갑자기
풍랑이 거칠어져서 뱃길이 위험하다면서 붙잡는 바람에 강화도에
서 하룻밤을 묵기로 하고 사이온의 안내를 받아서 변광조의 강화
상소 덕분에 살림살이가 풍족해진 강화도의 사정을 둘러보았다.
그리고 그 모든 게 도자기 사업과 상업 덕분임을 목격했다.

　허균은 풍랑이 거칠어졌다는 사이온의 말이 거짓말이었음을

다음 날 아침 포구에서 뱃사람에게 들어서 알았지만, 사이온이 굳이 그렇게까지 자기를 붙잡아 두려고 했던 속마음은 나중에 베갯머리에서 들었다.

허균은 광해에게 돌아가서 간언했다.

"저하, 저들이 돌아가면 강화도를 접수하셔야 합니다. 강화도야말로 저하의 보물단지입니다. 그 체제와 기술과 장인들을 그대로 모두 인계받아야 합니다. 그러려면, 변광조를 경계하더라도 그와 잡은 손은 놓지 말아야 합니다."

변광조의 손을 굳건히 잡고 함께 간다는 것은 사농공상의 서열을 상공농사로 바꾼다는 말이었다. 주자학으로는 조선의 장래가 없다는 것에 동의한다는 말이기도 했다. 광해는 조바심이 났다. 허균에게 두룡포로 가서 변광조를 직접 만나 보라고 했다.

허균은 곧바로 두룡포로 내려가 유숙 앞에 선 경비병에게 신분을 밝혔고, 얼마 뒤에 변광조 앞으로 안내되었다.

"어쩐 일이오?"

"세자 저하께서 꼭 듣고 싶은 질문이 있다고 하셨습니다."

"무엇이오?"

"변장군이 말하는 백년 부국의 흥상책을 저하께서 수용하신다면, 변장군은 조선을 어떻게 바꿀 것인지 알고 싶다고 하셨습니다."

변광조는 뜻밖이라는 표정으로 허균을 바라보았다.

"선대 국왕들은 늘 명분을 위해 살았으나 당신께서는 실익을 위해 싸울 것이라 하였습니다."

"호, 그렇소?"

"언제든지 변장군과 만나고 싶다는 말을 전하라 하셨습니다."

"알겠소이다."

변광조는 그렇게만 대답하고는 허균을 잠시 바라보다가 불쑥 질문을 던졌다.

"조선에서는 선비가 벼슬을 못하면 사람 행세를 못하는 걸로 치는데 어찌 벼슬을 하지 않고 있소?"

허균이 빙그레 웃으면서 대답했다.

"아직 재주가 모자라서 그렇지요."

"세자라는 사람이 재주가 모자라는 서생을 가까이 두겠소?"

"벼슬도 군사나 돈과 마찬가지로 경영의 수단인데, 필요하고 때가 되면 하겠지요."

허균의 말에 변광조는 허균을 처음 만났을 때의 그 서늘함을 다시 한 번 느꼈다.

"그대는 책략을 아시오?"

"조금 압니다."

"책략의 근본이 무엇이라 생각하시오?"

"실익이 된다면 간을 빼주는 마음으로 이익을 도모하는 것이지요."

"실익이 되지 않아서 벼슬도 하지 않는다는 말이오?"

"그렇습니다."

"책략 얘기로 돌아가서… 지금 왜군은 추가된 보충 병력까지 포함해서 16만 명이 남부에 집결해 있는데, 하삼도(*경상도 전라도 충청도)를 장악하려는 왜적의 전략에 어떻게 대응해야 한다고 광해에게 얘기했소?"

"전라도는 이순신이 지키니 넘을 수 없고 경상좌도와 영남대로는 권율이 지키니 지나갈 수 없고, 따라서 왜의 선택은 경상우도의 틈을 뚫으려고 할 것이라 했습니다."

"그렇다면?"

허균은 망설이다가 입을 열었다.

"그것을 막기는 어려울 것이라 했습니다."

"그럼, 대응책이 없다는 말이오?"

"저하께서는 강화회담에 나서는 명의 대표 심유경에게 뜻을 전하셨고, 심유경은 만약 왜가 끝내 진주를 침공한다면 100만 대군을 끌고 와서 왜군을 짓밟겠다는 뜻을 왜군 지휘부에 전했다 합니다."

그 말에 변광조는 웃음을 터뜨렸다.

"하하하하하! 그런 허술한 협박에 가토가 넘어갈 것 같소?"

변광조는 한참 동안 웃음을 그치지 않았다. 그러더니 서랍을 열어 책을 한 권 꺼내서 허균 앞으로 툭 던졌다.

"이 책속에 조선을 백년 부국으로 만들 흥상책이 다 들어 있으니 잘 읽어 보시라 하시오."

표지에 '商學(상학)'이라고 쓰인 책이었다.

변광조는 광해의 사람인 허균을 통해서 광해에게 호통을 친 게 흡족했지만, 돌아서 가던 허균이 문득 걸음을 멈추고 던진 말이 무슨 뜻인지 내내 궁금했다.

"나중에 기회가 되면 제가 재미나는 이야기를 하나 들려 드릴까 합니다."

"무슨 이야기요?"

"홍길동이라는 사람 이야기인데… 나중에 정말 목숨을 걸어야 할 때가 되면 말씀드리지요."

그러니까, 아직까지는 목숨을 걸지 않았다는 말이었다.

그렇다면… 광해의 사람으로 광해의 일을 하는 게 아니란 말인가?

갑자기 허균이란 인물이 궁금해졌다. 맨 처음 만났을 때의 그 서늘하던 인상이 강렬하게 되살아나면서 더욱 더 궁금해졌다.

— 75 —

--- 이연(李珚)은 비겁한 도망자다

왕 역시 그 벽서를 보았다. 온몸이 부르르 떨렸다. 맨 먼저 세자 광해를 떠올렸다. 광해가 유구 상인과 손을 잡고 자기를 흔들어서 용상에서 떨어지게 만든 다음에 왕위에 오르려는 술책일지 모른다고 생각했다. 왕이 윤상시에게 물었다.

"윤 내관. 세자가 도적떼와 손을 잡고 강화도를 방치하는 게 아니냐?"

윤상시가 고개를 저었다.

"증거를 찾고 있습니다만…"

"세자에게 돈을 대 주는 자가 바로 변광조라는 유구 상인이 아니냐?"

"그것도 아직…"

"그게 아니라면 세자가 쓰는 군자금은 어디에서 나오는 돈이라는 말이냐?"

"단천과 성천의 은광을 캐고 있다는 보고도 있고, 어딘가에서 돈을 구해 온다는 말도 있습니다만, 모두 다 확실치 않습니다."

광해가 강화도의 도적떼와 연결되어 있는지 어떤지 알 수는 없지만 강화도가 문제인 것만은 확실한 사실이었다.

왕은 강화도가 도적떼의 손에 잡혀 있다는 걸 용납할 수 없었다. 적어도 어떤 인물, 어떤 집단이 그 도적떼와 연관이 있는지는 확인해야 했다. 그것조차 확인하지 않고 손을 놓고 있기에는 자존심이 허락하지 않았다. 죽이 되든 밥이 되든 당장에라도 강화를 쳐야 했다. 그리고 이 일은 경기병사 이제우에게 맡기겠다고 했다. 이제우는 저돌적인 성격이라 당장에라도 강화도로 나갈 터였다. 하지만 윤상시는 강화도의 방비 태세가 만만하지 않다는 이유를 들어서, 반드시 이길 것이라고 장담할 수 없으므로 서둘지 말라고 간언했다.

그러나 왕에게는 일석이조의 노림수가 있었다. 병력을 움직이는 관리들이 실제로 자기가 지시한 내용을 얼마나 충성스럽게 다하는지 확인할 수 있었고, 또 설령 이 병력이 실패한다고 하더라

도 강화도의 상인 집단이 얼마나 강한지 가늠할 수 있다는 계산
이었다.

"한성이 수복되었으니 두려울 게 무엇이겠느냐? 서둘러 시행
하라."

"혁명 세력이 준동하고 있으니 군병을 잃으면 손해이옵니다. 강
화는 물길이 가로막고 있으니 병력을 잃으면 크게 손실을 볼 수가
있고 비록 성공하더라도 쉬이 공략하기는 어려울 것입니다."

"그렇더라도 조정이 좌시하지 않는다는 의지를 보여야 한다."

강화부사를 겸하고 있던 경기병사 이제우가 군병을 소집했다.
모두 650여 명이었다. 이제우는 혼자 힘으로는 강화를 칠 자신이
없어 충청병사에세 병력 협조를 요청해서 500명을 받았다.

이제우는 어선 13척을 빌려 타고 강화도로 진입했다. 손돌목과
갑곶을 피해 교동도와 강화도 사이로 배를 끌고 들어섰다. 병력을
하선시키자 경기수사 이빈이 그들을 기다렸다.

"어서오시오. 한밤에 병력을 움직이다니 대체 무슨 일입니까?"

"전하의 명령을 받았습니다."

"강화의 변광조를 치라 했습니까?"

"그렇습니다. 충청병사의 도움도 받았습니다."

"아… 그건 이상하지 않습니까??"

"이상하다니요?"

"의병장 변광조는 조선의 적이 아니니까 하는 말입니다."

경기병사는 경기수사가 뭐라고 하거나 말거나 자기 말만 계속

했다.

"김천일 장군과 최원 장군도 이곳에 있다고 들었는데… 모두 합치면 3,400명이나 되지 않소, 무엇이 두렵소?"

"두려워서가 아니라… 아무튼. 나는 협조할 수 없소이다. 아군끼리 싸우라니… 필시 누군가가 농간을 부린 것이오."

"정 그렇다면 경기수사는 알아서 하시오, 대신 내가 오늘의 일을 그대로 장계에 올려 전하께 보고할 테니까 나중에 딴소리는 하지 마십시오."

결국 이제우는 1,150명의 병력을 이끌고 단독으로 작전을 실행했다. 고려산을 넘어 강화산성의 북문을 뚫어서 높은 곳을 장악한 다음 아래로 기습전을 전개할 계획이었다. 이제우는 야음을 틈타서 이동했다. 장후리에서 낮은 길을 따라 읍성으로 가는 경로했다. 그런데 이상하게도 험한 산길을 걸어 북문을 넘었지만 이들을 막아서는 사람은 아무도 없었다.

밤새 이동하여 해가 뜰 무렵에 강화산성 앞에 도착했다. 성문은 열려 있었고 아무도 지키지 않았다. 기습 작전이 성공한 듯 싶었다. 이제우는 병력을 이끌고 성 안으로 들어갔다. 길 양 옆으로 상소와 상관이 세워져 있었고 이런저런 부속 건물이 죽 이어져 있었다. 외국 상인이 묵고 있는 유숙도 있었고 그릇을 파는 상점이 수십 개 늘어서 있었다. 이른 아침부터 수많은 군민이 들락거리며 장사 준비를 하고 있었다. 이들은 이제우의 병력을 보고도 전혀 개의치 않았다.

'거 참 이상하군…'

이제우가 군민 한 명을 불러 세웠다.

"변광조는 어디에 있느냐?"

"소생은 그가 누군지 모릅니다."

"의병장 변광조를 모른단 말이냐?"

"의병은 고려 궁성지에 있지요. 여기에는 장사꾼들만 있습니다."

다른 사람을 붙잡고 물어봐도 같은 말을 했다. 이제우가 병력을 돌려서 성문 밖으로 나오려는데 어쩐지 느낌이 이상했다. 그새 성문도 굳게 닫혀 있었다. 성의 가퀴에서 한 남자가 승자총통으로 이제우를 겨누고 있었다. 이제우가 그를 발견한 순간 총통이 굉음을 울렸고, 총통에서 발사된 어린아이 허벅지만한 화살 피령전이 바람을 가르며 날아 이제우의 가슴을 관통했다. 순식간에 일어난 대장의 끔찍한 죽음에 병사들은 모두 얼어붙었다.

"무기를 버려라!"

병사들은 무장해제되었고, 모두 고가도(*현재의 강화군 화도면)로 끌려갔다. 거기서 기다리는 건 무자비한 채찍이었다.

"너희가 살아서 이 섬을 나갈 수 있는 길은 단 하나뿐이다. 가릉포를 메워서 이 고가도와 강화도를 이어서 그 길로 건너오면 육지로 가게 해 주겠다. 대신 한 달 공임으로 은 한 량을 주겠다."

포로들은 하루 10시간 노동에 곧 적응했다. 자유는 제한되었지만 음식과 잠자리는 후했다. 게다가 공임까지 받았으니… 이들은 가끔 마니산에 올라가 하루빨리 뭍으로 나갈 수 있기를 하늘에 빌었다.

경기병사 이제우와 휘하 병력이 감쪽같이 사라져 버리자 왕은 홍문관교리 권협에게 이 사건을 조사하라고 명령을 내렸다. 권협은 부하 몇 명만 데리고 강화도로 건너갔다. 그리고 만나는 의병장들마다 이제우의 행방을 물었지만 아는 사람이 없었다. 심지어 경기병사가 병력을 출동시켰는지조차도 몰랐다. 읍성 안으로 들어가 상소장과 상관의 대표를 만났다. 모두 유구인들이었다. 하지만 특별한 단서는 없었다. 상소장은 전형적인 상인이었고, 읍성의 대문도 늘 열려 있었다. 상소와 상관의 입구도 막는 자 없이 드나들 수 있었다. 읍성 사람 누구를 붙잡고 물어봐도 아는 이가 없었다. 이이첨이 복수심으로 이를 갈던 대상인 사이온이라는 여자를 얼굴이라도 보고 싶었지만, 코빼기도 볼 수 없었다. 결국 권협은 소득 없이 발길을 돌려야 했다.

고려산 중턱에서 이 모습을 바라보는 사람이 셋 있었다. 사이온과 무불리, 그리고 무돌이었다.

"저자도 죽일 걸 그랬나?"

"지금이라도 뒤쫓아가서…?"

"됐어, 다음에 또 나타날 테니까 필요하면 그때…"

하지만 이 판단이 나중에 뼈아픈 손실로 이어질지는 아무도 알지 못했다.

2권에서 계속

일송포켓북

일송포켓북은 일송북의 자회사로 한국문학 베스트 시리즈를 출간하고 있습니다.

내 손에 일송포켓북 있다!

내용은 최고, 가격은 최저, 휴대는 간편.
커피 한 잔 값으로 떠나는 산뜻한 독서 여행.

"한국 대표작가들이 직접 선정한 베스트 소설 총망라!"

한 손엔 휴대폰, 다른 손엔 포켓북!

작고 가벼워 한 손에 쏙 들어온다.
디지털 유목민의 필수품, 일송포켓북.

"한국 대표작가들을 만나는 커피 한 잔 값의 행복!"

이문열《아우와의 만남》

이문열의 소설을 다 읽었다 해도 이 책에 수록된 작품들을 읽지 않고는 결코 이문열 문학을 논할 수 없다!

박범신《겨울강 하늬바람》

영원한 청년 작가 박범신이 혼신의 힘을 다해서 쓴 이 소설에는 시대의 아픔을 껴안는 그의 문학 정신이 녹아 있다.

이청준《날개의 집》

초기작부터 최근작에 이르기까지, 이청준 문학의 큰 흐름을 형성하는 소설 중에서 가장 중요한 작품들을 엄선했다.

이승우《에리직톤의 초상》

'스물두 살의 천재'라는 찬사를 들으며 화려하게 등단한 이래 관념을 소설화하는 독특한 작품세계를 펼쳐 온 이승우의 대표작!

박영한《왕룽일가》

서울 근교의 우묵배미라는 농촌을 삶의 무대로 살아가는 사람들의 슬프지만 우스꽝스런 이야기들을 형상화한 박영한의 대표작!

윤흥길《낫》

일본에서 먼저 출간되어 대단한 화제를 불러일으킨 이 작품은 윤흥길 소설만이 갖고 있는 특별한 매력을 물씬 풍기고 있다.

전상국《유정의 사랑》

전형적인 사랑 이야기와 김유정의 평전이 자연스레 녹아 한 편의 퓨전 소설 형식을 취하며 문학의 새 지평을 연 놀라운 작품이다.

윤후명《무지개를 오르는 발걸음》

윤후명이 아니면 도저히 쓸 수 없는 특유의 문체와
독특한 작품 분위기, 그리고 각별한 재미!

이순원《램프 속의 여자》

전방위 작가 이순원이 외롭고 슬픈 한 여자를 통해
우리가 살아온 각 시대의 성의 사회사를 살펴본 탁
월한 소설이다.

고은주《아름다운 여름》

아나운서인 여자와 우울증 환자인 남자의 이야기를
통해 '진짜' 당신을 만날 수 있게 해주는 '오늘의 작가
상' 수상작.

이호철《판문점》

분단 문학을 새로운 차원으로 끌어올린 이호철의 대
표작 중 미국과 프랑스에서 출간되어 호평 받은 작
품만을 엄선했다.

서영은《시간의 얼굴》

'너를 진정으로 사랑하여 나를 부수고 다른 나로 태
어나려는' 주인공의 열망을 심정적으로 온전히 치른
역작.

김원우《짐승의 시간》

유니크한 작품세계를 구축하고 있는 김원우 문학의
원형을 보여주는, 젊은 시절의 열정을 고스란히 바
친 첫 번째 장편소설.

한승원《아버지와 아들》

토속적인 세계와 역사의식을 통해 민족적인 비극과
한을 소설화하면서 독보적인 세계를 구축한 한승원
의 '기리야마 환태평양 도서상' 수상작.

송영《금지된 시간》

미국 펜클럽 기관지에 소설이 소개되어 새롭게 주목받은 송영이 심혈을 기울여서 쓴 한 몽상가의 이야기.

조성기《우리 시대의 사랑》

성과 사랑의 경계에 대한 질문을 던지며 많은 화제를 모았던 이 작품은 조성기를 인기 소설가로 만들어준 출세작이다.

구효서《낯선 여름》

다양한 주제를 섭렵하면서 독특한 자기 세계를 구축하고 있는 우리 시대의 중요한 소설가 구효서의 야심작.

한수산《푸른 수첩》

짙은 감성과 화려한 문체로 한 시대를 풍미했던 한수산이 전성기 때의 문학적 열정으로 그려낸 빛나는 언어의 축제.

문순태《징소리》

향토색 짙은 작품으로 우리 소설의 한 축을 굳게 지키고 있는 문순태는 이 작품에서 한에 대한 미학의 극치를 보여준다.

김주영《즐거운 우리집》

한국 문단의 탁월한 이야기꾼 김주영의 주옥같은 작품들을 한자리에 묶은 대표작 모음집.

조정래《유형의 땅》

'네티즌이 선정한 2005 대한민국 대표작가' 조정래의 문학적 뿌리는 이 책에 수록된 빛나는 단편소설이다.

상인의 전쟁 1권 흥상(興商)과 역모(逆謀)

초판 1쇄 인쇄 2016년 11월 23일
초판 1쇄 발행 2016년 11월 28일

저 자 이경식·김동걸
펴낸이 천봉재
펴낸곳 일송북

주소 서울시 성북구 성북로 4길 27-19 (2층)
전화 02-2299-1290~1
팩스 02-2299-1292
이메일 minato3@hanmail.net
홈페이지 www.ilsongbook.com
등록 1998. 8. 13 (제 303-3030000251002006000049호)

ISBN 978-89-5732-256-7 (04810)
값 14,800원

이 도서의 국립중앙도서관 출판시도서목록(CIP)은 서지정보유통지원시스템 홈페이지(http://seoji.nl.go.kr)와 국가자료공동목록시스템(http://www.nl.go.kr/kolisnet)에서 이용하실 수 있습니다.(CIP제어번호: CIP2016028399)